HEYNE <

ELLI VOSS

UND JEDEM ANFANG WOHNT EIN ZAUDERN INNE

ROMAN

WILHELM HEYNE VERLAG
MÜNCHEN

Sollte diese Publikation Links auf Webseiten Dritter enthalten, so übernehmen wir für deren Inhalte keine Haftung, da wir uns diese nicht zu eigen machen, sondern lediglich auf deren Stand zum Zeitpunkt der Erstveröffentlichung verweisen.

MIX
Papier aus verantwortungsvollen Quellen
FSC® C014496
FSC www.fsc.org

Penguin Random House Verlagsgruppe FSC® N001967

Originalausgabe 07/2022

Redaktion: Katja Bendels
Printed in Germany
Umschlaggestaltung: Hafen Werbeagentur, Hamburg,
unter Verwendung eines Motives von © iStockphoto/Pobytov
Satz: Uhl+Massopust, Aalen
Druck und Bindung: GGP Media GmbH, Pößneck
ISBN: 978-42353-4

www.heyne.de

TEIL I

Unruhe auf der Ersatzbank

1

»Kanzlei Ehrenfried, Glücklich Erben, was kann ich für Sie tun?«

»Endlich!«

»Herr Endlich?«

»Endlich komme ich durch!«

»Tut mir leid, dass Sie ...«

»Dr. Ehrenfried, aber ein bisschen dalli, wenn ich bitten darf!«

»Haben Sie einen Termin?«

»Braucht man hier etwa fürs Telefonieren schon einen Termin? Was ist denn das für eine Kanzlei?«

Der Mann am Telefon ist außer sich. Nichts Ungewöhnliches. Das sind viele, die bei uns anrufen. Ich male Kringel auf ein Blatt Papier. Blumen mit langen Stielen und exotischen Blüten. Später werde ich sie lila ausmalen. Ich bin ganz ruhig. Nur nicht aufregen. Langsam ein- und ausatmen. Und immer lächeln. Wenn man lächelt, sendet das Gehirn Botenstoffe, die für gute Laune sorgen. Im besten Fall springt die Laune auf meinen Gesprächspartner über. In weniger guten Fällen – nun ja.

»Herr Doktor Ehrenfried ist in einer Besprechung«, flöte ich mit meiner Alles-wird-gut-Stimme. »Er ruft Sie gerne zurück. Darf ich mir Ihren Namen und Ihre Nummer notieren?«

»Schon wieder? Ich habe in dieser Kanzlei schon so oft meinen Namen hinterlassen, dass der mittlerweile überall draufstehen muss! Knall! Winfried Knall!«

»Doppel L?«

»Doppel Ö sicher nicht! Wer sind Sie überhaupt?«

Die letzte Frage brüllt er so laut, dass ich den Hörer vom Ohr weghalten muss. Ich schließe die Augen für einen Moment, um mich zu sammeln. Lächeln, Uschi, lächeln. Dieser Mann hat ein Problem. Er hat nichts gegen dich persönlich, er hat bloß etwas gegen seine momentanen Lebensumstände.

»Ich bin Ursula Ehrenfried.«

Kurze Pause am anderen Ende.

»Also dann sind Sie seine ... seine ...«

»Genau.«

Die Ehefrau von Dr. Titus Ehrenfried, dem Spezialisten für verzwickte Erbschaftsangelegenheiten – die bin ich. »Zum Ehrenfried« geht man, wenn sämtliche andere Schlichtungsversuche versagt haben. Er ist quasi die letzte Option vor dem Duell im Morgengrauen. Titus' Beratung ist nicht günstig, dafür leistet er erstklassige Arbeit. Sein Ruf eilt ihm voraus, und wir eilen ihm nach mit den Terminen – tatsächlich platzt sein Kalender aus allen Nähten. Und ich, Ursula Ehrenfried, bin stolze Besitzerin einer ganzen Schublade voll mit Zeichnungen, die ich während meiner Telefonate mit seinen Klienten produziert habe: Blumen, auf denen freundliche Käfer herumturnen, Fantasielandschaften mit und ohne Sonne, Himmel mit und ohne Wolken.

»Dann richten Sie Ihrem Mann aus, dass er mich gefälligst zurückrufen soll. Mein Vater hat mich enterbt.«

Herr Knall hat seine Stimme auf Zimmerlautstärke zurückgedreht. Jetzt kann ich auch Enttäuschung und Fassungslosigkeit heraushören. Phase zwei. Ab sofort ist er zugänglich für Erklärungen und Vorschläge, ohne dass die Gefahr einer erneuten Explosion besteht.

»Wissen Sie, Herr Knall, wir haben derzeit ein hohes Aufkommen an Fällen«, sage ich. »Deshalb wurden Sie noch nicht zurückgerufen. Aber ich darf Ihnen eines versichern: In Vater-Sohn-Konflikten ist Dr. Ehrenfried Spezialist. Und das ist noch untertrieben: Er ist hervorragend. Um nicht zu sagen: ein Genie. Bisher konnte er noch jeden Fall zur Zufriedenheit aller Parteien lösen.«

Okay, das ist ein bisschen übertrieben. Aber zumindest ist es genau das, was Herr Knall im Moment hören möchte. Und – ganz ehrlich – auch das, was er benötigt: Zuversicht. Einen Menschen, der ihm zuhört und der auf seiner Seite steht. Ein bisschen riskant ist das Ganze zwar, weil ich überhaupt keine Ahnung habe, was bei Knalls daheim vorgefallen ist, aber mein Credo lautet: Wenn man die Erwartungen der Klienten möglichst hochschraubt, gehen sie mit einem guten Gefühl ins Erstgespräch und sind eher bereit, ihr Scherflein beizutragen, einfach weil da schon ein Lichtlein der Hoffnung am Ende des Tunnels glimmt.

Und tatsächlich höre ich einen Seufzer der Erleichterung am anderen Ende der Leitung.

»Da bin ich aber froh«, sagt er. »Wir kämpfen seit fünf Jahren. Drei Anwälte haben wir schon verschlissen. Der Alte gibt nicht auf. Es ist einfach nicht mehr zu ertragen.«

»Kann ich sehr gut nachfühlen«, gebe ich zurück.

Und das ist nicht einmal gelogen. Ich höre täglich von

schrecklichen Begebenheiten und schmutzigen Tricks: Kinder, die um ihren Pflichtteil gebracht werden, indem das Vermögen ins Ausland transferiert wird. Kinder, die schon beim Begräbnis der Eltern nach dem Haus fragen. »Freunde«, die das Testament des Nachbarn manipulieren, um sich das Erbe zu sichern. Familien, die sich über das Erbe auf ewig entzweien oder dabei alte Rechnungen begleichen. Und wofür? Für Geld, das noch nicht einmal in der Lage ist, unser Glück zu vermehren. Schnöder Mammon, der so viel Unglück auf dem Gewissen hat. Deshalb firmiert die Kanzlei in meinem Handy auch unter dem Namen UNGLÜCKLICH ERBEN.

Würde man mir persönlich ein Erbe anbieten, ich würde dankend ablehnen. Kein Interesse, merci vielmals, geben Sie's jemand anderem, aber verschonen Sie mich.

»Und Sie meinen wirklich, dass Dr. Ehrenfried mir helfen kann?«

Winfried Knalls Stimme ist jetzt gelassener, seine Atmung deutlich ruhiger.

»Aber natürlich! Und wenn ich mir noch eine Anmerkung erlauben darf: Atmen Sie doch beim nächsten Mal, wenn Sie an den Streit mit Ihrem Vater denken, dreimal tief durch. Stehen Sie dabei aufrecht und spüren Sie den Boden unter den Füßen, der Sie trägt. Probieren Sie's gleich aus.«

»Wie? Jetzt?«

»Natürlich. Es wird keinen besseren Moment geben.«

Ich höre ihn lange ein- und langsam ausatmen.

»Und das dreimal, einverstanden?«, sage ich. »Wiederholen Sie die Übung, wann immer Sie sich gestresst fühlen. Ich mache das auch.«

»Das ist ja mal eine ungewöhnliche Kanzlei«, sagt Herr Knall.

»Stets zu Diensten«, erwidere ich und zeichne ins rechte Eck des Blattes eine lachende Sonne, die ihre Strahlen zu den Blumen hinunterstreckt. *Ich mach mir die Welt, widdewidde wie sie mir gefällt.* Ein wenig Pippi Langstrumpf steckt doch in uns allen drin. Auch wenn man schon über fünfzig ist.

Während ich mich mit einem zufriedenen Lächeln von Herrn Knall verabschiede, blicke ich auf und sehe Frau Elsbeth an der Kommode lehnen, die Arme über ihrem Chanel-Jäckchen verschränkt, den Blick auf mich geheftet. Als ich auflege, klatscht sie in die Hände, als hätte ich aus dem Stand einen doppelten Salto rückwärst hingelegt.

»Respekt, Uschi, Respekt. Wie ist Ihnen das nur wieder gelungen?«

Ich zeige auf mein Telefon. »Habe ich den Knall von Ihnen geerbt?«

Das tut Frau Elsbeth nämlich gerne: schwierige Kundschaft zu mir verschieben. Mir eilt der Ruf voraus, dass es mir gelingt, selbst die aufgebrachtesten Zeitgenossen zu beruhigen.

»Eine unglaubliche Nervensäge, dieser Knall«, sagt Frau Elsbeth und betrachtet ihre perfekt manikürten Fingernägel in Mattrosé. »Sie wissen ja, ich hab's nicht so mit« – sie macht eine kleine Pause – »unhöflichen Zeitgenossen.«

»Ich weiß«, erwidere ich und schenke ihr ein Lächeln. »Bei mir war er ganz zahm.«

Frau Elsbeth schüttelt ungläubig den Kopf. »Nicht zu

fassen, wie Sie den Cholerikern den Wind aus den Segeln nehmen.«

Ein Lob aus dem Mund von Frau Elsbeth macht mich stolz. Sie ist schließlich nicht nur eine Kollegin, nein. Sie ist eine Grande Dame: strenge Margaret-Thatcher-Frisur in Beton-Optik, pastellfarbene Kostümchen, stets kombiniert mit Strumpfhose und Riemchenpumps – wie aus dem Ei gepellt. Elsbeth Kessler-Rothstein, so ihr vollständiger Name, ist gewissermaßen die graue Eminenz der Kanzlei. Seit gut vierzig Jahren arbeitet sie für die Anwälte Ehrenfried, erst für den Senior, jetzt für den Junior. Keinem Mitarbeiter hat sie in diesen Jahrzehnten das »Du« angetragen, und weil ihr Nachname länger ist als so mancher Gesetzestext, belassen wir es bei Frau Elsbeth. Sie ist das organisatorische Gewissen der Kanzlei. Ohne sie würde in kürzester Zeit alles zusammenbrechen. Ich bewundere ihre Klarheit und Disziplin – beides gehört definitiv nicht zu meinen Kernkompetenzen.

Womit ich aber wiederum punkten kann, ist Einfühlungsvermögen. Deshalb wollte ich auch immer etwas mit Menschen machen – und nicht mit Bildschirmen. Es ist mir Freude und Genugtuung, Anrufe wütender und verzweifelter Zeitgenossen entgegenzunehmen und bedauernswerte Menschen mit Hoffnung zu füttern. Fühlen sich die Anrufer nach einem Gespräch mit mir besser, dann geht es auch mir gut. Wahrscheinlich ist es eine Art Talent oder eine charakterliche Anlage. Die Atem- und Entspannungsübungen habe ich mir im Selbststudium angeeignet, nicht zuletzt, weil auch ich sie gut gebrauchen kann. Sie sind kein Hexenwerk, sondern leicht nachzuahmende Tricks, die bei jedem wirken.

»Ach, bevor ich's vergesse«, sagt Frau Elsbeth. »Ich habe vorhin Frau Walsch eingetragen. Sie wissen schon, die Dame mit dem Irish Setter.«

»Und der bissigen Schwester«, ergänze ich, während ich meine neueste Zeichnung in die Schublade zu den anderen Zeichnungen gleiten lasse. »Ich erinnere mich.«

»Es wäre schön«, sagt Frau Elsbeth, »wenn Sie bei diesem Termin im Haus wären.«

»Ich bin doch ohnehin da.«

»Ich meine, wenn Sie die Walsch begrüßen könnten.« Frau Elsbeth ziert sich ein bisschen. »Vielleicht könnten Sie ihr einen Ihrer berühmten Tees kochen, dem Hund einen Napf mit Wasser ... ach, Sie wissen schon. Und eventuell die eine oder andere Atemübung? Ich habe vorhin mitgehört ... Eins kann ich Ihnen verraten: Die Walsch wird unsere Unterstützung brauchen. Bevor sie zum Chef hineingeht, sollte sie Kraft getankt haben.« Frau Elsbeth hebt fragend ihre perfekt gezupften Augenbrauen.

Schon verstanden, liebe Frau Elsbeth: Meine zwischenmenschlichen Talente stehen hoch im Kurs in dieser Kanzlei. Das ehrt mich. Andererseits bereitet mir ihre Bitte aber auch ein wenig Sorge. Neuerdings sieht Titus es nämlich gar nicht gerne, wenn ich länger mit seinen Klientinnen und Klienten plaudere. Was ich als Aufmunterung und Unterstützung verstehe, bezeichnet er als Ablenkung und Einmischung, die der Sache nicht guttun. Wenn ich nachfrage, was daran denn seinen Unmut erregt, antwortet er: Unser Geschäft sind Zahlen und Fakten. Nicht Chakren und Räucherstäbchen. Und wenn ich dann einwerfe, dass ich kein einziges Mal ein Räucherstäbchen in der Kanzlei entzündet habe und auch nicht daran denke, das zu tun, heißt es: Da bin ich mir nicht so sicher, Ursula. Es geht hier um unseren guten Ruf. Ich hoffe, du bist dir dessen bewusst.

»In Ordnung«, sage ich zu Frau Elsbeth, die auf eine Antwort wartet. »Ich kümmere mich um Frau Walsch. Wie heißt ihr Hund noch mal? Hexi?«

»Huxley. Nach dem Schriftsteller.«

»Wie extravagant.«

Eine Möglichkeit wäre, mich mit Frau Walsch und ihrem sabbernden Setter in die Teeküche zurückzuziehen. Die betritt Titus eigentlich nie. Sein Revier ist sein eindrucksvolles und mit tonnenschweren Eichenmöbeln ausgestattetes Büro, das beinahe so weitläufig ist wie unsere gesamte Wohnung. Dort sitzt er hinter seinem kinderpoolgroßen Schreibtisch, auf dem sich zahlreiche Ingredienzien seiner Welt wiederfinden: ein Stapel Schachzeitschriften, die er in der Mittagspause durchblättert; eine Kiste feinster Zigarren, die er einst von einem zufriedenen Klienten geschenkt bekommen hat; ein Füller mit Goldfeder in einer schicken Schatulle; ein Foto im Goldrahmen, das ihn mit seinen Eltern zeigt (er in der Mitte, sie mit stolzem Blick zu ihm aufschauend); ein Foto mit mir aus den Anfangstagen, als wir einen Berg besteigen wollten, dann aber den ganzen Tag in einem Lokal an der Talstation der Gondelbahn verbrachten. Und eine orangefarbene Stresswurst, die ich ihm mal zu einem runden Geburtstag geschenkt habe, die liegt auch auf seinem Schreibtisch. Sie ist aus einem undefinierbaren Material gefertigt und lässt sich auch mit größter Kraft kneten, ohne zu platzen oder die Form zu verlieren. Die linke vordere Ecke des Schreibtisches ist schließlich für die Kaffeetasse reserviert, die Frau Elsbeth meinem Mann jeden Tag um Punkt neun und um Punkt eins serviert. Mit einem Stück Süßstoff. Ohne Milch.

Frau Elsbeths und mein Büro hingegen ist eher spartanisch eingerichtet: in die Jahre gekommene zusammengestoppelte Büromöbel, ein paar Pflanzen in den lichtarmen Ecken, Frau Elsbeths Kalender mit Tiermotiven und an der Wand ein Schwarz-Weiß-Porträt von Titus' Großvater, dem ehrwürdigen Gründer der Kanzlei. Gütiges Lächeln eines alternden Herrschers. Laut Frau Elsbeth, die ihn noch persönlich in Amt und Würden erlebt hat, war er ein lustiges und sympathisches Kerlchen, das nie um einen Scherz verlegen war und die Damenwelt bis ins hohe Alter mit Komplimenten und Pralinen verwöhnt hat. Kurzum: ein Charmeur der ganz alten Schule, dem ich mich verbunden fühle, obwohl ich leider nicht mehr die Gelegenheit hatte, ihn kennenzulernen.

Auch er hieß bereits Titus. Eine ganze Reihe an Titussen gibt es in dieser Familie. Die Gene lassen sich übrigens nicht verleugnen. Großvater Ehrenfried steht dafür Pate: Mit breitem Gesicht und fleischigen Lippen, die verbliebenen fünf Haare quer über den Schädel gekämmt, sieht er durch seine Brille mit schmaler Fassung freundlich in die Ferne. Im Gegensatz zu seinem Enkel hätte er sich über unkonventionelle Methoden, die frischen Schwung in die Kanzlei bringen, bestimmt gefreut. Davon bin ich überzeugt.

Ich schenke Opa Ehrenfried ein Lächeln, bevor ich in der Küche unseren Teevorrat überprüfe. Welche Kräutermischung werde ich Frau Walsch zubereiten, um sie für das Gespräch zu stärken? Den *Fühl-dich-wohl*-Tee mit Lavendel und Kamille oder gleich den *Es-kann-nur-besser-werden*-Tee mit Hagebutte und Salbei? Nicht, dass ich mir davon eine plötzliche Glücksgefühl-Überschwemmung verspreche – doch wird der Tee mit verständnisvollen Worten angereichert, kann er durchaus den Blutdruck senken und ausgleichend auf das Gemüt wirken.

Gerade als ich aus der Teeküche zurückkehre, um Frau Elsbeth um ihre Meinung zu fragen, stürmt Titus mit hochrotem Gesicht aus seinem Büro. Er fingert an seinem Krawattenknoten, wie er es immer tut, wenn er besonders wütend ist und sich Luft machen muss.

»Wer hat mit dem Knall gesprochen?«

Ich sehe Frau Elsbeth an. Frau Elsbeth sieht mich an. Sie kennt Titus. Ich kenne Titus. Aber ich bin diejenige, die seinen Ärger noch länger spüren wird, das weiß Frau Elsbeth.

»Was ist passiert?«, fragt sie nonchalant.

Titus ignoriert sie. »Ursula«, sagt er leise, »ich glaube, du nimmst das hier nicht ernst.«

Er nennt mich Ursula. Ich weiß nicht, wohin ich schauen soll, fühle mich wie eine Schülerin, die von einem Lehrer zurechtgewiesen wird, weil sie beim Schummeln erwischt wurde. So sollte man sich nicht fühlen. Nicht mit fünfzig. Nein, niemand sollte sich so fühlen müssen. Egal in welchem Alter.

»Dieser Knall hat behauptet, dass du mit ihm Atemübungen gemacht hast.«

»Er war so aufgeregt«, sage ich. »Außerdem …«

»Und dass ich angeblich bei Vater-Sohn-Konflikten immer eine Lösung fände. Weil ich ein Genie sei.«

Er betont das Wort »Genie« ganz eigenartig.

»Mozart war ein Genie«, sagt Titus. »Maradona war ein Genie. Leonardo da Vinci war ein Genie. Aber ich«, – er schlägt mit der Hand auf die Kommode –, »ich bin einfach nur ein Anwalt, der hart arbeitet und sein Handwerk versteht.« Titus mustert mich forschend. »Machst du dich etwa über mich lustig?«

Ich schiele hinüber zu Opa Ehrenfried. Der hätte mich bestimmt in Schutz genommen. Er hätte verstanden, dass ich hier nur mein Bestes gebe. Ich möchte mich in eine meiner Fantasielandschaften flüchten, mit einer lachenden Sonne und Bäumen, die in den Himmel wachsen, und ...

»Ursula, ich rede mit dir. Kann es sein, dass du mich nicht verstehst? Dass du nicht verstehen willst, was wir hier tun?«

»Na, na.« Frau Elsbeth eilt mir zu Hilfe. »Chef, niemand will Ihnen schaden. Im Gegenteil.«

»Umso erfreulicher.« Titus flüstert jetzt. Höchste Alarmstufe. »Ich werde es dir nicht noch einmal sagen, Ursula. Hör auf damit. Bitte hör auf damit.«

»Aufhören? Womit? Gut über dich zu sprechen?«

Ich spüre, wie mir die Tränen kommen. Ein ganzer See, der nur darauf wartet, über die Ufer zu treten.

»Du weißt schon, was ich meine.«

»Ach ja?« Plötzlich spüre ich eine Wut, die die Scham verdrängt. »Ich fürchte aber, du verstehst mich nicht! Weil wir hier nämlich tagein, tagaus deine Klienten betreuen, bevor sie zu dir vorgelassen werden. Was glaubst du eigentlich, wie viele von denen überhaupt in der Lage wären, mit dir zu sprechen, wenn wir sie vorher nicht beruhigt hätten?«

Mein Herz hämmert in meiner Brust. Wenn ich etwas nicht ertrage, dann ist es, ungerecht behandelt zu werden. Außerdem ist es nicht in Ordnung, dass er mich vor Frau Elsbeth zurechtweist. Ich tausche einen Blick mit ihr. In ihren Augen liegt die ganze Güte der fortgeschrittenen Jahre.

»Du glaubst also wirklich, dass dein Tee eine Wirkung hat.« Er macht eine wegwerfende Handbewegung. »Oder diese Atemübungen.«

Ich atme tief durch. »Was wir machen, hat sehr wohl eine Wirkung«, erkläre ich mit fester Stimme. »Und du solltest das verdammt nochmal respektieren.«

Ich stehe auf. Die Luft knistert.

Titus steht immer noch da, das Telefon in der Hand. Eine jüngere Version seines Großvaters, größer und schlanker, aber die Ähnlichkeit ist unverkennbar.

»Du gehst?«, fragt er und streicht sich nervös übers Kinn.

»Allerdings«, erkläre ich. Und diesmal halte ich seinem Blick stand.

»Vergiss nicht, wir sind heute bei meinen Eltern«, sagt Titus.

Ich halte vor Schreck die Luft an.

»Schöne Grüße von mir«, sagt Frau Elsbeth. »Er war ein guter Chef. Wie Sie natürlich auch«, beeilt sie sich, mit einem Blick auf Titus hinzuzufügen.

»Richte ich aus.« Ich schalte den Computer ab. Wie gut der es hat, er kann jetzt schlafen gehen. Dann hänge ich mir die Tasche über die Schulter und richte mich auf.

»Ist noch was?«, frage ich Titus.

Er steht nur da, ohne ein Wort.

Doch als ich rausgehe, höre ich, wie er Frau Elsbeth bittet, Herrn Knall anzurufen und zu ihm durchzustellen.

Jetzt helfen nur noch Räucherstäbchen.

2

»Was meinst du mit: Er hat sich verändert?«, fragt Meret.

Ich klemme das Telefon zwischen Ohr und Schulter, während ich den Bügel mit dem schwarzen Kleid vor den Oberkörper halte und mein Spiegelbild mustere. Gesmoktes Oberteil. Schick, aber overdressed für den Abend. Die Schwiegereltern mögen es sportlich-lässig. *Leger*, wie sie es nennen. Bitte zieht euch was Legeres an.

»Hallo, bist du noch da?«

»Klar, sorry. Wir sind bloß heute Abend bei Titus' Eltern, und ich …«

»So schnell kommst du mir nicht raus aus der Nummer, Uschi. Noch einmal: Was bedeutet, er hat sich verändert?«

Ich hänge das Kleid zurück in den Schrank und setze mich aufs Bett – auf den Patchwork-Überwurf, den ich in einem Handarbeits-Anfall vor einigen Jahren selbst genäht habe. Noch ohne Lesebrille und gesegnet mit einer ordentlichen Portion Geduld. Ich lasse den Blick schweifen. Alles in diesem Raum ist makellos sauber und an seinem Platz: der Spiegelschrank, die Kommode mit den Fotos von Titus, seiner Tochter Livia und mir, darüber ein gerahmter Druck (abstrakt, aber dennoch gefällig, um den Schlaf nicht zu stören), die Duftkerze (»betörend-sinnlich«) in ihrem verzierten Glas – der Raum könnte einer *Schöner-Wohnen*-Bildstrecke entnommen sein. Nur in mir drin, da herrschen Unordnung und Aufruhr.

»Am Anfang wollte Titus zu allem meine Meinung wissen. Und es war sehr erwünscht, dass ich mich einbrachte. Wenn ich ihn gefragt habe, ob es okay sei, wenn ich mich mit den Klienten vorab unterhielte, hieß es immer: Natürlich, was fragst du? Du bist Teil der Firma. Du gehörst dazu. Mach, was du für richtig hältst. Daran erinnerst du dich doch auch, oder? Manchmal frage ich mich schon, ob ich mir das vielleicht nur einbilde.«

»Klar. Genauso war das«, bestätigt Meret. »Haargenau meine Erinnerung. Alles, was du vorgeschlagen hast, war willkommen. Ich war voller Ehrfurcht.«

»Ehrfurcht?«

Das scheint mir jetzt doch zu hoch gegriffen. Ehrfurcht hat Meret vor kaum etwas.

»Davor, dass du dir einen Mann geschnappt hast, der nicht nur einen guten Job hatte, sondern auch noch so wahnsinnig aufmerksam war.«

»Eben. Er hat mir jeden Fall haarklein erzählt. Abends haben wir oft noch stundenlang zusammengesessen und diskutiert, weil ich angeblich so ein gutes psychologisches Gespür habe. Genauso hat er's formuliert: psychologisches Gespür. Und heute …«

Ich seufze.

»Ja?«

Ich werfe einen Blick auf die Uhr. Halb sieben.

»Du, ich muss mich fertig machen. Können wir morgen …?«

»Nichts da. Also: Was ist heute mit deinem Gespür? Ich will live dabei sein bei eurer Ehekrise. In meinem

Freundeskreis verstehen sich im Moment alle viel zu gut. Das ist furchtbar langweilig.«

»Du bist ein Vampir«, sage ich. »Labst dich am Unglück der anderen.«

»Lass mir meine kleinen Freuden.« Jetzt ist sie es, die seufzt.

»Na wenigstens eine, die sich darüber freut«, sage ich.

»Übrigens: Es sind immer die Kleinigkeiten, die am Ende in eine Katastrophe münden. Geschirrspüler schief eingeräumt? Servietten falsch gefaltet? Willkommen beim Scheidungsrichter.«

»Meret, bitte.«

»Spann mich nicht auf die Folter! Also, was hat unser Superanwalt ausgefressen?«

»Er hält mich von seinen Klienten fern. Ich soll nicht mehr mit ihnen reden. Ganz ehrlich: Was tue ich dann noch dort? Er weiß genau, wie gerne ich mit ihnen plaudere. Das ist es, was ich kann: sie in ihrer Lage unterstützen, ihnen zuhören. Aber es ist nicht mehr erwünscht. Wahrscheinlich wäre es ihm am liebsten, wenn ich einfach nur seine Termine eintrage und ansonsten den Mund halte.«

Ich spüre ein dumpfes Ziehen in der Magengegend. Mein Herz ist wie eingeschnürt. Und dort, wo früher die Leichtigkeit saß, macht sich Enttäuschung breit.

»Hm«, brummt Meret. »Vielleicht bist du zu gut?«

Mir entfährt ein spitzes »Ha!«. Die macht sich doch über mich lustig.

»Ich weiß ja nicht, aber könnte es sein, dass du dich vielleicht auch verändert hast?«, sagt sie jetzt. »Nur so eine These.«

»Meret, was soll das? Bist du auf seiner Seite?«

»Natürlich nicht. Ich versuche es nur zu verstehen. Versetze dich mal in seine Lage. Also, wenn du er wärst: Warum würdest du wollen, dass du den Kontakt zu den Klienten abbrichst?«

Ich überlege. »Weil ich mir nicht mehr traue?«

»Okay. Gibt es dafür einen Anlass?«

»Nicht, dass ich wüsste.«

»Und sonst?«

»Weil da jemand ist, dem ich mehr vertraue?«

»Gibt es dafür Anzeichen?«

Ich atme tief ein und aus. Überlege. Hat Titus tatsächlich das Vertrauen zu mir verloren? Aber warum? Ein Abgrund tut sich auf.

»Entschuldige, ich will dich nicht verunsichern, Süße«, sagt Meret schnell. »Ich liefere dir nur Stoff zum Nachdenken.«

»Danke, aber ich fürchte, dieser Stoff geht mir nicht aus.«

»Und noch was: Wenn du dir ganz sicher bist, dass du dich nicht verändert hast – dann solltest du es möglicherweise tun.«

»Wie meinst du das jetzt wieder?«

Und da fällt mein Blick in den Spiegel, diesmal ohne Kleid in der Hand. Ich sehe diese ältere Frau auf dem bunten Bettüberwurf sitzen. Runder Rücken, eingezogene Schultern, ein Häufchen Elend. Sofort strecke ich den Rücken durch und fahre mir mit den Fingern durchs Haar.

Du siehst haargenau so aus wie Annette Frier – das habe ich früher oft gehört. Wegen der Frisur, der Stupsnase und den Wangengrübchen, nehme ich an. Heute sehe ich gar nicht mehr so aus wie Annette Frier. Eher wie Annette Frust. Keinen Tag jünger als einundfünfzig. Zerknittertes Gesicht, zerknitterte Seele. So kann ich unmöglich bei den Schwiegereltern aufkreuzen. Vielleicht ist es das, was Meret meint, wenn sie sagt, ich soll mich verändern: Ich soll den Spaß wiederfinden. Das Leben besteht ja nicht nur aus Arbeit. Im Gegenteil. Vielleicht sollte ich mir wieder mal was gönnen. Ein Erholungswochenende in der *Einsiedelei*, dem Wellnessbauernhof in den Bergen. Oder Kurzurlaub am Meer mit Meret. Oder allein. Man kann ja auch sehr gut alleine auf Urlaub fahren.

»Rot oder grün?«, frage ich.

Meret ist verwirrt. »Wie bitte?«

»Ich kann mich nicht entscheiden. Soll ich die rote Bluse anziehen oder die grüne?«

»Lodengrün oder froschgrün?«

»Apfelgrün.«

»Dann die rote. Trinken wir morgen ein Gläschen zusammen? Ich habe einen neuen Verehrer.«

Meret und die Männer. Tausendundeine Affäre. Ich kann die Toms und Kilians und Manfreds nicht mehr unterscheiden. Meret ist fünf Jahre jünger als ich, in Sachen Liebeserfahrung aber ist sie ein Methusalem. Ich hingegen bin eine treue Seele. Immer gewesen. Langweilig würde Meret es nennen. Und ja, bestimmt habe ich kein besonders abenteuerliches Leben. In der anderen Waagschale aber liegt, was mir mehr bedeutet: Sicherheit. Verlässlichkeit. Und Stabilität.

»Um fünf im *Liebstöckel*«, sage ich, bevor ich das Gespräch beende und die rote Bluse vom Bügel streife.

»Na so was, heute in Signalfarbe!«

Das sind Hildes erste Worte, nachdem sie die Tür geöffnet hat. Wir sind ein wenig zu spät, aber daran sind Hilde und Titus senior schon gewöhnt. Deren Sohn hat im Auto noch mehrere *Calls* abgewickelt, wie er es nennt – Gespräche mit befreundeten Anwälten und Klienten, die natürlich nicht aufgeschoben werden konnten. Immer wieder haben wir am Straßenrand angehalten, weil Titus in seinen Unterlagen blättern musste. Dabei haben wir nicht mehr als drei Sätze miteinander gesprochen.

Titus' Eltern wohnen in Neukönigsdorf, einer Siedlung in einer der plattesten Gegenden des Landes. Schlösser gibt es hier keine, von einem König haben wir auch noch nicht gehört – aber Dorf trifft es ganz gut. Am Rande einer Wohnsiedlung mit weiß getünchten Niedrigenergiehäusern haben sie sich vor einigen Jahren einen Bungalow als Alterssitz errichten lassen. Ohne das kleinste Hindernis, ohne Stufen und Stolperfallen. Vorausdenkend und vernünftig – das Haus als Ebenbild ihrer selbst. Weder Bäume noch Sträucher oder Beete, weil das alles nur Arbeit macht, wie Hilde nie vergisst zu betonen. Und gearbeitet habe sie in ihrem Leben wahrlich genug. Nun sei die junge Generation dran.

Mit der jungen Generation meint sie ihren Sohn. Zwar ist der auch schon dreiundfünfzig, aber für Mama bleibt er der kleine Stöpsel, der er einmal gewesen ist. Sie nennt ihn manchmal immer noch *Bub*, obwohl sie sich auf die Zehenspitzen stellen muss, um ihm an die Brust zu reichen. Hilde ist klein, zierlich und flink.

»Und? Wie geht's in der Kanzlei?«

Die immer gleichen Fragen, die Titus immer gleich beantwortet: »Alles bestens, Mutti. Was gibt's heute zum Essen?«

Sein erster Weg führt ihn wie immer schnurstracks in die Küche, wo er die Deckel von den Kochtöpfen hebt und die Nase in den Dampf steckt. »Mmh, wie das riecht! Ex-zel-lent.«

Ich bleibe wie immer im Flur stehen und warte, bis Titus senior aus seinem Arbeitszimmer humpelt. In letzter Zeit wollen die Knie nicht mehr so wie er, und das empfindet er als himmelschreiende Ungerechtigkeit.

»Ursula, Liebes, alt werden ist nicht schön.« Das sagt er jedes Mal zur Begrüßung, und auch dieses Mal lässt er es nicht aus. Dabei schiebt er sich langsam an der Wand voran. Der Anblick schmerzt. Ich habe den alten Mann in mein Herz geschlossen. Er hakt sich bei mir unter. »Gehen wir schon mal vor ins Esszimmer, Ursulinchen. Schicke Bluse!«

Er geht stramm auf die achtzig zu, aber seine Augen unter den wild wuchernden weißen Brauen sind immer noch hellwach. Einem Titus Ehrenfried macht man nichts vor.

»Grüße von Frau Elsbeth«, sage ich.

»Die gute Seele, immer noch nicht in Rente?«

»Ich glaube, sie wird uns erst verlassen, wenn sie mit den Füßen voran hinausgetragen werden muss.«

Titus senior lacht. Das gefällt ihm, diese Hingabe für die Arbeit. Das ist die Welt, die er kennt und in der alles seine Ordnung hat. Er und Frau Elsbeth waren das perfekte Team. Die beiden verstanden sich ohne ein einziges Wort. Sie wusste immer instinktiv, wann es besser war, ihn nicht zu stören, und wann sie in seinem Büro willkommen war. Es war eine Art telepathische Büro-Ehe, die Hilde mit Argusaugen verfolgte, an der aber letztlich niemand etwas auszusetzen hatte.

Der Dielenboden knarzt. Mein Schwiegervater setzt sich an seinen angestammten Platz am ovalen Esstisch, der liebevoll gedeckt ist: Spitzentischtuch, Stoffservietten, das gute Besteck. In der Ecke tickt die Pendeluhr, an der Wand hängt eine Frühlingslandschaft in Öl aus dem Pinsel eines regionalen Hobbymalers, mit dem Titus senior seit Jahrzehnten befreundet ist. Im Bücherregal hinter Glasvitrinen steht wie eh und je das obligatorische *Meyers Konversationslexikon* neben diversen *Reader's-Digest*-Ausgaben der großen Werke der Weltliteratur. Auf der blank geputzten Kommode mit Intarsien liegt immer ein Packen Spielkarten bereit. Einmal die Woche wird im Hause Ehrenfried tarockiert.

»Wein? Bier?« Titus senior hält eine Flasche hoch.

»Danke, ich bleibe beim Wasser«, antworte ich und weiß: Jetzt kommt die Geschichte mit dem Wodka Martini. Und so ist es.

»Alkohol konserviert, Ursulinchen. Mein Vater hat noch mit neunzig jeden Tag seinen Wodka Martini getrunken. Und? Hat's ihm geschadet?«

Ich lächle, hebe das Wasserglas und proste ihm zu. In diesem Haus herrschen eherne Gesetze. Und genau das ist es auch, was ich am Leben mit Titus schätze: Er bietet mir in diesen verrückten Zeiten eine konstante Welt, in der alles seine Regelmäßigkeit hat.

Bei uns daheim wurde nicht groß gekocht. Ein Wurstbrot musste reichen, wenn Mama abends völlig geschafft von der Arbeit nach Hause kam. Sie saß damals an der Supermarktkasse – vor Erfindung des Scanners, wohlgemerkt. Sie hatte alle Preise im Kopf. Wenn ich damals nach dem Beruf meiner Eltern gefragt wurde, sagte ich immer: »Meine Mama ist Managerin.« Und das war nicht gelogen. Sie managte mich, den Haushalt, die Arbeit, das Leben. Ohne Unterstützung. Mein Vater war nach und nach versickert – ich weiß nicht, wie ich es anders nennen sollte. Anfangs kam er noch hin und wieder vorbei, dann gingen wir in den Zoo oder in den Park. Aus dieser Zeit gibt es noch Bilder, auf denen er den Arm um mich legt, um seine Fürsorge zu demonstrieren. Bald darauf fand er eine neue Frau, und die Besuche wurden spärlicher, bis er eines Tages überhaupt nicht mehr auftauchte und nur noch als schmerzende Leerstelle vorhanden war.

Weshalb muss ich jetzt daran denken? Ich nehme einen Schluck Wasser, um die Erinnerungen zu vertreiben. Du bist nicht mehr neun, Uschi, ermahne ich mich. Erwachsenen stehen diverse Mechanismen zur Verfügung, um mit Rückschlägen aller Art zurechtzukommen.

Aus der Küche dringen Gesprächsfetzen ins Esszimmer. Ein paar Worte kann ich verstehen, andere gehen in Topfgeklapper oder in Titus juniors Erzählungen unter. »Umstrukturierung ... notwendig ... murmel, murmel ... Konstrukt, weil ... Papa doch auch ... größere Investition ...«

Umstrukturierung? Der Kanzlei? Wovon redet Titus da? Und weshalb weiß ich nichts davon?

Ich bin alarmiert. Jetzt aber kommt erst einmal die Frittatensuppe ins Spiel. Hilde stellt die dampfende

Schüssel auf einem Korkuntersetzer in der Mitte des Tisches ab. Titus kommt mit dem Brotkorb hinterher. Er sitzt wie immer zu meiner Linken, Hilde uns gegenüber.

Die Pendeluhr tickt, man hört das Klappern der Löffel in den Suppentellern, dann und wann fährt ein Auto am Bungalow vorbei und schickt sein Scheinwerferlicht durchs Esszimmer.

»Ach ja«, sagt Titus mit einem Mal zu mir. »Dein Handy.«

»Was ist damit?«

»Es hat gesurrt vorhin.«

»Gesurrt?«

»Vibriert. Was weiß ich.«

Ah. Ich hatte meine Tasche im Flur abgestellt und dort vergessen.

»Sicher nicht wichtig.«

Weiteres Geklapper.

Titus hält inne. »Hervorragend, Mutti«, lobt er. »Wer diese Suppe ein einziges Mal bei dir gegessen hat, der wird sie nie wieder in einem Gasthaus bestellen.«

Hilde senkt verlegen den Blick und greift nach ihrer Halskette. »Nicht doch«, sagt sie bescheiden. Dann wendet sie sich an ihren Mann: »Weißt du, dass der Bub umbauen wird?«

»Nicht umbauen«, korrigiert Titus. »Umstrukturieren. Das hat mit der rechtlichen Konstruktion der Kanzlei zu tun. Die Räume bleiben, wie sie sind.«

»Das ist ja interessant.« Ich lege den Löffel in den Suppenteller. Mir ist der Appetit vergangen. »Davon weiß ich gar nichts.«

»Ach, nichts Wichtiges.« Titus schüttelt den Kopf. »Ich

hole mir nur einen Partner dazu. Ich schaffe das alles nicht mehr allein. Zu erfolgreich, wenn man so will.« Er lächelt schief und rückt die Brille auf der Nase zurecht.

Zu erfolgreich. Das muss einem erst mal einfallen. Natürlich freue ich mich, doch zugleich schlägt das innere Alarmsystem an. Warum hat er mir verheimlicht, dass er einen neuen Partner an Bord holt?

»Alles in Ordnung, Ursulinchen?«, fragt Titus senior. Er hat sofort gemerkt, dass etwas nicht stimmt, und legt seine Hand auf meine – nur für einen Moment, aber ich spüre, dass er sich sorgt.

Ich nicke ihm zu und schenke ihm ein Lächeln. »Alles gut«, murmle ich.

Jetzt blickt auch Hilde zu mir herüber. »Noch Suppe, Ursula?«

Ich lege die Hand auf meinen Bauch und schüttle den Kopf. »Unmöglich«, sage ich.

»Uschi isst wie ein Spatz«, lügt Titus und grinst.

Mir ist nicht zum Lachen zumute. Mit dir bin ich noch nicht fertig, mein Lieber. »Gratulation«, sage ich.

»Zu was?«, fragt er. »Dass ich eine Frau habe, die wie ein Spatz isst?«

»Zur Umstrukturierung«, antworte ich. »Schön, dass ich das auch erfahre.«

Er schenkt mir einen Blick der Marke Das-ist-jetzt-nicht-der-richtige-Zeitpunkt und bekommt von mir einen Darüber-sprechen-wir-noch-verlass-dich-drauf-Blick zurück.

»Entschuldigt mich bitte. Ich muss mal kurz …« Ich schiebe meinen Stuhl zurück und stehe auf.

Auf dem Weg zur Toilette nehme ich den Umweg über

den Flur und hole das Handy aus meiner Tasche. Tatsächlich. Vier Anrufe in Abwesenheit! Ist was passiert? Sonst ruft mich doch auch niemand an. Unbekannte Nummer. Und eine neue Nachricht auf der Mobilbox. Mit klopfendem Herzen höre ich sie ab. Die Nachricht ist schlecht zu verstehen, ich soll wohl einen Herrn Koppenrat zurückrufen. Dringend.

Also gut. Ich rufe zurück. Ein Tonband springt an. »Notariat Koppenrat. Sie erreichen uns außerhalb unserer Bürozeiten ...«

Ach so. Was Berufliches. Frechheit, dass dieser Koppenrat es wagt, mich um acht Uhr abends zu belästigen! Als ob es nicht reichen würde, dass ich von neun bis vier in der Kanzlei erreichbar bin. Ich stecke das Handy zurück in die Tasche und ordne meine Haare vor dem Spiegel. Dort sieht mir wenigstens wieder Annette Frier entgegen. Jetzt noch ein Lächeln aufsetzen – na bitte, geht doch. So. Und nun zurück ins Esszimmer. Der Schweinebraten wartet.

Es ist stockfinster, als wir den Heimweg antreten. Hilde und Titus senior winken uns von der Türschwelle aus. Titus junior setzt den Wagen zurück und legt dabei den Arm um den Beifahrersitz.

»Das war doch wieder einmal nett, findest du nicht?«, sagt er.

Ich ziehe es vor, nicht darauf zu antworten.

»Komm, Uschi, bist du etwa beleidigt, weil ich dich wegen der Umstrukturierung nicht um Erlaubnis gefragt habe?«

»Um Erlaubnis?« Ich spüre, wie die Wut wieder in mir

hochkocht. Titus schaut konzentriert auf die Straße. Er ist tiefenentspannt, wie immer nach einem ausführlichen Essen.

»Weißt du, wie ich mich fühle, Titus? Vollkommen isoliert. Allein. Wir führen doch eine Ehe – oder etwa nicht?«

Jetzt kratzt Titus sich doch ein wenig nervös das Kinn. »Wird das jetzt was Grundsätzliches?«

»Ich denke schon«, sage ich.

»Du bist also grundsätzlich unzufrieden.«

»Es geht nicht um Befindlichkeiten«, sage ich mit wachsendem Zorn. »Es geht darum, was hier gerade passiert. Dass du mich aus deinen Entscheidungen ausschließt. Dass ich nicht mehr mit deinen Klienten sprechen darf. Dass es nicht mehr erwünscht ist, wenn ich mich einbringe.«

Pause. Er blickt zu mir herüber. »War's das?«

»Reicht das noch nicht?«

»Ich möchte nur sicher sein, dass ich verstanden habe, was du mir vorwirfst.«

»Ich werfe dir nichts vor, Titus, ich stelle fest.«

Ich versuche, vernünftig zu sein. Ganz ruhig. Fakten auf den Tisch. Bloß nicht emotional werden, damit kann er nichts anfangen.

»Du meinst den Knall heute.«

»Nicht nur den Knall. Ich könnte dir zig Beispiele aufzählen.«

»Du führst eine Liste über meine Vergehen?«

»Natürlich nicht. Versuch nicht, vom Thema abzulenken.«

»Falls du auf die Umstrukturierung anspielst: Du

willst also, dass ich dich konsultiere, bevor ich eine unternehmerische Entscheidung treffe, ist es das?«

Typisch Titus. So typisch. Plustert alles auf, bis mir meine eigenen Bedenken lächerlich vorkommen.

»Ich will einfach Teil deines Lebens sein! Ich habe das Gefühl, ich sitze auf der Ersatzbank. Das war doch früher auch nicht so.«

»Du meinst, da habe ich dich mitspielen lassen, um in deinem Bild zu bleiben.«

Ich schöpfe Hoffnung. Er versteht es. Er versteht mich.

»So ist es«, bestätige ich. »Ganz genau.«

»Aber jetzt ist eben Klaus da«, sagt er. »Ein neuer Trainer, wenn du so willst.«

Wie bitte? Ich glaube, nicht richtig gehört zu haben. »Und wer ist jetzt Klaus?«

»Mein Partner. Den ich mit ins Spiel hole.«

»Und da brauchst du mich nicht mehr«, stelle ich fest.

»Uschi, bitte.«

»Das wolltest du doch damit sagen, oder etwa nicht?«

»Klaus hat gemeint, wir sollen mit der psychologischen Klientenbetreuung aufhören, das bringt nur Verwirrung rein.«

Da bleibt mir die Luft weg. »Psycho... was? Halt an. Halt sofort an.«

Mein Herz schlägt wild in meiner Brust. Er hat einen Einflüsterer, dem nicht passt, was ich mache? Aber nicht mit mir, mein Lieber. Nicht mit mir.

Titus fährt unbeirrt fort. »Immer mit der Ruhe. Klaus ist ein wirklich fähiger Notar. Gemeinsam sind wir die Marktführer auf dem Gebiet des Erbrechts. Du wirst ihn bald kennenlernen, dann wirst du mir recht geben.«

»Recht geben? Wobei? Dass es richtig war, mich abzuschießen? Ich habe gesagt: Halt an.«

»Da vorn ist die Autobahnauffahrt. Du wirst ja wohl hier nicht aussteigen.«

»Doch. Werde ich.« Ich presse den rechten Fuß so fest auf die Matte, als wäre darunter ein zweites Bremspedal versteckt.

Titus bremst, blinkt und fährt rechts ran.

»Okay«, sagt er. »Wie du willst.«

Ich reiße die Tür auf, springe aus dem Wagen. Und jetzt?

Es ist stockfinster. Keine Ahnung, wo wir sind.

Titus beugt sich über den Beifahrersitz und sieht zu mir hoch. »Hast du dich beruhigt? Dann steig wieder ein.«

Ha! Da kann er lange warten. Ich schlage die Tür heftiger zu als notwendig und marschiere in die Nacht hinaus.

Am Horizont glimmen ein paar Lichter. Darüber wölbt sich ein Himmel ohne Sterne. Glanzlose Nacht. Was für ein Omen. Weit sind wir nicht gekommen. Vor mir leuchtet ein Straßenschild im Scheinwerferlicht: Altkönigsdorf 3 km. Ich drehe mich um. Der A6 steht immer noch unbewegt am Straßenrand, lautlos und beleuchtet wie ein UFO.

Mein Telefon summt, aber ich gehe nicht ran, sondern stapfe wütend weiter.

Als ich mich das nächste Mal umdrehe, ist der Wagen fort.

3

Meret greift in die Schale und stopft sich eine Handvoll Erdnüsse in den Mund. Die ganze Frau riecht bereits geröstet und gesalzen. Als sie wieder sprechen kann, sagt sie: »Irre, Uschi. Du überraschst mich immer wieder. Ich wusste gar nicht, dass du so impulsiv bist.«

»Um ehrlich zu sein: Ich auch nicht«, gebe ich zu.

Ich sonne mich in Merets Aufmerksamkeit und schmücke mein Erlebnis ein wenig aus. »Da war keine Menschenseele auf der Straße. Gehsteige hochgeklappt und die Häuser zappenduster. Nur ein Käuzchen hat gerufen. Plötzlich sehe ich ein Tier über die Straße huschen. Genau habe ich's nicht gesehen, aber es hätte ein Fuchs sein können.«

»Ein Fuchs?« Meret hält im Kauen inne.

»Natürlich, in solchen Siedlungen finden sie ja alles, was sie zum Leben brauchen. War mir trotzdem nicht geheuer, hab lieber die Straßenseite gewechselt.«

Okay, hier lehne ich mich ein wenig aus dem Fenster. Wahrscheinlich war es nur eine zu groß geratene Katze, aber so sicher kann man sich nicht sein, es war ja schließlich dunkel.

»Und Titus? Ich meine, ist er zurückgekommen?«

Ich schüttle den Kopf. »Ich wäre auch nicht eingestiegen. Hab mir ein Taxi gerufen und war sogar noch vor ihm zu Hause. Der Fahrer kannte wohl irgendwelche Schleichwege. Du kannst dir nicht vorstellen, wie erstaunt er war, als er reinkam und mich auf der Couch sitzen sah.«

»Was hast du gesagt?«

»Das hat aber lange gedauert!«

»Und er?«

»Fand das nicht witzig.«

Meret grinst. »Gefällt mir. Guter Plot-Twist.«

Sie liebt Daily Soaps und operettenhafte Beziehungskomödien. Wann immer sie ein paar Minütchen aus ihrem Alltag herausschinden kann, sitzt sie vor der Glotze. Noch lieber ist es ihr allerdings, wenn es sich um echte Geschichten handelt, aus dem Suppentopf des Lebens geschöpft sozusagen.

Wir sitzen im *Liebstöckel*, unserem Lieblingslokal. Modern-rustikales Ambiente, dezentes Licht, das die Fältchen charmant kaschiert, Bluesrock im Hintergrund und an der Bar Roland mit seinem Hipster-Bärtchen, der immer ein nettes Tischchen für uns hat.

»Und dann?«, fragt Meret. »Wie ist es ausgegangen?«

»Gar nicht. Wir haben uns angeschwiegen und irgendwann schlafen gelegt.«

Für Meret mag die Geschichte ja unterhaltsam klingen, aber ich bin ein wenig schockiert von mir selbst: Bin ich tatsächlich aus dem Auto gesprungen? Normalerweise gehe ich Konfrontationen aus dem Weg, ich bin nämlich eine miserable Streiterin. Konflikte kosten mich enorm viel Kraft, und meistens führen sie ohnehin zu nichts.

Auch Titus hat sich aufs Schweigen verlegt, sodass wir den Rest des Abends in der Wohnung stumm aneinander vorbeigeschlichen sind. Was ich noch an Fragen hatte, notierte ich mir deshalb auf meiner inneren To-ask-Liste: Warum schließt du mich aus deinen Entscheidungen aus? Warum passt es dir plötzlich nicht mehr, wenn ich versuche, das Klima in der Kanzlei zu verbessern? Und warum erzählst du deiner Mutter mehr als mir? Okay, ob ich die letzte Frage wirklich stelle, werde ich mir noch durch den Kopf gehen lassen. *Deine Mutter oder ich* kommt bei Männern selten gut an.

Auf jeden Fall habe ich gestern Nacht nicht im Schlafzimmer, sondern auf der Couch geschlafen. Und heute Morgen war ich auch nicht im Büro. Wozu auch? Titus hat ja jetzt Klaus. Soll der Wunderwuzzi ihm doch die Termine eintragen, wenn er sich schon in meine Arbeit einmischt.

Mit Wehmut erinnere ich mich an die Anfangsphase unserer beruflichen Gemeinschaft. Ich hatte meinen Job im Reisebüro verloren, und Titus überredete mich so lange, zu ihm in die Kanzlei zu wechseln, bis ich gar nicht mehr anders konnte, als zuzusagen. Wo ist dieses Vertrauen geblieben? Kann es sein, dass es mit den Jahren einfach verpufft ist? Die halbe Nacht habe ich über diese Fragen gegrübelt, ohne eine Antwort darauf zu finden.

»Was gibt's Neues aus der Flirtzone?«, frage ich Meret mit dem dringenden Bedürfnis nach einem Themenwechsel. Gehirn auslüften, mal an was anderes denken, Stimmung drehen. Wenn ich mich recht erinnere, hatte sie gestern ein Date.

Meret hat sämtliche Erdnüsse aufgeknabbert und zeigt Roland das leere Schüsselchen, auf dass er es auffülle.

Roland lächelt und nickt zum Zeichen, dass er verstanden hat. Ich vermute, dass er ein wenig in Meret verknallt ist. Wäre ich auch an seiner Stelle. Denn wenn ich Annette Frier bin, dann ist Meret ... hm, sagen wir: Christine Neubauer. Vollbusig und insgesamt üppig; jede Menge Kurven, und alle an den richtigen Stellen. Eine Sanduhrfigur, wie sie im Buche steht. Ihren Schmollmund wird man nie aufspritzen müssen, weil der von Natur aus prall ist. Meret ist eine Sexbombe mit Betonung auf *Bombe*: Wenn sie stinkig ist, explodiert sie binnen Sekunden. Ist sie gut gelaunt, ist sie die beste Freundin der Welt – loyal, unterstützend und unheimlich witzig.

»Flirtzone? Wie bist denn du drauf?« Meret verzieht das Gesicht. »Aber ich sag dir: Das war der größte Reinfall meiner Liebeskarriere. Der allergrößte.«

»Komm schon, das sagst du immer.«

Gespielt erboster Blick. »Also bitte, Uschi. Du warst ja nicht dabei.«

»Dann nimm mich halt mit zu deinen Dates!«

Das schlage ich Meret übrigens nicht zum ersten Mal vor – also dass ich unauffällig am Nebentisch sitze, um ihre Verehrer unvoreingenommen zu beurteilen. Dann wüssten wir wenigstens beide, wovon wir reden. Aber so bin ich auf ihre lückenhaften und äußerst subjektiven Nacherzählungen angewiesen.

»Und bist du sicher, dass Robert ...«

»Welcher Robert? Er hieß Roman.«

Vergangenheitsform. Er hieß. Also hat sie ihn schon wieder in die Untiefen der Dating-Plattform entlassen wie einen Fisch, den man zurück ins Meer wirft, weil einem die Schuppen doch nicht gefallen.

Immerhin trotzt sie ihrem Alleinerziehenden-Dasein die größtmögliche Portion Spaß ab. Sagenhaft, wie abenteuerlustig sie ist. Und sie hält sich nie mit ihrer Meinung zurück – auch hierin sind wir grundverschieden. Mit Ende vierzig lebt sie mit ihren Kindern Florentin und Kassandra, genannt Flo und Cassy, in einer lockerflockigen Wohngemeinschaft inklusive Essens- und Bringdienst. Man könnte auch sagen: Mama-Taxi mit der Lizenz zur Sechzig-Stunden-Woche. Neben dem Mutter-Dasein ist sie nämlich auch noch ein erfolgreiches EPU. Bedeutet: Ein-Personen-Unternehmen. Sie berät Start-ups in puncto Markenaufbau, Marktkommunikation und Werbung und hat enorm viele Aufträge. Ich bin dafür, bei alleinerziehenden EPUs noch ein K für »Kinder« dranzuhängen, um deren Realität sichtbar zu machen: EPUK. Die sollten dann auch speziell gefördert werden, finde ich. Schließlich beobachte ich bei Meret immer wieder fasziniert, was sie alles zugleich auf die Reihe bekommt. Manchmal erinnert sie mich an Kali, die indische Göttin mit den vielen Armen.

»Warum hast du diesen Roman überhaupt getroffen, wenn du schon wusstest, dass er mit siebenundvierzig noch bei seiner Mama lebt und in seinem Kinderzimmer Gras raucht, statt zu arbeiten?«

Meret hebt die Hand. »Stopp. Du übertreibst maßlos. Er raucht *hin und wieder*. Und er hat auch schon mal gearbeitet. Also ...« Nachdenkpause. »Vor einiger Zeit. Hat er. Zumindest. Einmal. Gearbeitet.« Ihre Stimme wird leiser und leiser.

»Dann ist ja alles gut.«

Meret seufzt und spielt mit einem Untersetzer.

Ich habe mich, was Fortpflanzung betrifft, übrigens für die bequemste Lösung entschieden, allerdings ohne es zu planen: für ein Kind, das ich nicht selbst ausbrüten und zur Welt bringen musste. Weil es nämlich schon da war. Titus' Tochter aus erster Ehe: Liv, heute 23 und gefragte Schlaf-Influencerin mit fast einer halben Million Followern. Als ich sie kennenlernte, war sie schon aus dem Gröbsten raus und gleichzeitig noch nicht in der Pubertät. Das angenehmste Alter, um sich unvoreingenommen anzunähern und Freundschaft zu schließen. Ich bewundere Liv für ihren Optimismus und die Fähigkeit, ihre Ziele mit unerschütterlicher Beharrlichkeit zu verfolgen. Da sie als Teenager eine ziemliche Schlafmütze war, habe ich mal zu ihr gesagt: Für dich wäre ein Job am besten, den du im Schlaf erledigen könntest. Damals steckten die sozialen Medien noch in den Kinderschuhen, aber heute hat sie es tatschlich geschafft: Sie lebt von ihrer Instagram-Reichweite und ihren Werbepartnern, vom Pyjama-Hersteller über den Bettdecken-Produzenten bis zum Baldriantropfen-Händler. Liv ist heute erfolgreiche Unternehmerin mit einem Gespür für Trends. Sie war es auch, die mir geholfen hat, mich bei und mit Titus zu Hause zu fühlen. Wenn ich nach einem Streit mit ihm mit dem Gedanken spielte, mich von ihm zu trennen, dachte ich immer sofort an Liv. Von ihr könnte ich mich niemals trennen. Sie ist mein Bonus-Kind, ein Bonus, den ich vom Leben erhalten habe, ohne etwas dafür zu tun.

Meret sieht auf die Uhr. »Ich habe noch eine Stunde, dann sollte ich die Kids von ihren Bildschirmen loseisen.«

Wir haben so unterschiedliche Leben, denke ich, bevor ich zum Glas greife. Und so unterschiedliche Lebensphilosophien. Meret ist der Typ Ich-gehe-ans-Limit-und-hole-mir-alles, während ich eher der Kategorie Mit-den-Energien-haushalten-und-das-Beste-aus-dem-machen-was-da-ist angehöre. Meret würde am liebsten ihr ganzes Leben über den Haufen werfen und nach San Francisco auswandern (was aus nachvollziehbaren Gründen nicht möglich ist), während ich konstant daran arbeite, an den kleinen Stellschräubchen meines Lebens vor Ort zu drehen, um die letzten Unstimmigkeiten zu beseitigen. Ich will verändern, was vorhanden ist; Meret will wegwerfen und neu beginnen.

Roland bringt Meret ein Schälchen mit Erdnüssen und ein Glas Apfelschorle. »Für dich auch noch was?«

In diesem Moment meldet sich mein Handy mit aufgeregtem Blinken. Ich betrachte die Nummer genauer. Mist. Mistmistmist. Dieser Notar. Ich habe tatsächlich vergessen, ihn zurückzurufen.

»Darf ich?«, frage ich Meret und deute auf das Handy. Meret macht eine Ja-doch-nur-zu-Geste.

»Hier Manfred Koppenrat. Spreche ich mit Frau Ehrenfried?«

»Am Apparat«, sage ich. »Ich nehme an, es geht um einen Fall aus der Kanzlei meines Mannes?« Ich will ihn schon erbost auf die Uhrzeit hinweisen, in der er mich zu stören wagt, als Koppenrat zu meiner Überraschung erwidert: »Nicht im Geringsten. Wir suchen Sie.«

Wir suchen Sie. Wie das klingt. Sofort wird mir ganz mulmig zumute.

Das ist kein guter Gesprächsbeginn.

4

»Sie kennen eine Frau Henriette Hoffmann?«

Tante Hetti. Das Herz rast in meiner Brust. Großtante Hetti, die Schwester meiner Großmutter, meine Lieblingsgroßtante, wenn nicht sogar: Lieblingsverwandte. Sofort weiß ich, dass sie tot ist. Meine Hand, die das Telefon hält, zittert. Ich presse den Knöchel des Zeigefingers auf das rechte Ohr, um Koppenrat besser verstehen zu können.

»Ja?«, flüstere ich.

Es kommt, wie ich befürchtet habe. Der Satz, den man nie zu hören hofft.

»Frau Hoffmann ist leider verstorben«, sagt Koppenrat.

Und obwohl ich es wusste, ist es eine Erschütterung. Mit einer unsinnigen Hoffnung im Hintergrund. Vielleicht ein Irrtum. Eine Namensgleichheit. Es gibt verrückte Zufälle, möglicherweise ist das auch einer. Manche Menschen dürfen nicht sterben. Tante Hetti muss mindestens ewig leben, alles andere ist zutiefst ungerecht.

»Sind Sie sicher?«, frage ich mit einem dicken Kloß im Hals. »Ganz sicher?«

Meret tippt mir auf die Schulter und sieht mich fragend an. Ich schüttle nur den Kopf und drehe mich weg.

»Das Testament wurde bereits eröffnet. Wir waren auf der Suche nach Ihnen.«

»Nach mir? Warum?«

Tatsächlich frage ich ihn das. Warum er mich sucht. Als ob ich das nicht wüsste. Als ob ich das nicht täglich erlebte. Meine Großtante hat mir etwas vermacht. Aber ich will nichts. Ich will nur, dass sie weiterlebt. Plötzliche Sehnsucht, scharf und eindrücklich wie ein Schmerz. Ich sehe sie vor mir, ihren lebhaften Blick, ihre große, schlanke Gestalt. Alles an ihr war groß, auch die Hände, mit denen sie mir übers Haar strich. Ihr energischer Gang – immer hatte sie es eilig, immer ging ihr alles zu langsam. Eine Geschäftsfrau, die alle Fäden in der Hand hielt. Ich denke an ihre unnachahmliche Art, meinen Namen auszusprechen: Urselchen. Das Ch beinahe ein Sch. Nie wieder wird jemand meinen Namen auf diese Weise aussprechen. Wie kann jemand tot sein, an den man sich so deutlich erinnert?

Ich hatte sie so lange nicht mehr gesehen. Warum eigentlich? Und weshalb habe ich nie nach ihr gesucht? Was hat mich zurückgehalten? Ich erinnere mich an den großen Familienzwist. Daran, dass ich Angst hatte, mich einzumischen. Angst vor dem Donnerwetter, das daraufhin ausbrechen würde. Natürlich hätte ich sie aufspüren können, jetzt, da ich erwachsen bin. Müßige Überlegungen. Jetzt ist es zu spät, zu spät, zu spät. Die beiden Worte hämmern in meinem Kopf.

»Ich bitte Sie, in meine Kanzlei zu kommen«, sagt Koppenrat. »Und zwar so schnell wie möglich.«

»W...wann?«, stottere ich. »Meinen Sie jetzt?«

»Ich wäre heute Abend noch verfügbar für Sie«, erklärt er. »Aber ich möchte Sie nicht drängen. Ich verstehe, wenn Sie sich erst sammeln müssen.«

Sammeln. Genau. Erinnerungen einsammeln. Zu Hause muss ich wohl noch ein paar Fotos haben. Spärliche Andenken. Ich erinnere mich an viel Zuneigung. Und den Nimbus des Geheimnisvollen. Da war etwas, das ich nicht wissen durfte … Ich muss an meine Mutter denken, die immer nur die Lippen aufeinandergepresst hat, wenn ich von Tante Hetti anfing. Schweigen, leise Gespräche unter Erwachsenen, die jedes Mal abrupt abbrachen, wenn ich das Zimmer betrat. Familienausschluss – es ging so schnell und schmerzte so lange. Und zurück blieb ein sprachloses Kind. Ich.

Wie alt Tante Hetti wohl gewesen ist? Bestimmt an die neunzig. Oder sogar älter? Im Grunde spielt es gar keine Rolle. Es ist immer zu früh. Es ist immer falsch. Der Tod, der größte Skandal im Leben. Wenn sie in den letzten Jahrzehnten immer noch so war wie in der Zeit, in der ich sie gekannt hatte, dann hatte sie auch mit neunzig noch Pläne. Sie war der Mensch gewordene Plan.

Tante Hetti, daheim zwischen all den alten Möbeln. Knarzender Boden, eine ganze Wand voll mit Fotografien. Ein offener Kamin. Ein schwarzer Flügel, verstreute Notenblätter …

Koppenrat hat bereits aufgelegt, doch ich sitze immer noch da, das Handy ans Ohr gepresst. Aus dem Hörer dringt das Schweigen des Universums. Ich denke an Hetti, die irgendwo da draußen ist. Eine Sternengroßtante. Und keiner in der Familie fand es der Rede wert, mich zu informieren. Dieser wütende Schmerz, von dem mir die Klienten in der Kanzlei so oft erzählt haben – jetzt betrifft er mich. Jetzt ist er meiner.

Meine Kehle ist staubtrocken, mein Atmen mit einem

Mal ein Schluchzen. Ich spüre eine Hand auf meiner Schulter. Meret. »Soll ich dich nach Hause fahren?«

Ich schüttle den Kopf. Ich will gar nichts. Bin wunschlos unglücklich.

5

Wir stehen vor meinem Zuhause. Libellenallee. Kastanienbäume auf beiden Seiten der Straße. Der Motor knistert leise. Ein schwach leuchtender Mond hängt über uns am Himmel, als hätte auch er seine Kraft eingebüßt.

»Und jetzt?«, fragt Meret.

Ich will da nicht rein. Zu Titus. Spüre eine ganz klare Ablehnung in meinem Inneren. Da ist immer noch dieser schwelende Konflikt. Keine Kraft, das jetzt aufzuwärmen. Mir ist übel. Ich will auch nicht mit ihm über Tante Hetti sprechen. Ich möchte allein sein. Maximal mit Meret.

»Ich kann nicht aussteigen«, sage ich.

»Sollen wir zu diesem Notar fahren?«

»Ernsthaft?«

»Warum nicht? Er wartet doch auf dich, oder?«

»Wahrscheinlich darf ich mir was aussuchen«, sage ich. »Ein Andenken.«

»Ist doch schön!« Sie legt ihre Hand auf meinem Oberarm. »Ich helfe dir dabei. Wir suchen gemeinsam was aus, okay? Der Abend ist sowieso schon im Eimer. Jetzt oder nie.«

Jetzt muss ich schmunzeln. Merets berühmte Ultimaten. Jetzt oder nie. Das ist so typisch für sie. Sie wartet erst gar nicht auf meine Antwort, sondern startet den

Motor. »Bevor Titus uns sieht, sollten wir jedenfalls die Fliege machen«, erklärt sie. »Wohin müssen wir?«

Ich bin froh, dass sie mir die Entscheidung abnimmt. Ich schaffe das im Moment nicht. Googeln geht gerade noch. *Notariat Koppenrat, Klein Ziff, Bahnhofstraße 1.*

Darauf war ich nicht vorbereitet.

»Das ist nicht in der Stadt«, sage ich. »Und ich glaube auch nicht, dass du dorthin fahren möchtest.«

Meret öffnet die Navigation am Bordcomputer. »Ich bin Schmerzen gewöhnt. Los, sag schon.«

»Klein Ziff.«

»Klein was?«

»Ziff.«

Sie schüttelt ungläubig den Kopf. »Das hast du gerade erfunden, gibt's zu.«

»Klein Ziff. Hier!« Ich zeige ihr das Display meines Telefons.

»Und wo soll das bitte schön sein?«

Ich vergrößere die Karte. »In der Nähe von Groß Ziff«, sage ich. »Wo sonst.« Wir lachen.

»Ist sie von dort, deine Großtante?«

»Nicht, dass ich wüsste.« Die Wahrheit ist: Ich weiß es tatsächlich nicht. Vielleicht ist sie ja irgendwann aufs Land gezogen?

»Siebzig Kilometer«, sagt Meret. »In der Kniekehle der Welt. Ich hab was gut bei dir.«

»Du hast so viel gut bei mir, das kann ich ohnehin nie wiedergutmachen.«

»Doch, kannst du. Erzähl mir von deiner Supertante.«

Ich überlege. Wenn es ein Sinn ist, den ich Tante Hetti zuordnen sollte, dann ist es der Geschmack.

»Ich habe bei ihr gelernt zu schmecken«, erkläre ich.

»Wie bitte?«

»Sie hatte einen Feinkostladen. Als Kind war das für mich ein Paradies.«

Unendlich viele Geschmäcker und Gerüche: Schweizer Bergkäse, Parmaschinken, Melanzane in Öl, Burrata, Waldorfsalat, Pasteten. Keine dieser Köstlichkeiten hatte ich zuvor probiert.

FEINKOST HOFFMANN, so hieß der Laden, und Tante Hetti kannte sämtliche Stammkunden mit Namen und Familienstand. Guten Tag, Frau Bürstner, wie geht's dem Herrn Gemahl? Die Zehe schon abgeschwollen?

»Herrlich«, sagt Meret. »So eine Tante ist ein Lotto-Sechser.«

»Du sagst es.«

Schweigen.

Weißt du was Feinkost ist?, hat mich Tante Hetti einmal gefragt. Essen, das man nur kaufen kann, wenn man fein angezogen ist?, habe ich geantwortet. Tante Hetti hat lauthals gelacht und mich eine patente kleine Dame genannt.

Später erfuhr ich, dass man als Feinkost das bezeichnete, was man nicht jeden Tag aß. Spezialitäten für Feiertage, Gäste, besondere Anlässe. Oder um sich selbst mal etwas zu gönnen. Tante Hetti fand, dass jeder Tag ein besonderer Tag war, deshalb sei auch jeder Tag ein Feinkosttag. Eine glänzende Lebenseinstellung.

Als wir an unserem Ziel ankommen, ist es nach neun. Meret parkt den Wagen. Scheint eine ziemlich verlassene Gegend zu sein.

»Hier? Bist du sicher?«

»Mein Navi hat immer recht«, sagt Meret. »Also los, raus mit dir.«

Wir steigen aus. Klein Ziff, hier sind wir. Ich atme tief durch. Jacken brauchen wir nicht, ganz schön warm für einen Abend Ende April. Ich sehe mich um. In der Ferne die Silhouetten vereinzelter Häuser. Ein Kirchturm, der wie eine Nadel in den Himmel ragt. Ein Straßenschild: Bahnhofstraße. Tatsächlich, hier sind wir richtig. Hinter einem Fenster das leuchtende Rechteck eines Fernsehgeräts. Eine Katze, die von einer Mauer in einen Garten springt. Eine dunkle Waldfläche am Horizont, wie eine Theaterkulisse. Über uns ein reich besternter Himmel. Sternenplafond. Aber weit und breit nichts, das auf ein Bürogebäude hindeutet.

»Okay«, sagt Meret betont jovial. »Nicht verzagen, Leute fragen.«

Sie geht einfach drauflos. Den SUV lässt sie auf dem verwaisten Bahnhofsvorplatz zurück. Ich kann sie nicht mehr sehen, höre nur das Klacken ihrer Absätze auf dem Asphalt. Und dann ihre Stimme.

»Uschi? Wo bleibst du?«

Vor uns wächst ein Flachbau mit großem Tor aus der Dunkelheit. Aha. Der Bahnhof. Wir betreten die Halle. Keine Menschenseele, nur ein Ticketautomat mit einem Außer-Betrieb-Schild. Im verglasten Warteraum liegen zerfledderte Zeitungen am Boden. Unsere Schritte hallen auf dem Steinboden. In einer Ecke hockt eine Taube und plustert sich auf.

An einer Wand brummt ein Getränkeautomat gleichgültig vor sich hin.

Meret betrachtet die abgebildeten Flaschen. »Möchtest du Eistee?«

»Meret, lass uns gehen. Hier ist niemand. Siehst du doch. Und nein, ich bin nicht durstig.«

Wir treten vor bis zum Bahnsteig und blicken auf zwei traurige Gleise. Es zieht schrecklich, der Wind fährt einem in die Glieder.

Plötzlich eine Erinnerung: ein kleines Mädchen, das verzweifelt weinend im Zug sitzt, weil es die richtige Station verpasst hat. Das war ich. Ich weiß nicht mehr, weshalb ich allein mit dem Zug gefahren bin, aber damals war das ja keine Seltenheit. Tante Hetti sollte mich abholen, aber ich war nicht da, und als ich bei der nächsten Haltestelle ausstieg, stand dort niemand, der auf mich wartete. Ich erinnere mich an dieses vernichtende Gefühl des Verlassenseins. Und dann, nach einer halben Ewigkeit, die Erlösung: Tante Hetti, die mich in ihre Arme schloss. Alles war gut. Die Welt drehte sich weiter.

Und sofort wird die Erinnerung von einer anderen abgelöst: Tante Hetti hatte einen Hang zum Aberglauben. Ich erinnere mich, dass sie eine Glaskugel besaß, die ich keinesfalls anfassen durfte, um die Zukunft nicht zu irritieren. Wenn die Kugel runterfiele, dann sei auch die Zukunft kaputt, sagte Tante Hetti. Ich glaubte es ihr aufs Wort und ging nur noch auf Zehenspitzen an der Vitrine vorbei, in der sie die Glaskugel aufbewahrte. Und ja, sie hatte auch einen Hang zum Pompösen: Alle Möbel in ihrer labyrinthartig verzweigten Stadtwohnung waren dunkel, schwer und monumental. Ich liebte es, mich in ihrem begehbaren Kleiderschrank zu verstecken, zwischen langen Pelzmänteln, die nach Mottenkugeln rochen, und den runden Hutschachteln, in denen sich komplizierte Kreationen verbargen. Ihre Wohnung war eine Zauberschatulle, eine Märchenhöhle. Alles so anders als daheim.

»Wo bleibst du schon wieder?« Meret winkt mich zu sich. Wir gehen vom Bahnhof in Richtung Kirchturm. »Ruf ihn mal an, diesen Koppenrat, sonst suchen wir noch die ganze Nacht«, sagt sie.

Der Notar ist hörbar erfreut, dass wir uns nun doch auf den Weg gemacht haben, und kündigt an, uns persönlich auf der Straße zu empfangen. »Klein Ziff hat so seine Tücken«, sagt er, und ich kann nicht anders, als ihm zuzustimmen.

Meret ist es schließlich, die ihn entdeckt. Eine seltsame Gestalt, die uns zuwinkt. Vor einer Art Baracke.

Meret gluckst. »Bitte, sieh dir den an!«

Sehr spezieller Aufzug, in der Tat: Der Mann trägt Melone. Und einen dunklen Anzug. Sein weißes Hemd leuchtet in der Dunkelheit. Als er uns sieht, hebt er zwei Finger an seine Melone.

Meret schnippst mit den Fingern. »Wie heißt noch mal diese tschechische Kinderserie mit dem Zauberer? Den habe ich geliebt!«

»*Mein Onkel vom Mars?*«

»Nein, der andere. Der nie spricht und immer so macht mit seiner Melone.« Sie fährt mit zwei Fingern einmal halb über eine imaginäre Hutkrempe.

»*Pan Tau*«, sage ich.

Anerkennendes Schulterklopfen. »Auf dich kann man sich verlassen, Ursel. Der Fernseher war unsere Nanny, was?«

Pan Tau in Klein Ziff. Passt irgendwie.

»Warte ich auf Sie?«, ruft er über die Straße.

»Stumm ist er schon mal nicht«, murmelt Meret. »Jetzt wäre es gut zu wissen, ob er zaubern kann.«

»Bitte, Meret.« Ich fasse sie am Oberarm. »Ich bin nicht in der Stimmung für Scherze. Lass uns das hier über die Bühne bringen und so schnell wie möglich zurückfahren. Es ist schwer genug für mich.«

Wir überqueren die Straße. Koppenrat macht einen kleinen Diener und hebt die Finger erneut an seinen Hut.

»Hocherfreut«, sagt er.

»Ganz meinerseits.« Ich reiche ihm die Hand und zeige dann auf Meret. »Meret Hoffner, meine moralische Stütze.«

»Ganz wunderbar«, erklärt Koppenrat und begrüßt Meret. »Moralische Stützen kann man nie genug haben.«

»Sie erinnern mich an den Superhelden meiner Kindheit«, sagt Meret mit glänzenden Augen.

»Batman, ich weiß«, antwortet er spitzbübisch. »Sie glauben gar nicht, wie oft ich das höre.« Er zwinkert ihr zu. »Aber kommen wir zur Sache. Gut, dass Sie sofort kommen konnten. Frau Hoffmann hat Frau Ehrenfried nämlich etwas vermacht. Und da Sie, liebe Frau Ehrenfried, nicht mehr Ihren Mädchennamen tragen, hatten wir Schwierigkeiten, Sie zu finden.«

Dieses Problem ist mir auch nicht unbekannt. »Jetzt haben Sie mich ja gefunden«, sage ich. »Haben Sie's dabei?«

Er scheint verwirrt. »Sie meinen, ob ich Ihr Erbe eingesteckt habe? Meine liebe Frau Ehrenfried, ich fürchte, was Ihnen Ihre Tante vermacht hat, das können Sie nicht im Wagen mit nach Hause nehmen.«

Er dreht sich um und zeigt auf einen Bretterverschlag im Hintergrund. »Voilà.«

Ich verstehe nicht. »Was ist das?«

»Das war Henriettes letzter Laden. Der Bahnhofkiosk. Er gehört jetzt Ihnen.«

Der Satz schlägt ein.

Bitte nicht, denke ich. Bitte kein Ding erben. Und schon gar keine Baracke. Oder einen Kiosk. Oder was auch immer. Das brauche ich nicht. Das will ich nicht. Tante Hetti, das ist nicht dein Ernst.

»Etwas unkonventionell, ich gebe es zu«, sagt Koppenrat. »Aber mit ein paar Handgriffen sieht dieses schöne Objekt wieder aus wie neu.«

»Nein«, sage ich leise. »Nein danke. Ich dachte an ein Amulett. Oder ein altes Buch. Oder ein Bild. Ich nehme gern ein Bild. Aber keinen Kiosk. Danke. Das geht nicht.«

Koppenrat scheint mir nicht zugehört zu haben. »Wenn Sie erlauben«, sagt er, »kommen wir jetzt zur Besichtigung.«

Mit Besichtigung meint er: einmal um den Bretterverschlag herumgehen. Die Hütte ist etwa so groß wie ein Gartenhäuschen, die Fenster an jeder Seite sind zugenagelt, und vorne, wo die Ausgabe war, stapeln sich Bierkisten.

Ich betrachte alles wie durch einen Nebel. Zum Glück übernimmt Meret die Konversation.

»Ich dachte, Frau Hoffmann hatte einen Feinkostladen? Ist er das?«

Herr Koppenrat schmunzelt. »Das ist er nicht«, sagt er. »Der Feinkostladen ist in der Stadt. Den hat Frau Hoffmanns Tochter geerbt.«

»Und warum nicht gleich den Kiosk dazu?«, will ich wissen. »Ich bin doch nur eine … eine sehr entfernte Verwandte.«

Wieder tut Koppenrat so, als hätte er mich nicht gehört. »Sehen wir uns doch noch den Innenraum an. Wenn ich bitten darf.«

Ich schüttle nur den Kopf. Mir fehlen die Worte.

Meret zieht mich am Ärmel. »Na komm, Ursel. Sei keine Spielverderberin. Wo wir doch schon hier sind.«

Bzzzzzt. Bzzzzzt. Auch das noch. Ich werfe einen Blick auf mein Telefon.

UNGLÜCKLICH ERBEN leuchtet auf dem Display.

Die Kanzlei. Na bravo. Genau im richtigen Moment. Ich entschuldige mich, entferne mich ein paar Schritte und tippe auf das grüne Icon.

»Wo bist du? Es ist schon nach zehn.«

Titus. Seine Stimme ist kühl. Es sind die ersten Worte seit unserem Streit. Ich habe keine Kraft, um mit ihm zu diskutieren.

»Unterwegs mit Meret.«

»Und zwar wo?«

»Sag ich dir später.«

»Wann kommst du?«

»Keine Ahnung.«

»Was soll das heißen?«

»Das soll heißen, dass ich es nicht weiß.«

Ich sehe Koppenrat dabei zu, wie er das Vorhängeschloss öffnet, das die Tür zu diesem Schuppen versperrt. Die Hütte hat noch nicht mal eine normale Tür.

»Komm schon!«, ruft Meret.

»Muss aufhören«, sage ich und lege auf.

Ich schaue hinauf in die Wildnis des Himmels, in diesen wunderbaren Sternengarten. Dort oben irgendwo sitzt Tante Hetti und sieht auf mich hinunter. Vielleicht schmunzelnd, vielleicht abwartend, was ich jetzt tun werde. Ein Kinderglaube, den ich mir bewahrt habe. Nichts und niemand ist für immer verschwunden. Wir wechseln nur die Gestalt.

»Ursel? Ursel!«

Also gut. Ich folge den beiden in den Kiosk. Strom scheint es keinen zu geben. Koppenrat hat eine Taschenlampe dabei, Meret leuchtet mit dem Handy. Ich sehe mich um.

Eine sympathische kleine Verkaufsbude mit einer historischen Kurbel-Kasse. In der Ecke stehen zwei Kisten mit leeren Flaschen. Es riecht nach faulem Holz und feuchtem Papier, modrig-süß. An der Wand hängt eine vergilbte Preisliste.

Cola:	1,20
Chips:	1,00
Raider:	1,10

Wie antik ist denn das, bitte? Raider heißt doch schon seit Ewigkeiten Twix!

»Wie Sie sehen«, sagt Koppenrat, »ist der Verkaufsraum recht übersichtlich. Allerdings liegt der Kiosk an einem Verkehrsknotenpunkt von Klein Ziff.«

»Verkehrsknotenpunkt, klar.« Der Sarkasmus in Merets Stimme ist nicht zu überhören.

»Nun, hier haben sich die Bahnreisenden immer mit

Proviant eingedeckt. Gleich dahinter befindet sich der Parkplatz. Man kann also bequem mit dem Auto anfahren und in den Zug umsteigen.«

»Da hörst du's.« Meret stemmt die Hände in die Hüften. »Bequem und am Verkehrsknotenpunkt – ein Volltreffer! Was sagst du dazu, Uschi? Los, sag doch mal was! Warum sagst du denn nichts?«

Macht sie sich über mich lustig?

Ich schlucke. Dann sage ich: »Fahren wir zurück.«

Koppenrat fährt sich mit zwei Fingern an die Krempe. Er ist offenbar ein wenig nervös.

»Ich würde nichts übereilen«, sagt er. »Sie verfügen noch nicht über alle Informationen.«

»Dann bitte ich höflich darum«, gebe ich zurück.

Meret konsultiert ihr Handy. »Ohne mich, meine Lieben. Ich muss zurück.«

Koppenrat wendet sich an mich. »Ich empfehle Ihnen, wenn irgend möglich, die heutige Nacht in Klein Ziff zu verbringen«, sagt er.

Was für eine absurde Idee. Auch wenn er Pan Tau ist. Auf diese Art Zauberei habe ich keine Lust.

»Das ist unmöglich«, erkläre ich.

»Sie könnten im Haus Ihrer Tante übernachten«, bietet er mir an.

Im Haus meiner Tante?

Koppenrat fährt sich mit den Fingern an die Krempe. »Ich fahre Sie gern hin. Koppenrat – stets zu Diensten.«

»Klingt spannend.« Meret wiegt anerkennend den Kopf. »Also, wenn ich du wäre, Uschi, ganz ehrlich ...«

Ich verkneife mir ein »Bist du aber nicht« und erkläre: »Kommt nicht infrage.«

»Dann bleiben Sie zumindest noch die nächsten Minuten, bis ich die Unterlagen unterschriftsreif gemacht habe. Danach fahre ich Sie in die Stadt zurück.«

»Herr Koppenrat, ich bin erschöpft«, sage ich. »Das war alles zu viel heute.« Ich will nur meine Ruhe, das muss doch so einer wie er verstehen. Wie gern hätte ich jetzt meinen *Alles-wird-gut*-Tee. Doch mehr als einen Schluck uraltes Bier gibt es hier offenbar nicht.

»Überleg's dir doch noch mal«, flüstert Meret mir ins Ohr. »Über so eine Entscheidung sollte man schlafen.« Dann umarmt sie mich. »Wir sprechen uns morgen!«

Und schon ist sie fort und lässt mich mit Koppenrat allein zurück.

Was für ein Tag. Ich schlage die Hände vors Gesicht, reibe mir die Augen.

»Was ist denn nun so wichtig?«, frage ich ihn. »Bitte machen Sie schnell.«

»So schnell wie möglich«, verspricht er. »Wenn Sie erlauben, ich bin gleich zurück und eröffne Ihnen eine – nun, sagen wir: Überraschung.«

Als sei der Kiosk nicht schon Überraschung genug.

»Ich werde das Erbe nicht antreten«, erkläre ich, nur um das ein für alle Mal klarzustellen. »Nichts Materielles, das ist mein Grundsatz. Wissen Sie, ich sehe tagtäglich ... ach, lassen wir das. Wenn Tante Hetti eine Brosche hinterlassen hat, tausche ich sie gerne gegen den Kiosk ein.«

Er schüttelt nur den Kopf, ein leises Lächeln auf den Lippen. Und dann ist er fort.

Ich setze mich auf einen der wackeligen Barhocker. Eigenartig, wohin einen das Schicksal verschlägt. Klein

Ziff. Neben Groß Ziff. Und wozu war das jetzt gut? Ich dachte immer, alles im Leben hätte einen Sinn. Zumindest rückblickend betrachtet.

Einen Satz trage ich seit meiner Schulzeit mit mir herum, er stammt von einem dänischen Philosophen: Das Leben kann nur rückwärts verstanden werden, es muss aber vorwärts gelebt werden. In diesem Dilemma befinden wir uns doch pausenlos: Wir fragen uns, was die Ereignisse in unserem Leben zu bedeuten haben, während wir zugleich ahnen, dass wir sie erst in der Rückschau verstehen werden, manchmal Jahrzehnte später.

Ich stelle mir vor, wie Tante Hetti hinter der Bar herumfuhrwerkt. Vielleicht gab es eine Eistruhe, aus der sie den Klein Ziffer Kindern Jollys und Twinnis herausgeholt hat. Wie hat ihre Stimme noch mal geklungen? Ich konzentriere mich. Und was möchtest du trinken, Urselchen?

»Also, ich hätte gern ein Bier, liebe Tante.«

Habe ich das tatsächlich gerade laut gesagt? Du lieber Himmel! Ich höre Schritte. Hoffentlich hat das der Notar nicht gehört. Der glaubt noch, ich habe nicht alle Latten am Zaun.

Ich springe vom Hocker und atme tief durch, bereit für … was auch immer da kommen mag. Und ich bin stolz auf mich. Auf die Entscheidung, die ich gefällt habe, ohne mich mit Titus zu besprechen. Er hätte vielleicht etwas anderes geraten. Aber es ist meine Großtante. Mein Erbe. Mein Leben.

Quietschend öffnet sich die Tür.

Vor mir steht eine Frau mit Ledermantel, knallroten

Lippen und einer Laptoptasche. Das kann ich sogar trotz des spärlichen Lichts erkennen.

Wir erschrecken beide.

Sie findet als Erste ihre Stimme wieder.

»Was machen Sie hier?«, faucht sie mich an. »Und wer sind Sie überhaupt?«

6

Eines ist sonnenklar wie der Himmel, den ich während meiner Telefonate in der Kanzlei auf Papier kritzle: Ich bin kein Mensch, der Konflikte sät. Oder austrägt. Ich hasse es zu streiten. Ich hab's gern ruhig und friedvoll. Wenn im Fernsehen zwei Menschen einander anschreien, schalte ich um. Ich möchte diese Energie nicht bei mir daheim, die vergiftet bloß die Atmosphäre. Streitlustigen Menschen gehe ich konsequent aus dem Weg. Meret behauptet, ich sei harmoniesüchtig – aber hey, wie kann man denn nicht nach Harmonie süchtig sein? Ich jedenfalls werde später nicht auf meinem Sterbebett liegen und seufzend bereuen, Herrn Huber oder Frau Maier nie so richtig die Meinung gegeigt zu haben. Deshalb verwundert es nicht, dass ich ein Gespür dafür entwickelt habe, welche Zeitgenossen ich besser meide, um meine Seelenruhe zu bewahren. Bei dieser Frau, die da jetzt gerade vor mir steht, schrillen alle Alarmglocken.

»Darf ich fragen, wer Sie sind?«, gebe ich möglichst ruhig zurück. Immerhin steht sie auf meinem Grund und Boden. Gut, das ist juristisch nicht ganz korrekt, aber wenn ich es wollte, könnte ich das Erbe ja immer noch annehmen.

»Ich bin Eva Hoffmann«, sagt sie ohne jede Freundlichkeit in der Stimme.

Tante Hettis Enkeltochter? Ich kneife die Augen zusammen. Kann mal jemand Licht machen?

So sieht sie also mittlerweile aus. Groß, schlank, Marlene-Dietrich-Hose. Den Ledermantel eng um die Taille geschnürt. Eine Erscheinung, das lässt sich nicht von der Hand weisen.

Ich setze ein Lächeln auf. »Na so was, Eva«, sage ich freundlich. »Ewig nicht gesehen.«

Sie hebt die Augenbrauen. »Kennen wir uns?«

»Wir kennen uns«, gebe ich zurück. »Ich bin Uschi. Also Ursula.«

Eva legt den Kopf schief. Sie spielt mit dem Gürtel ihres Mantels. »Ursula. Na klar.« Freundlich geht anders.

»Es tut mir ehrlich leid«, sage ich.

»Was?«, fragt Eva. »Dass du hier bist?«

Ich sehe sie erstaunt an. »Dass Tante Hetti gestorben ist, natürlich.«

»Du meinst: meine Großmutter«, sagt sie und macht damit sofort die Besitzverhältnisse klar: Hetti war ihre Oma. Dass sie auch meine Großtante war, ist offenbar nebensächlich.

Ihr ganzer Auftritt irritiert mich. Was ist das für eine Begrüßung? Und kann man, wenn man sich unter so traurigen Umständen trifft, nicht herzlicher zueinander sein?

Wobei ich zugeben muss, dass Eva und ich nie einen Draht zueinander hatten. Bei den wenigen Gelegenheiten, zu denen wir uns trafen, hat Eva jedes Mal sehr deutlich gezeigt, dass sie nicht an mir als Großcousine interessiert war. Sie war überhaupt nicht an mir interessiert. Wir trafen uns immer nur bei Tante Hetti, und stets schlug Eva vor, Verstecken zu spielen, wobei ich sie suchen musste und gefühlte Stunden herumirrte, bis ich weinte. Eva hatte sich zwischenzeitlich aus dem Staub gemacht. Sie bestrafte mich – und ich verstand nicht, wofür. Dafür, dass ich mehr Zeit mit ihrer Großmutter verbringen konnte als sie selbst? War es das?

»Dass meine Großmutter dir diesen Kiosk vererbt hat«, – sie lächelt gnädig –, »ist natürlich ein Irrtum. Die beiden Geschäfte gehören zusammen, der Feinkostladen in der Stadt und der Kiosk in Klein Ziff. Ich hoffe, das ist dir bewusst. Ich habe bereits ein Gesamtkonzept erarbeitet.«

Ein Gesamtkonzept, bei dem die Großcousine natürlich keine Rolle spielt. Ich bin platt. Sehe sie nur an und suche Tante Hetti in ihrem Gesicht. Irgendwas von ihr muss sie doch haben, aber was ist es? Und wo ist es bloß versteckt? Dieser harte Zug um den Mund, diese steife Oberlippe, die hat sie definitiv nicht von ihrer Großmutter. Den Blick ihrer sorgfältig geschminkten Augen auf mich gerichtet, sagt Eva mit Tiefkühlstimme: »Du warst nicht einmal beim Begräbnis, aber wenn es was zu verteilen gibt, tauchst du auf einmal auf. Verdächtig, findest du nicht?«

Was für eine bodenlose Frechheit. Ich schüttle nur entsetzt den Kopf. Es wäre mir ein großes Anliegen gewesen, zum Begräbnis zu kommen, aber wie hätte ich davon wissen sollen, wenn mich niemand benachrichtigt?

»Ich …«, beginne ich stockend, lasse es dann aber bleiben. Ich schulde Eva keinerlei Erklärung. Und ich bedaure, dass Meret schon fahren musste. Sie hätte Eva ordentlich Kontra gegeben. Ich bin für Situationen wie diese einfach nicht geschnitzt.

Doch dann erwacht tief in mir der Widerspruchsgeist. Dumme Kuh, denke ich. Das hättest du wohl gern – mich einfach aus dem Bild zu radieren. »Trifft sich gut, dass du ein Gesamtkonzept hast«, sage ich. »Ich habe nämlich auch eines – und dafür brauche ich den Kiosk.«

Dünnes Eis. Verdammt dünnes Eis. Natürlich werde ich das Erbe nicht annehmen. Aber es fühlt sich gut und richtig an, die dumme Ziege ein wenig zu erschrecken.

Evas Augen werden zu schmalen Schlitzen. Ihr Blick sagt: Mit dir mach ich kurzen Prozess, ganz kurzen. Aber das schüchtert mich nicht ein. Im Gegenteil. Es ist, als strömte mit einem Mal neue Kraft durch meine Adern. So, als versorgte mich Tante Hetti von einem unbekannten Ort aus mit einem besonderen Elixier.

»Du«, sagt Eva, ihren Blick intensivierend, »und der Kiosk? Du willst den Kiosk betreiben? Ist das dein Ernst?«

»Tante Hetti wollte ...«

Zum »... es so« kommt es nicht mehr, denn Eva schneidet mir das Wort ab.

»Oma hat sich verschrieben, das ist die einzige Erklärung. Sie war gegen Ende ein bisschen schusselig. Du hast sie ja nie besucht, das kannst du also nicht wissen.«

Die nächste Bösartigkeit, die mich mit Wucht ins Mark trifft. Weiß sie es nicht besser? Oder ist es Absicht? Ist sie tatsächlich nur gekommen, um ihr Gift zu verspritzen?

Dass sie einen Plan verfolgt, merke ich, als sie ihren Laptop aus der Tasche zieht und einschaltet. »Ich habe die Bude schätzen lassen, viel ist sie nicht wert«, sagt sie. »Der Aufwand, sie zu renovieren, übersteigt bei Weitem jedes Erlösmodell.«

»Warum willst du den Kiosk dann unbedingt haben?«

Eva sieht von ihrem Computer auf. »Ich mache dir ein Angebot, das du nicht ablehnen kannst.«

»Du verschwendest deine Zeit.«

Ich fühle mich gut mit meiner Lüge, zumal ich merke, dass Evas anfängliche Überheblichkeit zu bröckeln beginnt.

»Fünfzehntausend«, sagt sie.

Ich lache. »Das ist nicht dein Ernst.«

»Zwanzig.«

Ich schüttle den Kopf. Und wenn sie mir eine Million bietet. Sie bekommt den Kiosk auf keinen Fall. Was für ein absurdes Schauspiel. Jämmerlich. Tante Hetti, ich hoffe, du kannst das nicht sehen.

Ein Knarren auf dem Türabsatz. Ein Klopfen an die offene Tür. Koppenrat ist zurück, einen Packen Papiere unter dem Arm. Und sichtlich bestürzt, uns gemeinsam zu sehen.

Er zeigt von mir zu Eva und retour, als verfolge er ein Tennismatch. »Die Damen haben sich schon miteinander bekannt gemacht?«

»Die Damen haben das schon getan«, antwortet Eva tonlos.

»Ich wusste gar nicht, dass Sie noch in der Gegend sind«, sagt Koppenrat zu Eva.

»Nun, ich habe läuten hören, dass hier noch eine Besichtigung stattfindet, und wollte lediglich klarmachen, dass sie zu nichts führt.«

Das geht eindeutig zu weit. Ich fasse Koppenrat am Arm und ziehe ihn zu mir. »Ich muss mit Ihnen alleine sprechen, ist das möglich?«, zische ich ihm ins Ohr.

»Natürlich«, sagt er und wendet sich an Eva. »Wenn Sie erlauben, Frau Hoffmann, wir haben etwas Vertrauliches zu besprechen.«

Eva schnaubt und packt den Laptop zurück in die Tasche. Statt einer Verabschiedung sagt sie: »Du wirst mich noch kennenlernen.«

Koppenrat hüstelt.

»Ich freu mich drauf«, murmle ich.

Dann zeigt sie auf Koppenrat. »Und glaub diesem Winkeladvokaten bloß kein Wort!«

»Ich bin Notar«, erklärt Koppenrat seelenruhig. »Kein Anwalt.«

Aber sie ist schon draußen und hinterlässt neben einem Hauch von Chanel N°5 eine unangenehme Spannung in der Luft.

»Meine charmante Großcousine«, sage ich und bemühe mich um einen fröhlichen Tonfall. »Warum haben Sie mich nicht gewarnt?«

»Es war nicht vorgesehen, dass Sie sich treffen«, antwortet Koppenrat und legt seine Unterlagen auf der Bar ab.

»Sie hat mir zwanzigtausend Euro für den Kiosk geboten.«

»Was Sie nicht sagen.« Seine Melone wackelt gefährlich. »Und Sie?«

»Ich? Habe natürlich abgelehnt!«

»Ich dachte, Sie werden das Erbe ohnehin nicht antreten?«

»Werde ich auch nicht. Aber sie war so versessen darauf, dass ich nicht anders konnte, als das Gegenteil zu behaupten. Schon wegen Tante Hettis Willen.«

Er setzt ein schiefes Lächeln auf. »Sie haben es wirklich faustdick hinter den Ohren.«

Faustdick? Verstohlen streiche ich mir mit dem Zeigefinger über die Haut hinter dem rechten Ohr. Ich frage mich, wie ich überhaupt in diese Lage kommen konnte. Gerade ich, die doch genau weiß, welch immense Probleme mit einem Erbe verbunden sind.

»Vielleicht ändern Sie ja noch Ihre Meinung«, sagt Koppenrat und tippt auf seine Unterlagen. »Wollen wir?«

Aus seiner Hosentasche holt er eine winzige batteriebetriebene Leselampe hervor, die er mit einem Clip an der Bar befestigt. Gut ausgestattet, der Mann. Eine Spinne sieht aus gerade noch akzeptabler Entfernung auf uns hinab. Draußen krächzt ein Rabe. Koppenrat setzt sogar seine Melone ab und arrangiert seine magere Haarpracht neu. Dann befeuchtet er seinen Zeigefinger und blättert in den Unterlagen. Schließlich sagt er: »Hier ist es ja. Also, meine liebe Frau Ehrenfried«, – dabei senkt er kurz den Kopf, so als würde er sich im Sitzen verbeugen wollen –, »die Verblichene hat in ihrem Testament vermerkt, dass Sie – sofern Sie das Erbe annehmen – noch ein weiteres Gebäude erhalten sollen.«

Ich sehe ihn mit großen Augen an. Etwa noch einen weiteren Kiosk? Hat Tante Hetti ein ganzes Kiosk-Imperium aufgebaut?

»Und was für eines, wenn ich fragen darf?«

»Das ist eine Überraschung.«

Die Fälle, die bei uns in der Kanzlei landen, enden meistens mit einer bösen Überraschung. Aber vielleicht bin ich bloß verblendet und daran gewöhnt, immer nur das Schlechte zu sehen. Durchaus möglich.

Koppenrat zaubert einen Schlüssel aus seiner Hosentasche. Keinen modernen Sicherheitsschlüssel, sondern einen dieser alten, schweren Schlüssel mit Verzierungen und einem Bart, der ordentlich was hermacht. Er legt ihn geräuschvoll auf den Tisch.

»Wenn Sie hier unterschreiben«, – er zeigt auf eine Linie am Ende einer Seite –, »darf ich Ihnen diesen hier überreichen. Zug um Zug.«

Ich sehe Koppenrat an. Dann den Schlüssel.

In diesem Moment meldet sich mein Handy.

UNGLÜCKLICH ERBEN

Na, wenn das kein Zeichen ist.

»Sorry«, sage ich zu Koppenrat. »Das muss ich annehmen.«

Ich gehe ein paar Schritte vor die Tür.

»Wo bleibst du, Ursula?«

Titus.

»Es ist was dazwischengekommen.«

»Was du nicht sagst.«

»Meret braucht meine Hilfe.«

»Bist du dir da ganz sicher?«

»Was soll das heißen?«

»Das soll heißen, dass ich gerade mit Meret gesprochen habe. Ob sie deine Hilfe braucht, kann ich nicht beurteilen, sie ist jedenfalls schon zu Hause.«

Stille.

Okay. Das war nicht sehr geschickt, Uschi. Null Punkte auf der Notlügen-Skala.

»Du spionierst mir nach«, sage ich. Angriff ist, wie wir wissen, schließlich die beste Verteidigung.

»Ich wollte nur wissen, wann du kommst. Das ist ja

wohl noch erlaubt. Außerdem muss ich wissen, ob du die beiden Termine vermerkt hast. Markus Wolf um neun und Weber um elf.«

Unfassbar. Mein Herz schlägt wild in der Brust. Er wollte nur checken, ob ich seine Termine eingetragen habe?!

»Weber? Welcher Weber? Ich habe meinen Laptop nicht dabei. Außerdem: Was ist mit Frau Elsbeth? Sag ihr das doch! Die freut sich, wenn sie abends noch was für dich tun kann!«

»Frau Elsbeth hat klar geregelte Arbeitszeiten«, sagt Titus.

Ach. Und ich? Was ist mit mir? Ich habe keine klar geregelten Arbeitszeiten, sondern kann – wann immer es passt – aus der Schublade geholt und aktiviert werden?

»Ich muss aufhören«, sage ich betont ruhig. »Schönen Abend noch.«

Dann atme ich tief durch und hebe den Kopf. Über mir leuchtet ein Sternenmeer, als hätte ein himmlischer Gärtner einen Eimer voll Glühwürmchen ausgeleert. Da drüben, dieser trübe Sternenhaufen, ist das die Milchstraße? Immerhin kann ich den Mond zweifelsfrei identifizieren, auch schon was.

Und dann steht mit einem Mal Herr Koppenrat neben mir und sieht ebenfalls in den Himmel.

»Sie wissen, dass das ein Blick in die Vergangenheit ist? Viele dieser Sterne sind schon lange verglüht, bevor ihr Licht zur Erde gelangt.«

»Ja«, sage ich. »Das hat mir die *Sendung mit der Maus* beigebracht. Ich frage mich nur, wo man hinschauen muss, wenn man in die Zukunft sehen will.«

»Vielleicht hinein?«, sagt er. »Anstatt hinaus.«

»Sie meinen in sich hinein?« Ich deute auf mich. Gar nicht dumm.

Koppenrat hält den großen Schlüssel hoch. »Wenn Sie erlauben, bringe ich Sie zu Gebäude Nummer zwei, und Sie entscheiden dann. Das steht so zwar nicht im Testament, aber ich bin sicher, dass Ihre Tante damit einverstanden wäre. Ein kleines Zugeständnis. Weil ich Ihnen helfen möchte.«

Vielleicht ist er ja tatsächlich der echte Pan Tau und kann zaubern? »Gute Idee, Herr Doktor Koppenrat.«

»Ach was«, sagt er und macht eine wegwerfende Handbewegung. »Das mache ich nur, weil Sie so aussehen wie diese Schauspielerin – der Name liegt mir auf der Zunge!«

Zum Glück schickt er ein Zwinkern hinterher.

Wir fahren die Bahnhofstraße entlang, die wohl so etwas wie die Hauptstraße von Klein Ziff ist, und dann sind wir auch schon wieder aus dem Ort hinaus. Wir erklimmen einen kleinen Hügel. Schwarze Wälder säumen beide Seiten der Straße. Ich bin froh, dass Koppenrat eine vertrauenswürdige Person ist, andernfalls wäre mir jetzt ein wenig mulmig zumute. Sein BMW, groß wie ein Haus, schnurrt lautlos bergauf. Er ist sichtlich stolz auf sein Gefährt und zeigt auf das elektronische Cockpit.

»Eine Kamera misst die ganze Zeit, wie oft ich blinzle. Wenn ich zu selten blinzle – was passiert, wenn man müde wird –, geht ein Alarm los. Anschließend ist man wach, das kann ich Ihnen flüstern!«

Titus wäre entzückt. Er ist ein Autonarr. Für mich ist ein Auto nur ein Gefährt, das eine Funktion erfüllt, weiter nichts. Überhaupt versuche ich, pragmatisch zu denken und Dinge nicht mit Emotionen aufzuladen. Handy kaputt? Schnell ein neues besorgen, egal welche Marke, Hauptsache, es kostet nicht zu viel. Schuhe abgewetzt? Okay, neue müssen her, aber Hauptsache, bequem. Schuhe, die nicht drücken, sind der Jackpot. Ob sie schick sind, ist zweitrangig.

»Wickeln Sie viele Erbschaftsangelegenheiten ab?«, frage ich, um das Gespräch am Laufen zu halten.

»Immer öfter. Ich finde es großartig, wenn ich Menschen glücklich machen kann, wissen Sie. Die Zeit der Trauer ist ohnehin schwer genug. Da freut eine kleine gute Nachricht umso mehr.«

Kaum zu glauben, dass er dasselbe tut wie Titus. Und es so komplett anders empfindet. Aber seine Kanzlei ist wohl am anderen Ende der Schmerz-Skala angesiedelt: dort, wo die leichten Fälle zu Hause sind. Bei seinen Fällen lässt sich vermutlich tatsächlich glücklich erben.

Wir lassen den Wald hinter uns und sind offenbar am oberen Ende einer Kuppe angekommen. Am Rande eines Felds hält Koppenrat an.

»Und jetzt?«

»Wir sind da. Wenn ich Sie bitten dürfte auszusteigen?«

Wir sind da? Ich kann nichts sehen. Vorsichtig öffne ich die Tür und steige aus dem Wagen. Klein Ziff liegt mir zu Füßen. Kann ich an den Lichtern erkennen, die in der Senke glimmen. Koppenrat geht vor. Ich folge ihm. Hier sagen sich Fuchs und Hase Gute Nacht. Und bestimmt auch Guten Morgen.

Meine Augen gewöhnen sich nur langsam an die Dunkelheit.

»Das hier ist es«, sagt Koppenrat nach wenigen Schritten und deutet auf ein Gebäude auf der gegenüberliegenden Seite der Straße. Groß ist es, so viel kann ich erahnen. Majestätisch.

»Original Jugendstil«, erklärt Koppenrat. »Ein kleines Juwel. Muss man im Tageslicht sehen. Sie werden begeistert sein.«

»Und das ist …«

Ich traue mich kaum, es auszusprechen.

»Das ist das Häuschen, das Sie zum Kiosk dazubekommen.« Er hebt den Zeigefinger. »Dazubekommen *würden*, natürlich. Ich will Sie nicht beeinflussen.«

Jetzt ist mir sonnenklar, warum Eva den Kiosk unbedingt haben wollte. Dabei ist er ihr vollkommen egal. Ihr geht es einzig und allein um dieses Haus. Über dem Eingangstor prangt in dunkler Farbe ein verwitterter Schriftzug. Ich trete näher und lese: VILLA ORCHIDEE. Was für ein wunderschöner und passender Name.

Koppenrat hält mir den Schlüssel entgegen.

»Liebe Frau Ursula Ehrenfried, ich frage Sie hiermit: Möchten Sie diesen Schlüssel an sich nehmen und aufsperren?«

7

»Das ist verrückt«, sagt Meret. »Einfach nur irre. Was hast du bitte für ein Glück? Ich fasse es nicht!«

Meret ist hörbar aus dem Häuschen. Ich stehe in der Wohnküche der Villa, das Telefon ans Ohr gepresst. Es muss Mitternacht sein. Ich hatte Meret ein paar Schnappschüsse geschickt: Fassade im Mondlicht, Haus von innen, die abgeschlagenen Steinstufen, die zum Eingang führen. Wie aus einer Rosamunde-Pilcher-Verfilmung, nur ohne Schafe. Meret hat sofort angerufen, ihre Stimme hat sich beinahe überschlagen.

»Und wie viele Zimmer gibt's da? Hast du schon alle durchgezählt?«

Dass sie mich bei Titus verpfiffen hat, davon will sie nichts hören. Sie sei vollkommen unschuldig (»Er hat mich überrumpelt!«), außerdem erwartet sie eine Vorwarnung, falls sie wieder einmal die Wahrheit zu meinen Gunsten biegen soll. Schwamm drüber.

»Zimmer? Keine Ahnung, muss ich noch rausfinden. Das war früher einmal eine Pension oder ein Hotel. Ein riesiger Kasten, Meret. Riesig.«

»Wo wirst du schlafen?«

»Im Gästezimmer Nummer eins.«

»Ich hoffe, ich muss Titus nicht vorgaukeln, dass du bei mir übernachtest?«

»Keine Sorge. Ich habe ihm gesagt, dass ich eine Pause zum Nachdenken brauche und in die *Einsiedelei* fahre.«

»Und das hat er geschluckt?«

»Das mache ich doch regelmäßig, weshalb sollte er das nicht glauben?«

Natürlich habe ich die Bäuerin eingeweiht, sie weiß Bescheid. Diesen Fehler mache ich nicht noch einmal.

»Und du hast wirklich nichts von der Villa gewusst?«

»Wenn ich es dir doch sage!«

»Das klingt vollkommen irreal. Ja, Uschi, das klingt wie in einem Roman. Erzähl das einer Autorin, und die macht sofort ein Buch draus! Ehrlich jetzt. Diese ganzen Erbschafts-Storys, so was wollen die Leute lesen! Meistens kommt dann noch ein verschollener Jugendfreund ins Spiel, der auch mit über fünfzig noch zum Anbeißen aussieht. Kennst du niemanden, der schreibt?«

Ich muss lachen.

»Mit dir geht wirklich die Fantasie durch«, sage ich. »Aber ich kann dich beruhigen: Jugendfreund ist keiner aufgetaucht. Und das Haus fühlt sich auch nicht nach Roman an. Es ist ziemlich real. Und nein, meine liebe Meret, ich kenne keinen Schriftsteller.« Frau Elsbeth hat mir zwar einmal bei einer Weihnachtsfeier gestanden, dass sie Gedichte schreibt – Laienhafte Versuche, verraten Sie's bloß niemandem! –, ich kann mir aber beim besten Willen nicht vorstellen, dass sie eine Ballade über die *Villa Orchidee* verfassen würde.

»Wo bist du gerade? Was siehst du? Erzähl mir alles!«

Ich sehe mich um. Gänsehaut. Tante Hetti hat bis zu ihrem Tod hier gelebt, das weiß ich von Koppenrat. Die Mauern können sich an sie erinnern; die Wände, die

Pflanzen, alles hier atmet Tante Hetti. Und ich bin nie hier gewesen. Offenbar ist sie erst aufs Land gezogen, nachdem meine Familie den Kontakt zu ihr abgebrochen hatte. Wie gerne hätte ich sie besucht.

Die Küche ist beinahe so groß wie unsere ganze Kanzlei. Und sie ist bestens ausgestattet. Sogar Earl Grey ist vorhanden, mein Lieblingstee, und genügend Kaffee, um eine ganze Kompanie zu versorgen. Ich streiche über die Küchenkästchen aus hellem Holz, begutachte die peinlich sauber geputzten Kochplatten, öffne Schubladen und Schranktüren. Alles ist an seinem Platz. Und mein Herz, das ist voll. Ich, die ich noch nie beim Lotto auch nur zwei Euro gewonnen habe, soll all das hier bekommen? Aber was dann? Was dann, Tante Hetti? Ich stelle mir vor, wie sie an dem großen Holztisch sitzt – welcher war wohl ihr Platz?

»Ich freu mich total für dich«, sagt Meret. »Und bin sehr froh, dass du deine Meinung geändert hast, was Erbschaften angeht. Du kannst ja ein ganz schöner Dickschädel sein.«

»Halt, halt! Noch ist nichts entschieden.«

Selbstverständlich habe ich noch nicht unterschrieben. Wie soll ich denn bitte diese Villa erhalten? Die Erbschaftssteuer müsste ich auch aufbringen. Und was fange ich damit an, wenn ich sie am Ende doch nicht will? Wie lässt sich das alles mit meiner Lebenseinstellung generell und meiner Einstellung in Sachen Erbschaft im Speziellen vereinbaren? Und wie um alles in der Welt komme ich mit Eva auf einen grünen Zweig? Was soll ich tun, wenn sie morgen mit hunderttausend Euro anrückt?

Wir vereinbaren, dass Meret mich morgen Vormittag

abholt und eine Führung durch die Villa erhält. Bevor Koppenrat mit seinem Blinzel-BMW wieder gefahren ist, hat er ebenfalls seinen Besuch für den nächsten Morgen angekündigt. Dann soll ich – nach Maßgabe meiner Entscheidung – noch ein weiteres Detail erfahren, was die Villa betrifft.

Der macht's ja ganz schön spannend.

Und deswegen werde ich jetzt das tun, was sich vor jeder größeren Entscheidung empfiehlt und was mir auch Koppenrat geraten hat: drüber schlafen. Bevor ich mich aber in meine Kammer zurückziehe, wandere ich noch ein wenig herum. Die Küche, die auch einen Ausgang auf die Terrasse hat, führt in ein kleineres quadratisches Wohnzimmer. An der hinteren Wand, unter einem Wandteppich mit Kamelen, steht eine beigefarbene Couch mit dick gepolsterter, rissiger Sitzfläche. Rund um den Couchtisch gruppieren sich ein gemütlich wirkender grauer Ohrensessel und ein Klavierschemel ohne Klavier. Auf dem Boden liegen mehrere Teppiche übereinander und vermitteln so den Eindruck einer warmen Höhle.

Noch vor zehn Jahren wäre ich tausend Tode gestorben, wenn man mir vorgeschlagen hätte, eine Nacht allein in einem Haus irgendwo im Nirgendwo zu verbringen. Neben der Tür zur Küche entdecke ich einen Abreißkalender. Er zeigt den 16. April. Die dazugehörige Weisheit: *Es gibt nur einen richtigen Weg. Deinen eigenen!*

Der 16. April – war das der Tag, an dem Tante Hetti starb? Mit Schrecken wird mir klar, dass ich ganz vergessen habe, Koppenrat danach zu fragen.

Wenn ich mir etwas für Tante Hetti wünsche, dann, dass sie die Weisheit des Abreißkalenders leben konnte.

Dass sie den richtigen Weg gehen konnte – nämlich ihren eigenen. Dass sie genau jenes Leben führen konnte, das sie erfüllt hat. Und dass es schlussendlich in Ordnung war, so wie es war. Das ist doch das Beste, das sich über ein Leben sagen lässt.

Und wenn sie sich nun wirklich gewünscht hat, dass ihre Villa auf mich übergeht? Wenn ich ehrlich bin, hat die Vorstellung eines Zweitwohnsitzes auch etwas Verführerisches. Ich habe mir schon immer einen Ort gewünscht, der mir ganz alleine gehört und an den ich mich zurückziehen kann, wann immer ich die Lust dazu verspüre. An dem ich vielleicht sogar einen halb verschütteten Traum realisieren kann: ein kleines Gästehaus für Menschen, die neue Kraft tanken wollen.

Unsere Wohnung in der Stadt ist im Prinzip Titus' Junggesellenbude, in die er nach seiner Scheidung zurückgekehrt ist. Eingerichtet mit geschmacklosen Möbel-Schnäppchen aus der Fundgrube. Seit Jahren sind wir auf der Suche nach einer größeren Bleibe, die wir gemeinsam einrichten wollen. Bis dahin, so Titus, tun's die alten Möbel noch. Der Pferdefuß an diesem vernünftig erscheinenden Plan: Titus hat keine Zeit, sich um eine neue Wohnung zu kümmern, weil seine Klienten Vorrang haben. Und mein Angebot, mich darum zu kümmern, hat er ausgeschlagen: Er wolle mir keine zusätzliche Arbeit aufbürden. Ich vermute, dass er mir nicht über den Weg traut, was die Auswahl der Wohnung betrifft. Völlig unverständlich. Ich träume nämlich von weißen Räumen mit bunten Akzenten und zahlreichen blühenden Pflanzen. Eine Oase der Ruhe und Inspiration. In meinen Augen muss ein Ort, an dem man viel Zeit verbringt, Leben und Freude versprühen. Unsere Wohnung in der Stadt versprüht nichts außer Behäbigkeit und Schwermut.

Ich sehe mich in Tante Hettis Wohnküche um. Diese Eckbank könnte bleiben, vielleicht mit ein paar bunten Kissen? Eine dieser luftigen Vogelfederlampen über dem breiten Holztisch, am Fensterbrett blühende Orchideen – und schon würde diese Küche in neuem Glanz erstrahlen.

Ich betrete das Gästezimmer, das ich für die heutige Nacht ausgewählt habe. *Nr. 1* ist mit viel Schwung und weißer Farbe auf die Tür gepinselt. Ich knipse das Licht an. Ein Einzelbett in einer Koje, ein Schrank, ein Tisch mit zwei Stühlen, ein Waschbecken. Dusche auf dem Gang. Wild gemusterte orange-grüne Vorhänge vor dem hohen Fenster. Die Siebzigerjahre lassen grüßen. An der Decke hängt ein Lampenschirm aus Bast, und vor dem Bett liegt ein bunter Flickenteppich. Die Matratze weist eine sichtbare Kuhle auf.

Das ist es wohl, was man als »zweckmäßig eingerichtet« bezeichnet. Simpel, aber freundlich.

Ich setze mich. Kann es immer noch nicht fassen. Vielleicht ist das alles nur ein Traum. Eine Projektion. Ein Hologramm, programmiert, um mich zu verwirren. Welch seltsame Gedanken einem durch den Kopf schwirren, wenn man erst einmal aus der Bahn geworfen ist.

Ich schaue aus dem Fenster. Schwarze Bäume, ein Wald, darüber der Mond wie eine Laterne. Saß ich vor zwei Tagen tatsächlich noch in der Kanzlei? Tante Hetti, wenn du mich jetzt sehen oder hören kannst: Was bitte hast du mit mir vor? Über dem Waschbecken hängt ein

Spiegel. Diesmal sieht mir eine Annette Freud entgegen. Alles an dieser Frau strahlt. Weil etwas wunderbar Unvorhergesehenes passiert ist. Dabei waren doch Stabilität und Sicherheit immer das, was ich mir gewünscht habe – woher dieser Sinneswandel?

Fast hätte ich vergessen, dass diese Villa nur eine Zugabe ist. Eine Zugabe zum Kiosk, den ich bewirtschaften muss, wie Herr Koppenrath mir erklärt hat. Ich muss mir eine Lösung einfallen lassen. Ich selbst jedenfalls werde es nicht sein, die den Kiosk revitalisiert. Ich muss zurück in die Stadt, in mein Leben, zu Titus, in die Kanzlei.

In drei Monaten werde ich zweiundfünfzig. Du meine Güte. Ich galoppiere direkt auf die sechzig zu. Statistisch gesehen liegen immerhin noch 31,3 Jahre vor mir. Wie werde ich die wohl verbringen? Wo und mit wem? Ich erinnere mich wieder an den Spruch auf dem Kalender: *Es gibt nur einen richtigen Weg. Deinen eigenen!* Gilt das auch für mich? Und woher soll ich wissen, welcher Weg der richtige ist? Vielleicht steht ja in meinem Lebensbuch, dass ich mich langsam in eine Frau Elsbeth verwandeln und bis zum bitteren Ende Knalls und Konsorten in Titus' Kalender eintragen werde. Vielleicht ist das mein Schicksal? Eine Frage, über die sich trefflich meditieren lässt. Ich lege mich, angezogen, wie ich bin, auf die weiß-rot karierte Bettdecke und schließe die Augen.

Ich öffne zuerst das rechte Auge, dann das linke, dann kneife ich beide wieder zu. Helles Licht blendet mich. Ist das das berühmte Ende des Tunnels? Ich wage einen zweiten Blick. Zumindest ist es definitiv nicht mein Schlafzimmer.

Und dann schwappt eine Welle der Freude über mich hinweg, und ich schnappe erleichtert nach Luft. Ich habe geträumt, dass ich in einem großen Haus lebe, mit einer ganzen Armee an Dienstboten, die mir das Badewasser einlassen und mit großen Palmwedeln kühle Luft zufächeln. Doch gerade als ich mich in der Badewanne so richtig entspanne, tritt Koppenrat auf den Plan, der mir mit einem Ausdruck des Bedauerns mitteilt, dass ich das Haus zurückgeben muss, weil ich nicht Prozentrechnen kann.

Wie viel sind fünfzehn Prozent von zwanzigtausend? Wie, das wissen Sie nicht, Frau Ehrenfried? In diesem Fall sind Sie nicht berechtigt, Ihr Erbe anzutreten.

Was für ein Unsinn. Ich kichere, dann setze ich mich auf und schlüpfe in meine Schuhe, einen pappigen Geschmack im Mund. Ein Königreich für eine Zahnbürste!

Als erste Tat öffne ich das Fenster, das – wie ich nun sehen kann – in einen Garten hinausgeht. Zwischen zwei Obstbäumen ist eine Hängematte gespannt, die im Wind schaukelt. Der Himmel ist von einem überwältigen Veilchenblau, die Luft frisch und würzig. Was für ein Frühlingsmorgen! Ich sehe auf meine Armbanduhr. Wie – erst halb sieben? Ich fühle mich so erfrischt, als hätte ich mindestens zehn Stunden geschlafen.

Ich gehe raus auf den Gang. Bei Tageslicht wirkt die *Villa Orchidee* noch großzügiger. Die Sonne wirft leuchtende Streifen auf den Holzfußboden und lässt die Wände golden erstrahlen. Es riecht nach Almhütte, nach warmem Holz, nach Wald und Moos. Herrlich. Die Zeit ist reif, den Rest zu erkunden.

Aber zuallererst gilt es, den Kaffeedurst zu stillen. Ich

betrete die Wohnküche – und erschrecke. Am Kopfende des Holztisches sitzt Koppenrat, vor sich die Melone. Wie ist der denn hier reingekommen?

Er neigt den Kopf, als er mich sieht. »Bitte entschuldigen Sie, die Terrassentür war offen«, sagt er. »Und da habe ich mir erlaubt, hier auf Sie zu warten.«

Wenn ich recht überlege, dann hat das Schlafen nicht geholfen – im Gegenteil: Ich bin noch ratloser, als ich es gestern war. Erwartet er sofort eine Entscheidung? Um Zeit zu schinden, befülle ich die Filtermaschine mit Kaffee. »Für Sie auch?«

Er nickt begeistert. »Ich habe Ihnen ja noch eine weitere Information versprochen«, sagt er. »Und heute ist es so weit.«

Ich fülle den Wassertank mit frischem Wasser. »Da bin ich aber neugierig.«

»Die Villa ist nicht leer«, sagt er.

»Oh, das ist mir nicht verborgen geblieben. Sie ist sogar sehr schön eingerichtet. Zeitlos.«

»Einmal abgesehen von der Einrichtung.«

Ich stelle die Kanne unter die Kaffeemaschine. Sie beginnt aufgeregt zu gurgeln. »Ich weiß nicht, ob Milch im Haus ist«, sage ich. »Also, falls Sie den Kaffee mit Milch trinken.«

»Fragen wir Karl«, sagt Koppenrat.

»Wen?«

Koppenrat steht auf, öffnet die Tür zur Terrasse und winkt in den Garten. Nanu. Ist Karl der Gärtner? Oder der Hausmeister?

Nach einer Weile betritt ein schlanker, gut gekleideter, rund achtzigjähriger Mann die Küche. Ich bin ganz schön verwundert. Darf man in Klein Ziff nicht in Rente gehen?

»Möchten Sie auch einen Kaffee?«, frage ich den alten Herrn. »Oder vielleicht ein Glas Wasser?«

»Das ist Karl«, erklärt Koppenrat. »Karl ist Teil der Villa. Eine Mobilie in der Immobilie, wenn Sie so wollen. Karl hat ein testamentarisch verbrieftes Wohnrecht.«

Karl sieht mich an. Ich schaue in zwei grünblaue Augen voller Weisheit.

»Und du«, sagt Karl, »bist also Ursula. Kolossal, dass wir uns endlich kennenlernen!«

TEIL II

Ein Königreich für eine Hütte!

8

»Hier«, sagt Karl und zeigt auf den Platz an der Längsseite des Tisches. »Das war ihr Platz.«

»Und Sie waren Ihr …«

Ich stocke. Fettnäpfchen-Alarm. Wie sagt man das richtig? Lebensgefährte? Partner? Freund? Mann? Mitbewohner?

»Gefährte«, sagt Karl und atmet einmal tief ein und aus. »Wir waren Gefährten des letzten Abschnitts.«

Er nimmt einen Schluck Kaffee. Sein Gesicht ist hager. Zwei Falten an beiden Seiten des Mundes, tief wie Ackerfurchen.

»Sie fehlt«, sagt er. »Sehr.«

»Es tut mir so unendlich leid«, flüstere ich.

Karl sackt in sich zusammen, als hätte man ihm den Stecker gezogen. »Zuletzt ist es ganz schnell gegangen«, sagt er. »Aber ein Abschied ist ein Abschied. Und irgendwann heilt die Zeit nicht mehr alle Wunden. Weil die Momente, die einem bleiben, zu kurz sind. Da muss man sich selbst um die Heilung kümmern.« Er versucht zu lächeln. »Es hilft ja nichts.«

Die Tränen treten mir in die Augen. Keine Frage, Karl hat Tante Hetti geliebt. Ich möchte ihn so viel fragen, aber jetzt ist nicht der richtige Zeitpunkt, auch weil Koppenrat danebensitzt und nervös seine Melone in den Händen dreht. Ach herrje, der wartet ja immer noch auf eine Antwort. Im Moment lautet sie: Ich weiß es einfach nicht. Bin vollkommen verwirrt.

Ich sehe Karl an. Er strahlt etwas Verwegenes aus mit seinem Dreitagebart. Sein Haar ist immer noch dunkel. Ich kann gut verstehen, dass Tante Hetti ihn attraktiv fand. Das Auffälligste an ihm sind aber wahrscheinlich seine blank gewienerten schwarzen Schuhe. Budapester mit klassischer Lochverzierung. Der ganze Mann strahlt eine besondere Eleganz aus, eine Würde des Alters. Ich bin tief beeindruckt.

»Und Sie wohnen ...«

Karl unterbricht mich. »Ich bitte Sie – wollen wir nicht *du* sagen? Ich bin der Karl.«

Er streckt eine schwielige Hand über den Tisch. Ich nehme sie an.

»Ursula.«

»Ich habe dich erwartet, Ursula«, sagt er, noch während er meine Hand festhält. »Herzlich willkommen in der *Villa Orchidee*.«

Koppenrat macht ein Hab-ich's-nicht-gesagt-Gesicht, bevor er sich seine Melone aufsetzt. »Ich muss leider fahren«, sagt er und erhebt sich.

»Ich bleibe noch ein wenig«, erkläre ich.

Koppenrat nickt. »Und dass Sie mir ja die richtige Entscheidung treffen!«

Ich will ihn fragen, ob noch weitere kleine Details auf mich warten, ob weitere mir noch unbekannte Verwandte plötzlich aus Schränken und Truhen springen könnten, aber Koppenrat ist schon durch die Terrassentür entschwunden.

»Du siehst ihr gar nicht ähnlich«, sagt Karl. »Kein bisschen.«

»Ich bin mehr die Linie meines Vaters«, antworte ich. Dort gibt es blonde Verwandte mit herzförmigen Gesichtern. Kann man sich ja nicht aussuchen. Tante Hetti hatte ein schmales Gesicht mit hohen Wangenknochen und dunkles Haar, das sie gern zu einem Knoten band – zumindest damals, als ich noch ein Kind war.

Karl sieht nachdenklich in seinen Kaffee, als stünden darin die Antworten auf schwierige Fragen geschrieben. »Das ist das Leben, nicht wahr? Zuerst treibst du die Zeit vor dir her, und dann treibt die Zeit einen nach dem anderen fort. Und irgendwann bist du ganz alleine.«

Seine poetische Sprache rührt mich.

Er sieht kurz an die Decke, dann lächelt er. »Es geht ihr gut. Das ist mein Trost. Sie kann uns jetzt sehen. Und wir können's ja nicht ändern. Deshalb lass uns noch einen Kaffee trinken. Der ist übrigens kolossal.«

Wo er recht hat, hat er recht.

»Schön hast du's hier«, sage ich.

»Henriette war sehr fürsorglich. Es war ihr wichtig, dass ich einen Platz habe, an dem ich bleiben kann. Du weißt ja, wie das ist mit den alten Bäumen, die man nicht mehr verpflanzt. Außerdem gibt es hier diesen kolossalen Garten.« Er zeigt auf die Terrassentür. »Er ist meine ganze Freude.«

Das ist also mein neuer Großonkel, den mir das Schicksal geschenkt hat: ein Gentleman der alten Schule, freundlich und lebensklug. Eva darf auf keinen Fall den Kiosk und diese Villa bekommen. Niemals.

»Woran denkst du?«, fragt Karl.

Ich schüttle den Kopf. »Ich werde eine Entscheidung fällen müssen und möchte keinen Fehler machen.«

»Weißt du, was Henriette immer zu mir gesagt hat? Jetzt zerdenkst du schon wieder alles! Zerdenken, so hat sie es genannt. Wenn man nur mit dem Kopf überlegt.« Er zeigt auf seine Stirn.

Die Sonne blinzelt zum Küchenfenster herein und ergießt ihre Strahlen wie flüssiges Gold auf den Holzboden. Eine Küchenuhr tickt laut gegen die Zeit an. Statt an meinem Schreibtisch in der Kanzlei mit Blick auf Titus Ehrenfried den Uralten sitze ich auf einer Holzeckbank, ein Kissen mit floralem Muster im Rücken, und kann es nicht fassen. Ich habe nicht nur einen Kiosk und eine Villa, sondern sogar einen Großonkel geerbt. Und ich werde dafür kämpfen, dass er in der Villa bleiben darf. Das ist sonnenklar.

Wir sind zu Honigbroten übergegangen. Karl ist Profi – geschickt und ohne Kleckerei befördert er den Honig aufs Brot.

»Magst du?«

Ich nicke dankend und nehme das Honigbrot aus seiner Hand entgegen.

»Das war immer unser Frühstück«, sagt er. »Jetzt ist es meins. Und auch deins, wenn du möchtest.«

Ich beiße vom Brot ab. Weich, süß und klebrig – was für ein Genuss. Der Geschmack meiner Kindheit. Eine Erinnerung, zuerst nur verschwommen, dann immer klarer: Tante Hetti, die mir Honigbrote schmiert. Damit du groß und stark wirst, hat sie immer gesagt und das Brot in mehrere Happen zerteilt. So wie sie immer alles für mich zerteilte und vorportionierte. Ich musste bloß noch essen.

Ich weiß nicht mehr, wann ich aufgehört habe, Honigbrote zu essen, wahrscheinlich in der Zeit, in denen die Sorge um meine Figur dringlicher wurde als mein Wunsch, groß und stark zu werden. Jetzt kommt alles wieder. Den Trost dieser Honigbrote, wie sehr brauche ich ihn gerade jetzt.

»Wir sind also jetzt so etwas wie eine Wohngemeinschaft«, sagt Karl. »So heißt das doch – WG, oder?«

Ich kaue langsamer, um nachdenken zu können. Jetzt nur nichts Falsches sagen. »Die Wahrheit ist: Ich habe mich noch nicht entschieden, das Erbe anzunehmen. Natürlich möchte ich Tante Hettis Wunsch respektieren. Aber das ist so eine Riesenverantwortung.«

Karl nickt verständnisvoll. »Man muss die Villa natürlich auf Vordermann bringen«, sagt er. »Hier ist alles ein wenig in die Jahre gekommen. Und auch der Kiosk braucht frische Farbe. Ich werde das nicht mehr angehen, ich bin zu alt, aber falls du es tun willst, unterstütze ich dich, soweit es mir möglich ist.« Dabei schaut er auf seine geschwollenen Fingerknöchel. Er hat große Hände. Hände, die es gewohnt waren anzupacken. »Es heißt immer, dass man genauso alt ist, wie man sich fühlt. Nun, leider fühle ich mich alt.« Er schließt das Honigglas. »Deine Tante hätte gesagt: Jammer nicht so viel. Contenance! Du hast Besuch.«

Ich lächle. Gerne hätte ich die beiden gemeinsam erlebt.

Die nächste Frage, die mir auf der Seele brennt, ist mir ein bisschen unangenehm, aber ich muss sie stellen: »Kannst du mir sagen, warum sie mir all das vermacht hat? Ich bin doch nur eine entfernte Verwandte.«

Er sieht mich lange mit diesem Blick an, den ich im Stillen bereits den Karl-Blick taufe – nachdenklich, zum Schluss schmunzelnd. »Sie mochte dich«, sagt er. »Sehr.«

»Ist das Grund genug?«

»Es ist noch nicht der richtige Zeitpunkt, um darüber im Detail zu reden«, antwortet er. »Aber die Zeit wird kommen.«

»Ich kann warten«, sage ich. Auf ein paar Tage mehr oder weniger kommt es jetzt auch nicht mehr an. Schon als Kind habe ich gespürt, dass ein tiefer Riss durch unsere Familie ging. Man sprach nicht darüber. Es war einfach so. Damals nahm ich es hin. Heute würde ich mich dahinterklemmen, um aufzuklären, was damals geschehen ist. Aber wen kann ich fragen? Meine Großmutter lebt nicht mehr. Tante Hetti ist auch gegangen. Und Mutter ... ach.

Ich erinnere mich an ein Gespräch, das ich einmal als Kind belauscht habe, nachts, als ich aufs Klo huschen wollte. Mutter, ebenfalls im Nachthemd, stand neben dem Telefontischchen, den Hörer ans Ohr gepresst. Mit den Fingern der anderen Hand spielte sie mit dem Kabel. Ich fühlte, dass es um mich und Tante Hetti ging. Nein, hat Mutter gesagt, sie soll dort nicht mehr hin, aber wer sagt ihr das?

Karl wechselt das Thema. Er fragt mich nach meinem Familienstand aus, und ich antworte bereitwillig. Ja, ein Mann. Und nein, kein eigenes, aber ein Bonuskind. Ja, ein Job, aber kein selbst ausgesuchter, weil ich in der Kanzlei meines Mannes untergekommen bin. Karl ist bass erstaunt über die Tatsache, dass Titus Spezialist in Erbschaftsangelegenheiten ist und ich ihn noch nicht hinzugezogen habe, um mich mit ihm über den Kiosk und die Villa zu beraten.

»Er kennt doch alle Stolperfallen«, sagt er, »und du hast tatsächlich noch nicht mit ihm gesprochen?«

»Das ist komplizierter, als es klingt.« Ich lege das angebissene Brot auf den Teller zurück. Mir ist der Appetit vergangen. Ist es meine Pflicht, Titus umgehend über mein Erbe zu unterrichten? Ich fühle mich nicht wohl bei dem Gedanken. Mein Mann hat mir deutlich gezeigt, dass er seinem neuen Kompagnon mehr vertraut als mir. Ist das Verschweigen des Erbes meine Retourkutsche? Ist hier eine Vertrauens-Erosion im Gange? Wir müssen dringend reden. Das ist sonnenklar. Andererseits: Wie auch immer es mit Titus und mir weitergeht – für diese Entscheidung hier bin ich allein verantwortlich.

Karl nimmt den Faden wieder auf. »Falls du das Erbe annimmst – werdet ihr dann nach Klein Ziff ziehen? Also du und dein Anwalt?«

Gott behüte. Ich lache auf.

»Nein, nein«, sage ich schnell. »Titus muss in der Stadt bleiben – die Arbeit, und überhaupt. Er ist ein Stadtmensch.«

»Und du?«

Meint er damit, ob ich herziehen werde oder ob ich auch ein Stadtmensch bin?

Ich antworte: »Ich weiß nicht recht.« Das passt als Antwort auf beide Fragen. »Voraussetzung ist doch, dass ich mir etwas für den Kiosk überlege. Ganz ehrlich: Ich werde den nicht betreiben. Aber diese Villa hier, das wäre schon eine tolle Herausforderung.«

»Schön, wie offen du bist«, sagt Karl und schenkt mir

ein warmes Lächeln. Dann reicht er mir ein weiteres Honigbrot, obwohl ich das erste noch gar nicht aufgegessen habe. Dies hier scheint ein gefährlicher Ort für meine Figur zu sein. Aber heute sind alle Regeln außer Kraft gesetzt. Muss auch mal sein. Und nicht zu früh zu viele Sorgen machen, Uschi, nicht wahr? Ich schenke Karl ein Lächeln.

Und dann beiße ich in das Brot – und fühle mich vollständig wie lange nicht. Vollständig im Sinne von: Ich habe alles, was ich im Moment brauche. Denn manchmal braucht es für das Glück nicht mehr als eine Tasse Kaffee, einen wohlmeinenden Gesprächspartner – und einen Ort, der nicht dein Zuhause ist.

9

»Gehen wir doch eine Runde spazieren«, schlägt Karl nach dem Frühstück vor. »Du kennst den Garten noch nicht.« Formvollendet bietet er mir seinen Arm an, und wir marschieren durch den Gang und treten hinaus in die Sonne. Ein herrlicher Tag. Ich fühle mich erfrischt und gestärkt.

Der Garten ist von parkähnlicher Größe und zieht sich bis an den Waldrand. Ich bin geplättet. Die prächtigen pink-, violett- und rosafarbenen Rhododendren fallen mir als Erstes ins Auge, farbenprächtige Tulpen, üppiger Blauregen, eine rot-weiße Ginsterhecke. Die reinste Blütenpracht, ich kann mich kaum sattsehen.

»Henriette hat Blumen geliebt«, sagt Karl. »Ich sehe es als meine Aufgabe, den Garten in ihrem Sinne zu pflegen.«

Richtung Wald wurde ein Gemüsegarten angelegt, über den Garten verteilt stehen Obstbäume, das Gras ist nicht ratzeputz kurz gemäht, sondern darf wachsen.

Eine Terrasse öffnet sich zum Garten hin. An der Hausmauer eine blassrosa Clematis. Ich weiß gar nicht, was ich zuerst bewundern soll. Ein herrlicher Duft steigt mir in die Nase. Ich bücke mich vor einem Strauch. Er ist es, der so duftet. »Was ist das, Karl?«

»Duftjasmin, winterhart«, sagt er. »Henriette hat immer

gesagt: Einen Garten muss man riechen, nicht nur sehen. Er soll alle Sinne betören.«

Betören. Was für ein schönes Wort.

»Das tut er in der Tat«, sage ich. Wenn Garten, dann so.

»Also, wenn jemand ein Anrecht auf die Villa hat, dann bist das du«, sage ich zu Karl. »Das ist sonnenklar. Warum hat Tante Hetti nicht dir die Villa vererbt?«

»Mir?« Er lacht auf und hebt abwehrend die Hände. »Das wollte ich nicht. Nein, nein, ich will nichts mehr besitzen. Im Gegenteil. Ich will Dinge loswerden. Mitnehmen können wir ja doch nichts. Ich darf in der Villa bleiben. Bis zum Ende. Damit bin ich vollauf zufrieden.«

Ein kleiner Hügel, dahinter der Komposthaufen. Eine Trauerweide. In ihrem Schatten zwei zierliche Metallstühle und ein runder Tisch.

»Es ist ein Traum«, sage ich. »Hier einfach nur zu sitzen und nichts zu tun.«

»Dann machen wir das doch«, schlägt Karl vor.

Wir setzen uns. Es ist angenehm frisch unter dem Blätterdach. Das Gras kitzelt meine Knöchel. Ich strecke mich.

»Ihr habt euch hier wahrlich ein Paradies geschaffen, Karl«, sage ich.

»Henriette hatte genug von der Stadt. Sie wollte raus in die Natur. Sie kannte den Ort, war als Kind öfter hier.« Plötzlich wird Karl ernst. Er beugt sich vor. »Du musst etwas wissen, Ursula: Was auch immer passiert, Eva darf die Villa niemals bekommen.«

»Wieso?«

»Das weißt du jetzt nicht von mir: Sie führt was im Schilde.«

»Ach, deswegen«, murmle ich. »Eva hat schon versucht, mir den Kiosk abzuluchsen. Sie meint, dass er ihr zusteht.«

»Sie hat genug bekommen.« Karl betrachtet nachdenklich seine Hände. »Mehr als genug. Und der Kiosk ist es nicht, der sie interessiert, Ursula. Sie hat was mit der Villa vor.« Er atmet tief durch, dann deutet er auf mein Mobiltelefon, das auf dem Tisch liegt. »Schau selbst«, sagt er. »Ihr habt doch alle Internet da drin, oder? Such mal die *Residenzen Morgenrot*.«

Residenzen Morgenrot. Was für ein affektierter Name. Ich tippe die beiden Worte in das Suchfeld, und schon poppt eine Webseite auf. Zwei weiß getünchte moderne Appartement-Häuser mit großen Balkonen, dahinter der Wald. Am Horizont die untergehende Sonne. Malerisch.

»Schön«, sage ich. »Schön modern.«

»Lies den Text.«

Nur siebzig Minuten von der Stadt entfernt entstehen auf einem Hügel die *Residenzen Morgenrot*. Zwölf großzügige, frei finanzierte Appartements in zwei Gebäuden, die mit Fußbodenheizung, Deckenkühlung, dreifach verglasten Fensterfronten und großen Außenflächen punkten. Hätten Sie lieber Morgensonne oder Abendrot? Noch können Sie wählen, aber zögern Sie nicht zu lange! Baubeginn: Herbst dieses Jahres in Klein Ziff.

»Bauherrin ist Eva?«, frage ich Karl. »Ist es das, was du mir sagen willst? Dass sie diese Residenzen baut?«

Karl nickt. »Und nicht irgendwo in Klein Ziff«, sagt er. »Sondern genau hier, wo wir sitzen.«

»Hier?« Das kann ich nicht glauben. »Im Garten der Villa?« Er schüttelt langsam den Kopf. Und endlich kapier ich's. »Sie will die Villa abreißen und an ihrer Stelle diese Appartementhäuser bauen.«

Er nickt langsam.

Mir bleibt die Luft weg. Das ist ja ein starkes Stück.

»Sie hat immer damit gerechnet, dass sie alles erben wird, und schon vor einiger Zeit einen Investor aufgetan. Der kam ohne Einladung vorbei. Henriette und ich saßen auf der hinteren Terrasse. Kannst du dir das vorstellen? Er sagte, er müsse nur ein paar Dinge vermessen, ganz harmlos. Für den neuen Kanal. Hat uns einfach ins Gesicht gelogen!«

Ich werfe einen weiteren Blick auf die Website.

SIE HABEN GENUG VON DER GROSSSTADT?
WIR HABEN IHR REFUGIUM IN WALDNÄHE!
Jetzt Informationen einholen!

»Alle Achtung«, sage ich.

»Achttausend Euro der Quadratmeter.«

»Du meine Güte.«

Ich klicke auf den Menüpunkt ÜBER UNS. Keine Spur von Eva. Ein gewisser Dr. Bronner ist mit Foto abgebildet. Autoverkäuferlächeln, taubengrauer Anzug. Seine Assistentin Laura ist für den Verkauf zuständig. Natürlich provisionsfrei.

»Ich kenne Eva«, sagt Karl. »Wenn die sich in etwas verbissen hat, dann gnade Gott.«

»Was schlägst du vor?«

Karl schüttelt zerknirscht den Kopf. »Es geht nicht um

mich«, sagt er. »Aber Henriette lebt in dieser Villa weiter. Sie hat sich immer gewünscht, dass das Haus mit Leben erfüllt ist, weißt du. Ein Ort der Zusammenkunft, an dem sich Menschen treffen, die sich gernhaben. Sie hat so auf die junge Generation gehofft. Ich bitte dich nur um eines: Reiß es nicht nieder.«

Stumm schüttle ich den Kopf. Ich wusste schon gestern, dass Eva niemals den Kiosk bekommen darf – das gesamte Ausmaß der Bedrohung wird mir aber erst jetzt klar.

»Die Villa könnte ein Wochenendhaus werden, für dich und deine Freunde. Deine Großtante hat immer Wert darauf gelegt, dass Leben im Haus ist. Hier war immer was los! Andererseits ...« Er seufzt. »Wenn es nicht in deinen Lebensplan passt, dann kann man auch nichts machen.«

»Lebensplan?«

Ich sehe ihn an. Das ist ja charmant, dass er davon ausgeht, dass ich so etwas wie einen Lebensplan habe. »Karl, ich weiß doch nicht einmal, was ich in den kommenden Minuten machen werde.«

Karl sieht mich halb belustigt, halb bedauernd an. »Hast du denn keine Träume, Ursula?«

O doch. Träume, die habe ich.

Einen zum Beispiel, den ich immer wieder erfolgreich verdränge: den Traum von einem kleinen Hotel, oder einem Lokal, am liebsten am Meer. Oder an einem See, ganz egal. Dann aber mit einem Garten wie diesem hier. Deshalb hatte ich ursprünglich auch im Reisebüro angeheuert: weil es um die guten Zeiten im Leben geht. Weil ich den Menschen schöne Erlebnisse vermitteln wollte. Damals kam ich viel herum, denn wir sollten zumindest einige der Hotels, die wir empfahlen, auch persönlich gesehen haben. In dieser Zeit erwachte der Wunsch, selbst Gastgeberin zu werden. Ich sah mich bereits mit meinen Gästen in der blumengeschmückten Lounge sitzen, während Cool Jazz aus den Boxen dringt. Ein tropisches Paradies in meinem Kopf – und in meinem Herzen: ewige Sonne. In meinem Tagtraum war ich glücklich, ich hatte mein Ziel erreicht.

Einmal, in einer schwachen Stunde, habe ich Titus davon erzählt. »Es ist gut, wenn man Träume hat.« Das war alles, was er dazu zu sagen hatte. »Aber ein Hotel – ganz ehrlich, Uschi, das ist viel Schweiß für wenig Preis. Hohes Risiko, unverschämte Gäste und so weiter. Das würde ich mir zehnmal überlegen.«

»Es wäre nicht wegen des Geldes«, wandte ich ein.

»Sondern?«

Er konnte sich offenbar keinen anderen Grund vorstellen.

»Weil ich glaube, dass es mich erfüllen würde.«

So ein Gedanke war Titus fremd. Er hatte die Kanzlei übernommen, weil es Familientradition war. Und weil eine Alternative denkunmöglich war. Für ihn. Und seine Eltern. Über Berufung kann ich mit ihm nicht sprechen, dieser Begriff existiert nicht in seinem Vokabular. Als Mensch hat man Pflichten und Rechte, so ist das. Eine gut eingeführte und hervorragend beleumundete Kanzlei übernehmen zu dürfen, das ist in seinen Augen keine Pflicht, sondern ein Privileg. Er ist glücklich – jawohl! Glücklich, in die Fußstapfen seines Vaters und Großvaters treten zu dürfen. Seine Loyalität dem Familienunternehmen gegenüber hat mich immer beeindruckt. Sein

Mangel an Flexibilität, was die Wahl meines Jobs betraf, eher weniger. Ich bin nämlich ausgesprochen flexibel: Als das Reisebüro schloss, bot ich ihm an, ein wenig in der Kanzlei auszuhelfen. Frau Elsbeth fiel aufgrund einer privaten Ursache, über die viel gemunkelt wurde, eine Zeit lang aus. Ich wusste, wie wichtig sie für Titus war, und bot ihm meine Hilfe an. Außerdem wollte ich ein wenig für Stimmung sorgen, wusste ich doch, dass es in der Kanzlei ganz anders als fröhlich zuging.

»Ursula, ich glaube, jemand möchte dich sprechen.«

Ich schrecke auf. Karl zeigt auf mein lautlos vibrierendes Telefon. UNGLÜCKLICH ERBEN.

Na bitte. Wenn man von der Sonne spricht.

»Nimm es ruhig an«, sagt Karl. »Ich wollte ohnehin nach den Sonnenblumen sehen.«

Es ist Frau Elsbeth. »Wo bleiben Sie denn?«, fragt sie. »Sie gehen uns hier fürchterlich ab.«

»Ach, hat mein Mann Ihnen nicht gesagt ...«

»Ich weiß von nichts«, unterbricht sie mich.

»Das tut mir leid. Ich bin unterwegs, Frau Elsbeth. Auf dem Land. In einer Familienangelegenheit.«

»Das ist ja schön, aber Frau Walsch sitzt im Warteraum. Mit ihrem Hund. Ganz verheult. Also sie, nicht der Hund. Ich habe so gehofft, dass Sie sich um sie kümmern könnten! Mit Menschen, die ihre Fassung verlieren, kann ich nicht gut umgehen, das wissen Sie doch.«

Frau Walsch. Die hatte ich vollkommen vergessen. Mist. Ganz großer Mist. Ich hätte Frau Elsbeth zumindest vorwarnen müssen. Was jetzt? »Es tut mir so leid, Frau Elsbeth«, sage ich zerknirscht. »Ich bin, ohne es zu wollen, in eine Sache reingeraten, die meine ganze Aufmerksamkeit verschlingt.« Ich hoffe, dass die Dramatik der Aussage ihre Enttäuschung ein wenig abmildert.

»Gerade heute«, seufzt Frau Elsbeth. »Wo der Herr Chef so furchtbar schlechte Laune hat.«

Das war fast anzunehmen. Und es tut mir leid, dass Frau Elsbeth es ganz alleine ausbaden muss.

»Ich bin morgen wieder da«, sage ich, obwohl ich keinen blassen Schimmer habe, ob ich dieses Versprechen halten kann.

»Und was soll ich inzwischen mit Frau Walsch machen? Sie ist am Boden zerstört und hat bereits eine ganze Box Taschentücher verweint.«

»Geben Sie ihr einen *Alles-wird-gut*-Tee. Mit zwei Stück Zucker. Und einem Löffel Medizin.«

»Was für eine Medizin?«

»Den Brandy aus der Vitrine.«

»Aber den bewahrt doch der Chef für besondere Anlässe auf!«

»Das ist ein besonderer Anlass, Frau Elsbeth. Und für den Hund finden Sie in der rechten Küchenschublade ein paar Leckerlis. Es tut mir leid, wirklich. Ich weiß, das kommt alles schrecklich ungelegen für Sie.«

Sofort springt mein schlechtes Gewissen an, das immer knapp unter der Oberfläche lauert.

Frau Elsbeth seufzt. »Ihre Schwester will sie verklagen. Die Familie ist zerrissen, alles liegt in Scherben.«

»So kann's passieren, wenn man erbt«, sage ich, und gleichzeitig wird mir ganz schwummerig. Vielleicht blüht mir dasselbe Schicksal, wenn ich mein Erbe annehme? Dass ich am Ende in einer Kanzlei sitze und eine Taschentuch-Box verheule?

Ich hätte jetzt auch gern einen *Alles-wird-gut*-Tee mit einem Löffel Medizin. Oder nein: zwei Löffel. Darf ruhig ein bisschen mehr sein. Und ein Leckerli. Oder zwei.

Ach was, her mit der ganzen Packung.

10

Als unsere Beziehung noch jungfräulich war wie der Morgentau nach Sonnenaufgang, wurden Titus und ich oft gefragt, wo wir uns denn kennengelernt hätten. Ihr kommt doch aus zwei völlig unterschiedlichen Welten! Das hat mich immer irritiert. Als wäre es vollkommen abwegig, dass eine Nicht-Juristin einem Vollblut-Juristen über den Weg läuft.

Und tatsächlich muss ich sagen: Titus hat mich aufgesucht. An einem trüben Tag im November. Er wollte einen Sommerurlaub buchen. Frühbucherbonus. Ich arbeitete damals bei *ZACKIG REISEN* (Slogan: Die beste Medizin bei Reisefieber!), und der groß gewachsene Mann mit der interessanten Brille und dem wachen, freundlichen Blick fiel mir sofort auf, als das Glöckchen am Eingang sein helles »Dring, dring, dring!« hören ließ.

»Der gehört mir«, sagte Iris, meine Kollegin.

Das hättest du wohl gerne, dachte ich. Und flüsterte, noch bevor sich der Kunde umgesehen hatte: »Soll ich Herrn Kaiser etwa von deinen perversen Gelüsten erzählen?« Damit meinte ich Iris' Vorliebe für Baguettes mit Limburger Käse, die sie immer neben Tonnen von Süßigkeiten unter ihrem Schreibtisch versteckte. Wenn sie ihre Jause auspackte, fielen die Fliegen tot von den Wänden.

»Wage es!«, zischte Iris in meine Richtung.

»Jederzeit«, gab ich cool zurück. »Ich habe ein Beweisfoto.«

Ich hielt mein Handy hoch. Darauf zu sehen: Iris, nur Sekunden bevor sie in ein Sandwich biss, das mit einer zentimeterdicken Schicht Limburger belegt war. Ihr Mund war aufgerissen, die Augen geweitet und auf das Brot gerichtet. Es war gut zu erkennen, dass sie dabei an ihrem Schreibtisch saß. Und genau dort lag das Problem. Für sie. Moritz Kaiser, Gründer und Geschäftsführer von *ZACKIG REISEN*, konnte es nämlich nicht leiden, wenn wir am Schreibtisch aßen. Dafür sei die Mitarbeiterküche da, wiederholte er in regelmäßigen Abständen. Er konnte es nicht ausstehen, wenn seine wertvollen Kataloge mit Krümeln übersät waren und sich Speisereste zwischen unseren Zähnen befanden, während wir ein Fünfsternehotel an der Costa Brava anpriesen. Am empfindlichsten aber waren seine Geruchsnerven. Iris lüftete regelmäßig, damit der Chef nichts von ihrer Limburger-Liebe mitbekam.

Jetzt saß ich eindeutig am längeren Ast. Ich hatte Beweise, dass sie ihrer übel riechenden Leidenschaft trotz ausdrücklichen Verbots an ihrem Schreibtisch frönte. Der Kunde gehörte mir.

»Okay«, zischte Iris und zog eine Schnute. »Du hast gewonnen. Aber das schreit nach Rache.«

Ich kicherte. Wir waren zu jener Zeit beide Single, und Iris hielt ununterbrochen Ausschau nach beziehungswilligen Männern, die sie im Ernstfall der eigenen Mutter vorstellen konnte. Doch die Exemplare, die sie an Land zog, waren entweder verheiratet oder fünfzehn Jahre jünger, manchmal waren sie auch eine Kombination aus beidem. Jedenfalls kein Schwiegersohn-Material.

Ich lächelte dem Kunden zu, der die Kataloge betrachtete, die auf einem Ständer aufgefädelt waren. Appartements in Sizilien, Schiffsreisen auf dem Rhein oder durch die Karibik, Hüttenurlaub auf dem Großglockner, Städtereisen für Kulturverliebte – und unser Schwerpunkt: Einkaufsfahrten nach Italien und Kroatien für die älteren Herr- und Damenschaften mit kleinem Geldbeutel.

»Wie kann ich Ihnen helfen?«, fragte ich und setzte mein charmantestes Lächeln auf.

Er näherte sich meinem Tisch.

»Bitte, setzen Sie sich doch.«

Er setzte sich, lehnte sich zurück und schlug die Beine übereinander. Dabei strahlte er eine natürliche Autorität aus, die mich sofort in seinen Bann zog. Ich bemerkte, dass auch Iris ihm immer wieder einen Blick zuwarf. Die beiden anderen Kolleginnen waren zum Glück in der Mittagspause.

»Darf ich Ihnen etwas zu trinken anbieten? Kaffee? Wasser?«

Das war unser Spezialservice, für den wir gerühmt wurden. Eine Beratung dauerte normalerweise seine Zeit, da empfahl es sich, die Kundschaft nicht verdursten zu lassen.

»Haben Sie auch Prosecco?«, fragte der Mann und schmunzelte. »Da würde ich nicht Nein sagen.«

Ich lachte. »Haben wir leider – oder sagen wir: zum Glück – nicht, der würde in diesem Büro nicht lange überleben.« Ich warf einen schnellen Blick zu Iris, die sich erbost aufplusterte, weil ich natürlich sie damit meinte. Das war unser Spiel. Dann wandte ich mich wieder meinem Kunden zu.

»Jetzt bin ich aber ganz bei Ihnen. Was kann ich für Sie tun?«

»Ich möchte mit meiner Familie nach Lignano fahren«, sagte er.

War ja klar: Ein Mann wie er musste Familie haben, so einer blieb prinzipiell nicht ohne Anhang.

»Und was hätten Sie sich da so vorgestellt? Appartement? Oder Wellnesshotel?«

»Hotel *Bellezza*«, sagte er. »Zwei Wochen im Juli, Halbpension, Doppelzimmer mit angeschlossenem Einzelzimmer, Meerblick. Damit meine ich aber auch wirklich: Meerblick. Kein seitlicher Meerblick. Und ohne sich für den Meerblick auf die Zehen stellen und über ein Geländer beugen zu müssen. Ach ja: Meine Frau isst kein Fleisch. Und meine Tochter schläft lange. Vegetarische Option und Langschläfer-Frühstück wären also von Vorteil.«

Ich staunte nicht schlecht. Selten, dass jemand so genau wusste, was er wollte. Warum rief er nicht selbst im *Bellezza* an? Das wäre doch wesentlich einfacher gewesen. Durchaus möglich, dass wir das Hotel gar nicht im Angebot führten.

Ich schlug das *Bellezza Lignano* in unserem System nach, und tatsächlich: Es war bereits vor über fünf Jahren geschlossen worden.

»Sie sind sicher, dass das Hotel *Bellezza* heißt?«

Ich wollte mich vorsichtig herantasten, um ihn nicht sofort mit dem Endgültigen zu konfrontieren.

»Natürlich. Ich habe mit meinen Eltern dort regelmäßig den Sommerurlaub verbracht. In den Siebzigern und Achtzigern. Ist schon ein paar Tage her.« Er lächelte.

Ach. So einer war das. Das gefiel mir. Fuhr dorthin, wo Mama und Papa mit ihm immer Urlaub gemacht hatten. Ein sogenannter Sentimental-Urlauber, der Sand in Glasbehälter abfüllte und seine Freunde noch Jahrzehnte später mit verwackelten Dias aus den Achtzigern nervte.

»Das *Bellezza* gibt's nicht mehr«, meldete sich Iris, die offenbar nur so tat, als wollte sie eine E-Mail schreiben. Ich warf ihr einen bösen Blick zu.

Der Mann war sichtlich enttäuscht. Er wollte, sagte er, seiner Familie jenen Ort zeigen, an dem er als Kind glücklich gewesen war.

»An der oberen Adria werden Sie eine Reihe anderer Häuser finden, die Ihren Vorstellungen entsprechen – und deutlich moderner sind«, sagte Iris. »Nichts gegen das *Bellezza*, aber das war schon ein scheußlicher Kasten. Wenn Sie mich fragen: Gut, dass es pleitegegangen ist. Heute erwarten die Kunden doch etwas mehr Komfort und Klasse.«

Das wurde ja immer besser. Was mischte die sich in mein Kundengespräch ein? Und diskreditierte zugleich die Wahl seiner Eltern! Der Mann schien sogar noch drauf einzusteigen, er war nicht einmal beleidigt!

»Vielleicht haben Sie recht«, sagte er und kraulte sich das Kinn mit Daumen und Zeigefinger. Eine Geste, die ich schon ziemlich bald mit ihm in Verbindung bringen sollte, ebenso wie sein Lachen mit geschlossenem Mund, das kontrolliert und nie so richtig ausgelassen wirkte. Er wandte sich wieder an mich: »Und was meinen Sie? Was würden Sie mir empfehlen? Ihre Meinung interessiert mich brennend.«

Jedenfalls fand ich an diesem Nachmittag noch ein

familiengeführtes Hotel in der Nähe von Venedig für die Familie Ehrenfried und fragte mich zum wiederholten Mal, weshalb die guten Männer immer schon vergeben waren.

Zum Abschied betrachtete er mich lange und sagte dann: »Sie erinnern mich an jemanden.«

Na klar, gähn.

»Das höre ich hin und wieder«, erwiderte ich. Irgendwann bekomme ich noch die Doppelgänger-Medaille. Annette die Zweite. Vielleicht könnte ich dann zumindest ein paar ihrer Stunts übernehmen. Ich musste grinsen.

Der Mann verengte die Augen zu zwei schmalen Schlitzen und deutete mit dem Zeigefinger auf mich.

»Jetzt hab ich's«, sagte er. »Sie sehen aus wie Dagmar Robitsch.«

Den Namen hatte ich noch nie gehört. »Bitte wer?«

»Unsere Sekretärin in der Rechtsanwaltskammer!«

Er tat gerade so, als müsste ich sie kennen. Als müsste jeder sie kennen. »Haben Sie eine Zwillingsschwester? Kommen Sie, die haben Sie doch, oder?«

»Aber nein, nicht einmal eine normale! Ich meine ... äh, nein, gar keine.« Dieser Mann verwirrte mich.

Er betrachtete mich stirnrunzelnd. »Dann muss es sich um eine Doppelgängerin handeln.«

Der machte einen ja ganz schön neugierig.

»Wenn Sie Lust haben, schauen Sie doch einmal bei der Kammer vorbei. Direkt gegenüber befindet sich meine Kanzlei, so viel darf ich verraten.«

»Sie sind Rechtsanwalt?«

Er nickte. Dann zog er seine Brieftasche aus der Hose

und legte mit großer Geste eine Visitenkarte auf meinen Schreibtisch.

GLÜCKLICH ERBEN
Dr. Titus Ehrenfried

»Oh«, sagte ich. Glücklich erben. Das war ja mal eine Ansage. »Ich fürchte, ich erbe nichts als schlechte Gewohnheiten.«

Er lachte. »Das sagen sie alle. Aber glauben Sie mir: Unverhofft kommt oft.«

Drei Wochen später erhielt ich eine Postkarte. Ich konnte es kaum fassen. Mit vier Bildern, die aussahen wie handkoloriert, aus der Zeit gefallen. Strand, Eisdiele, Hausfassade, Promenade und einem *Tanti Saluti* in Schnörkelschrift.

Auf der Rückseite stand:

Herzliche Grüße aus dem südlichen
Urlaubsdomizil! Ich fühle mich hier sehr wohl!
Es grüßt der Anwalt, der sich für die schlechten
Gewohnheiten einer gewissen Dame interessiert.
PS: Haben Sie schon Ihre Doppelgängerin besucht?

Die Karte gab mir zu denken. Nicht nur, weil er plötzlich nur noch von sich selbst sprach – *Ich fühle mich hier sehr wohl*, wo war denn der Rest der Familie abgeblieben? –, sondern weil er offenbar an mich dachte. An mich! Während er im Urlaub war! Ich konnte es kaum fassen. Ein Anwalt. Meine Mutter würde aus den Latschen kippen. So etwas hatte sie sich immer für mich gewünscht. Einen Arzt oder Anwalt oder von ihr aus auch einen Piloten. Einen Mann mit einem Beruf, der was hermachte. Damit ich es einmal besser hätte als sie. Meine Reisekauffrau-Ausbildung hatte sie leider nicht nachhaltig beeindruckt. Aber ich hatte keine Lust zu studieren, ich wollte *mein* Leben leben und nicht ihres.

»Ich habe es doch ohnehin besser«, pflegte ich immer zu sagen. »Reicht es nicht, dass *ich* zufrieden bin? Müssen es alle anderen auch sein?«

»Aber die Sicherheit!«, rief sie dann und schüttelte den Kopf, um ihren Missmut auszudrücken. Das entbehrungsreiche Leben als Alleinerziehende und Supermarkt-Angestellte hatte sie früh altern und sauer werden lassen. Sie war nicht auf die Butterseite des Lebens gefallen, sondern auf die Körnerseite. Ganz schön rau dort. Und ganz konnte ich mich dem mütterlichen Wertesystem auch nicht entziehen. Auf diese Weise wurde mir der Sicherheitsgedanke eingepflanzt, der bei der Partnerwahl leise im Hintergrund summte wie ein Kühlschrank. Daher auch die Freude, die ich empfand, als ich einem echten Anwalt nicht mehr aus dem Kopf ging. Und einer meiner ersten Gedanken war, das musste ich schamvoll zugeben: Mama wird begeistert sein, wenn sie das hört!

Doch vorerst sollte niemand begeistert sein. Denn nach der Postkarte hörte ich monatelang nichts mehr von ihm. Ich war ernüchtert. So einen festen Sitzplatz in seinen Gedanken hatte ich wohl doch nicht eingenommen, dachte ich, maximal einen Stehplatz mit eingeschränkter Sicht.

Ich besprach alles haarklein mit Meret im *Liebstöckel*, das schon damals unser liebstes Lokal war.

Meret, die aus ihrem eigenen Herzen keine Mördergrube macht, empfahl mir, die Initiative zu ergreifen. »Er hat dir eine Karte geschrieben, also bist du jetzt dran. Das ist doch logisch! Wir sind doch nicht mehr im neunzehnten Jahrhundert, wo der Mann einer Frau zehn Avancen macht, bevor sie schamvoll reagieren darf. Du meine Güte, Uschi, also wirklich.«

»Und was soll ich tun? Ihm etwa auch eine Karte schreiben? Mit Bildern von den Tauben im Park? Oder von der Tiefgarage im Zentrum, in der ich meinen Wagen abstelle? Herzliche Grüße aus dem vierten Untergeschoss?«

»Sei nicht so furchtbar unromantisch, dir wird ja wohl noch was Originelles einfallen! Du könntest zum Beispiel ...«

»Ja?«

Ihr fiel nichts ein. Dafür mir. Ich könnte, so dachte ich, seinen Vorschlag aufgreifen und zur Rechtsanwaltskammer marschieren, um mir meine Doppelgängerin anzusehen: Dagmar Wieauchimmer, der Nachname war mir entfallen. Und ein Selfie mit ihr machen. Das könnte ich Dr. Ehrenfried dann schicken, etwa mit der Anmerkung: Herzlichen Gruß von den Zwillingen, danke für die Karte, die Urlaubsfee. Oder so ähnlich.

Gesagt, getan. Als ich an der Tür der Anwaltskammer klopfte, trug ich einen schwarzen Bleistiftrock (ich hatte Mühe, ihn über die Hüften zu ziehen, aber letztlich gelang die Übung, sogar den Zippverschluss konnte ich überraschenderweise schließen) und ein weit ausgeschnittenes lila Top. Der Herr Anwalt sollte ja auf dem Foto was zu sehen bekommen.

Am Empfang saß eine dunkelhaarige Frau, die mich anlächelte, als ich selbstbewusst auf sie zuschritt.

»Ich suche eine Frau Dagmar«, sagte ich aus Mangel an Erinnerungsvermögen.

»Wie noch?«

»Tut mir leid«, – ich wand mich in meinem Bleistiftrock –, »ich erinnere mich nur an den Vornamen, und dass sie hier in der Kammer arbeitet. Als Sekretärin.«

»Wir haben hier nur eine Dagmar im Sekretariat«, sagte die Frau. »Und das bin ich. Worum geht's?«

Oh! Das überraschte mich jetzt. Ich konnte mich ja täuschen, aber ich hatte selten eine Frau gesehen, die mir weniger ähnlich sah. Ich hatte Annette-Frier-mäßige blonde, halblange Haare; diese Dagmar hatte eine schwarze Kurzhaarfrisur, eine mächtige Nase und ein fliehendes Kinn. Während ich meine Augenbrauen peinlich genau und mithilfe einer Schablone zupfte, waren ihre Augenbrauen in der Mitte zusammengewachsen und formten eine einzige Frida-Kahlo-Gedächtnisbraue. Nichts gegen fliehende Kinne und Mono-Augenbraue! Aber tatsächlich konnte ich nicht die kleinste Ähnlichkeit zwischen uns erkennen. Wie konnte Dr. Ehrenfried nur der Meinung sein, dass wir uns ähnlich sahen? Vielleicht musste seine Brille dringend erneuert werden? Oder seine Erinnerung aufpoliert? Oder war ich gar in der falschen Kammer? Oder am richtigen Ort, aber zur falschen Zeit?

»Hat hier früher vielleicht ... äh, eine andere Dagmar gearbeitet?«

Sie legte den Kopf schief und musterte mich. »Nicht, dass ich wüsste. Und ich bin seit über zwanzig Jahren hier.«

»Oh. Okay.«

Was nun? In der Ecke gluckste ein Wasserspender. Ein paar Mitarbeiter huschten im Hintergrund lautlos über den Büroteppich, der in einem unverwüstlichen Dunkelbraun gehalten war. Aus der Ferne drang Telefongeläute, jemand lachte. Eine Tür schlug zu.

»Wenn Sie eine Auskunft möchten – die kann ich Ihnen genauso gut geben. Oder bestehen Sie darauf, sie aus dem Mund einer anderen Dagmar hören?«

»Es ... es ist nicht so ... also, es ist anders, als Sie denken ...«

Sie lehnte sich zurück. »Was denke ich denn?«

Das wurde mir jetzt zu steil. Ich musste hier raus, schleunigst. Aber weil ich nicht unverrichteter Dinge wieder gehen wollte, holte ich mein Handy hervor. Deswegen war ich doch hier.

»Darf ich ein Foto von Ihnen machen? Also von uns beiden?«

Sie sah mich an, als sei ich nun vollends bekloppt, und hob ihre Frida-Kahlo-Augenbraue. Wozu?, fragte ihr ganzes Gesicht.

»Ich möchte es einem Bekannten schicken. Einem gemeinsamen Bekannten«, stotterte ich.

»Darf man erfahren, um wen es sich dabei handelt?«

»Das ist ein Geheimnis«, sagte ich und lächelte bemüht. Jetzt wurde ich auch noch rot. Schlimmer ging's nimmer.

»Tut mir leid, aber dafür stehe ich nicht zur Verfügung«, erklärte sie. Es war ihr nicht zu verdenken.

»Also gut, dann gehe ich«, sagte ich und blieb stehen. Vielleicht überlegte sie es sich ja noch mal.

»Tschüss«, sagte sie. »Und grüßen Sie den gemeinsamen Bekannten. Unbekannterweise.«

Was für eine peinliche Situation. Zugegeben, ich war ein wenig sauer auf den Anwalt. Was brachte er mich auch in so eine unangenehme Lage! In mir drängte etwas danach, ihn mit seinem Fehler zu konfrontieren. Ich lasse Dinge nicht gerne auf sich beruhen, ohne die Hintergründe zu erfahren. Das hat was mit Neugierde zu tun – aber vor allem mit der Zuverlässigkeit, die ich von meinem Gegenüber erwarte. Wie sollte ich also darauf reagieren?

11

Ich war damals erst ein halbes Jahr Single. Meinen vorherigen Freund, Markus, hatte ich genau deswegen verlassen – weil er das eine sagte und das andere tat. Und zwar ununterbrochen. Er kündigte an, dies und das zu besorgen, morgen zu kochen, sorry, übermorgen, den wackelnden Stuhl zu reparieren, sorry, nächste Woche ganz sicher, muss erst das richtige Werkzeug besorgen, und wieder von vorn. Und am Ende machte er: nichts. Ein Ankündigungskaiser und Umsetzungszwerg.

Bei der Sache mit dem Anwalt verhielt es sich freilich anders. Hatte er nicht genau hingesehen? Machte er sich über mich lustig? Oder war das einfach ein verzweifelter Versuch, mit mir in Kontakt zu bleiben?

Ich würde es herausfinden.

Rasch arrangierte ich meine Frisur, hielt das Handy so vor mein Gesicht, als würde ich ein Selfie machen, und achtete darauf, dass Dagmar im Hintergrund zu sehen war. Sie hielt den Kopf gesenkt und kümmerte sich nicht weiter um mich. Ich hatte offenbar genug von ihrer wertvollen Zeit gestohlen.

Und schon war das Foto im Kasten!

Ich schickte es dem Anwalt später an diesem Tag per Mail. Die Adresse stand ja auf der Visitenkarte, die seit unserer ersten Begegnung in meiner Geldbörse wohnte.

Mein Text lautete:

> Grüße von den zweieiigen Zwillingen! (Meinten Sie wirklich, dass wir uns ähnlich sehen? Das müssen Sie mir erklären.) Und haben Sie Dank für die Karte, die macht richtig Lust aufs Reisen.

Sobald ich die Mail abgeschickt hatte, saß ich auf Nadeln. War das vielleicht etwas zu forsch gewesen für die erste Nachricht? Zu sarkastisch? Ich beschloss, den Anwalt zu vergessen. Wenn man sich noch vor dem ersten Date solche Gedanken machte, war wahrscheinlich Hopfen und Malz verloren, und die Flinte lag schon im Korn.

Doch da hatte ich die Rechnung ohne den Wirt gemacht. Der Wirt stellte sich nämlich als äußerst durchsetzungsstark heraus (eine Charaktereigenschaft, die einem Anwalt durchaus dienlich ist). Keine zwei Stunden später bekam ich eine Antwort.

> Meine liebe Reisevermittlerin,
> innigsten Dank für das aufschlussreiche Foto. Ein Traum in Lila! (Damit sind Sie gemeint.) Dagmar jedoch muss sich einer Typveränderung unterzogen haben, so hatte ich sie nicht in Erinnerung.
> Ich lade Sie als Wiedergutmachung ins El Balli ein, Samstag, 19 Uhr. Wir treffen uns vor dem Eingang, wo ich Sie sehnsüchtig erwarten werde.

Ich wurde den Gedanken nicht los, dass er das alles inszeniert hatte. Garantiert erinnerte ich ihn an genau niemanden, und er wollte mich bloß in die Nähe seiner Kanzlei locken – eine These, die er übrigens stets weit von sich gewiesen hat. Er und Inszenierung – pah! In seinen Augen war Dagmar schuld an allem: Was maß sie sich auch an, ihre Haare zu färben und zu schneiden! Dagmars fliehendes Kinn, ihre Augenbraue in Form einer Autobahnbrücke und die Birnenfigur erwähnte ich mit keinem Wort, um ihn nicht in Verlegenheit zu bringen. Wir waren verliebt, und wenn man verliebt ist, sieht man dem anderen alles nach. Ist doch so, oder?

So hat alles begonnen.

Nach einem romantischen Abend bei Kerzenschein im Restaurant war es um mich geschehen. Titus schenkte mir seine ganze Aufmerksamkeit. So einen guten Zuhörer hatte ich in meinem Leben noch nicht getroffen. Er fragte nach, erinnerte sich an Details, die ich vor Stunden in einem Nebensatz erwähnt hatte – er war präsent in einem Maße, dass es mir schon beinahe unheimlich war. Beim Verabschieden erwartete ich ein Küsschen auf die Wange, vielleicht auch nur einen formellen Anwalts-Handschlag, er aber hob mich plötzlich hoch und schwang mich in der Luft hin und her und hin und her wie eine Glocke. Immer weiter und höher ging es.

»Aufhören!«, keuchte ich.

Der musste verrückt geworden sein! Mir wurde ganz schwummerig.

»Lass mich runter, hör auf!«, wollte ich rufen, aber aus meinem Mund kam nur ein gepresstes »Öööööaa!«. Ich versuchte verzweifelt, mich irgendwo festhalten. Warum half mir denn keiner? Jetzt war es so weit, er ließ los, und ich fiel, ich fiel … durch eine Schlucht, rasend schnell, Felswände rund um mich …

»Ursula?«

Ich öffne ein Auge.

»Hallo? Ursula?«

Das andere Auge.

Karl steht neben der Hängematte und schaukelt sie sanft hin und her. Keine Schlucht, kein Titus. Nur das Schaukeln der Hängematte.

»Habe ich dich erschreckt? Das wollte ich nicht«, sagt er.

»Oh. Nein, nein.« Mehr bringe ich nicht heraus. Es ist mir selbst unangenehm. »Ich bin wohl eingenickt.«

Ich brauche einen Moment, um mich zurechtzufinden. *Villa Orchidee*. Der Garten. Der Apfelbaum. Klein Ziff bei Groß Ziff. So, nach einer Weile sind alle Steinchen wieder an ihrem Platz.

»Möchtest du weiterschlafen?«, fragt Karl. »Dann lasse ich dich in Ruhe.«

Ich schüttle den Kopf und strecke mich. Ich habe mich in die Hängematte gelegt, nachdem Karl gemeint hatte, es sei Zeit für seinen Vormittagsspaziergang. Offenbar bin ich weggedöst.

»Du bist zurück von deinem Spaziergang?«

»Schon lange«, sagt er. »Es ist gleich elf. Und es ist Besuch für dich da.«

Besuch?

Noch recht matschig im Kopf, versuche ich, mich aufzurichten – was in einer Hängematte nicht ganz einfach ist. Als ich endlich sitze, sehe ich Meret auf mich zukommen. Natürlich! Wir hatten ausgemacht, dass sie mich um elf Uhr abholt.

Meret hat sich in Schale geworfen: Sie trägt ein elfenbeinfarbenes Kostüm, darüber einen auberginefarbenen Frühlingsmantel und Pumps. Mit denen hat sie eine rechte Mühe, sich im hohen Gras vorwärtszubewegen.

»Na, Frau Schlossbesitzerin?«

Wir umarmen uns. Sie sieht sich um. »Du führst hier vielleicht ein Leben! Verschläfst den halben Vormittag. Beneidenswert. Was für ein Garten, wow. Man möchte Blume sein. Ach ja, hab dir was mitgebracht. Hier.« Sie reicht mir eine Tüte. »Kleid ist okay?«

Ich ziehe ein geblümtes Wickelkleid aus der Tüte. Stylisch und sexy, ganz und gar Meret. Dazu einen Spitzenslip und eine hautfarbene Strumpfhose. Sogar an eine Zahnbürste und einige Shirts zum Wechseln hat sie gedacht.

»Perfekt.«

»Wir wollen ja nicht, dass du uns auf dem Land blamierst, nicht wahr?«

Ich halte mir das Kleid vor den Körper.

»Steht dir«, sagt Meret. »Solltest du öfter tragen.«

Ich bin der ewige Jeans-Typ. Meine Uniform für Büro und Freizeit. Dafür besitze ich Jeans in sämtlichen Blau- und Schwarz-Schattierungen.

Karl nähert sich uns.

»Darf ich vorstellen? Karl, das ist meine Freundin Meret. Meret, das ist …«

»Wir haben uns schon bekannt gemacht«, sagt Karl.

Meret zwinkert ihm zu. Na klar, hätte ich mir denken können.

»Und du? So elegant heute?« Ich deute auf ihr Kostüm.

»Hab noch einen offiziellen Termin«, erklärt sie.

»Offizieller Termin heißt das also jetzt«, sage ich, als wir untergehakt zurück zum Haus gehen. »Wie heißt der Termin denn? Jakob? Johannes?«

»Zweites Date mit Roman.«

»Gratuliere! Scheint auf was Ernstes hinauszulaufen. Vergiss nicht: Ich bin deine Trauzeugin, oder wir sind geschiedene Leute!«

Sie stößt mich in die Seite. »Wo kann man bei dir den Ironie-Knopf ausstellen?«

Wir betreten das Haus über die Terrasse. Links von uns befindet sich der Treppenaufgang in den ersten Stock. Der Holzboden knarzt unter unseren Schritten.

»Toll, was für eine Atmosphäre.« Meret sieht sich um. »Sag mir bitte nicht, dass du Koppenrat dieses Schmuckstück zurückwerfen möchtest.«

»Ich sage gar nichts«, sage ich.

»Du hast dich immer noch nicht entschieden?« Sie sieht mich von der Seite an.

»Meret, das ist keine Entscheidung zwischen Chips und Erdnüssen. Wenn ich Ja sage, kann ich mich von meinem bisherigen Leben verabschieden.«

»Und Titus? Was meint er dazu?«

»Derzeit noch nichts.«

»Meinst du nicht, dass es an der Zeit ist, ihm was zu verraten? Es wird doch nicht besser, je länger du wartest.«

Tja. Klassische Vermeidungsstrategie. Titus wird sich in jedem Fall beschweren, dass ich ihn nicht früher eingeweiht habe, da spielen ein paar Tage hin oder her auch keine Rolle. Mein Mann hält gern alle Fäden in der Hand. Er ist der Marionettenspieler, nicht die Marionette. Ich erinnere mich an eine Szene, bei der es um Theaterkarten ging. Popelige Theaterkarten. Die ich ein paar Tage zuvor an der Theaterkasse gekauft hatte, wie man es gemeinhin so tut. Am Tag der Vorstellung beschwerte er sich, weil wir fünfte Reihe Parkett saßen und nicht erste Reihe Balkon. Warum fragst du mich nicht vorher, wo ich sitzen möchte? Das Argument, dass fünfte Reihe Parkett doch besser sei als erste Reihe Balkon – oder zumindest gleichwertig –, ließ er nicht gelten. Es war eine vollkommen sinnlose Diskussion, die allerdings größte Zweifel in mir hervorrief. Wenn sich dieses Verhalten im Alter noch verstärkt, dann Prost Mahlzeit. Außerdem findet er es doch auch nicht der Rede wert, mich in seine Entscheidungen miteinzubeziehen, die wesentlich für die Weiterentwicklung der Firma sind.

Ja, ich bin immer noch eingeschnappt. Kein Wunder!

Wir steigen die Treppe hoch. Ein langer Gang, flankiert von Gästezimmern an beiden Seiten. Am Ende des Flurs befindet sich ein Fenster, das den Blick in den Garten öffnet wie ein gerahmtes Bild: sattes Grün in verschiedenen Variationen, die Obstbäume, dahinter der Wald. Meret bleibt nachdenklich davor stehen.

»Ein Postkartenmotiv«, sagt sie. »Wenn ich das so sehe, möchte ich sofort aufs Land ziehen.«

»Lügnerin«, sage ich.

»Doch. Zumindest zwischendurch. Übers Wochenende. Das kann ich mir schon vorstellen. Die Kinder würden den Garten lieben.«

Wir betreten das Zimmer Nummer 8. Es sieht genauso

aus wie meines im Erdgeschoss. Einzelbett, Flickenteppich, Bild an der Wand (diesmal eine Landschaft mit Vogelformation), Waschbecken. Nur die Aussicht ist eine andere.

»Hm«, brummt Meret. »Nett, aber altmodisch. Da wird man einiges investieren müssen, um die Hütte rentabel zu kriegen.«

»Eben«, sage ich. »Investor hab ich keinen. Aber bei jemand anderem blinken schon die Dollarzeichen in den Augen.« Ich erzähle ihr von der Luxus-Residenz, die Eva bereits im Detail geplant hat.

»Na«, sagt Meret, »das erklärt so einiges.«

»Karl meint, sie wird ihr Gebot noch erhöhen. So schnell gibt sie sich nicht geschlagen.«

»Bedeutet?«

»Keine Ahnung. Aber eins sage ich dir: Auf einen Krieg lasse ich mich nicht ein. Das ist es doch alles nicht wert. Natürlich, Karl ist entzückend, und die Villa ist wunderbar, aber Klein Ziff – ich meine, sieh dich doch nur um. Wir sind hier in einem Kaff am Ende der Welt. Und Voraussetzung ist doch, dass ich den Kiosk zum Laufen bringe. Kannst du dir das vorstellen? Siehst du mich tatsächlich im Kiosk stehen und Würstchen an Ausflügler verkaufen? Ich weiß doch nicht einmal, ob ich mich an den Wochenenden hier wohlfühlen könnte.«

»Und schon wieder zieht die kleine Uschi den Kopf ein, weil ein Hindernis auf ihrem Weg liegt. Leben ist Veränderung, meine Liebe! Warum lässt du dich nicht einfach mal darauf ein?«

Ich sehe sie an. »Na, du bist gut. Es ist immerhin mein

Leben, das auf dem Kopf steht. Wenn es um andere geht, ist es leicht, den Mund groß aufzumachen.«

»Und wenn ich dir dabei helfe?«

»Helfen? Wobei?« Das scheint mir alles eine Nummer zu groß. Mutlos lasse ich die Arme sinken. »Meret, selbst wenn ich wollte: Ich habe keinen Groschen Geld. Sowohl der Kiosk als auch die Villa würden Unsummen verschlingen – und dann noch die Erbschaftssteuer! Und was habe ich denn davon, sie einfach nur zu besitzen? Da entstehen laufende Kosten, wer soll die bezahlen?«

»Das überlegen wir uns, wenn es so weit ist.«

»Das ist sofort so weit, Meret. So blauäugig bin ich nicht.«

Kurz hatte ich ja tatsächlich davon geträumt, das Erbe anzunehmen. Einfach um zu verhindern, dass Eva die Häuser in die Hände fallen. Aber vielleicht gibt es da noch weitere Möglichkeiten ...

Zuerst muss ich mich aber mal umziehen. Ich bin froh, als ich mich endlich aus Jeans und Bluse schälen kann. Die sind auch nicht frischer geworden, seit ich darin geschlafen habe. Der Vorteil eines Wickelkleids: Es passt immer. Und es ist das flexibelste Kleidungsstück überhaupt. Viel gegessen? Das Band lockern, und schon gibt's noch Platz für die Crème brulée.

Meret zieht das Kleid an ein paar Stellen straff. »Na also«, sagt sie. »Eine völlig neue Ursel. Schick.«

In diesem Moment meldet sich mein Handy. Was wollen nur plötzlich alle von mir?

TITUS PRIVAT sagt das Display. Mit einem Ausdruck des Bedauerns zeige ich es Meret.

»Sprich mit ihm«, sagt sie.

Ich nicke. Sie hat recht. Also drücke ich auf »Annehmen« und versuche, meine Stimme möglichst unverfänglich klingen zu lassen.

»Hallo, Titus.«

»Was ist los, wo bleibst du? Frau Elsbeth sagt, du bist unterwegs?«

»In bin noch in Klein Ziff.«

O nein, o nein. Mein Fehler wird mir sofort bewusst. Beim letzten Telefonat habe ich ihm noch erzählt, ich sei in der *Einsiedelei*.

»In Klein was?«

»In der *Einsiedelei* war kein Zimmer mehr frei.« Na, wenigstens reimt sich das. Aber es ist natürlich blanker Unfug. Wenn er dort anruft, um nachzuforschen – wie er es ja auch bei Meret gemacht hat –, ist wahrscheinlich alles aus.

»Zuerst schiebst du Meret vor, und jetzt das. Da stimmt doch was nicht. Hast du jemanden kennengelernt? Ist es das?«

»Jemanden kennengelernt?«, sage ich lauter als notwendig. »So ein Unsinn!« Also im Grunde stimmt das ja, ich habe Koppenrat und Karl kennengelernt, zweimal K, aber das ist mit Sicherheit nicht, was Titus meint. Zeit, Farbe zu bekennen. »Titus, ich muss dir was sagen.«

»Na, da bin ich aber neugierig.«

Ich sehe ihn vor mir, wie er nervös sein Kinn kratzt.

»Ich habe geerbt. Ich wollte bloß selbst zu einem Urteil kommen, bevor ich andere einweihe. Kannst du das verstehen? Na, wahrscheinlich kannst du das nicht. Es ist alles kompliziert im Moment, auch für mich.«

»Du hast geerbt? Wer ist gestorben?«

»Tante Hetti.«

»Die mit dem Feinkostladen? Und was hast du geerbt? Eine Stange Salami?«

»Deinen Sarkasmus kannst du dir in die Haare schmieren.«

»Dann lass dir gefälligst nicht alles aus der Nase ziehen!«

In seiner Stimme schwingt völliges Unverständnis mit. Da habe ich es doch tatsächlich gewagt, ihn nicht zu konsultieren, wo er doch der Erbschaftsspezialist ist!

Ich sehe zu Meret und verdrehe die Augen. »Titus, können wir das bitte unter vier Augen …«

»Wo in Klein Ziff bist du?«

Seine Stimme: weit entfernt.

Zeit, ihn daran zu erinnern, dass er mich doch auch erst kürzlich aus seinen Entscheidungen ausgeschlossen hat.

»Ach, so ist das jetzt: Altes Testament. Zahn um Zahn«, bemerkt er bissig.

»Wenn du so willst.«

»Nein, Ursula, ich will nicht so. Wir müssen reden. Sofort.«

»Müssen wir das? Und du bestimmst also, wann das ist.«

»Ursula, was ist mit dir los? Ich erkenne dich nicht wieder.«

»Na, da sind wir zumindest schon zwei, denen es so geht.«

»Ursula. Verdammt.«

Und tschüss. Ich tippe aufs rote Telefon. Das ist ja die Höhe. Jetzt stellt er auch noch Forderungen!

»Okay«, sagt Meret. »War's das?«

»Das war's.« Ich streiche das Kleid glatt. Ich habe Titus nicht gesagt, dass ich ohnehin gleich zurück in die Stadt fahre. Ich brauche noch ein wenig Zeit für mich, bevor ich mich auf eine Diskussion einlassen kann.

»Alle Achtung!«, sagt Karl, als wir die Treppe runterkommen. »Kolossal, die beiden Ladys! Ihr seht fabelhaft aus. Und erst das Kleid!«

»Ein wahrer Gentleman«, flüstert Meret anerkennend. »Den meisten Männern fällt doch nicht mal auf, wenn man ein Krähennest anstelle einer Frisur auf dem Kopf trägt.«

»Wir sind so weit«, sage ich zu Karl. »Die Stadt ruft.«

»Komm wieder«, antwortet er. »Ich warte auf dich. Die Villa ruft auch.«

Ich bin gerührt. Wie oft hört man so einen Satz schon im Leben? Beinahe treten mir Tränen in die Augen. Ich halte seine Hände in meinen. Er drückt sie.

»Es ist deins«, sagt er. »Vergiss das nicht.«

»Klar kommt sie wieder«, erklärt Meret. Sie kann's nicht lassen.

»Und du auch, wenn ich bitten darf.«

»Sowieso.«

Karl steht regungslos am Treppenabsatz, während wir in Merets Familienkutsche klettern. Als sie den Wagen startet, hebt er die Hand, um zu winken. Ich winke so lange, bis ich die Villa nicht mehr sehen kann.

»Adieu, Karl«, flüstere ich. »Adieu, *Villa Orchidee*.«

12

Der Wettergott hat ein knallblaues Tuch über Klein Ziff gebreitet. Ich öffne das Fenster auf der Beifahrerseite und atme tief durch. Die Luft schmeckt wie frisch gewaschen. Ein Flugzeug pflügt eine weiße Spur in den Himmel, die sich wie Cappuccino-Schaum langsam auflöst. Ich versuche, mich auf das Gespräch mit Titus einzustimmen. Wie gehe ich's am besten an?

Es ist nicht so, dass ich dir etwas verheimlichen wollte, aber ...

Tut mir leid, ich wollte einen Entschluss fassen, ohne mich beeinflussen zu lassen ...

Nein, es geht natürlich nicht darum, dass ich deiner Kompetenz misstraue, ich wollte nur ...

Und wenn er mich fragt, wie mein Entschluss denn nun lautet, dann sage ich – was genau?

Ich erinnere mich an früher. Als ich es gar nicht erwarten konnte, meinen Tag bis ins kleinste Detail mit ihm zu besprechen. Wir waren so etwas wie Komplizen. Partners in Crime. Und wenn das nicht der Kern jeder Beziehung ist, was dann? Die »normalen« Zeiten, ja, die Zumutungen des Alltags, das sind die wirklichen Herausforderungen. Nicht die außergewöhnlichen Zeiten. Für diese mobilisiert jede und jeder ohnehin alle Kräfte. Der Alltag hingegen ist nur für Fortgeschrittene. Oberste Liga.

Wenn ich's genau betrachte, dann hat es angefangen zu bröckeln, als ich in die Kanzlei kam. Von da an hatte ich nichts Eigenes mehr zu erzählen – bis auf die Anekdoten aus dem Vorzimmer, die Titus stets mit gemischten Gefühlen zur Kenntnis nahm. Ab diesem Zeitpunkt war ich so etwas wie ein Blinddarm: Es ist okay, wenn er da ist; wenn er nicht da ist, ist es aber auch okay.

Das Reisebüro – das war eine vollkommen andere Branche. Titus hat sich immer herrlich amüsiert, wenn ich ihm von den absurden Beschwerden mancher Kunden erzählt habe. Regressforderungen, weil in Spanien zu viele Spanier gewesen seien oder Fische im Meer, die das Kind erschreckt hätten. Ein Ehepaar hatte sich erbost über die zu lauten Wellen beschwert – konnte man die nicht abschalten? Eine andere Dame beschwerte sich über den Strand, der viel zu sandig gewesen sei. Das gefiel Titus sehr. Weniger gefällt ihm, wenn ich ihm heute von einer Klientin berichte, die die geerbten Goldbarren aus Furcht vor Diebstahl in der Familie unter dem Klo einzementieren lässt. Derselbe Level an Absurdität – aber leider in seinem eigenen Revier. Ist dies das Problem? Habe ich eine Grenze überschritten?

Meret dreht am Radioknopf, bis sie einen Sender findet, der ihr zusagt. Etta James singt *At last*.

My lonely days are over, and life is like a song…

Meret seufzt. »Wenn mein Leben ein Song wäre, ich glaube, es wäre so was wie der Ententanz. Die Melodie geht leicht ins Ohr, aber du kriegst sie nicht mehr aus dem Kopf, und alle machen komische Bewegungen dazu.«

Sie lässt die Finger ihrer Hand auf- und zuschnappen wie einen Schnabel.

»Wo triffst du deinen Robert heute?«

»Roman. Wir wollen im Stadtpark spazieren gehen. Und er ist nicht meiner, zumindest noch nicht.«

»Ein Spaziergang, wie romantisch.«

Meret blickt zu mir rüber, um zu prüfen, ob das ironisch gemeint war.

Wir wissen alles voneinander. Teilen alle Erfolge und Reinfälle. Bei Meret fühle ich mich zu Hause. Das kann ich nicht über viele Menschen in meinem Leben sagen.

»Er wollte essen gehen«, sagt sie. »Aber das ist zu früh für mich. Essen ist was Intimes. Du siehst einem anderen dabei zu, wie er sich Nahrung in den Mund steckt, wie er kaut und schluckt. Was er mit dem Besteck macht. Und er sieht dir dabei zu. Dabei kann man sich nicht verstecken. Ich fühle mich immer ganz nackt.«

Ich lache.

»Ich finde das eher traurig«, sagt Meret. »Erklär mal einem Typen, dass du nicht mit ihm essen gehen willst, weil dir das zu intim ist. Aber sorry: mein Leben, meine Spielregeln.«

»Ich lache dich nicht aus«, sage ich. »Ich finde dich einfach nur super.«

Vor uns: der Bahnhof von Klein Ziff. Meret bremst und parkt. Ich sehe sie fassungslos an. »Und jetzt? Sollen wir mit dem Zug weiterfahren?«

»Du hast gedacht, wir fahren so mir nichts, dir nichts wieder zurück, was?«

»Was denn sonst?«

Diese Frau kostet mich Nerven.

»Ich muss dir doch noch meine Idee präsentieren. Für den Kiosk.« Sie sieht mich an und hebt die Augenbrauen.

»Du bist verrückt. Bitte fahren wir.«

»Fünf Minuten. Versprochen. Okay?«

Ich verschränke die Arme. Mit mir kann man's ja machen. Und war ja auch irgendwie logisch, dass Meret diese Chance nicht unnütz verstreichen lässt – immerhin ist sie strategische Beraterin für Jungunternehmer und -innen.

»Ich bin übrigens keins deiner Start-ups«, stelle ich klar. »Ich brauche keine Beratung, das weißt du schon, oder?«

»Wart's ab«, sagt Meret und schenkt mir einen aufmunternden Seitenblick. »Und eines muss ich dir sagen: Pessimismus ist nicht gerade hilfreich, wenn man sich selbstständig machen will.«

»Aber ich will mich doch gar nicht selbstständig machen! Was glaubst du, warum ich mein ganzes Leben lang angestellt war? Weil ich keine Unternehmerin bin! Mir fehlt da was, ein Gen oder was weiß ich! Du kennst mich so lange, das muss dir doch klar sein.«

Meret bleibt stumm. Sie führt was im Schilde, das merke ich an der Art, wie sie das Lenkrad hält. So ist das eben in langen Freundschaften, da weiß man, was die andere denkt, noch bevor sie's selbst gedacht hat.

Meret gewinnt – wie so oft. Wir überqueren die Straße. Der Kiosk sieht heute freundlicher aus. Muss am Licht liegen. Sie stellt sich breitbeinig – so breitbeinig es Kostüm und Pumps erlauben – vor den Eingang. »Ich sehe es vor mir«, sagt sie.

»Was?« Ich fürchte mich schon.

Meret hebt ihre Hand und bewegt sie von einer Seite zur anderen. »*Uschis Unterschlupf*.«

Sie schaut mich an. Ich schaue zurück.

»Das ist nur ein Anfang, Uschi, ein erster Versuch! Es könnte auch heißen: *Uschis Köstlichkeiten*.«

»Was für Köstlichkeiten?«

»Was weiß ich. Kuchen. Süßkram. Getränke. Was die Leute eben so von einem Kiosk neben der Bahn erwarten.«

»Können wir bitte wieder fahren?« Ich sehe demonstrativ auf meine Armbanduhr.

»Wie wär's mit *Gleis drei*?«

»Gleis drei?«

»Gleis eins und zwei gibt's ja am Bahnhof. Na ja – und dann ist der Kiosk eben Gleis drei!«

»Also, Meret, ganz ehrlich ...«

Meret unterbricht mich. »Oh«, sagt sie. »Ich glaube, wir bekommen Besuch.«

Ich drehe mich um. Eva stakst auf uns zu. Wieder mit Aktentasche, aber diesmal ein anderer Übergangsmantel. Ihr Parfum erreicht uns zwei Minuten vor ihr.

»Ist sie das?«, zischt Meret.

»Eva«, rufe ich. »So eine Überraschung!«

»Ist! Das! Nicht! Ein! Zufall!« Eva garniert jedes ihrer Worte mit einem Ausrufezeichen. »Da will man nur einen kleinen Blick auf den Kiosk werfen, und wer steht davor?«

Meret streckt ihr die Hand entgegen. »Meret. Hallo. Ich bin Ursulas Freundin.«

»Schön«, sagt Eva und reicht Meret die Hand. Mit ihrem Lächeln könnte man eine Konserve öffnen.

»Ich bin Start-up-Beraterin, und wir beratschlagen gerade wegen des Namens. Was gefällt Ihnen besser: *Uschis Unterschlupf* oder *Gleis drei*?«

Evas Grinsen versiegt so abrupt wie ein Quell in der Wüste.

»Der Name wovon?«

»Na, vom Kiosk!«, entgegnet Meret jovial. »Uschi ist noch nicht ganz überzeugt. Die Meinung einer Unbeteiligten könnte bei der Entscheidung helfen.«

Einer Unbeteiligten. Hilfe. Meret treibt es zu weit.

»Oh.« Evas Lippen werden schmal. »Ganz so unbeteiligt bin ich nicht. Und bevor ihr das Schild bestellt, würde ich gern mit Ursula alleine sprechen. Falls das möglich ist.«

»Tut mir leid«, sagt Meret, »aber das ist leider nicht möglich. Ich bin nämlich Uschis offizielle Beraterin. Und bei allen Gesprächen dabei.«

»Äh«, mache ich, und die Hitze schießt mir ins Gesicht. »Doch, ja. Meret kann bleiben.«

»Also gut«, sagt Eva nach einer Pause. »Wie du willst.« Sie hebt das Kinn und verengt ihre Augen zu zwei schmalen Schlitzen. »Ich werde euch ohnehin nicht lange aufhalten.« Sie öffnet ihre Aktentasche und holt einen Ordner heraus. »Hier drin«, sagt sie, »ist ein Vertrag. Ich komme gerade von meinem Anwalt. Ich biete dir für den Kiosk hundertsechzigtausend Euro. Du unterschreibst hier«, – sie blättert vor und zeigt auf eine Linie auf der letzten Seite –, »und ich überweise heute noch das Geld auf das Treuhandkonto.«

Alles ganz nüchtern und ohne Emotion. Mir bleibt erst mal die Spucke weg. Hundertsechzigtausend Euro? Ich schaue vorsichtig rüber zu Meret. Sie hat ihr Pokerface aufgesetzt, ist aber offenbar auch überrascht. Ein ordentlicher Batzen Geld.

»Und?«, fragt Meret.

»Was und?«, fragt Eva zurück, bereits deutlich nervöser. Ihr Mundwinkel zuckt.

»Und wenn ich ablehne?«, kommt es aus meinem Mund. Hoppla, wo ist das denn her?

»Das ist mein letztes Angebot«, erklärt Eva.

»Gut zu wissen«, bemerkt Meret. »Sonst könnte Uschi ja noch denken, dass das ewig so weitergeht.«

»Sehr witzig«, sagt Eva, lacht aber nicht. Sie atmet tief durch, zieht eine Zigarettenpackung aus der Hosentasche und hält sie uns hin.

Ich schüttle den Kopf. »Nichtraucherin.«

»Ex-Raucherin«, sagt Meret kurz und scharf.

Eva zündet sich in Zeitlupe eine Zigarette an. Ich bin neugierig, welchen Hasen sie jetzt aus dem Hut zieht. Das Nikotin scheint bei ihr radikal zu wirken, denn plötzlich ist ihre Stimme ganz weich und klein.

»Mach's mir nicht so schwer«, sagt sie und seufzt.

»Ich mache doch überhaupt nichts«, gebe ich zurück.

»Genau das ist es ja!«, ruft Eva aus. »Schau, ich versuche, meinen Traum zu realisieren. Hundertachtzig. Mein allerletztes Angebot.«

Und ich? Habe ich keinen Traum? Das denke ich nur, hüte mich aber davor, den Satz laut auszusprechen.

»Überleg doch, was du alles mit dem Geld machen könntest«, sagt Eva.

Ich überlege keine Sekunde. Wie das überhaupt klingt! Als hätte ich es aufs Geld und auf sonst nichts abgesehen. Den Bock zum Gärtner machen, das will Eva. Ich weiß doch, was sie im Schilde führt: Karl aus der Villa werfen und die *Residenzen Morgenrot* hinklotzen. Und die Hundertachtzig bezahlt sie aus der Portokasse des Investors!

Aber Eva ist noch nicht fertig. »Oma hat immer von dir geschwärmt«, sagt sie. »Glaub nicht, dass ich das nicht mitgekriegt hätte. Ich habe alles gecheckt, auch wenn ich im Internat war. Das hat mich ganz schön gewurmt, glaub mir.«

Was ist das? Ein Ehrlichkeitsanfall?

»Ich glaube, ich kann mich daran erinnern. Also, dass es dich gewurmt hat.« Ich denke daran zurück, wie sie mich während des Versteckspielens allein ließ, oder daran, wie sie ein Massaker mit meinen Barbies veranstaltete, ihnen die Haare abschnitt und hinterher alles abstritt. Ich hatte keine Beweise, nur meine Tränen.

»Du durftest so viel Zeit mit Oma verbringen, das fand ich immer ungerecht.« Eva legt den Kopf in den Nacken und bläst den Rauch kerzengerade in den Himmel. »Kindisch, oder?«

Ich schüttle nur den Kopf. Beinahe habe ich Mitleid mit ihr.

»Die Ursel ist ein Goldstück. Das konnte ich mir immer anhören.« Es folgt ein weiterer, tiefer Lungenzug.

»Ich wusste davon nichts, Eva.«

»Egal, lange her.« Sie schnippt die Asche fort. Dann erfolgt blitzschnell eine neuerliche Metamorphose. »Also, was ist: Deal?« Sie stippt auf den Ordner.

»Es geht ja nicht nur um den Kiosk«, wirft Meret ein.

»Du meinst die sogenannte Villa? Die ist nichts wert, das ist euch schon klar, oder? Die kann man nur abreißen.«

Interessantes Manöver. Sie schafft es tatsächlich, ihr eigentliches Interesse zu verschleiern.

»Und der Kiosk allein ist dir hundertachtzigtausend wert? Dieser Bretterverschlag?« Ich deute auf das traurige Häuschen, das in der Tat einen bemitleidenswerten Eindruck macht. Im Übrigen kommen auch an diesem Vormittag ebenso viele Menschen daran vorbei wie gestern Abend: nämlich keiner.

»Ich nehme an, das Grundstück, auf dem die Villa steht, ist auch ein paar Groschen wert«, sagt Meret, der es stets gelingt, im richtigen Augenblick die passenden Argumente hervorzuziehen.

»Okay, weil wir schon dabei sind, weihe ich euch in meine Pläne ein«, sagt Eva.

Na bitte. Jetzt kommt's: Die *Residenzen Morgenrot*.

»Ich plane ein Ferienheim für Kinder aus sozial schwachen Familien.«

Sie sieht von Meret zu mir und dann wieder zu Meret. Das ist nicht ihr Ernst.

»Das Projekt ist schon recht weit gediehen. Wir haben Pläne, Subventionen vom Land, auch der Bürgermeister von Groß Ziff steht hinter dem Vorhaben. Sobald du unterschrieben hast, fangen wir an zu bauen.«

Ich tausche einen Blick mit Meret. »Kinder aus sozial schwachen Familien«, wiederhole ich.

Eva verzieht keine Miene. »Ja, genau. Wenn du nicht unterschreibst«, sagt sie und hält meinem Blick stand, »ist das Projekt gestorben. Es liegt in deiner Verantwortung.«

Wie dreist. Wie unfassbar dreist.

»Ich verstehe«, sage ich und tue so, als würde ich nachdenken. Wie hatte ich nur wenige Momente zuvor so etwas wie Mitgefühl empfinden können? Diese Frau hat weder Gewissen noch Anstand.

Eva legt sogar noch eine Schippe nach. »Wenn du ablehnst, machst du Kinder unglücklich«, sagt sie. »Du legst Familien in Trümmer.«

Klar, warum nicht gleich.

»Ein Ferienheim«, sagt Meret. »Was für eine tolle Idee. Für arme Kinder. Man sollte Ihnen einen Orden umhängen.«

Ich halte das nicht länger aus. »Wenn aus dem Projekt nichts wird, sind dann nicht eher die Investoren unglücklich?«, frage ich. »Heißt das Ferienheim zufälligerweise *Residenzen Morgenrot?*«

Evas Gesicht wechselt die Farbe. Von wächsern zu knallrot. Und als wäre das alles noch nicht genug, fährt in diesem Moment ein Wagen vor.

Titus.

Himmel. Er hat mich tatsächlich gefunden. Wie ist das möglich?

Ich wechsle einen schnellen Blick mit Meret. Hat sie mich ein zweites Mal verraten? Der Schweiß bricht mir aus. Aber Meret zuckt nur ahnungslos mit den Schultern.

Eine Autotür knallt, und schon kommt er auf uns zu. Das Sakko hat er ausgezogen, die Ärmel des weißen Hemds hochgekrempelt. Freizeitoutfit. Und jetzt?

»Hier bist du also«, sagt er.

»Titus«, sage ich, und zu Eva: »Das ist mein Mann. Titus, das ist meine Großcousine. Meret kennst du ja.«

»Guten Taaaag«, sagt Eva und dehnt das A entsetzlich in die Länge. Sie reicht Titus die Hand von oben, so als erwarte sie einen Handkuss. Er fertigt sie rasch ab, dann wendet er sich mir zu. »Na, was sagst du, wie schnell ich dich gefunden habe?«

»Gar so groß ist Klein Ziff ja nicht«, bemerkt Eva spitz.

»Das Dreimäderlhaus«, sagt Meret. Keiner lacht. Spannung liegt in der Luft.

»Und?«, fragt Titus und schaut in die Runde. »Alles erledigt? Können wir fahren?«

»Nichts erledigt«, antworte ich.

»Kann ich helfen?« Titus, ganz Profi. Ich bin überrascht. Vielleicht hat er sich unseren Streit zu Herzen genommen.

Aber noch bevor ich antworten kann, prescht Eva vor. »Ihre Frau torpediert ein Ferienheim für sozial benachteiligte Kinder.«

»Ich torpediere eine Luxus-Appartementanlage«, erwidere ich und weiß mit einem Mal, was zu tun ist. Glasklar. Meine Entscheidung ist gefallen. »Genau das tue ich. Jawohl.«

Wärme erfüllt meine Brust. Fühlt sich gut an. Das war der einzig richtige Satz in dieser Situation.

»Yeah«, bekräftigt Meret.

»Ich verstehe nicht?« Titus sieht fragend in die Runde.

»Machen Sie was«, zischt Eva. »Bewahren Sie Ihre Frau vor einem großen Fehler!«

Titus mustert mich verblüfft. »Kann mich mal einer aufklären? Was wird hier gespielt?«

»Das sind Fantasiekinder«, erkläre ich knapp. »Keine echten.«

Eva gibt nicht auf. »Ursula wurde schlecht beraten! Hier geht's um was Größeres!«

»Na klar«, sagt Meret seelenruhig. »Um eine größere Geldbörse.«

Titus' Hand packt mich am Oberarm. Er zieht mich

von den anderen fort. »Bitte komm jetzt«, flüstert er mir ins Ohr, sichtlich nervös. »Lass uns nach Hause fahren. Und am Wochenende mal irgendwohin. Nur wir beide.«

Verwundert schaue ich ihn an. Er hat ein Glitzern in den Augen, das ich schon lange nicht mehr gesehen habe.

»Oh, da kommt ja noch wer«, sagt Meret. Ich sehe erstaunt zu ihr hinüber. Sie zeigt auf einen Mann, der sich dem Kiosk nähert.

Unser Pan Tau aus Klein Ziff. Diesmal hat er sogar einen schwarzen Regenschirm dabei. Es würde mich nicht wundern, wenn er ihn aufspannte, um damit auf das nächste Dachsims zu schweben.

Koppenrat freut sich sichtlich, uns hier vorzufinden. Er spaziert fröhlich auf uns zu und hebt schon von Weitem die Hand.

»Und wer ist jetzt dieser Kasper?«, zischt Titus.

»Der Notar«, erkläre ich. »Ein Kollege. Also quasi.«

»Wie schön, Sie alle hier vorzufinden«, säuselt Koppenrat und lüftet seine Melone. Er ist bester Laune. »Ach, diese Zufälle! Frau Eva ist ja auch hier.«

Meret nimmt sich Koppenrat gleich vor. »Was sagen Sie dazu, dass es demnächst ein Ferienheim für benachteiligte Kinder in Klein Ziff geben soll? Und zwar auf dem Grund der *Villa Orchidee*?«

Koppenrat sieht drein, als hätte man ihm angekündigt, dass der Kiosk demnächst als Fünf-Sterne-Gourmettempel wiedergeboren wird.

»Kinderheim?«

»Ist noch geheim«, erklärt Eva.

»Nee, ist klar«, sagt Meret.

Titus zeigt mit dem Finger auf Koppenrat. »Sind Sie

für dieses Durcheinander verantwortlich? Ich kann mit meiner Frau seit zwei Tagen kein vernünftiges Wort mehr wechseln.«

»Jetzt mach mal halblang«, sage ich zu ihm.

Und Eva säuselt zeitgleich: »Ich erkläre es Ihnen gern. Ich hoffe, Sie können Ihre Frau noch überzeugen.«

»Sorry, Eva«, sage ich. »Aber da gibt es nichts zu überzeugen.«

Dann wende ich mich an Koppenrat. »Ich glaube, wir zwei haben etwas zu erledigen.« Ich schenke ihm ein breites Lächeln. Eva sieht mich fassungslos an, Meret aufmunternd und Titus verwirrt.

»Gehen wir in Ihr Büro? Ich habe etwas zu unterschreiben. Meret, du kannst ruhig schon fahren. Du auch, Titus. Ich komm hier allein zurecht.«

Manchmal muss man eben Fakten schaffen.

13

Kaum zu glauben – aber auch mit einundfünfzig gibt es noch Momente, in denen man sich selbst überrascht. Ich stehe in der Toilette des Notariats Koppenrat und halte meine Hände unter das kalte Wasser. Mein Herz tobt in meiner Brust. Was hast du getan, Uschi? Was hast du getan? Verrückt, verrückt, verrückt.

Ich bewege die Hände unter dem sirrenden Händetrockner. Alles hat Konsequenzen. Dinge, die man tut. Und Dinge, die man unterlässt.

Schau dich nur an, Ursula Ehrenfried, denke ich und betrachte mich im Spiegel. Besitzerin eines Kiosks und der *Villa Orchidee* in Klein Ziff. Denn genau das bist du jetzt, und es hat dafür nur einer einzigen Unterschrift bedurft. Gerade du, Uschi, die nie etwas erben wollte.

Ich schicke Meret eine SMS, bestehend aus drei Worten: *Stunde der Wahrheit*.

Mein Leben, meine Spielregeln.

Für mich war es vollkommen klar, dass ich Eva und ihren Investoren die *Villa Orchidee* nicht zum Fraß vorwerfen durfte. Und dass sie sich nicht entblödet, mit einer Lüge an unser schlechtes Gewissen zu appellieren, schlägt dem Fass den Boden aus. So was kann man ihr – falsch: so was *darf* man ihr nicht durchgehen lassen. Man hat schließlich auch so etwas wie ein moralisches Gewissen.

Das heißt aber auch für mich: Noch eine Nacht in der *Villa Orchidee* verbringen und beratschlagen, wie's weitergeht. Du meine Güte, Uschi. Wo hast du dich da nur reingeritten? Musste das wirklich sein? Aber bitte, liebes Universum, was macht man denn, wenn keine der Optionen zufriedenstellend ist? Wenn jede Entscheidung, die man trifft, einen anderen großen Nachteil bereithält?

Ich rufe Titus an, der vorhin zähneknirschend wieder in seinen BMW gestiegen und allein zurück nach Hause gefahren ist.

»Das wirst du jetzt nicht verstehen, aber ich trete das Erbe an.«

»Was soll ich daran nicht verstehen?«

Na klar, wie konnte ich nur. Für ihn ist es natürlich sonnenklar, dass ein Erbe angetreten wird. Es gibt Streit? Na und? Wofür sind Anwälte da?

»Was ich damit sagen will: Ich bleibe noch eine Nacht hier.«

Stille.

»Ja, und weiter? Was hast du überhaupt geerbt? Den Bretterverschlag da am Bahnhof?«

»Und eine Villa, die du noch nicht gesehen hast.«

»Gibt es irgendwas zu tun? Ich meine: Papiere, Formulare? Brauchst du meine Unterstützung?«

»Alles erledigt.«

Stille.

»Ursula, du gehst uns ab in der Kanzlei.«

Jetzt sage ich zur Abwechslung mal nichts.

Koppenrat wartet auf der Straße auf mich.

»Na dann.« Er lüftet den Hut. »Meine Verehrung.«

»Wir werden uns in Zukunft wahrscheinlich öfter über den Weg laufen«, sage ich.

Er bietet mir an, mich zur Villa zu bringen, aber ich habe das Bedürfnis nach einem Spaziergang.

»Wo ist das Zentrum von Klein Ziff?«, frage ich ihn.

Koppenrat hüstelt. »Äh, ich fürchte, wir sind im Zentrum.« Er tippt sich mit zwei Fingern an die Melone. »Aber wenn Sie geradeaus gehen und dann einmal links, stehen Sie vor der Kirche. Nicht zu verfehlen.«

Ich bedanke mich, und wir verabschieden uns. Adieu, Pan Tau. Willkommen, Klein Ziff.

Was mich hier wohl erwarten wird? Plötzlich sehe ich das Dorf mit neuen Augen, schließlich bin ich seit zehn Minuten selbst ein Rädchen darin. Ich spaziere die Hauptstraße entlang und biege dann links in den Genoveva-Hempel-Weg ab. Der Frühling zeigt, was er kann. Ein paar Wolken ziehen eilig über den Himmel, so als hätten sie an anderer Stelle eine wichtige Verabredung. Ich fühle mich seltsam leicht und unbeschwert, als hätte jemand die Stopp-Taste in meinem Leben gedrückt, und ich hätte drei Freispiele gewonnen.

Niedrige, alte Stadthäuser zu beiden Seiten des Weges, Blumentröge vor den Eingangstüren. Ein Auto fährt in Schrittgeschwindigkeit durch die Straße. Beschaulich. Friedlich. So als könnte einem hier nichts passieren. Ein bisschen wie unter einer Glasglocke.

Kaum zu fassen, wohin einen das Leben verschlägt. Ja, ich bin eine Stadtpflanze, immer schon gewesen. Aufgewachsen in einem Bezirk, in dem man nachts um drei Waschpulver kaufen kann. Das Land, das war für mich immer etwas Exotisches. Und ein wenig klaustrophobisch. Wie fühlt sich das wohl an, wenn alle alles voneinander wissen und es keine Überwachungskameras braucht, weil ohnehin jeder über alle Bewegungen des anderen unterrichtet ist? Das zumindest war lange meine Vorstellung vom Land: eng trotz der Weite. Engstirnig. Kleingeistig. Und plötzlich registriere ich, dass ich Opfer meiner eigenen Vorurteile geworden bin. Jetzt reiß dich zusammen, Uschi, so wird das nix! Schau dir dieses Klein Ziff an, aber ohne Scheuklappen. Schau dir an, was da ist, nicht, was du dir in deinem Kopf zusammenreimst.

Also gut.

Rechter Hand liegt ein Park. Drei Spielgeräte, zwei Bänke. Eine Mutter beaufsichtigt ein kleines Mädchen, das sich am Klettergerüst versucht. Ich setze mich auf eine der Bänke und halte das Gesicht in die Sonne. Das kleine Mädchen liefert die Tonspur zur friedlichen Szenerie.

»Schau, Mama, schau! Lass mich! Alleiiiiiin! Kann das alleiiiin! Nein, weg, allein!«

Ich blinzle in die Sonne. Wärme durchströmt mich. Ich fühle mich wohl und luftig in Merets Kleid. Vielleicht sollte ich auch öfter mal so was tragen. Einfach mal was Neues probieren. Die Gewohnheiten nicht zum Kerker werden lassen.

Das kleine Mädchen kreischt in allen Tonlagen, aber das stört mich nicht. Ich schaue ihr dabei zu, wie sie auf dem Gerüst herumklettert. Pure Lebensfreude. Wo ist die Zeit geblieben? Als ich bei Titus einzog, spielte Livia noch mit ihren Barbies. Sie kämmte sie, zog ihnen schicke Kleidung an, schminkte sie mit winzigen Pinseln und ahmte ihre Stimmen nach. Allesamt »Firmen-Chefinnen«, wie Livia nicht müde wurde zu betonen.

Ich roch an ihrem Haar, es roch nach Blumenwiese und Haarshampoo und nach der erträglichen Leichtigkeit der Kindheit, in der jeder Moment ewig dauert. Jene Ewigkeit, die wir als Erwachsene verlieren, das Paradies der Zeitlosigkeit, aus dem wir vertrieben werden und dem wir ein Leben lang nachtrauern.

Liv – wie es ihr wohl geht? Ich habe schon länger nichts mehr von ihr gehört, was immer ein gutes Zeichen ist. Sie ist auch mein Kind – immer gewesen. Zwar habe ich sie nicht unterm Herzen getragen, wie man so schön sagt, dafür aber im Herzen. Bestes Einvernehmen auch mit ihrer Mutter Cora nach anfänglichen Anlaufschwierigkeiten. Sie weiß schon lange, dass sie mir vertrauen kann.

Ich habe eine Familie geschenkt bekommen, auch wenn ich mich erst daran gewöhnen musste, Titus an den Wochenenden zu teilen. Und weil er gern Arbeit mit nach Hause nahm, war ich es oft, die alleine etwas mit Liv unternahm. Das stärkte unsere Verbindung nur umso mehr.

Ich scrolle durch ihr Instagram-Profil: *Livs kleine Nachtmusik*. In ihrem letzten Post beschäftigt sie sich mit der Zubereitung eines Hopfen-Baldrian-Pistazien-Kuchens, dem schlaffördernde Wirkung nachgesagt wird. Ich erfahre, dass Pistazien besonders viel Melatonin enthalten. Interessant.

Als sie klein war, hatte Liv alle möglichen Ein- und Durchschlafprobleme. Wenn sie »Dazwischen!« rief, dann war sie wahrscheinlich aus einem bösen Traum aufgeschreckt oder fürchtete sich vor Geistern, die unter ihrem Bett hausten. Irgendwas war immer. Ihre Dickköpfigkeit erwies sich aber als Vorteil: Denn sie stellte sich dem Problem, lernte eine Menge übers Schlafen und ist heute in der Lage, andere bei ihren Schlafproblemen zu beraten. Über die Höhe ihrer Instagram-Werbeeinnahmen haben wir nie gesprochen – ich würde mich auch nicht erdreisten nachzufragen –, aber sie ist erst kürzlich in eine Dachgeschosswohnung mit Terrasse gezogen, also wird ihr Influencerinnen-Dasein wohl einiges abwerfen.

Kurzerhand rufe ich sie an. Sie meldet sich sofort.

»Uschi! Hey, what's up?«

»Geht's dir gut, Liv?«

»Alles bestens. Gestern ist die Küche gekommen. Ein Traum«, sagt sie. Ihre Stimme ist hell und perlend. Was für eine Energie – beneidenswert. »Ihr müsst mich endlich in der neuen Wohnung besuchen!«

»Ja, Engelchen, bald.«

»Das sagt ihr, seit ich eingezogen bin.«

»Hast ja recht. Hab nur ziemlich viel um die Ohren zurzeit.«

»Sag mal, stimmt irgendwas nicht mit dir und Papa?«

Ich horche auf. »Was? Wieso?«

»Papa hat so komische Andeutungen gemacht. Dass er nicht weiß, wo du bist und so.«

»Das hat nichts zu bedeuten, Engelchen. Du weißt ja, wie Papa ist. Muss immer alles unter Kontrolle haben, und wenn das einmal nicht so ist, gibt's Zoff.«

Das scheint sie nicht ganz zu überzeugen, aber sie belässt es dabei. »Ihr kommt doch auf mein Event, oder?«

»Event?« Ich krame in meiner Erinnerung. Was war das noch mal?

»*Sleeping Beautys* im Seepalast. Ich habe Papa doch die Einladung geschickt! Stell dir vor: Dreihundert Tickets sind schon verkauft.«

»Grandios«, sage ich. Und nach einer Pause: »Ich bewundere dich, Liv.«

Sie lacht.

»Nein, das meine ich ernst. Wenn du dir was in den Kopf setzt, dann bleibst du so lange dran, bis du es erreichst. Das ist toll.«

»Das habt ihr mir doch beigebracht. Nicht gleich aufgeben. Und dass es nicht immer hundert Prozent sein müssen, weil diese einhundert Prozent einhundertzwanzig Prozent Aufwand benötigen. Und dass es achtzig Prozent auch tun.«

»Das habe ich gesagt?«

»Weißt du nicht mehr? Ich hab's mir jedenfalls gemerkt.« Sie gluckst.

»Du bist großartig«, sage ich, und dann schaue ich auf das Kind, das vom Klettergerüst direkt in die Arme ihrer Mutter springt, und die Tränen treten mir in die Augen. So kurz ist die Zeit, in der du sie auffangen kannst. Und dann hilft nur noch, Vertrauen zu haben.

Ich freue mich für Liv, dass sie zwei Mütter hat, die stolz auf sie sind. Tausendmal besser als keine. Oder eine, von der du es niemals hörst, obwohl du es dir so sehr wünschst. Auch wenn Liv nicht mein Kind ist: Bei ihr kann ich mein Bestes geben. Mehr geht nicht.

Kaum habe ich aufgelegt, tritt ein Schatten vor die Sonne. Ich sehe auf. Eine ältere Dame hat sich direkt vor mir aufgepflanzt. Lila Jogginganzug. Die sehnigen Hände umklammern Nordic-Walking-Stöcke. Sie ist ganz aus der Puste. Und zu nah an mir dran. Viel zu nah, huch. Ihre Knie berühren beinahe meine Knie.

Ich rücke zur Seite, damit sie sich setzen kann.

»Das ist meine«, erklärt die Dame und zeigt mit dem Stecken auf die Bank.

»Wie bitte?«

»Meine Bank.«

Spitzes Gesicht, die Lippen zwei farblose Striche.

»Oh. Entschuldigen Sie«, murmle ich und setze mich ganz an den Rand. Habe ich gerade richtig gehört? Meint sie das ernst? Ich drehe mich um auf der Suche nach einer Namenstafel. Ist das vielleicht wirklich ihre Bank?

»Nein«, sagt die Dame unwirsch. »Das reicht nicht.«

»Soll ich auf die andere Seite rutschen?«

»Das ist meine Bank.«

»Das sagten Sie schon. Sie möchten also alleine hier sitzen?«

»Sie haben ja nicht einmal ein Kind dabci«, sagt sie.

Das »Ach, aber Sie schon?« verkneife ich mir. Ich werde mich auf keine Diskussion einlassen, wollte ohnehin weiter. Also stehe ich auf und überlasse der Frau im Sportdress ihre Bank. Soll sie glücklich werden. Sie lässt sich mit einem Seufzer daraufplumpsen und würdigt mich keines Blickes mehr.

Also zurück auf den Genoveva-Hempel-Weg, nur weg von dieser unfreundlichen Mitbürgerin, denke ich, als eine Stimme hinter mir ertönt.

»Hallo? Sie! Bitte! Warten Sie, warten Sie kurz!«

Ich bleibe stehen, drehe mich um und sehe hinter mir

die Mutter vom Spielplatz. Das kleine Mädchen sitzt im Kinderwagen, ihre Mutter ist ganz aus der Puste, als sie auf meiner Höhe ist. Sie erinnert mich an mich selbst vor zwanzig Jahren. Blonder Pagenkopf, etwas zerrupft. Vor Lebenslust sprühende Augen, trotz der Schatten darunter, die eindeutig von Schlafmangel zeugen.

»Nehmen Sie's nicht persönlich«, sagt sie.

Das Mädchen winkt und strahlt mich aus seinem Wagen heraus an.

»Na du?«, sage ich.

»Das war Frau Pokorny. Sie ist – wie soll ich sagen – ein wenig speziell. Sie ist die Leiterin der Nordic-Walking-Gruppe im Ort und nimmt sich Rechte heraus, die sie nicht hat.«

»Ich wusste nicht, dass man hier in Klein Ziff seine eigene Bank besitzt.«

»Natürlich ist es nicht ihre Bank. Sie hat sie ersessen, wenn man so will. Jeden Tag dieselbe Zeit, derselbe Ort – na, Sie wissen schon. Und seien Sie froh, dass Frau Besenkamp nicht auch dabei war. Die beiden sind der Schrecken des Parks.«

»Lassen Sie mich raten: Ihr gehört die zweite Bank.«

Die junge Frau lacht. »Sie lernen schnell. Klingt aber nicht danach, als ob Sie öfters in der Gegend wären?«

»Erkannt«, sage ich. »Könnte allerdings sein, dass sich das ändert. Dann werde ich mir auch eine Bank aussuchen müssen.«

»Darf ich fragen: persönlich oder beruflich?«

»Beides, wenn man so will«, antworte ich und überlege kurz, Details zu verraten, aber ich kenne diese Frau ja gar nicht. Wir gehen eine Weile nebeneinander her. Das kleine Mädchen versucht, meine Aufmerksamkeit zu erhaschen.

»Wer bist denn du?«, frage ich sie. »Wie heißt du?«

»Das ist Louise«, sagt ihre Mutter. »Und sie wollte heute nicht zur Tagesmutter. Also nehme ich sie einfach mit.«

Louise kräht bekräftigend: »Mit, mit, mit!«

»Kann ich verstehen«, sage ich. »Bei dem herrlichen Wetter möchte man natürlich lieber mit Mami in den Park.«

»Ach«, seufzt die junge Frau. »Wenn's nur das wäre. Ich habe heute noch ordentlich zu tun.«

Wir sind an einen schattigen Platz gelangt, an dessen Stirnseite ein altes Haus steht, umringt von mächtigen Bäumen, durch deren Kronen der Wind rauscht.

GEMEINDEAMT steht auf der Fassade.

»Okay«, sagt die Frau. »Hat mich gefreut. Ich muss da rein.«

Der Eingang ist nur über einige Stufen zu erreichen, das Gegenteil von barrierefrei.

»Warten Sie, ich helfe Ihnen«, sage ich.

Gemeinsam tragen wir den Kinderwagen samt Kind die Stufen hinauf.

»Fehlt hier nicht die Rampe?«, frage ich. »Das sollten Sie mal dem Bürgermeister weitersagen. Der kann sich wohl nicht vorstellen, wie es ist, mit einem Kinderwagen unterwegs zu sein. Typisch Mann.«

»Gute Idee«, sagt sie. »Ich fürchte, er kennt das Problem. Nur muss die Errichtung der Rampe zuerst noch durch den Gemeinderat. Das kann der Bürgermeister nicht alleine entscheiden.«

Ich halte ihr die schwere Eingangstür auf, und sie schlüpft mit dem Kinderwagen hinein. In der Halle ist es kühl; es riecht nach einer Mischung aus Staub und Desinfektionsmittel. Unsere Schritte hallen auf dem Steinboden. Wegweiser zeigen den Weg zu den Büros.

Müllentsorgung: 1. Stock, Zi. 3–5

Standesamt: 2. Stock, Zi. 12–14

Straßenbau und Verkehr: 1. Stock, Zi. 6–9

Gesundheit, Jugend und Familie: 2. Stock, Zi. 23–27

Da will sie wahrscheinlich hin. Wegen des Kinderbetreuungsgeldes oder um die Kleine im Kindergarten anzumelden. Ich biete ihr an, ihr in den zweiten Stock zu helfen, aber sie schüttelt nur den Kopf und deutet auf einen langen Flur. »Ich muss in diese Richtung. Danke trotzdem.«

Dann streckt sie mir die Hand hin. »Franziska Koch«, sagt sie. »Würde mich freuen, wenn wir ein andermal länger plaudern könnten.«

»Ich bin Ursula Ehrenfried, und mich würde es auch freuen«, entgegne ich und schuttle ihre Hand. »Tschüss, Louise.«

Ich winke dem Mädchen, das eifrig zurückwinkt. Nun, hier hat sich Klein Ziff gerade von seiner freundlichen Seite präsentiert.

Da fällt mir noch etwas ein. »Gibt es hier eigentlich ein Hotel oder eine Pension?«

»Gleich in der nächsten Straße«, sagt Franziska Koch. »*Pension Grundlinger*. Benötigen Sie ein Zimmer? Dann ist es vielleicht besser, Sie sehen sich in Groß Ziff um, dort finden Sie mehr Auswahl.«

»Ich brauche nur eine Information«, sage ich und sehe zu, dass ich rauskomme. »Und danke!«

Recherche – das ist es, was ich vorhabe. Ich möchte mich ein wenig im Ort orientieren, um zu wissen, mit wie vielen Besuchern man in puncto Kiosk so rechnen kann.

Als ich aus dem Gebäude trete, blendet mich die gleißende Sonne. Wenigstens gutes Wetter haben sie hier. Die Kirchenglocken läuten die volle Stunde, und ich mache mich, begleitet vom Geläut, auf den Weg zur *Pension Grundlinger*.

14

Wenig später sitze ich an einem zierlichen Tischchen mit spitzengeklöppeltem Tuch, auf dem eine Tasse Tee ruht. Es ist mein Tee. Soeben serviert von Gudrun Grundlinger, ihres Zeichens Eigentümerin der einzigen Frühstückspension in Klein Ziff. Auf dem verwitterten Prospekt, der aussieht wie handgezeichnet, steht *Fremdenpension Grundlinger*. Das sagt alles: Hier ist man kein Gast, hier ist und bleibt man ein Fremder. Das durfte ich gerade im Park hautnah miterleben.

Ich sehe mich in diesem Häuschen um, denn mehr als ein Häuschen ist es nicht. Drei Fremdenzimmer und eineinhalb Räume, die Frau Grundlinger alleine bewohnt, seit ihr Mann tot ist. All das erfahre ich in den ersten eineinhalb Minuten.

Frau Grundlinger liebt das Rokoko, wovon die zierlichen geschwungenen Möbelstücke mit aufwendigen Einlegearbeiten zeugen. Auch sie selbst ist geschwungen wie eine Rokoko-Figur, wenn auch nicht zierlich, sondern vielmehr drall. Ihre weißen Locken sind sorgsam zurechtgebogen und sitzen bombenfest – nicht ein einzelnes Haar entkommt der Frisur, die offenbar mit Zement angerührt ist, so stabil scheint sie. Ein bisschen Queen Mum, doch gegen die Monarchin ein geradezu junges Püppchen – viel älter als siebzig scheint Frau Grundlinger nicht zu sein. Und sie liebt Möpse. Die Hunderasse wohlgemerkt. Fünf an der Zahl, die bereits über die Regenbogenbrücke gegangen sind, wie sie es ausdrückt, hat sie noch zu deren Lebzeiten in Öl verewigen lassen. Jetzt hängen die gigantischen Ölschinken wie eine skurrile Ahnengalerie auf der Blümchentapete.

»Das war Rocco von der Ludwigshöhe.«

Gudrun Grundlinger deutet auf das Porträt eines Hundes in Beige mit der charakteristischen zerknautschten Schnauze und einem unendlich deprimierten Kulleraugen-Blick. Ihre Stimme: voller Melancholie und Sehnsucht.

»Niedlich«, murmele ich und weiß im nächsten Augenblick, dass das der falsche Kommentar war. Ganz falsch. Ein Sakrileg.

»Er war ein richtiger Sir!«, schmettert Frau Grundlinger denn auch sogleich ihre Replik in den Raum. »Niedlich war er nicht, niedlich war der NIE! Er hat sofort gerochen, wenn einer was im Schilde führte, o ja! Besser als jeder Detektiv! Einmal hat ein Gast alle Handtücher mitgehen lassen, das müssen Sie sich mal vorstellen! Am Morgen hat Rocco sich in seinem Hosenbein festgekrallt. Der hat eine Kraft gehabt in seinem Kiefer, o ja! Daraufhin hat der Mann seinen Koffer fallen lassen. Der ist aufgesprungen, und was glauben Sie, was zum Vorschein kam?« Die Teetasse zittert in Frau Grundlingers Hand, so bewegt ist sie von ihren Erinnerungen.

»Die Handtücher?«, flüstere ich.

»Und nicht nur die. Er hat sogar«, – hier macht sie eine künstlerische Pause, die sie nützt, um tief einzuatmen, was die Bedeutung der nun folgenden Enthüllung nur noch mehr betont–, »das Kopfpolster hineingestopft.« Sie macht Stopfbewegungen mit der rechten Hand. »Das Kopfpolster, können Sie sich das vorstellen? Echte Daunen.«

Plötzlich scheint es, als ginge ein innerer Vorhang auf, und sie sieht mich an, als wäre sie soeben aufgewacht.

»Was wollten Sie noch mal wissen?«

Ich setze mich ganz nah an die Kante des Ohrensessels und lächle. »Ob Sie sich an den Kiosk meiner Großtante Henriette erinnern können.«

»Ach, das war Ihre Tante?« Sie beäugt mich misstrauisch. »Sie sehen ihr aber gar nicht ähnlich.«

»Das soll es geben«, sage ich. »Nun, und es ist ja doch keine ganz nahe Verwandtschaft.«

»In der Tat, in der Tat«, murmelt sie. »Schrecklich, dass sie über die Regenbogenbrücke gegangen ist.«

Frau Grundlinger macht ein Kreuzzeichen und verdreht ihre Augen gen Himmel. »Möge sie ewige Ruhe finden.«

Wir blicken einige Augenblicke stumm in unseren Tee. Dann hat Frau Grundlinger Stimme und Erinnerung wiedergefunden.

»Ich hoffe, Sie nehmen es mir nicht übel«, sagt sie. »Aber ich war kein Stammgast bei Ihrer Großtante. Eigenartiges Publikum.«

»Was meinen Sie damit?«

»Rocco wollte dort nie vorbei. Die anderen auch nicht. Fipsi und Leon der Zweite haben immer das Bedürfnis gehabt, diesen Kiosk – wie soll ich es sagen – zu markieren. Das war Ihrer Großtante aber gar nicht recht. Sie hat ein Schild anbringen lassen: Hier kein Hundeklo.«

»Kann ich ihr nicht verdenken«, sage ich.

»Natürlich nicht«, erwidert Frau Grundlinger spitz. »Aber das zeigt, dass meine Hunde den Kiosk als ihr Territorium angesehen haben und es zu einem Interessenkonflikt kam.«

»Vielleicht mussten sie einfach nur«, werfe ich ein.

»Was?«

»Pinkeln.«

Sie hebt das Kinn. Sehr erfreut wirkt sie nicht. »Sie wissen es nicht, meine Dame, aber das war der Treffpunkt der«, – räusper –, »Anarchisten.«

Jetzt bin ich doch ehrlich erstaunt.

»In Klein Ziff gibt es Anarchisten?«

»Leute, die gegen alles sind«, sagt sie in beleidigtem Ton. »Und vor allem gegen jede Tradition. Diese Leute hat Ihre Tante dort verköstigt.«

»Wie kann man gegen alles sein?«

Meine Ansichten des Dorflebens bedürfen, wie es scheint, einer Revision.

»Es ist schrecklich«, sagt Gudrun Grundlinger und tupft sich mit einem Taschentuch über die Augen. Dann blickt sie nachdenklich in ihre Teetasse.

»Früher war alles besser. Da wusste jeder, wo sein Platz war. Heute ist doch alles ... verrückt!« Sie wirft einen sehnsüchtigen Blick auf die Mops-Galerie an der Wand. »Und seit zwei Jahren haben wir eine Bürgermeisterin in Klein Ziff, das müssen Sie sich mal vorstellen! Eine Frau!«

»Ist doch wunderbar«, gebe ich zurück. »Warum denn auch nicht?«

»Ach, Sie sind fremd hier«, sagt sie. »Sie haben keine

Ahnung, wie es früher war, als mein Mann, Gott hab ihn selig, noch Bürgermeister war.«

Ach, daher.

Ich suche die Wände ab, aber da hängt kein Porträt vom Verblichenen. Wahrscheinlich hat er sein ganzes Leben lang einen Aufmerksamkeitswettbewerb mit den Möpsen geführt. Kein leichtes Schicksal.

»Und Sie sind nicht zufrieden mit der Politik seiner Nachfolgerin, ist es das, was Sie sagen möchten?«

»So eine junge Frau, wovon hat die schon eine Ahnung!«, echauffiert sich Frau Grundlinger. »Und dann hat sie auch noch ein Kind, das sie ins Gemeindeamt mitschleppt!«

Mir kommt ein Verdacht. Die junge Bürgermeisterin – war das etwa die Frau mit dem kleinen Mädchen, die ich zum Gemeindeamt begleitet habe? Und ich habe noch vermutet, dass sie in Kindergeldangelegenheiten unterwegs ist. Ach herrje, wie unangenehm. Solche Bretter hat man vor dem Kopf! Da, fass dich mal an die eigene Nase, Uschi!

»Ich hätte ja nichts dagegen, wenn die Bürgermeisterin Fremde nach Klein Ziff locken würde. Aber da sagt das Fräulein immer, dass Klein Ziff keine Fremdenverkehrsgemeinde ist. Wir hätten zu wenig zu bieten. Eine Frechheit sondergleichen.« Sie schnieft zweimal. »Klein Ziff hat eine Menge zu bieten!«

Das macht mich neugierig. Vielleicht gibt's hier ja Sehenswürdigkeiten, die ich keinesfalls verpassen darf?

»Verraten Sie mir mehr«, sage ich. »Ich bin sehr interessiert.«

Frau Grundlinger neigt den Kopf. »Nun«, sagt sie. »Im

Wald gibt es einen Stein. Einen ganz besonderen Stein. Er hilft dabei, wenn man sich nicht entscheiden kann: der Klein Ziffer Entscheidungsstein.«

»Was Sie nicht sagen. Und wie tut er das? Antwortet er?«

»Nicht direkt.«

»Er antwortet indirekt?«

»Man legt seine Hände darauf. So.« Sie demonstriert es an ihrer Teetasse. »Und schließt die Augen. Dann ist die Entscheidung da. Mit einem Mal.«

»Wie praktisch.«

»In der Tat«, bestätigt Frau Grundlinger.

»Hat das bei Ihnen schon funktioniert?«

»Natürlich. Nachdem Fridolin über die Regenbogenbrücke gegangen ist, habe ich den Stein gefragt, ob ich mir einen weiteren Hund anschaffen soll. Ich habe die Hände auf den Stein gelegt, die Augen geschlossen und gewartet.«

»Und dann?«

»Dann kam Rocco.«

»Der kam zum Stein gelaufen?«

»Aber nein, nein. Ich habe ihn vor meinem geistigen Auge gesehen. Gleich abends habe ich dann den Züchter angerufen.«

»Ach so.«

»Das war schon ein ganz besonderer Moment, Frau … wie heißen Sie noch mal?«

»Ehrenfried.«

»Es war wie ein Blitz, Frau Ehrenfried. Eine Eingebung. Die Entscheidung ist vom Himmel in mich eingefahren. Der Ziffer Stein hat mich zu meinem Rocco gebracht.« Sie wirft dem Mops-Bild einen tränennassen Blick zu, und er erwidert ihn aus seinen schwarzen Knopfaugen. Zwischen seinen Zähnen lugt die Spitze einer rosaroten Zunge heraus.

»Ach, könnte ich bloß die Zeit zurückdrehen«, klagt Frau Grundlinger.

Ich rühre bestürzt in meinem Tee. Hätte ich gewusst, welcher Ausbruch meinen harmlosen Fragen folgen würde, ich hätte sie nicht gestellt.

»Der Ziffer Stein ist also die Sehenswürdigkeit hier im Dorf«, sage ich, um die Dramatik des Augenblicks etwas abzumildern.

»Und das ist noch längst nicht alles«, schmettert Frau Grundlinger. »Das Haus unseres Erfinders«, – sie wirft den rechten Arm in die Luft –, »das *muss* man besucht haben! Das Haus von Hans Kleinholz. Wir alle hier sind unheimlich stolz auf ihn.«

»Was hat er denn erfunden?«

Sie blickt an die Zimmerdecke und legt die rechte Hand auf die Brust, bevor sie flüstert: »Ein Ding. Ein Ding, das sich ewig bewegt. Mir ist nur eben der Name entfallen.«

Was kann sie damit nur meinen?

»Ein Perpetuum mobile etwa?«

»Genau!« Sie schenkt mir ein gütiges Lächeln. »Hans Kleinholz hat ein Perpetuum mobile erfunden.«

»Erstaunlich.«

Das ist ja mal ein Ding. Wenn ich mich richtig an meine Schulzeit erinnere, dann gibt es kein Perpetuum mobile, und es wird auch nie eines geben. Ein Ding, das ohne Energiezufuhr ewig in Bewegung bleibt, widerspricht den Gesetzen der Physik. Und diese Gesetze hat ausgerechnet ein Klein Ziffer gebogen? Und warum weiß das niemand außerhalb dieses kleinen Örtchens?

»Sein Wohnhaus ist heute ein Museum. Sehr sehenswert. Der Eintritt kostet zwei Euro.«

»Günstig für ein Weltwunder! Alle Achtung.«

»Nun, das Ding können Sie leider nicht dort sehen«, sagt Frau Grundlinger. »Da muss ich Sie enttäuschen.«

»Nicht?«

»Es ist verloren gegangen. Man vermutet, dass die Frau von Hans Kleinholz es nach seinem Tod entsorgt hat. Sie sollen sich nicht sonderlich gut verstanden haben.«

»Oh. Das ist aber sehr schade. Was kann man dann im Museum sehen?«

»Seinen Schreibtisch, sein Bett, seine Kommode, sein Frühstücksbrettchen, solche Dinge.«

Gut. Damit hätten wir die Klein Ziffer Sehenswürdigkeiten abgefrühstückt. Ein stummer Stein und ein Erfinder-Museum ohne Erfindung. Damit lässt sich kein Staat machen. Und höchstwahrscheinlich auch kein Touristen-Magnet.

Frau Grundlinger erzählt, dass wegen des niedrigen Touristenaufkommens hauptsächlich Handwerker bei ihr nächtigten. Durchreisende, von denen es aber nicht allzu viele gebe. Dann und wann sei eines ihrer Zimmer auch mal Notquartier nach einem häuslichen Zerwürfnis, von dem dann aber sowieso alle in der Gemeinde wüssten. »Aber die Fremden«, sagt sie, »also die richtigen Fremden, die bleiben aus.«

Überhaupt sei das Dorf dem Niedergang geweiht. »Alles, alles hat zugesperrt«, klagt sie. »Die Post, die Volksschule, das letzte Gasthaus, der Tante-Emma-Laden in der Bahnhofstraße. Weil alle mit dem Auto zu den Supermärkten nach Groß Ziff fahren. Aber ich frage Sie: Was macht man, wenn man alt ist und kein Auto hat?« Sie schüttelt resigniert den Kopf. »Klein Ziff stirbt aus, und das ist sehr traurig.«

Was soll man dazu sagen? Ich hatte mir dasselbe gedacht, als ich durch die stillen Straßen spaziert bin. Klein Ziff ist ein Schlafdorf wie so viele andere in diesem Land. Wichtige Infrastruktur wurde abgesiedelt; Familien mit Kindern ziehen dorthin, wo man sich nicht ins Auto setzen muss, um einen Liter Milch oder Brot zu kaufen.

»Wie könnte man die Menschen denn wieder ins Dorf locken?«, frage ich. »Haben Sie eine Idee?«

»Ich fürchte, dafür ist es jetzt zu spät«, sagt Frau Grundlinger resigniert. »Man hätte vor dreißig Jahren reagieren müssen. Hubert, hab ich immer zu meinem Mann gesagt, Hubert, tu was! Er war ja Bürgermeister zu dieser Zeit. Ich tu ja was, hat er immer gesagt. Aber das politische Hickhack im Gemeinderat – ach, das wollen Sie alles gar nicht wissen. Noch Tee?«

Ich halte die Hand über meine Tasse. »Danke, ich habe Sie schon lange genug aufgehalten. Nur noch eine Frage: Können Sie sich daran erinnern, dass in der *Villa Orchidee* Gäste genächtigt haben? Also bevor meine Tante eingezogen ist?«

»O ja«, sagt Frau Grundlinger eifrig. »Natürlich. Die *Orchidee*, das war das erste Haus am Platz, wenn Sie so wollen. Ein einfaches Hotel, aber mit Charme. Geführt von einer italienischen Familie, Terazzo oder Carazzo. Damals haben wir alle geglaubt, dass das doch noch was wird mit dem Fremdenverkehr. Frische Luft, sauberes Wasser, der nächste See nur eine halbe Stunde entfernt ...«

»Und der Zauberstein und das Erfinderhaus«, unterbreche ich sie.

»Haargenau. Aber dann – tja. Schon Ihre selige Frau Tante hat das Hotel in eine Art Privatpension verwandelt. Andauernd waren Freunde von ihr zu Besuch. Sie hat Kulturabende veranstaltet, mit Musik und Theater und Kunst oder so. Ich war ja nicht dort, ich erzähle nur, was mir berichtet wurde. Wenn besonders viele Autos mit fremden Kennzeichen durch das Dorf fuhren, da wussten wir schon, dass in der *Orchidee* wieder eine Party steigt.«

Tante Hetti hat also in der *Villa Orchidee* Hof gehalten, und ihre Freunde und Freundinnen sind aus allen Himmelsrichtungen angereist, um ihr ihre Aufwartung zu machen? Das klingt so gar nicht nach meiner Großtante.

»Aber bevor Sie gehen, beantworten Sie mir doch noch eine Frage«, sagt Frau Grundlinger. »Ein Thema, das mich wirklich interessiert. Wie ist das eigentlich mit Ihnen?«, will sie wissen und wirft einen Blick auf ihre Mops-Galerie. »Mögen Sie Hunde?«

15

Als ich klein war, wünschte ich mir sehnlichst ein Haustier. Zunächst einen Golden Retriever, dann einen Schnauzer, anschließend Hase, Katze, Meerschweinchen, Hamster, Maus, Goldfisch. Die Wünsche wurden kleiner, die Sehnsucht immer größer. Bloß half alles nichts. Meiner Mutter kam kein Vierbeiner ins Haus – und Fisch maximal in die Pfanne.

Sie sagte: »Das nicht auch noch.«

»Das« – das war das Tier.

»Nicht auch noch« bedeutete: zu dir dazu.

Ich war schon genug Belastung für sie – das war es, was sie damit ausdrücken wollte. So unsichtbar konnte ich mich gar nicht machen; ich fühlte mich als Bürde, allein schon deshalb, weil ich die Schule besuchte und Kosten verursachte. Hefte, Klassenfahrt, Busausweis, neue Schuhe, wenn mir die alten zu klein geworden waren ... Ich fühlte mich schuldig, weil ich wuchs. Ich fühlte mich schuldig, weil wir mit der Klasse in den Zoo gingen. Ich fühlte mich schuldig, weil ich existierte. Und ich wusste nicht, wie ich sie unterstützen konnte. Nur Kosten – und nichts zu geben.

Als ich keinen Hund bekam und nicht einmal einen Goldfisch, zog Berry bei mir ein. Berry war mein Fantasiehund. Ein Jack Russell Terrier, weiß mit braunen

Flecken. Für ihn brauchte es keine Erlaubnis; gegen Berry konnte meine Mutter nichts haben. Ich stellte mir vor, dass er unter meinem Bett schlief und mit mir draußen herumtobte. Ich war so felsenfest überzeugt, dass es ihn gab, dass ich sogar seine feuchte Schnauze zu spüren vermeinte, die mich anstupste.

Und dann beging ich einen fatalen Fehler: Ich erzählte Marianne, meiner damals besten Freundin, von Berry. Allerdings ohne hinzuzufügen, dass er lediglich in meiner Fantasie existierte. Schnell machte die Neuigkeit die Runde. Uschi hat einen Hund! Die, die nie etwas hatte, hatte plötzlich ein Haustier. Wie sieht er aus? Wie heißt er? Warum Berry? Plötzlich wollte mich jedes Mädchen in der Klasse zu Hause besuchen. Vor allem jene, die noch nie bei mir gewesen waren. Ich wurde gebeten, den Hund in die Schule mitzunehmen, was ich erfolgreich abwehren konnte. Ich hoffte, das Interesse würde bald abebben, und als es das nicht tat, quasselte ich mich in einen furchtbaren Strudel hinein. Einmal war Berry bei den Nachbarn, einmal musste er zum Tierarzt, einmal war meine Mutter mit ihm spazieren. Als nichts mehr half, ließ ich ihn davonlaufen und bat alle mitzuhelfen, ihn wiederzufinden. Ich steigerte mich dermaßen in meine Geschichte hinein, dass mir die Tränen die Wangen hinunterliefen und die anderen mich trösten mussten. Doch was ich tatsächlich damit erreichte, ohne es zu wollen: Ich verscheuchte meinen Fantasiehund für immer. Sobald ich an Berry dachte, daran, wie er aussah, zerfloss sein Bild im nächsten Augenblick. Er war fort.

Während ich den Hügel zur *Villa Orchidee* hochlaufe, rufe ich meine Mutter an. Die Fantasiehund-Erinnerung hat in mir den Wunsch nach Klärung ausgelöst.

Sie klingt wie immer: enttäuscht vom Wetter, enttäuscht von mir, enttäuscht vom Leben. Obwohl sie einen hartnäckigen Verehrer hat, wie mir ihre Nachbarin unlängst erzählte. Sie empfange regelmäßig Herrenbesuch, der Herr sei bereits allen Nachbarinnen bekannt. Mir nicht, aber ich bin ja auch keine Nachbarin. Wie auch immer: Ich wünsche es ihr. Ich wünsche ihr alles Glück der Welt.

»Dass du dich auch einmal meldest«, höre ich statt einer Begrüßung.

»Störe ich?«

Sie hat ja immer so viel zu tun – putzen, einkaufen, Kaffeekränzchen und abends im Tennisstübchen *Anita* servieren.

»Ich klopfe gerade«, sagt sie. »Den Teppich.«

Ich höre sie husten.

»Bist du im Hof, Mama?«

»Ja, unten.«

»Kannst du dich kurz hinsetzen?«

»Warum?«

»Ich möchte, dass du dich konzentrierst. Bitte.«

Ich höre noch zwei kräftige Klopfer, dann ist es still.

»Mama?«

»Wird regnen heute.«

»Warum hast du mir nicht gesagt, dass Tante Hetti gestorben ist? Ich habe es vom Notar erfahren. Keiner von uns war beim Begräbnis.«

Sie hustet wieder. Ich sehe sie vor mir. In ihrem Hauskleid, die Ärmel mit Gummiringen festgezurrt, damit sie ihr bei der Arbeit nicht im Weg sind. Das Gesicht immer noch attraktiv, jugendlich, aber mit einem bitteren Zug um den Mund. Das blonde Haar kurz. Ungeschminkt, natürlich. Sie hält nichts vom Aufdonnern, wie sie es nennt. Immer alles schön natürlich – Gott gibt, Gott nimmt, und an der Schöpfung soll man generell nicht zu viel herumpfuschen.

»Ich habe es doch auch erst danach erfahren«, sagt sie im Brustton der Entrüstung.

»Und was hat dich davon abgehalten, es mir wenigstens dann zu sagen?«

Sie schmollt. Ich kann es deutlich hören.

»Weißt du, wo ich bin? In Klein Ziff. Dort hat sie zuletzt gelebt.«

»Nie gehört.«

»Mama, warum durfte ich plötzlich nicht mehr zu Tante Hetti fahren? Was ist passiert?«

»Wovon sprichst du?«

Ich bleibe unter einem Baum am Wegesrand stehen, um zu verschnaufen.

»Tu doch bitte nicht so, als wüsstest du von nichts, Mama. Ich glaube, ich war mit zehn das letzte Mal bei ihr. Danach hat es geheißen, es sei vorbei. Also die Urlaube bei Tante Hetti. Warum, hat mir keiner erklärt.«

»Lass die alten Geschichten ruhen, Ursula. Das bringt nur Unfrieden in die Familie.«

Unfrieden. Eines ihrer Lieblingsworte.

»Ich bringe keinen Unfrieden hinein, Mama. Der war wohl schon vorher da. Hatte Oma Streit mit ihr?«

»Henriette war halt immer was Besseres.«

»Wie meinst du das?«

»Das hat sie uns spüren lassen.«

»Und das heißt was genau?« Furchtbar, wie man ihr alles aus der Nase ziehen muss.

»Lass es gut sein, Ursula.«

Diese Endgültigkeit in ihrer Stimme, wie gut ich die kenne. Rühr nicht daran. Das war halt so. Das hat man damals so gemacht. Lass es gut sein.

Aber diesmal lasse ich mich nicht abspeisen. »Jetzt sag schon: Was ist passiert? Das ist wichtig für mich. Kannst du oder willst du das nicht verstehen? Ich hatte nichts zu schaffen mit eurem Streit, wieso also bin ich da reingezogen worden?«

Sie atmet hörbar aus, dann sagt sie: »Ich muss weitermachen, es kommt schlechtes Wetter.«

»Es ist schon da«, will ich sagen. Verbeiße es mir aber.

Ich habe mir keine Antwort auf meine Frage erwartet. Es ist genauso gekommen, wie ich es mir vorgestellt habe: Ausflüchte, Abwehr, Augen verschließen. Trotzdem gebe ich die Hoffnung nicht auf, dass die Mauer, die meine Mutter um ihr Herz errichtet hat, eines Tages einstürzt. Zwischen ihr und mir stehen eine Menge Geheimnisse. Es gibt so vieles, das ich nicht wissen darf: Warum mein Vater damals weggegangen ist. Warum ich keinen Kontakt mehr zu Tante Hetti haben durfte. Warum ich nichts richtig machen konnte. Über Unangenehmes wird in unserer Familie nicht gesprochen. Man breitet einen Mantel des Schweigens darüber und presst die Lippen zusammen. Nur keine andere Perspektive einnehmen. Einmal eine Meinung gebildet? Wunderbar, an der wird nie mehr gerüttelt und nur noch geglaubt, was diese Meinung bestätigt.

Als ich Titus geheiratet habe, habe ich auch ein wenig den Wunsch meiner Mutter erfüllt. Sie hatte sich immer einen Anwalt als Mann gewünscht. Wegen der Sicherheit. Und wegen des guten Rufs. Anwaltsgattin, das war zumindest Secondhandruhm. Ein parasitärer Karrieresprung, Promotion auf dem Standesamt. Sie bestand darauf, in der Kirche ganz hinten zu stehen, und später erfuhr ich, dass sie jede Menge Nachrichten an ihre Freunde und Bekannten verschickte, in denen sie mit ihrem Schwiegersohn prahlte. Der Moment meines Glücks wurde zu einem einsamen Triumph für meine Mutter. Später wiederholte sie unablässig, dass ich ja jetzt unter einer warmen Haube sei, die Haube allein genügte nicht, sie musste auch warm sein. Ob sie sich wirklich für mich freute, zeigte sie nie.

Einer, der sich hingegen richtig freut und es auch zeigt, ist Karl, der mir die Tür öffnet, nachdem ich vorsichtig angeklopft habe.

»Ursula!«, ruft er. »Wie wundervoll, dass du wieder da bist!«

Was für eine Begrüßung.

»Hast du Sekt?«, frage ich ihn.

Er mustert mich lange. »Es gibt was zu feiern?«

»Ich denke schon.«

»Na, dann komm mal mit.«

Ich folge ihm in die Küche. Auf dem Tisch steht ein üppiger Strauß pinkfarbener Tulpen. Daneben zwei langstielige Gläser. »Der Sekt ist schon gekühlt«, sagt er charmant. »Setzen wir uns hinaus in den Garten?«

Ich verstehe nichts mehr. »Woher wusstest du …«

Er schüttelt den Kopf. »Nichts wusste ich«, sagt er. »Es war nur so ein Gefühl. Und jetzt erzähl. Ich bin ganz Ohr.«

Wir treten durch die offene Terrassentür, Karl mit einer Sektflasche in der Hand; ich trage die Gläser und stelle sie auf das Tischchen unter der Trauerweide. Sanft rauscht der Wind durch die Blätter. Ich habe es immer noch nicht realisiert. Das ist *meine* Trauerweide, *mein* Garten, *meine* Villa. Oder besser: unsere.

Karl sieht mich ruhig an und wartet geduldig.

Wenn ich mein momentanes Gefühl in einem Wort zusammenfassen müsste, so wäre es: Ehrfurcht.

Ich atme tief durch. Und dann erzähle ich Karl von meinen Gedanken und meinen Bedenken. Von meinem Alltag in der Kanzlei, von all den Verwerfungen, die so ein Erbe mit sich bringen kann. »Ich sehe das tagtäglich, weißt du«, sage ich. »Nur Probleme. Das Letzte, was ich für mich wollte, war, selbst etwas zu erben.«

Karl nickt verständnisvoll. »Und das Letzte, was deine Großtante wollte, war, dich unglücklich zu sehen.« Er hat Tränen in den Augen. Das rührt mich.

»Ich weiß«, flüstere ich und muss ein winziges bisschen lächeln.

Ich lehne mich zurück, ruhe ganz in mir. Wie gut es sich anfühlt, hier zu sitzen. Keine Kanzlei, keine nervtötenden Anrufe, kein Terminkalender, nur Vogelgezwitscher. Und Sekt anstatt *Alles-wird-gut*-Tee. Hier muss ich keine Rolle spielen. Mich nicht verstellen. Kein Telefon bewachen. Ich bin die Uschi, sonst niemand. Was für ein Frieden. Ich sehe mich um. Wie verschwenderisch die Natur doch ist! Unermüdlich verwandelt sie in jedem

Frühling die Welt von Neuem in ein Farbenmeer. Und – es braucht einen Augenblick, um in mein Bewusstsein durchzusickern: Ich zeichne keine Fantasielandschaften mehr. Ich sitze selbst darin.

»Was jetzt?«, fragt Karl.

Die Frage aller Fragen.

»Unterstützt du mich?« Frage mit Gegenfrage beantworten. Trick siebzehn.

»Das weißt du doch«, sagt er und schenkt Sekt nach. »Aber ich sage es dir gern noch hundert Mal: Ich stehe an deiner Seite, Ursula.«

Als ich Meret anrufe, bin ich ein bisschen beschwipst.

»Na endlich«, zischt sie. »Was ist passiert? Schieß los!«

Ich gebe ihr einen kurzen Abriss der Geschehnisse seit dem Besuch in Koppenrats Büro.

»Du hast also schon Eingeborene kennenlernt«, feixt sie. »Wirst schon sehen, morgen laden sie dich zum Kirchenchor ein, und – schwupps! – schon wirst du zur Schützenkönigin gewählt. Oder zur Salamiprinzessin. Irgend so ein Landadel. Dann haben sie dich einkassiert.«

Ich muss lachen. »Wie du sicher weißt, tauge ich nicht mal zur Schinkenbaronin. Und wenn ich das mit den Parkbänken nicht hinbekomme, wird es auch nix mit Nordic-Walking-Fürstin«, sage ich. »Außerdem bin ich betrunken.«

»Das schockiert mich jetzt weniger. Ist immerhin schon Nachmittag.«

»Und bei dir so? Was macht dein Liebesleben?«

»Ach, frag mich was Leichteres. Zum Beispiel, was eine binomische Formel ist.«

»Was ist eine binomische Formel?«

»Keine Ahnung. Cassy muss das lernen, sie hat auch keinen blassen Schimmer. Und wer recherchiert im Internet? Mama.« Sie seufzt. »Warte mal, mein Risotto brennt an.«

Ich höre Küchengeklapper. Teenagerstimmen. Ein ganz normales Familienleben. Die Nabelschnur zur richtigen Welt.

Nachdem wir fertig gequatscht haben, lege ich mich aufs Bett. Ein klares, reines Glücksgefühl durchströmt mich. Mindestens eineinhalb Minuten lang. Ich bin gesprungen. Ins Unbekannte. Ich habe es gewagt.

Später nimmt Karl mich mit in Tante Hettis ehemaliges Zimmer. Es liegt im ersten Stock und ist ein wenig größer als die anderen. Den Boden bedeckt ein riesiger dunkelroter Perserteppich. Die Wände sind volltapeziert mit Fotografien und kleinformatigen Bildern, eins neben und über und unter dem anderen. Menschen, Orte, Erinnerungen. Fragmente eines Lebens in Sepia, in Schwarz-Weiß und in Farbe. Vielfältig und sehr persönlich. Voller Ehrfurcht betrachte ich die Bilder – und finde mich selbst wieder: pausbäckig, strahlend, auf einem Mäuerchen sitzend, einen Strauß Wiesenblumen in der Hand.

Es riecht pudrig und süß in dem Zimmer, nach getrockneten Rosen und Melancholie. Von der Decke hängt ein vielflammiger Lüster, und auf Hettis Bett liegt eine ornamentale Patchworkdecke, gegen die meine eigene verblasst. Gedankenverloren streiche ich mit der Hand darüber.

»Du kannst dich ruhig setzen«, sagt Karl.

Er sperrt die Kommode auf und nimmt ein altes Fotoalbum heraus.

»Hier drin kommst du auch vor«, sagt er und klopft auf den Einband. »Wollen wir?«

Und dann sitzen wir nebeneinander auf dem Bett und blättern vorsichtig durch das Album. Die Seiten sind mit Spinnenpapier voneinander getrennt und rascheln, wenn man sie berührt. Schwarz-Weiß-Aufnahmen unterschiedlicher Größe sind mit Fotoecken sorgfältig auf den schwarzen Seiten befestigt. Manchmal hat Tante Hetti was dazugeschrieben. Zum Beispiel: *Trachtenumzug in Berging, 1971*. Oder: *Zu Besuch bei Familie Eipeldauer in Wasserburg*. Oder: *Fritz, 2,5 Monate, Bad Goisern*. Ihre Schrift: nach rechts geneigt, schmal, mit hohen Ausschlägen nach oben und unten und großzügig verzierten Anfangsbuchstaben.

»Hier«, sagt Karl und deutet auf ein Bild. »Das bist du, oder?«

Ich sehe ein Mädchen, vielleicht fünf, an der Hand einer großen, schlanken Frau. Das Kind hält eine Puppe fest an den Oberkörper gepresst. Es hat große Augen und blonde Zöpfe und sieht nicht in die Kamera, sondern daran vorbei. Etwas hat seine Aufmerksamkeit gefesselt. Neben ihr steht Tante Hetti.

Ich bin hin und weg.

»Tante Hetti war wahnsinnig ... schön«, flüstere ich. »Und elegant.«

Tatsächlich wirkt sie strahlend und selbstbewusst und blickt lächelnd auf das Kind, das sie an der Hand hält. Sie trägt einen schmalen dunklen Rock und eine schlichte weiße Bluse. Ein Halstuch, das im Wind flattert, Handschuhe und Pumps – alles wie aus dem Modejournal.

Die Häuser im Hintergrund sind hoch. Es muss eine Stadt sein, in der das Foto gemacht wurde, vielleicht die Hauptstadt. Darunter steht mit weißem Stift geschrieben: *Urselchen zum Bahnhof gebracht, 1975*.

»Man vergisst mehr, als man erinnert«, sagt Karl leise. »Das ist unser Schicksal.«

Ich sehe ihn an. »Hast du das Foto gemacht?«

Er schüttelt den Kopf. »Damals habe ich sie noch nicht gekannt.«

»Du hattest eine andere Familie – damals?«

Er nickt. »Deine Großtante habe ich erst nach dem Tod meiner Frau wiedergetroffen. Es kommt, wie es kommen muss, weißt du. Das ist mein Credo. Nichts ist zu spät, nichts zu früh. Alles geschieht im rechten Moment.«

»Ich sehe diese Fotos zum ersten Mal«, sage ich und blättere um. »Es ist, als hätte mich meine Familie von Tante Hetti abgeschnitten.«

Wie mit der Schere. Brutal und endgültig. Ich war damals noch zu klein, verstand nicht, was vor sich ging. Wusste nur, dass ich sie immer seltener sehen durfte. Und zum Schluss gar nicht mehr.

»Niemand macht dir einen Vorwurf.«

»Ich selbst schon.«

»Das solltest du nicht. Und du sollst wissen, dass deine Tante dich nie vergessen hat. Sie hat immer wieder von dir gesprochen.«

Beinahe kommen mir die Tränen. So viel ungenutzte Zeit. So viele nicht gelebte Möglichkeiten.

»Linde weiß auch, dass du hier bist«, sagt Karl plötzlich.

»Bitte wer?«

»Linde, mein guter Geist.« Er lächelt. »Sie hat uns unterstützt, als es Henriette schlechter ging. Und sie ist geblieben. Es gibt Menschen, die kannst du nicht in Gold aufwiegen.« Er sieht auf seine Armbanduhr. »Eigentlich müsste sie schon hier sein. Sie hat versprochen, dir zu Ehren etwas Gutes zu kochen. Bist du bereit?«

Mehr als das.

Schon auf der Treppe kann ich es riechen: Brathuhn. Da erst wird mir klar, dass ich ob der ganzen Aufregung vollkommen vergessen habe zu essen. Ich habe einen Bärinnen-Hunger.

Als wir in die Küche kommen, deckt eine Frau den Tisch. Das muss Linde sein.

»Endlich!«, ruft sie aus. »Endlich lerne ich dich kennen!«

Ich sehe verwundert zu Karl hinüber. »Du siehst, dein Ruf eilt dir voraus.« Er schmunzelt. »Darf ich vorstellen? Linde, das ist Ursula. Und das«, – er zeigt auf Linde –, »ist unsere berühmte Sterneköchin.«

»Na, na, jetzt wollen wir mal nicht übertreiben«, sagt Linde.

Sie ist bestimmt die ungewöhnlichste Person, die mir bisher in Klein Ziff begegnet ist. Zu rosa Pluderhosen und einem weiten, bunten Hemd trägt sie tausend Ketten um den Hals und eine gehäkelte Mütze auf einer Frisur, die aussieht, als würden mindestens zwei Störche darin brüten. Ich schätze sie auf Ende fünfzig. Ledergegerbte Haut wie jemand, der viel an der frischen Luft ist, Gesundheitsschuhe, weil sie sich von Modediktaten nicht leiten lässt und nur die Bequemlichkeit zählt. Das reime ich mir zumindest in meinem Großstädterinnen-Hirn zusammen.

Linde spricht mit ausladenden Gesten und bleibt immer in Bewegung. Selbst wenn sie steht, wippt sie auf und ab, was Dynamik verheißt, aber auch eine gewisse Unruhe. Die perfekte Ergänzung zum ruhigen und besonnenen Karl, der alles gemütlich angeht. Er scheint sie über die Maßen zu schätzen. Immer wieder tritt er zu ihr hin, legt ihr den Arm um die Schulter und sagt Dinge wie: »Wenn ich die Linde nicht hätte.«

Wobei Linde ihn sanft in die Seite stupst und erwidert: »Du alter Schmeichler! Als die Hetti noch da war, hast du dich das nicht getraut!«

Ich frage, ob ich helfen kann, aber Linde zeigt nur auf die Eckbank: »Du hilfst mir, indem du dich hinsetzt und Ruhe gibst.«

»So ist das«, schmunzelt Karl. »Unter Lindes Regiment wird gespurt und geschwiegen!«

»Außer beim Essen«, ergänzt Linde und holt das Huhn aus dem Solarium, wo es eine schöne Farbe abgekriegt hat. »Hab es noch ein bisschen aufgewärmt, denn kalt mag man nicht essen, nicht wahr?«

Und dann sitzen wir um den Tisch und schmausen das köstlichste Federvieh, das es je auf meinen Teller geschafft hat.

»Das Huhn ist vom Bio-Bauernhof Peters«, sagt Linde. »Dort lachen sich die Tiere quasi tot.«

Wie sich herausstellt, ist Linde eine eingeborene Klein-Zifferin. Ihr Vater aber stammt aus Amerika, weshalb sie als Kind jeden Sommer in den USA verbrachte, auch den Sommer 1969.

»Ich war sogar in Woodstock«, sagt sie und kaut nachdenklich, aber nicht ohne Stolz. »Ich war klein, aber ich war dort.«

»Tatsächlich?«

Ich staune. Die erste Person, die ich persönlich treffe, die in Woodstock war.

»Und soll ich dir was sagen, Ursula – wie sagt man eigentlich zu dir: Urschel? Uschi? Sushi?«

»Wie du willst. Uschi, Ursel, Ursula, mir ist alles recht.«

»Also: Uschi, Ursel, Ursula – du wirst es nicht glauben, aber Woodstock war gar nicht in Woodstock.« Sie hebt ihre wild wuchernden Augenbrauen, die ein pinzettenfreies Leben genießen, und blickt mich unverwandt an, gespannt auf meine Reaktion.

»Nicht?«

Zu Karl sagt sie: »Schschsch, Charly, nix verraten!«

Aber Karl ist ohnehin mit dem Huhn beschäftigt.

»Woodstock war in White Lake in den Catskill Mountains. In der Nähe von Bethel.«

»Warum ... äh, warum heißt es dann Woodstock?«

»Weil es ursprünglich in Woodstock hätte stattfinden sollen.«

»Was ist passiert?«

»Die Einwohner von Woodstock haben sich gewehrt«, erzählt Linde. »Sie haben gesagt: No way, nicht mit uns! Wir wollen keine Horde wild gewordener Hippies auf unseren Feldern. Macht das doch dort, wo der Pfeffer wächst.«

Karl schiebt mir die Pfanne rüber. »Iss, Mädchen, sonst fällst du uns vom Fleisch.«

Also, die Gefahr besteht ja wohl nicht!

»Coole Zeit damals«, sagt Linde und starrt auf einen unsichtbaren Punkt. »Hab da ein paar Erinnerungen.« Ihre Kiefer mahlen geräuschlos.

»Linde spielt sogar im Woodstock-Film mit«, sagt Karl.

»Na ja«, wendet Linde ein. »Ich spiele nicht wirklich. Ich laufe nur ein bisschen herum.«

»Wie das?«, will ich wissen.

»Das war diese berühmte Doku. Ich habe mich entdeckt, als ich sie zum zehnten Mal gesehen habe. So ungefähr.«

»Und wie lange dauert dein Auftritt?«

Sie blickt nachdenklich auf den Hühnerschenkel auf ihrem Teller. »Vielleicht zwei Sekunden? Vielleicht zweieinhalb.«

»Für eine Hollywood-Karriere hat's leider nicht gereicht«, ergänzt Karl schmunzelnd.

»Sei froh!«, ruft Linde. »Sonst wäre ich nie nach Klein Ziff zurückgekommen. Und wer hätte euch dann den besten aller besten Schweinebraten vorgesetzt?«

»Stimmt auch wieder«, bestätigt Karl und nimmt sich Huhn-Nachschlag.

Den Kaffee und den köstlichen ofenwarmen Apfelstrudel gibt es auf der Terrasse. Ich muss an Tante Hettis berühmten Mohnstrudel denken.

»Wo lernt man so gut kochen, Linde?«

»Liegt bei uns in der Familie. Amerikanischer Vater, österreichische Mutter mit böhmischem Blut. Die konnte kochen, das schwör ich dir, da hat es dir die Schuhe ausgezogen!«

Karl nimmt Lindes Ansage wörtlich. Er stellt seinen Teller in die Spüle, geht nach draußen, setzt sich in die Hängematte, streift seine Budapester von den Füßen und macht es sich bequem. Wenig später: dezente Schnarchgeräusche.

Linde nickt in seine Richtung.

»Ich mag ihn«, sagt sie. »Ich mochte beide. Es ist furchtbar traurig, dass Hetti nicht mehr hier ist.«

Eine Weile sitzen wir still da. Dann sagt Linde: »Und was ist mit dir? Wo kommst du so plötzlich her? Warum kenn ich dich noch nicht?«

An krankhafter Schüchternheit scheint Linde jedenfalls nicht zu laborieren. Da geht alles vom Herzen direkt auf die Zunge.

Ich gebe ihr eine kurze Zusammenfassung der letzten Ereignisse.

Sie fegt ein paar Apfelstrudelkrümel vom Tisch. »Familien sind komplizierte Gebilde«, sagt sie. »Und immer für eine Überraschung gut. Aber man weiß nie, wozu etwas gut ist. Warum die Dinge geschehen, wie sie geschehen. Oder nein, anders: Manchmal weiß man es erst viele Jahre später.«

»Ich kann's ohnehin nicht mehr ändern.«

»Sieht so aus.« Linde nickt. »Ich an deiner Stelle, ich würd's machen.«

»Was machen?«

»Na, den Kiosk! Ich würd ihn selbst führen. Das Ding wieder zum Laufen bringen.«

Sie zieht Papier und Tabak aus der Pluderhosentasche und beginnt, sich eine Zigarette zu rollen. »Ich habe den Kiosk geliebt. Vom ersten Tag an. Und ich habe deine

Tante geliebt. Auch vom ersten Tag an. Deine Tante und der Kiosk, das war ein Top-Team.«

»Ach, du kennst den Kiosk?«

»Kennen?« Sie kichert und leckt das Ende des Papierstreifens mit spitzer Zunge an. »Ich war die strammste der Stammgäste. Von der ersten Stunde an. Plinggg! Liebe auf den ersten Blick.«

Ich muss lächeln. Gudrun Grundlinger hatte doch sicher Linde im Visier, als sie von Anarchisten rund um den Kiosk sprach.

»Und wie war sie so?«

»Hetti? Einfach cool. Die jüngste Alte, die ich je erlebt habe«, sagt sie und zupft einen Tabakfaden aus dem Ende der Kippe. »Und ich habe viele Alte gesehen in meinem Leben, kannst du mir glauben, Urseluschi. Hetti hatte Charisma. Einfach umwerfend. Und immer einen Spruch auf den Lippen – ich schwöre dir, wir sind gelegen vor Lachen. Sag, wann sperrst du auf? Ich bin dabei, hundertprozentig.«

»Du hast ja gesehen, wie der Kiosk aussieht«, erwidere ich. »Und ganz ehrlich: Ich weiß nicht, wie ich das überhaupt schaffen soll. Vom Finanziellen her. Aber auch von der Arbeit. Und überhaupt. Da braucht man doch Personal.«

Linde lacht. »Also, die geborene Unternehmerin scheinst du nicht zu sein.«

»Ich kann hier nicht bleiben, Linde. Ich muss zurück in die Stadt. Dort habe ich einen Mann, eine Wohnung, einen Job. Ein Leben. So einfach ist das nicht für mich. Heute noch und morgen, vielleicht hänge ich noch einen Tag an, dann ist es vorbei mit der Sommerfrische. Danach werde ich nur zeitweise hier sein können, hin und wieder ein Wochenende ... Aber sag mal: Kennst du Tante Hettis Enkelin, Eva?«

Linde hustet. »Bleib mir weg mit der! Die hat doch den Kiosk immer torpediert! Hat ihre eigene Großmutter bei den Behörden verpfiffen. So ein Miststück. Die wollte immer alles an sich reißen, so raffgierig ist die. Nimm dich in Acht, Urseluschi, die schreckt vor nichts zurück.«

»Danke für die Warnung, aber ich habe schon ihre Bekanntschaft gemacht«, sage ich. »Und ganz ehrlich: Sie ist der Grund, warum ich das Erbe am Ende angenommen habe. Um zu verhindern, dass es in ihre Hände fällt.«

Linde tätschelt meinen Ellenbogen. »Gut gemacht! Übrigens: Wenn du ein paar Ideen brauchst, wie's weitergehen soll: Heute Abend startet wieder der Klein Ziffer Frauenklub. Ich lade dich hiermit offiziell ein.«

»Frauenklub?«

Ich sehe Frauen, die sich über Stick- und Strickarbeiten beugen, während sie sich über ihre Männer beschweren, und überlege fieberhaft, wie ich aus der Nummer rauskomme.

Linde kann Gedanken lesen. »Nicht, was du denkst«, beruhigt sie mich. »Keine Sorge. Wir heißen *Die Kammerjägerinnen* und wollen Klein Ziff moderner machen. Zukunftsfit.«

»Und worauf macht ihr Jagd?«, frage ich.

»Wir jagen Ideen. Und dann setzen wir sie um. Wir sind ja keine Politikerinnen. Wir wollen wirklich was verändern.«

»Wow«, sage ich. »Klingt toll.«

Aber ehrlich gesagt, interessiert mich das nicht die Bohne. Für eine Aktivistinnengruppe fühle ich mich zwanzig Jahre zu alt. Mindestens. Außerdem will ich Klein Ziff doch überhaupt nicht verändern. Es ist ja nicht mein Dorf. Oder halt – ist es das vielleicht doch?

»Wieso bist du eigentlich zurückgekommen?«, frage ich Linde. »Du hättest doch sicher die Möglichkeit gehabt, in Amerika zu bleiben.«

Linde streift die Asche ihre Zigarette ab.

»Ist doch völlig egal, wo man ist«, sagt sie. »Du nimmst dich überallhin selbst mit. Du kannst überall auf der Welt glücklich sein. Oder unglücklich.«

»Und?«

»Was?«

»Bist du es?«

»Glücklich?« Sie scheint einen Moment nachzudenken, dann sagt sie: »Ich denke schon. Woran misst man das? Daran, dass man kein anderes Leben möchte? Dann ja. Aber das wird mir jetzt zu existenziell, sorry. Noch einen Apfelstrudel?«

»Apfelstrudel ist auch existenziell«, erkläre ich und schiebe ihr den Teller hin. »Aber nur ein Mini-Stück, bitte.«

Linde klatscht mir ein Riesenteil in Ziegelgröße auf den Teller. »Tut mir leid, drunter mach ich's nicht.« Dann fixiert sie mich mit ihrem Blick. »Bevor ich hier abhaue: Was ist mit heute Abend? Kommst du mit zu den Kammerjägerinnen? Wir haben Strudelabend.«

»Noch ein Strudel?«

»Hey, das heißt nur so. Es wird nicht gegessen, ich schwöre.«

»Ich weiß nicht. Ganz ehrlich …«

»Sätze, die mit ›ganz ehrlich‹ beginnen, enden immer mit einer Lüge.«

»Behauptet wer?«

»Behaupte ich. Und ich behaupte es nicht nur, ich weiß es.«

Und mit diesen Worten steht sie ruckartig auf, sodass ihre Ketten klimpern. Sie zieht ihre Mütze auf dem Kopf zurecht und salutiert.

»Die Ketten«, sage ich und deute auf ihr Gehänge. »Woher hast du die?«

Allerhand Zeug, muss ganz schön schwer sein, denke ich. Federn, Steine, Zähne, Herzen, Sterne, eine Eule. Sieht aus wie traditioneller Schmuck der amerikanischen Ureinwohner. Bestimmt was Rituelles, das böse Geister abhält und gute einlädt.

Linde schaut auf ihre Ketten hinunter, als sähe sie sie zum ersten Mal. »Die? Sind vom Ostermarkt.«

»Aus Woodstock?«

»Aber nein!« Sie kriegt sich gar nicht mehr ein vor Lachen. »Vom Ostermarkt in Groß Ziff! Den darfst du nicht versäumen, okay?«

Wir lachen beide.

»Ich muss jetzt los«, sagt sie. »Aber den Kammerjägerinnen entkommst du nicht. Nur dass dir das klar ist.«

Sie ist schon fast bei der Trauerweide, als sie sich noch einmal umdreht und ruft: »Das war keine Drohung, Urseluschi. Das war ein Versprechen!«

Und fort ist sie.

16

UNGLÜCKLICH ERBEN

Ich geh ran, hilft ja nix.

»Wo bleiben Sie denn?«

Frau Elsbeth. Ich fühle mich in einer Zeitschleife gefangen.

»Tut mir leid, ist was dazwischengekommen.«

»Schon wieder?«

Sofort meldet sich mein moralisches Gewissen. Ich sitze auf dem Bett in meinem Zimmer, an die Wand gelehnt, ein Kissen im Rücken, und blättere in einer Handarbeits-Illustrierten, die in der Küche gelegen hat. Die alten Kastenfenster stehen weit offen, Vogelgezwitscher dringt von draußen herein.

»Heute kommt noch Herr Knall vorbei«, sagt Frau Elsbeth. »Und morgen Familie Rastenberg, wissen Sie noch? Da geht es um das Schloss in den Schweizer Bergen.«

»Jaja«, sage ich, aber ich erinnere mich an gar nichts mehr. Die Stadt, die Kanzlei, die Klienten – alles weg, weit weg. Titus: im Nebel. Wie schnell so was gehen kann.

»Wann dürfen wir Sie denn zurückerwarten? Oder sind Sie vielleicht krank, Mädchen?«

»O nein, keine Sorge. Nur ein wenig müde.«

»Dass Sie mir ja nicht in einen Burn-out rutschen!«

»Lieb, dass Sie sich Sorgen machen.«

»Das passiert oft, wissen Sie«, sagt Frau Elsbeth. »Gerade bei Menschen, die sich so viel um andere kümmern. Ich spreche aus Erfahrung.«

»Tatsächlich?« Frau Elsbeth und Burn-out – in meinen Augen eine vollkommen unwahrscheinliche Konstellation.

»Sie wissen doch, dass ich ehrenamtlich für die Tafel arbeite«, erklärt sie.

Frau Elsbeth verteilt Nahrungsmittel an Bedürftige? Das ist mir neu. »Tatsächlich?«

»Nun, ich hänge das nicht an die große Glocke«, sagt sie. »Wissen Sie, wir könnten da Tag und Nacht arbeiten, es ist eine Katastrophe. Manchmal bin ich schon ganz kaputt. Diese armen Menschen. Aber aufhören kann ich auch nicht.«

»Aber wann machen Sie das denn, Frau Elsbeth?«

Meines Wissens ist sie doch von zeitig in der Früh bis spätabends in der Kanzlei.

»An den Wochenenden, meine Liebe.«

»Alle Achtung«, staune ich. »Ich ziehe meinen Hut.«

»Ach was!« Sie lacht. »Lassen Sie das bloß mit dem Hut. Jeder braucht doch mehr als den Beruf.«

Meint sie mich damit? Brauche auch ich mehr als meinen Beruf?

»Ruhen Sie sich bloß ordentlich aus. Und kommen Sie bald wieder.« Ihre Stimme ist fast nur noch ein Flüstern. »Sie fehlen uns hier.«

»Danke, das ist lieb.«

Kloß im Hals.

»Sie sind die Einzige, die hier Ruhe reinbringt. Wenn

Sie nicht da sind, ist der ganze Tag wie ein Tanz auf dem Vulkan.«

Das geht runter wie Butter. Macht mich aber doch nachdenklich. Warum bin ich gerade darin gut? Wie kommt es, dass ich mich gut fühle, wenn ich mich um andere kümmern kann? Wieso macht es mich zufrieden, wenn ich den Ärger oder die Verzweiflung von Titus' Klienten abmildern kann? Bin ich so geboren? Ist das was Genetisches? Oder ...

Ich setze mich kerzengerade auf. Mein Herz hämmert in der Brust. Eine Erkenntnis durchfährt mich wie ein Blitz: Ich bin nicht so geboren, nein, ich bin so geworden. Weil es meine Überlebensstrategie war. Wenn es mir gelang, die miese Stimmung meiner Mutter ein wenig zu verbessern, hatte ich zu Hause meine Ruhe. Wenn ich ihren Ärger verschwinden lassen konnte, dann war der Abend gerettet. Wenn es mir gelang, sie zum Lachen zu bringen, war ich keine Last mehr, sondern eine Bereicherung. Dann musste sie mich einfach gernhaben. Dann war ich nicht schuld an ihrem Lebensunglück. Dann war alles gut.

»Hallo? Sind Sie noch dran?«

Frau Elsbeth. Ich hatte sie fast vergessen.

»Ja ... natürlich«, stottere ich und möchte mich schon verabschieden, als sie mich unterbricht.

»Ich soll Sie zum Chef durchstellen. Einen Moment.«

Ich habe überhaupt keine Lust, mit Titus zu sprechen, aber da tutet es schon in der Leitung.

»Ehrenfried«, meldet er sich prompt.

»Ich bin's«, sage ich. »Frau Elsbeth hat mich durchgestellt.«

»Endlich«, sagt er und klingt tatsächlich erleichtert. »Wie geht es dir?«

Das hat er ewig nicht mehr gefragt – wie es mir geht. »Ganz okay«, sage ich überrascht. »Oder sagen wir: turbulent.«

»Bist du noch in Klein Irgendwas?«

»Sieht so aus, als müsste ich noch ein wenig bleiben. Du sprichst mit einer Erbin.«

»Nicht zum ersten Mal.«

Ich muss grinsen. Die Stimmung ist erstaunlich entspannt. Ich hatte mit einem Wutausbruch gerechnet oder zumindest damit, dass er seiner Ungeduld Ausdruck verleiht – aber da ist nichts, und das überrascht mich.

»Wie viele Gebäude sind es denn geworden? Brauchen wir eine Hausverwaltung?«

Wir, sagt er.

»Ich muss mir erst einen Überblick verschaffen.«

»Du könntest das alles verkaufen.«

»Auf dem Kiosk liegt ein Veräußerungsverbot, Titus.«

»Wann können wir die Optionen durchsprechen? Wann hast du Zeit? Call um neunzehn Uhr?«

Er will mich in seinen Kalender eintragen. Ich weiß nicht, wo ich um sieben sein werde. »Kann ich noch nicht sagen. Ich melde mich, okay?«

Bin ich jetzt eigentlich eine Klientin oder seine Frau? Die Rollen verschwimmen. Fühlt sich eigenartig an. Wieso vertraue ich ihm nicht in demselben Maß, wie es seine Klientinnen und Klienten tun? Was ist es, das mich zurückhält? Kann es passieren, dass man einen Menschen zu gut kennt?

Ich erinnere mich noch gut an den Tag, an dem ich

das erste Mal seine Kanzlei betrat. An meine Ehrfurcht. Der berühmte Titus Ehrenfried. Er nahm sich unheimlich viel Zeit für mich und führte mich durch die Räume wie durch ein Museum. Zeigte auf Dinge, erklärte. Vor dem Bild des Großvaters blieben wir besonders lange stehen. Tradition habe immer tiefe Wurzeln, sagte er damals. Wurzeln, die man pflegen müsse wie Blüten. Nur weil man sie nicht sehe, heiße das nicht, dass man sich nicht um sie kümmern müsse.

Das hat mich damals tief beeindruckt. Vielleicht weil ich selbst ohne tragfähige Traditionen aufgewachsen bin. Weil meine Wurzeln nur Luftwurzeln sind. Weil ich es damals nicht kannte, dass man so was wie ein Familienprogramm hatte, ein gemeinsames Ziel, und dass die Loyalität nicht nur die lebendige Verwandtschaft einschloss, sondern auch die Toten.

Ich habe einen Vater, von dem ich kaum etwas weiß, eine Mutter, der ich meist nur eine Last war, eine Großmutter, die zwar für mich da war, auf der anderen Seite aber alles tat, um mich von meiner geliebten Großtante fernzuhalten. Es dauerte lange, bis ich Titus davon erzählen konnte. Er wollte mich sofort in seine Familie integrieren, das war entzückend, ging mir aber fast zu rasant. Ich brauchte Zeit, um Vertrauen zu fassen. Zeit und Mut. Dass ich schließlich in der Kanzlei arbeitete, war für ihn ein Schritt, mit dem ich vollständig in seiner Familie angekommen war. Doch mit diesem Schritt brach etwas auseinander. Darüber würde ich mit ihm reden müssen. Denn der Umstand, dass wir ab diesem Zeitpunkt immer weiter auseinanderdrifteten, wo wir doch eigentlich dasselbe Ziel hatten, spricht Bände.

Nach dem Gespräch mit Titus brauche ich genau jene Atemübungen, die ich anderen immer empfehle: Augen zu, Luft ganz rauslassen, erst wieder einatmen, wenn die Notwendigkeit einen überwältigt.

Nach mehreren Atemzügen fühle ich mich besser.

Ich lege die Illustrierte zur Seite und strecke mich. Im Haus ist es still. Linde und Karl sind fort. Ich muss den Kopf freikriegen. Also stehe ich auf, gehe raus aus dem Zimmer, raus aus der Villa, schließe die Tür hinter mir. Das Haus bleibt unversperrt – Schlüssel gibt es keine, hat mir Karl verraten. Könnte ja sein, dass der Nachbar ein Kännchen Milch benötigt oder ein Stückchen Butter. Grenzenloses Vertrauen, das mir in dieser Form noch nicht untergekommen ist. Ich gehe den Hügel runter in Richtung Dorf, nachdenklich diesmal.

Und dann fällt mir neben der Straße ein Schild ins Auge, das ich bisher übersehen habe. Ich geh näher ran, meine Augen sind nicht mehr die besten.

»ENTSCHEIDUNGSSTEIN, WALDKULTURERBE« steht auf dem Wegweiser. Ausgezeichnet! Den wollte ich mir ohnehin ansehen.

Rechts geht es schnurstracks in den Wald hinein, nicht zu verfehlen. Ich folge dem Weg über den weichen Waldboden. Es riecht nach Moos und Pilzen. Eine Kindheitserinnerung taucht auf: Mit Tante Hetti Pfifferlinge suchen. Die Freude, eine blassgelbe Pilzfamilie ausfindig gemacht zu haben. Tante Hetti zeigt mir, wie sie richtig aus der Erde geholt werden. Nicht ausreißen, ganz vorsichtig mit den Fingern ausgraben, siehst du?

Ein zweiter Wegweiser bei einer Gabelung. Der Weg schlängelt sich ein wenig hinauf und hinab. Mischwald.

Ein Kuckuck ruft. Das Sirren eines Hubschraubers über den Wipfeln. Und schon bin ich da.

Ich trete auf eine kleine Lichtung. Die Szenerie ist enttäuschend. Tatsächlich dachte ich, der Stein würde prominent präsentiert werden. Mit einer Erklärung und einer Anleitung, wie das Ganze funktioniert. Stattdessen liegt er auf dem Waldboden, wie achtlos hingeworfen. Er ist ungefähr so groß wie ein mittelgroßer Kürbis und unterscheidet sich durch nichts von jedem anderen x-beliebigen Stein.

Nun gut, solange er Erkenntnisse befördert, ist mir alles recht.

Wenn ich ihn mit beiden Händen umfassen will, muss ich mich auf den Boden setzen. Knien geht auch und ist vermutlich besser, weil ich unter einer empfindlichen Blase leide. Also knie ich mich hin und umfasse ihn mit meinen Händen. Streichle ihn. Er ist glatt und warm. Angenehm. Ich schließe die Augen. Jetzt fehlt bloß noch die Frage.

Hm.

Die hätte ich mir vielleicht früher überlegen sollen. Entscheidungen stehen ja einige an, welche ist die dringendste? Ich denke an mein Gespräch mit Titus zurück. An dieses unbehagliche Gefühl, das Gefühl, meine Mitte verloren zu haben, auf einem Floß zu treiben, ohne Festland im Blick. Wo ist meine rettende Insel? Will ich so weiterleben? Ist das tatsächlich noch mein Leben? Oder versuche ich bloß noch, die Wünsche anderer zu erfüllen?

Lieber Stein, soll ich mir eine Auszeit nehmen von Titus?

Nicht gut. Es geht ja nicht nur um Titus. Einen Schuldigen zu benennen, das klingt auch allzu einfach – als hätte ich nichts damit zu tun. Also noch mal.

Lieber Stein, soll ich für eine Weile in Klein Ziff bleiben, um mich neu zu orientieren?

Woher soll der Stein das wissen? Und orientieren – wohin? Zu allgemein. Das hilft nicht weiter. Konkreter, Uschi, konkreter.

Lieber Stein, soll ich meine Kraft in den Wiederaufbau des Kiosks investieren?

Okay, das scheint mir konkret genug.

Los geht's. Was hat Gudrun Grundlinger noch mal gesagt? Stein mit den Händen berühren und ein paar Minuten lang fest an die Frage denken. Sobald die Gedanken abschweifen, sie an die Leine nehmen. Konzentriert bleiben.

Ich versuche, ganz in mir zu ruhen. Augen zu, Aufmerksamkeit an. Es gibt nur noch den Stein und mich. Mich und den Stein und meine Frage. Sonst nichts.

Soll ... ich ... meine ... Kraft ... ganz ...

Und plötzlich ist da eine Antwort, noch ehe ich die Frage fertig ausgesprochen habe. Ich kann sie förmlich spüren. Ja, lieber Stein, du willst etwas sagen, also spuck's aus! Doch sobald ich die Antwort zu fassen glaube, entwischt sie mir, als verstecke sie sich.

Eigenartig. Ich atme tief durch. Seltsamerweise beschleicht mich das Gefühl, dass ich beobachtet werde.

Ich öffne die Augen einen Spalt. Da steht eine Person. Vielleicht drei Meter entfernt. Zuerst sehe ich nur die Beine. Wanderschuhe. Stöcke. Mein Blick gleitet hinauf. Es ist die Frau aus dem Park. Frau Pokorny. Die Oberbefehlshaberin über das Nordic Walking in Klein Ziff. Die Frau, die die Parkbank am Spielplatz für sich reklamiert hat.

Wir sehen einander in die Augen. Meine Hände liegen immer noch auf dem Stein.

Was soll das? Was will die hier, bitte schön? Ist das etwa auch ihr Stein? Ist sie jetzt an der Reihe, weil sie immer am Freitag um sechzehn Uhr ihre Fragestunde abhält?

»Ist was?«, frage ich, als sie keine Anstalten macht weiterzugehen.

Sie deutet mit dem Stecken auf ein Dickicht hinter ihr.

»Falls Sie den Entscheidungsstein suchen, der ist dort hinten«, sagt sie.

»Wie bitte?«

»Der Entscheidungsstein ist dort«, wiederholt sie lauter, so als sei ich schwer von Begriff.

Ich lasse den Stein los, als würde er brennen.

»Ich bin dem Wegweiser gefolgt«, sage ich. »Das verstehe ich jetzt nicht. Was ist das dann für ein Stein?«

Frau Pokorny zuckt mit den Schultern. »Keine Ahnung, ein ganz normaler Stein eben. Der kann nix.«

»Okay«, sage ich und stehe auf.

Meine Knochen knacken. Die Knie sind grün vom Waldboden. Um Frau Pokorny nicht in die Augen sehen zu müssen, zupfe ich sorgfältig ein paar Gräser von den Beinen. Ich möchte im Waldboden versinken. Warum walkt sie nicht einfach weiter? Der Wald ist groß und will durchschritten werden. Also los, mach schon, beweg dich.

»Da«, sagt Frau Pokorny und zeigt mir noch einmal die Richtung mit dem Stock. Offenbar geht sie davon aus, dass ich nicht allein hinfinde, nachdem ich mich schon einmal verlaufen habe. »Gleich hinter dem Gebüsch.«

»Danke«, murmle ich.

Ich spüre ihren Blick in meinem Rücken, als ich an ihr vorbei zum richtigen Stein gehe. Du lieber Himmel, wie unangenehm.

Hinterm Gebüsch, hat sie gesagt. Ach, tatsächlich. Da ist er also. Sieht gleich ganz anders aus. Diesmal wirkt es sogar ein wenig feierlich: Auf einer Art Stein-Altar ruht inmitten eines metallenen Gestells der Wunderstein, der nicht größer ist als eine Avocado. Auf einem Schild ist eine Art Betriebsanleitung vermerkt.

ZIFFER EINTSCHEIDUNGSSTEIN
Fordern auch Sie das Schicksal heraus!

Der Ziffer Stein wurde laut einer Legende 1599 vom Franziskanerabt Benedikt auf dem Boden seiner Klause gefunden. Der Abt hatte sich innerlich von Gott abgewandt, nachdem er vergeblich nach einem Zeugnis von dessen Existenz gesucht hatte. Bis zu jenem Tag, an dem ein Blitz den Stein direkt vom Himmel auf die Erde und in seine Kemenate schleuderte. Der Stein war für den Abt der Beweis göttlicher Existenz. Er ließ die Kapelle zum Göttlichen Stein in Groß Ziff bauen, die noch heute von Tausenden Pilgern jährlich besucht wird.

Anleitung:
Berühren Sie den Stein mit beiden Händen,
bevor Sie Ihre Frage stellen. Stein nicht ablecken,
anzünden oder mit Wasser übergießen!

Die Gemeinden Klein Ziff und Groß Ziff
schließen jede Haftung aus.

Na klar, nachher ist keiner schuld. Ich schaue mich aufmerksam um. Keine Zuschauer. Die gestrenge Walking-Chefin ist mir zum Glück nicht gefolgt.

Also noch einmal von vorn.

Soll ... ich ... meine ... Energie ...

Wie war die Frage noch mal? Mist, jetzt hab ich die Formulierung vergessen.

Bzzzzt. Bzzzzt.

Mein Telefon.

Wieso ist mir nicht eine einzige ruhige Minute vergönnt? Ich beschließe, nicht ranzugehen. Das Summen verstummt. Endlich.

Ein letzter Versuch.

Soll ich ...

Bzzzzt. Bzzzzt.

Himmelherrgott! Ich greife in die Tasche. Weg mit dem Höllending. Ich schleudere es so weit wie möglich von mir fort. Raus aus meinem Leben, rein ins Dickicht. Soll doch der Kuckuck abheben, ich lass mich nicht versklaven!

Es knackt noch einmal, dann ist es still. Ein befreiender Moment. Ein Augenblick der Klarheit. Ein Vogel stimmt ein fröhliches Lied an. Na bitte, sogar die Natur ist auf meiner Seite. Ein Gefühl der Erleichterung.

»Na, du?«, sage ich zum Stein. »Und jetzt?«

Und die Antwort ist sofort da. Im Bruchteil eines Augenblicks, ich kann sie mit aller Klarheit wahrnehmen:

Keinen Elektronikmüll im Wald hinterlassen!

17

Die junge Bürgermeisterin hängt ihre Jacke neben meine an den Haken. Ich muss mich entschuldigen für meine Ignoranz im Gemeindeamt, jetzt ist dafür ein guter Moment.

»Es tut mir so leid, dass ich Sie … und ich Depp … « Ich schlage mir mit der flachen Hand auf die Stirn.

»Ach, komm. Deppen gibt's hier keine. Und wir duzen uns bei den Kammerjägerinnen. Sind ja alle vom selben Schlag, nicht wahr? Schön, dass du mitmachst. Wir brauchen dringend Verstärkung. Wie war noch mal gleich dein Name?«

»Uschi. Also eigentlich Ursula. Wie geht's der kleinen Louise?«

Ich bin wahnsinnig stolz darauf, den Namen ihrer Tochter behalten zu haben.

»Uschi«, sagt Franziska Koch. »Uschi gefällt mir besser. Und Louise schläft schon. Also, das hoffe ich zumindest. Servus, Linde!« Sie winkt Linde zu. »Na, Auto läuft wieder?«

»Unsere liebe Franziska!« Linde verteilt Küsschen. »Jan hat daran herumgeschraubt. Dieses Jahr sollte es noch überleben.«

»Wie wunderbar!«

Großes Hallo. Alle kennen einander, logisch. Linde erklärt mir, wer wer ist. Bald schwirrt mir der Kopf vor lauter Namen.

»Und die da drüben …«

»Die mit den Zöpfen?«

»Nein, die mit dem karierten Schal. Die mit den Zöpfen ist Wilma, die Fleischhauerin. Die mit dem Schal heißt Irene. Sie hat drei Kinder, klassische Powerfrau. Buchhalterin. Ist politisch sehr aktiv. Oh, komm, gleich geht's los.«

Wir betreten den großen Raum. Ein Mehrzwecksaal im Kulturzentrum hinter dem Gemeindeamt. Das Kulturzentrum ist ein modernes schachtelförmig-minimalistisches Gebäude mit viel Holz und Glas, das beinahe nur aus diesem einen rechteckigen Saal besteht. Licht, Luft und Blick auf alte Bäume. Hier findet laut Linde alles statt, was sich unter dem Label Kultur subsumieren lässt: von den Vorstellungen der Klein Ziffer Laientheatergruppe über die Ausstellungen von Hobbykünstlerinnen jeglicher Sparte bis hin zu Flohmarkt, Seniorinnentreff und Kindergeburtstag.

Stühle in Kreisformation. Linde zieht mich mit zu ihrem Stuhl, dem einzigen mit Tisch. Sie ist Schriftführerin, wie sie mir erklärt. Ich setze mich neben sie. Hole mein Handy raus, um es stumm zu schalten.

»Was ist denn damit passiert?«, fragt Linde.

»Womit?«

»Na, mit deinem Telefon! Da klebt doch der halbe Wald dran.«

Ich ziehe mit spitzen Fingern eine Fichtennadel heraus, die sich in einem Spalt zwischen Display und Rückwand verhängt hat. »Ach, ist mir runtergefallen.«

»Im Wald, nehme ich an«, sagt Linde.

»Genau. Beim Entscheidungsstein.« Den Teil mit dem Werfen lasse ich weg.

Sie sieht mich an und grinst. »Und? Bist du jetzt gescheiter?«

»Mach noch ein T ans letzte Wort dran, dann kommen wir der Sache näher.«

»Weißt du, wie der Stein im Volksmund heißt? Entkleidungsstein. Weil es mal einen Gemeinderat gab, der sich dort angeblich mit seiner außerehelichen – na, du weißt schon – getroffen hat.«

»Im Wald.«

»Sicher. Glaubst du, man ist in Klein Ziff irgendwo unbeobachtet?«

Bald sitzen alle, und ich blicke in zehn neugierige Gesichter. Freundlich, offen, fragend. Frauen jeden Alters. Die Kammerjägerinnen. Wirken nicht, als würden sie Gift versprühen.

Du meine Güte, Frau Pokorny, die gestrenge Nordic Walkerin, ist auch da. Diesmal ohne Stöcke, dafür in ein fesches dirndlartiges Kleid gepresst. Ich hoffe, sie plaudert meine peinliche Steinverwechslung nicht aus. Dafür erwähne ich auch die Bankbesetzung nicht. Eine Hand wäscht die andere. Sie starrt mich an. Ich versuche es mit einem Lächeln. Keine Reaktion.

Eine gewisse Ruth läutet ein Glöcklein. Alle verstummen.

»Wir haben heute einen Gast«, beginnt sie. »Lasst uns …« Sie beugt sich hinunter zu Linde, die ihr was ins Ohr flüstert. »Lasst uns Ursula herzlich in unserer Runde begrüßen.«

Klatschen. Nicken. Einzelne »Willkommen!«-Rufe. Wie freundlich. Ich glaube, dass ich ein wenig erröte.

»Ich bin Ursula und freue mich, hier zu sein«, sage ich in die Runde. Und winke. Wie eine Dreijährige.

Bei Vorstellungsrunden fühle ich mich immer ein wenig unbehaglich. In diesen Situationen schlägt die Gruppendynamik gnadenlos zu. Mit dem ersten Eindruck wirst du zugeordnet, und in dieser Schublade bleibst du kleben – deshalb pass gut auf, was du von dir zeigst.

Ich erwarte, dass ich gleich mit einer Vorstellung starten soll, aber Linde winkt ab. Hier geht alles nach Protokoll. Und da gilt es, zunächst andere Tagesordnungspunkte abzuarbeiten.

Nina, eine blonde Bäckerin aus Groß Ziff mit einer Haut so blass wie Weißmehl, ist die Erste. Sie ist Mutter eines Vierjährigen, Adrian, und beklagt, dass die Volksschule in Groß Ziff aus Kindermangel schließen musste. »Ich werde ihn nach Sankt Filippen bringen müssen, fünfundzwanzig Kilometer entfernt.«

Franziska Koch, die junge Bürgermeisterin, meldet sich zu Wort. »Alles, was wir von der Gemeinde organisieren können, ist ein Bus, so leid es mir tut. Es gibt einfach zu wenige Kinder hier im Ort.«

»Könnte man nicht Grundstücke günstiger an Familien verkaufen, die sich hier ansiedeln wollen?« Das schlägt Renate vor. Sie trägt eine extravagante Brille und einen Burberry-Schal.

»*Werbeagentur Böblinger*«, flüstert mir Linde ins Ohr. »Ist erst vor einem Jahr zugezogen, hatte genug von der Stadt.«

Und so erfahre ich, was die Klein Zifferinnen beschäftigt und wie sie die Zukunft im Ort gestalten wollen. Ich erfahre, was sie alles schon auf die Beine gestellt haben: ein Car-Sharing-System mit zwei Elektroautos, die die Gemeinde zur Verfügung stellt. Einen Einkaufsdienst für ältere oder kranke Klein Ziffer, kostenlose Computer- und Fremdsprachenkurse. Linde sitzt da, über ihren Tisch gebeugt, und ich gehe davon aus, dass sie alles mitschreibt, was besprochen wird, doch als ich einen Blick auf das Papier werfe, traue ich meinen Augen kaum: Sie malt eine Blumenlandschaft mit Käfern, Bäumen, Vögeln und einer Sonne. Mit einer lachenden Sonne, die eine Sonnenbrille trägt. Linde bemerkt meinen Blick und grinst entschuldigend.

»Ach was, ich bin genauso!«, flüstere ich. Wir kichern.

Im Raum breitet sich eine merkwürdige Stille aus. Oh. Das erste Mal dabei, und schon danebenbenommen. Ich spüre erwartungsvolle Blicke auf mir ruhen und werde ganz verlegen. Habe ich was verpasst? Bekomme ich jetzt eine Rüge, weil ich getratscht habe? Ich sehe zu Ruth, die das Treffen leitet.

»Bitte, Ursula, du bist an der Reihe«, sagt sie, offenbar bereits zum zweiten Mal. »Wir sind ganz Ohr.«

Bitte was? Ich lächle schief. »Entschuldigung, ich fürchte, ich habe nicht mitbekommen … «

»Wir möchten gerne erfahren, was dich nach Klein Ziff geführt hat.«

Ach, natürlich, klar.

Ich entscheide mich für die humorvolle Version und beginne mit der Beschreibung von Notar Koppenrat. Pan Tau ist allen ein Begriff. Großes Gelächter. Und natürlich kannten alle meine Großtante und Karl, das süßeste Liebespaar seit Romeo und Julia, wie Ruth bemerkt.

Ein Augenblick der Stille und des Gedenkens.

»Du siehst aus wie eine Schauspielerin«, platzt Irene, die Buchhalterin, plötzlich heraus.

»Annette Humpe!«

»Aber nein, Maren Kroymann.«

»Kroymann? Hast du Tomaten auf den Augen?«

»Jedenfalls«, sage ich, um die Diskussion abzukürzen, »bin ich keine Schauspielerin. Und wenn, dann eine schlechte. Allerdings gehören mir seit Kurzem ein Kiosk und eine Villa, und ich weiß nicht im Entferntesten, wie ich das stemmen soll. Habt ihr vielleicht eine Idee?«

Viele Ideen sogar, wie sich herausstellt. Ruth notiert Stichworte auf einem Flipchart.

Spenden sammeln.

Kiosk verpachten.

Renovieren lassen.

Nicht, dass ich nicht auch schon daran gedacht hätte – doch wer soll das bezahlen?

Die Villa könnte Treffpunkt der Kammerjägerinnen werden!

Der Kiosk auch!

Finanzielle Unterstützung bei der Gemeinde beantragen.

Sofortiges Veto von der Bürgermeisterin: »Ich fürchte, das wird nichts. Klein Ziff ist pleite.«

»So schlimm ist es?«

Ich dachte, dass ich die Frage nur denken würde, aber in Wirklichkeit spreche ich sie laut aus.

Betroffenes Schweigen.

»Leider«, sagt Franziska Koch. »Wir müssen alle Investitionen verschieben. Der Kanalbau für die Siedlung am Hubertusdamm hat die letzten Reserven aufgefressen.«

»Nobelappartements und Zweitwohnsitze!«, ruft Frau Pokorny wütend. »Dafür ist Geld da! Für die werden pausenlos Kabel und Rohre verlegt! Warum tut ihr nichts dagegen?«

Ihr Zorn richtet sich eindeutig gegen die Bürgermeisterin.

»Ihr wisst, dass der Bauunternehmer im Gemeinderat sitzt, und seine Freunde ebenfalls«, sagt Franziska. »Da kollidieren unterschiedliche Interessen.«

»Das ist noch nobel ausgedrückt«, sagt eine ältere Dame mit weißer Hochsteckfrisur und alpenländischem Ensemble in Jägergrün. Die Einzige, die das mit den Kammerjägerinnen zumindest farbtechnisch ernst nimmt. »Ich sage dazu: Korruption und Freunderlwirtschaft.«

Ruth versucht, die aufgeheizte Stimmung zu beruhigen. »Bitte bleiben wir beim Thema«, sagt sie. »Wir sammeln immer noch Ideen für Ursulas Kiosk.«

Ich schenke ihr einen dankbaren Blick – aber das Unbehagen bleibt. Wo bin ich da nur hineingeraten? Pleite, Abwanderung, Trostlosigkeit – aber wenigstens ein paar widerständige Frauen, die sich gegen das scheinbar unvermeidliche Schicksal stemmen.

Den Vogel schießt Pauline Murr ab, die, wie sie mir später anvertraut, früher in der *Villa Orchidee* geputzt hat. »Warum unterstützen wir Uschi nicht dabei, den Kiosk herzurichten? Ich für meinen Teil hätte Zeit mitzuhelfen. In unseren Statuten heißt es: Wir quatschen nicht, wir handeln. Und das wäre mal eine gute Initiative für Klein Ziff, findet ihr nicht?«

Zustimmendes Gemurmel. Ich senke den Blick. Das ist mir jetzt unangenehm. Das wollte ich doch gar nicht. Jetzt fühlen sich alle genötigt mitzuhelfen. Ich werfe einen gequälten Blick zu Linde, die aber lächelt und zeigt mir ein »Ausgezeichnet« mit Daumen und Zeigefinger.

»Das braucht dir nicht peinlich sein«, sagt sie, bevor sie selbst aufzeigt.

Jede, die möchte, kann aufstehen und ihren möglichen Beitrag auf das Flipchart schreiben. Vorerst geht es darum, Ideen zu sammeln.

Bald steht »Eröffnungsfest« und »wechselnder Thekendienst« auf dem Papier. Frau Pokorny hat sich ebenfalls eingetragen, allerdings kann ich ihre Schrift kaum entziffern.

»Knst«, buchstabiere ich. »Knast? Ich wusste es: Sie will mich ins Gefängnis werfen lassen«, zische ich Linde zu. »Weil sie Angst hat, dass ich mir Klein Ziff unter den Nagel reiße.«

Linde lacht. »Kunst«, sagt sie. »Da steht Kunst.«

»Das ist aber ein schüchternes U.«

»So wie Frau Pokorny.« Linde grinst.

»Und Kunst heißt was genau in diesem Zusammenhang?«, frage ich, als alle bereits zusammenpacken.

»Sie malt. Wahrscheinlich wird sie ein paar Bilder beisteuern. Fragen wir sie doch selbst«, sagt Linde. »Hannelore?«

»Oh, das muss wirklich nicht sein.« Ich versuche, Linde zurückzuhalten, aber Frau Pokorny ist bereits auf dem Weg zu uns. »Ich … ich hatte bloß Probleme … zu lesen, was Sie … äh, was du auf dem Flipchart notiert hast«, stottere ich.

»Ich bin Künstlerin«, sagt sie pikiert. »Mitglied des Kunstvereins Sankt Filippen.«

»Na so was. Toll.«

Linde hält sich nobel zurück. Ich darf alles allein ausbaden.

»Und Sie … äh … du möchtest den Kiosk verschönern? Mit einigen Bildern?«

»Leihgaben«, sagt sie. »Herschenken kann ich meine Bilder nicht. Die sind zu wertvoll.«

»Natürlich nicht«, beeile ich mich zu sagen. »Und was malst du so?«

»Akte. Ich male Männerakte.«

»Toll«, wiederhole ich, als seien mir alle anderen Eigenschaftswörter verloren gegangen. »Passt sicher perfekt in den Kiosk.«

»Das will ich wohl meinen«, erwidert Frau Pokorny. Ein beneidenswertes Selbstbewusstsein.

Ich sehe bereits einen neuen Skandal am Horizont dräuen. Frau Grundlinger, die sich echauffiert, weil nackte Männer an den Wänden des Kiosks hängen, weshalb ihr künftiger Mops, noch fern der Regenbogenbrücke, den Kiosk verbellt, sobald er ihn nur von Weitem erblickt.

Später lachen wir drüber. Linde und ich. Als wir den Weg zur *Villa Orchidee* hinaufschlendern. Ein paar Gläser Prosecco haben wir bereits intus. Es ist ein lauer Abend. Nach der Sitzung standen wir auf dem Parkplatz des Kulturzentrums zusammen und stießen auf die Zukunft an. Mein Herz war voll ob der vielen warmen Begegnungen.

Sogar Frau Pokorny erlaubte sich ein Lächeln und sagte: »Wir schaffen das, alle zusammen. Wirst schon sehen.«

»Die Kammerjägerinnen sind großartig.«

»Hab dir nicht zu viel versprochen, was?« Linde grinst.

Ein wenig verstehe ich jetzt, weshalb sie lieber hier lebt als in Amerika. Unbegrenzte Möglichkeiten gibt es schließlich auch hier.

18

Die Woche verläuft friedlich, und dann geht die nächste ins Land, und ich gewöhne mich daran, in Gästezimmer Nr. 1 in der *Villa Orchidee* aufzuwachen. Es fühlt sich an wie ein überlanger Urlaub. Ich hatte keine Lust, nach Hause zu fahren. Titus hat sich damit abgefunden, dass ich was zu erledigen habe – und zwar alleine. Er hat mir mehrmals seine Unterstützung angeboten, die ich mehrmals abgelehnt habe. Freundlich, aber bestimmt. Erstaunlicherweise verlaufen unsere Telefonate zum Großteil friedlich, keiner hat Lust zu streiten. Ich solle ruhig noch bleiben und mir über meine Zukunft Gedanken machen, meint er.

»Das sind ja ganz neue Töne«, sage ich.

»Ohne neue Töne kein neues Lied.«

»Okay. Und wie klingt es, das neue Lied?«

»Sag du's mir«, antwortet er. »Vielleicht wird's ja ein Hit.«

»Ihr kommt zurecht in der Kanzlei?«

»Frau Elsbeth hat wieder Tonnen von Tee gekauft, keine Ahnung, wofür.«

Ich muss grinsen.

Jedenfalls beenden wir das Gespräch ohne Auseinandersetzung. Ich frage auch nicht nach, was die Umstrukturierung betrifft, oder seinen neuen Kumpel Klaus.

Irgendwie fühlt sich alles seltsam unbeschwert an.

Am Sonntag bin ich schon um halb sieben auf den Beinen und hellwach. Heute ist der Tag der Kiosk-Renovierung. Die Kammerjägerinnen haben darauf bestanden, ihren Worten Taten folgen zu lassen. Zumindest soll einmal alles erledigt werden, was ohne Professionisten möglich ist. Für den Rest würde ich mir ohnehin noch was überlegen müssen.

Ich schlüpfe in den Trainingsanzug, den Karl mir vermacht hat. Schwarz und viel zu lang an Armen und Beinen, aber er wird seinen Zweck erfüllen. Meret hat mir einen Koffer mit Zeug vorbeigebracht, meinen Laptop und was zum Anziehen, aber Arbeitskleidung war keine dabei.

»Darf der schmutzig werden?«, habe ich Karl gefragt.

»Der muss schmutzig werden.«

Linde steht um Punkt halb acht vor dem Tor. Ihre giftgrüne Klapperkiste mit original Plastikbezügen ist reif fürs Museum. Ich schlage die Tür zu. Etwas zu fest – es scheppert an fünf weiteren Stellen, und Linde verzerrt schmerzhaft ihr Gesicht.

»Sanft, bitte«, flüstert sie. »Frodo verweigert mir sonst die Gefolgschaft.«

»Frodo?«

»Der alte Herr hier.« Sie tätschelt das Lenkrad.

Ich versuche, ganz sanft zu sitzen, wenn ich auch nicht weiß, wie das gehen soll. Die Sicherheits-Features in diesem Auto sind jedenfalls überprüfenswert: Der Gurt lässt sich zwar aus seinem Häuschen herausziehen, aber er wird bloß länger und bleibt dabei vollkommen apathisch hängen, anstatt zurückzuschnalzen, wie es Gurte üblicherweise tun. Ich frage mich, was der im Falle eines Unfalls wohl tun würde. Allerdings dürften sich die Chancen auf einen solchen in Grenzen halten, denn Linde fährt nicht schneller als fünfundzwanzig Stundenkilometer. Ich schiele auf die Handbremse. Ist die etwa noch angezogen?

»Hat der Wagen auch einen dritten Gang?«, erlaube ich mir zu fragen.

Wenn Blicke töten könnten. »Du wirst es nicht glauben: sogar einen vierten«, sagt sie. »Aber es ist wie bei Menschen: nur nicht überfordern, sonst brechen sie zusammen.«

Die gemächliche Fahrweise lädt zu einem Pläuschchen ein. »Was machst du eigentlich beruflich?«, frage ich Linde. »Bist du Köchin? Ich meine, ist das dein Job?«

»Sweetheart, ich hatte neunundzwanzig Jobs bis zum heutigen Tag«, sagt sie und wirft mir einen Du-hast-ja-keine-Ahnung-Blick zu.

»Neunundzwanzig?«

»Vielleicht waren's auch fünfundzwanzig oder zweiunddreißig, was weiß ich. Ich lebe nämlich nicht, um zu arbeiten. Ich arbeite, um zu leben. Mein Papa hat immer gesagt: *Let go of whatever makes you unhappy*.«

»Hast du dich nie zu etwas berufen gefühlt?«, frage ich und komme mir dabei idiotisch vor. Gerade so, als sei ich darin Expertin. Dabei habe ich die letzten Jahre doch genau das gemacht: gelebt, um zu arbeiten. Und nicht umgekehrt.

»Nö«, sagt sie. »Ich koche gern, ja. Aber ich will doch nicht tagaus, tagein in einer Küche schwitzen, womöglich noch mit so einer idiotischen Mütze auf dem Kopf.

Ich koche für meine alten Leutchen, solange es mir Spaß macht, und wenn es das irgendwann einmal nicht mehr tut: Adieu!« Sie lässt ihre Hand durch die Luft fliegen und schaltet dann runter in den ersten Gang. »Achtung, Kuuurve!«

Wir fahren so langsam durch die Kurve, dass ich schon befürchte, wir kommen da nie wieder raus.

»Soll ich schieben?«

»In den Kurven wird Frodo zickig.«

»Einer deiner Jobs war aber nicht zufällig Automechanikerin?«

Sie lacht. Ein Lachen, das eher nach Husten klingt.

»Den kürzesten Job hatte ich im Drive-in eines Fast-Food-Ladens. Ich musste die Bestellungen entgegennehmen. Die Leute haben aber nicht gewusst, was sie wollten, das war der blanke Irrsinn. Einmal Triple-Cheeseburger! – Wir haben keinen Triple-Cheeseburger, Sie können einen Mega-Hulk mit extra Käse haben, der ist doppelt. Triple ist der Big-Time-Burger, der ist aber ohne Käse. – Okay, dann einen Hulk mit extra Speck. – Extra Speck hat der Windsor-Burger, möchten Sie den? – Ist der Triple? – Nein. – Okay, dann geben Sie mir einen Big Time und einen Double-Cheeseburger, aber ohne Gürkchen. – Das kostet fünfzig Cent extra. – Was? Weniger kostet mehr? – Wegen dem Aufwand, muss ja wer raustun. – Okay, dann ciao.« Sie verzieht das Gesicht. »So ging das pausenlos. Du lachst, aber hey, da lernst du Gleichmut, das kann ich dir flüstern.«

Das Bahnhofsgebäude ist schon zu sehen. Uff, wir sind ohne gröberen Zwischenfall den Hügel runtergekommen. Auch ein Grund zu feiern.

»Brav, Frodo«, sage ich und klopfe aufs Handschuhfach. »Toll hast du das gemacht.«

Linde schenkt mir einen anerkennenden Blick.

Na bitte. Geht doch.

Als wir am Kiosk ankommen, erwarten uns Ruth und Franziska. Wie ein Begrüßungskomitee stehen sie stramm vor dem Eingang des Kiosks und winken synchron. Ein Teil der Inneneinrichtung steht gemeinsam mit ihnen vor der Tür: Barhocker, Anrichte, Theke und Kühlvitrine. Die Vitrine ist innen und außen mit einer dicken Staubschicht bedeckt.

»Pauline ist drin«, erklären sie. »Mit dem Besen. Ich würde da jetzt nicht reingehen an eurer Stelle.«

Ich sehe durchs Fensterchen. Ein Wesen bewegt sich durch eine gigantische Staubwolke. Ojemine. Wie kann ich mich bloß erkenntlich zeigen?

»Kaffee?«, fragt Ruth.

»Gern. Aber wo?« Ich sehe mich um.

Franziska zeigt auf eine Kapselmaschine am Boden. Das Kabel verschwindet im Dunkel der Hütte.

»Ruth war so geistesgegenwärtig, ein Verlängerungskabel mitzubringen.«

»Sehr intelligent«, lobe ich sie. »Weil es nämlich immer an der Länge des Kabels scheitert. Wenn man mich fragt, was ich auf eine einsame Insel mitnehmen würde, sage ich deshalb stets: Verlängerungskabel.«

Wir lachen.

»Schick«, sagt Ruth und zeigt auf meinen Trainingsanzug. »Aus der Altkleidertonne?«

»Von Karl. Der muss schmutzig werden, hat er gesagt.«

»Diesen Gefallen werden wir ihm tun.«

»Wie soll der Kiosk denn heißen? Irgendwas mit Uschi?«

Nicht schon wieder die Namensdiskussion, bitte. Ich habe doch keine Ahnung.

»Ich glaube, diese Entscheidung sollten wir erst am Schluss fällen, aber die Uschi lassen wir am besten raus.«

Nach und nach trudeln auch die restlichen Kammerjägerinnen ein. Jede bringt was mit, keine kommt mit leeren Händen. Irene hält eine Schleifmaschine im Anschlag wie eine Pistole. Nina, die Bäckerin, legt eine Riesentüte voller Puddingbrezen, Mohnkronen und Vanillecroissants auf die Theke. Mit einem »Puh« stellt sie einen Eimer mit weißer Farbe daneben. »Im Keller gefunden«, sagt sie. »Also nicht die Puddingbrezen. Den Eimer.«

Fleischhauerin Wilma hat Pinsel dabei, Werbefachfrau Renate ein Schild, das sie zu bemalen plant.

Ein paar Leute, die den Bahnhof verlassen, schauen neugierig zu uns rüber. Einer überquert die Straße. Student oder so. Jeans, Sneakers, Poloshirt, Hipsterbärtchen.

»Schnuckelig«, flüstert Linde.

»Habt ihr geöffnet?«, ruft er uns entgegen. »Ich muss gleich weiter zum Zug, bitte einen Cappuccino und ein Croissant.«

Ein erster Kunde. Was jetzt? Wir sehen uns an.

»Noch nicht«, sage ich. »Wir müssen die Bude zuerst auf Vordermann bringen.«

»Alles klar.« Er will schon wieder umdrehen.

»Nein, warte!«, rufe ich ihm hinterher. »Komm zurück!«

Wir lassen doch unseren ersten Kunden nicht wieder laufen. So baut man keine Stammkundschaft auf.

»Da«, sage ich und stelle ihm einen frisch gebrühten Kaffee auf die Theke. »Und hier das Croissant. Schokofüllung ist okay?«

»Wow«, sagt er, sichtlich überrascht. »Ihr seid auf Zack.« Genüsslich beißt er in sein Croissant.

»Was schulde ich?«, fragt er, als er ausgetrunken hat.

»Nichts«, sage ich. »Oder doch: eine gute Nachrede. Mach ein bisschen Werbung für uns im Zug. Wir eröffnen in zehn Tagen.«

Du lieber Himmel. Was habe ich da gerade gesagt? Wir eröffnen? Wer eröffnet? Und schon in zehn Tagen?

Als er weg ist, sagt Linde: »Das war Heiko Grundlinger.«

»Verwandt mit der Mops-Dame?«

»Enkel.«

»Student?«

»Aber nein. Elektriker. Goldstück.«

»Na so was.«

»Den rufst du an, wenn was mit dem Strom nicht funktioniert, okay? Jetzt hast du bei dem nämlich einen Stein im Brett. Aber nun an die Arbeit!«

Ich krieg ein Schleifpapier in die Hand gedrückt.

»Auf geht's. Wir fangen mit den Barhockern an. Du kannst gleich deinen abschleifen. Danach kommt die Theke dran.«

Schleifen ist eine recht eintönige Tätigkeit. Nicht jedoch, wenn man sich mit den Kammerjägerinnen auf einer Baustelle befindet.

»Das geht alles so rasant«, sage ich zu Linde, die sich den anderen Barhocker vornimmt. »Ich weiß nicht, wie mir geschieht.«

»Wir haben doch noch gar nicht richtig begonnen!«

»Nicht das hier. Sondern das, was danach kommt. Ganz ehrlich: Ich habe noch keinen Plan, kann aber maximal bis nach der Eröffnung bleiben.«

»Du hast sie ja bereits großspurig angekündigt. Also hör mal zu.« Linde hält inne und sieht mich an. »Wenn du willst, dann helfe ich dir am Anfang. Ich koche für dich. Also Kleinigkeiten. Gulaschsuppe, Toast, Quiche Lorraine.«

»Das würdest du tun?«

»Von mir aus stehe ich auch hinter der Theke, aber ...«

Wilma unterbricht uns. Sie hält das Schild mit der Preisliste hoch. »Was sollen wir damit machen? Sperrmüll?«

»Auf gar keinen Fall!«

Ich nehme es entgegen. »Das ist ein historisches Zeugnis, das behalten wir. Nur ein bisschen abstauben. Dann kommt es wieder an die Wand.«

»Und wenn du einen Pächter suchst?«, fragt Franziska. Sie hat unser Gespräch mitbekommen.

»Darauf wird's wohl hinauslaufen«, sage ich. »Aber wie stell ich das am besten an?«

»Im *Ziffer Boten* inserieren, der wird bis Sankt Filippen gelesen.«

Jetzt steht Renate vor uns. »Was meinst du?« Sie zeigt mir zwei verschiedene Grüntöne auf einem Stück Holz. Mehr in Richtung Frosch und mehr in Richtung Moos. »Wir sollten ein wenig Farbe reinbringen, ist ein bisschen düster da drin.«

Ich bitte alle nach draußen. Besprechung. Sie helfen so fleißig mit, also sollen sie auch bei der Farbwahl mitentscheiden. Die Diskussion ist kurz. Das erdige Grün gefällt gut, dazu weitere erdige Farben, eine Wand gegenüber vom Fenster soll orange werden, damit sie das Licht reflektiert.

Franziska ist begeistert. »Weißt du, was?«, sagt sie. »Dieser Kiosk repräsentiert für mich die Zukunft von Klein Ziff. Zwar klein, aber farbenfroh. So gestaltet, dass man ihn gern besucht.«

Renate fährt mit dem Auto los und kehrt mit zwei Vintage-Lampen aus den Fünfzigern zurück. Stoff-Lampenschirme in Grün-Orange. Herrlich.

»Für die Bar«, sagt sie. »Die passen doch perfekt, oder?«

Langsam nimmt das Ganze Gestalt an. Von drinnen ertönt das Singen der Schleifmaschine. Irene ist nach eigenen Angaben Schleifmeisterin, was auch immer das ist; jedenfalls besteht sie darauf, die Maschine zu bedienen.

»Komisch«, sage ich.

»Was?« Linde hält inne.

»Diese Theke und die beiden Stühle hier. Das ist doch kein Café. Das ist ein Kiosk. Take-away. Oder habe ich da was falsch verstanden?«

»Nein, stimmt schon. Da sind immer nur Hetti und Karl draufgesessen. Kein anderer durfte das.«

»Schön«, sage ich. Ich werde sie in Ehren halten.

»Kommt rein, das müsst ihr euch ansehen!«, ruft Franziska. Sie steht in der Tür, einen breiten Pinsel in der Hand. Orangene Farbe tropft auf den Boden.

Wir springen auf. Und tatsächlich: Unfassbar, wie hell und freundlich der Raum jetzt wirkt. Als ob eine zweite Sonne darin wohnte. Und groß. Richtig weitläufig. Also zumindest für eine Hütte.

»Ein Ballsaal!«, ruft Linde und packt mich am Handgelenk. »Ein Walzer, Darling!«, ruft sie. »Schenk mir diesen Tanz!«

Die anderen klatschen und johlen, während wir einige unbeholfene Drehungen machen. Eins-zwei-drei, eins-zwei-drei, ich steige Linde auf den Fuß, sie jault auf, aber wir tanzen weiter, bis mir schwindelig ist – und die Preisliste mit einem entsetzlichen Doiiiinggg auf den Boden knallt.

19

Wilma hat drei Flaschen Prosecco mitgebracht. Und eine ganz lange Salami, die sie hauchdünn aufschneidet. Es ist sechs Uhr abends. Renate verbindet Lindes Handy mit einem Verstärker, der nicht größer ist als ein Apfel, aber über jede Menge Power verfügt.

»Was wollt ihr hören?«

Alle wie aus einem Mund: »Woodstock!«

Und während Klein Ziff von den letzten Sonnenstrahlen des Tages erleuchtet wird, tanzen die verrückten Kammerjägerinnen zu Jimi Hendrix rund um den Kiosk wie Rumpelstilzchen ums Feuer. Hin und wieder bleibt ein Passant stehen, um das Treiben mit offenem Mund zu verfolgen und dann kopfschüttelnd weiterzugehen.

Ich schäme mich ein wenig, weil ich außer Hocker-Abschleifen nicht wirklich was zusammengebracht habe. Dazu hätte es des Trainingsanzugs nicht bedurft, das hätte ich genauso gut im Kleidchen machen können.

»Linde, ich habe ein schlechtes Gewissen. Alle haben so hart gearbeitet!«

»Mach dir nichts draus, du bist eben unsere Bienenkönigin!«

Wir sitzen auf Kissen und Campingstühlen, die Franziska in einer alten Truhe hinter dem Kiosk entdeckt hat.

Die Kammerjägerinnen wollen alles über Hetti und

mich wissen. Über mein Leben in der Stadt. Den Namen Ehrenfried haben einige schon mal gehört. Meistens aus den Medien.

»Das ist doch der, der Caroline Sigmund aus der Patsche geholfen hat!«

»Caroline wer?«

»Die Tochter von Sigi Sigmund, dem Schlagersänger! Als er starb, sollte sie doch nichts bekommen, weil sie aus der ersten Ehe stammte. Die dritte Ehefrau hat die erste nicht leiden können und Druck auf ihren Mann gemacht, damit er das Testament umschreibt.«

Renate sitzt offenbar oft beim Friseur und liest einschlägige Klatschmagazine.

»Kommt das oft vor?«, fragt Wilma. »Dass schlimm gestritten wird ums Erbe?«

»Bei dem, was ich miterlebe – leider immer. Titus ist spezialisiert auf die komplizierten Fälle. Könnt ihr verstehen, dass ich gezögert habe?«

Verständnisvolles Nicken.

»Manchmal reißen Erbschaften ganze Familien für immer auseinander.«

»Gibt es auch was Positives an deinem Job?«, fragt Irene.

»Oh, sehr viel. Es ist ja nicht so, dass man dem Schicksal völlig machtlos ausgeliefert ist. Meine Erfahrung ist, dass eine Einigung dann möglich ist, wenn die Wut und der Hass und die Enttäuschung fort sind oder zumindest abgemildert. Ich habe versucht, hier einzuhaken und die Klienten mental zu begleiten, wenn ihr so wollt.«

»Welcher Fall hat dich am meisten mitgenommen?«, fragt Ruth.

Da muss ich eine Weile nachdenken. Schwer beschäftigt hat mich der Fall einer Mutter, die um das Erbe ihres minderjährigen, unehelichen Kindes gekämpft hat. Der Vater war dreimal verheiratet und hatte per Testament alles seinen ehelichen Kindern vermacht, das uneheliche blieb außen vor. Das Schlimmste, sagte diese Mutter, war nicht das Geld oder das Haus, um das es ging. Das Schlimmste war, dass ihre Tochter glaubte, ihr Vater hätte sie vergessen und nie geliebt. Ich hätte mitheulen können.

»Letztlich«, sage ich, »geht es nie um das Erbe an sich. Es geht immer um Erwartungen und Enttäuschungen, um Liebe und Verrat, um große Gefühle. Wie in einer antiken Tragödie.«

»Und was ist mit dem Mädchen passiert?«, fragt Franziska.

»Wenn du einmal der Außenseiter in einer Familie bist, dann bleibst du es«, erwidere ich. »Auch deswegen war ich traurig.« Und dann senke ich die Stimme: »Weil es meine Geschichte hätte sein können.«

Mit einem Mal sind alle ganz still. Nur manchmal raschelt ein Vogel im Gebüsch, oder ein Motor heult in der Ferne, oder ein Hund bellt. Dabei wollte ich die Stimmung gar nicht zerstören, ganz und gar nicht. Ich wollte, dass alle feierten und lustig waren. Ich wollte nichts über mein Leben erzählen; meine eigene Trauer geht niemanden etwas an. Manchmal verstecke ich sie sogar vor mir selbst. Und ich selbst verstecke mich vor den Gefühlen, die dann auflodern. Vor den schwarzen Gedanken. Vor den Erinnerungen an meinen Vater, so spärlich sie auch sind. An einen Mann, der einfach verschwand und mich mit dem Gefühl zurückließ, dass er mich vergessen hatte. Und jetzt habe ich einen Ehemann, der fast so kühl ist wie der eigene Vater. Ist es unser Schicksal, unsere Muster immer und immer wieder zu wiederholen? Kommen wir denn gar nicht aus diesem Teufelskreis heraus?

Andererseits ist es auch eine Geschichte von Liebe. Von der Liebe einer Großtante zu ihrer Großnichte. Und Liebe kittet alles, was entzweigegangen ist. Klingt kitschig, aber nicht ohne Grund ist sie die mächtigste Kraft auf diesem Planeten. Das gibt mir Zuversicht. Und mit einem Mal kommt es mir so vor, als säße auch Tante Hetti in unserem Kreis. Als hörte sie mir zu, mitfühlend, verstehend. Als lächelte sie.

Es ist schon dunkel, als Karl auftaucht. Mit beiger Stoffhose und gestreiftem Hemd, leger und dennoch elegant. Die Schuhe so blank geputzt, dass man sich drin spiegeln kann. Frohen Mutes schreitet er auf den Kiosk zu.

»Seht mal, wer da kommt!« Franziska hat ihn als Erste entdeckt.

»Was hört man da?«, fragt er lächelnd. »Es gibt eine Party, und ich bin nicht eingeladen?«

Offenbar hat es sich wie ein Lauffeuer herumgesprochen, dass der Kiosk von einer Horde wilder Frauen belagert wird.

Wie es sich gehört, bekommt Karl zunächst eine Privatführung. Im Kiosk ist es schummrig, es riecht nach Holz und Farbe. Karl wird ganz sentimental, betrachtet gedankenverloren die orangefarbene Wand, die strahlend weiße Theke, die grünen Barhocker.

»Das«, sagt er leise, »das hätte ihr gefallen, weißt du.

Sie wollte es immer heimelig haben hier, aber dann waren andere Dinge wichtiger. Und irgendwann war es zu spät.«

»Da habt ihr immer gesessen, oder?« Ich zeige auf die Barhocker.

»Sie hatte den Feinkostladen in der Stadt so satt«, sagt Karl. »Sie wollte etwas Einfaches. Und bei den Menschen sein. Bei allen, nicht nur bei den wenigen, die sich teure Sachen leisten können.«

»War sie immer schon so?«

»Das ist ja das Interessante.« Karl sieht mir direkt in die Augen. »Sie hat sich verändert. Sie ist eine andere geworden. Viele werden verbittert oder eigensinnig, wenn sie alt werden. Nicht deine Großtante. Es soll jetzt nicht unbescheiden klingen, aber ...«

»Was? Wir sind neugierig, Charly«, drängt Linde.

»Ich glaube, dass ich ein bisschen dazu beigetragen habe. Oder unsere Beziehung. Dass wir uns gerngehabt haben. Das ist kein Vorrecht der Jugend.«

»Wie alt war sie, als ihr euch gefunden habt?«

Er schweigt einen Moment lang, und in seinem Blick sehe ich, dass er in die Vergangenheit reist. »Wir haben uns schon vorher gekannt«, sagt er. »Früher. Wir waren uns gleich sympathisch, wie das manchmal eben so ist. Aber es war einfach nicht die richtige Zeit, noch nicht. Wiedergetroffen haben wir uns erst nach dem Tod meiner Frau. Henriette hat davon erfahren und mich kontaktiert, um mir ihr Beileid auszudrücken. Von da an haben wir uns hin und wieder gesehen, nach ein paar Monaten dann regelmäßiger. Wenn man eines sicher weiß im Alter, dann dass man nicht ewig Zeit hat. Wir haben die Zeit genutzt.«

»Das ist wunderschön«, sage ich.

Ich schaue rüber zu Linde, die gerührt mit ihren Ketten spielt. Hat sie einen Mann? Einen Freund? Familie, auf die sie sich verlassen kann? Ich habe keine Ahnung.

»Charly!«, ruft Wilma von draußen. »Essen fassen!«

»Dein Typ ist gefragt«, sage ich lächelnd zu ihm.

Ich hake mich bei ihm ein, und wir gehen wieder nach draußen. Ganz dunkel ist es mittlerweile geworden. Renate hat Platz gemacht, Karl darf sich in einen der Campingstühle setzen. Die Luxusversion – sogar mit Kissen.

»Schön habt ihr's da«, sagt er und nimmt dankbar eine Flasche Bier von Franziska entgegen. »Prost, Frau Bürgermeisterin!«

Die Musik ist nun leiser. Und softer. Blues. Französische Chansons. Wilmas Fade-out-Playlist für gemütliche Abende.

Ich erzähle Karl sofort, was es Neues gibt. Nämlich dass Linde in der Eröffnungswoche kochen wird: ihren Spezial-Toast, Ciabatta mit Mozzarella, Würstchen und eine Lachs-Quiche.

»Kolossal!«, sagt Karl und stößt mit ihr an. »Ich werde euch jeden Tag besuchen.«

Plötzlich wird mir schmerzhaft bewusst, dass ich kaum etwas über ihn weiß. Wir haben bis jetzt fast nur über mich gesprochen.

Ich bringe ihm ein weiteres Bier und hocke mich neben seinen Campingstuhl.

»Karl, was hast du beruflich gemacht?«

»Pfeifen«, antwortet er. »Selbst geschnitzt. Ich bin der Pfeifenkönig. Entschuldige – ich *war* es. Das ist längst vorbei.«

»Du warst König?«

Er lacht.

»Mein Laden hieß so. In Groß Ziff. Am Hauptplatz. Die Leute kamen von überallher, um bei mir eine Pfeife zu kaufen. Die meisten haben wir aber ins Ausland verschickt. Gibt viele Pfeifenliebhaber da draußen, und längst nicht alle rauchen sie auch. Nicht wenige sind nur Sammler.«

Ich erinnere mich, in der Vitrine im Wohnzimmer eine Reihe von Pfeifen gesehen zu haben, vermutete aber lediglich, dass Karl jahrelang aktiver Pfeifenraucher war.

»Und das ist ein Beruf? Also, davon kann man leben?«

»Schau mich an«, sagt er und zeigt mit beiden Händen auf seine Brust. »Ich lebe noch, oder? Aber im Ernst: Wenn man bereit ist, ordentliche Arbeit abzuliefern, dann kann man mit ehrlichem Handwerk immer überleben. Du musst halt gut sein. Richtig gut. Das war auch mein Lebensmotto: Wenn du etwas machst, dann mach es mit Herz. Und gib dein Bestes. In meine Pfeifen habe ich meine Liebe gesteckt. Die waren alle Handarbeit. Jede einzelne.« Er betrachtet seine Hände. »Sie haben mir gut gedient.«

»Du hast also Holzpfeifen geschnitzt, Karl?« Ich kenne mich absolut nicht aus mit Pfeifen.

Er nickt bedächtig. »Meine Spezialität waren die Siegfried-Pfeifen. Mittelalter-Pfeifen. Lang, mit großem Kopf und Mundstück aus Bambus. Und mit dem passenden Pfeifenständer aus Pflaumenholz. Alles Einzelstücke. Bis zu sechzehn Stunden habe ich an einer einzigen Pfeife gesessen.«

»Mein Mann hat so eine!«, ruft Nina.

»1986 war ich Pfeifenmacher des Jahres und durfte im nächsten Jahr auf die Pfeifenmesse nach Chicago fahren. Das war ein Abenteuer.«

Er streicht sich über den Schädel, ein Lächeln auf den Lippen.

»Und heute? Gibt es den *Pfeifenkönig* noch?«

Stille.

»Nein«, sagt er. »Schon lange nicht mehr. Mein Sohn wollte nicht übernehmen, Nachfolger gab's keinen, also habe ich den Laden zugemacht.«

»Schade«, sage ich.

»Das kann man wohl sagen. Vierte Generation *Pfeifenkönig* in Groß Ziff, wir haben die Pfeifen bis nach Las Vegas verschickt, und dann – aus. Aber so ist das heute. Keine Tränen vergießen, das Leben geht weiter.«

»Vierte Generation!«

»Was soll man machen.«

»Warum wollte dein Sohn nicht übernehmen?«

»Ach, der wollte grundsätzlich nicht hierbleiben. Er hat beschlossen, dass eine Zahnarztpraxis mehr abwirft. Tut sie ja auch.«

»Das tut mir leid«, sage ich. »Dass du keinen Nachfolger hast.«

»Die Zeiten haben sich ja auch geändert, oder?«, sagt Renate. »Rauchen ist nicht mehr modern.«

»Genießen ist nicht mehr modern«, sagt Karl. »Alles muss schnell gehen heutzutage. Pfeife rauchen ist eine Kultur. Ein Ritual, das Stabilität gibt. Und denken wir nur an die Friedenspfeife. Tja.« Er schaut wieder auf seine Hände, nachdenklich. »Eine Zeit lang habe ich noch Schnitzkurse in der Schule gegeben. Bis die auch zugemacht hat. Eine traurige Entwicklung hier auf dem Land.«

»Siehst du, und deswegen gibt es die Kammerjägerinnen«, sagt Linde und legt ihm eine Hand aufs Knie. »Damit der Ort nicht stirbt. Damit die Traditionen erhalten werden.« Sie schickt mir einen Blick. »Könntest du nicht ein paar von Karls Pfeifen im Kiosk anbieten? Als Klein Ziffer Spezialität? Das wäre doch eine tolle Sache!«

»Natürlich! Hervorragende Idee«, sage ich. Und zu Karl gewandt: »Lass uns die kommenden Tage drüber sprechen.«

Und dann taucht noch jemand auf: Frau Pokorny.

Zunächst sehen wir allerdings nur Beine. Beine in schmalen Hosen und Turnschuhen. Der Rest der Person ist hinter einer riesigen Leinwand verborgen.

Franziska identifiziert sie als Erste. »Hannelore, bist du das?«

Frau Pokorny ächzt und stellt die Leinwand ab. Ach ja, sie hatte versprochen, ein Bild beizusteuern. Doch so ein riesiges Gemälde hätte es echt nicht sein müssen. Wie kriegen wir das bloß in den Kiosk? Ich wechsle einen Blick mit Linde.

»Das ist ein bisschen … groß, meinst du nicht?«, flüstere ich.

Linde nickt langsam. »Ich fürchte mich ein wenig«, flüstert sie zurück. »Man darf Hannelore nie – wirklich nie – selbst auswählen lassen, was sie beisteuert.«

Hannelore Pokorny tritt neben ihr Bild und hält es oben am Rahmen fest. Sie hat sich den perfekten Augenblick für ihren großen Moment ausgesucht. Alle Augen sind auf sie und auf das Bild gerichtet.

»Was ist es diesmal?«, ruft Wilma. »Was Fleischiges wieder?«

Gelächter.

Frau Pokorny schaut pikiert. Dann dreht sie das Bild um.

Karl findet als Erster die Sprache wieder.

»Kolossal«, sagt er. »Ein Stillleben.«

»Wie bitte?« Frau Pokorny mustert ihr eigenes Bild.

»Das Obst«, sagt er. »Wahrlich gut getroffen.«

»Eine Aprikose auf einer Leiter«, rät Iris. »Oder auf einem Tischtuch?«

»Das sind Beine!« Frau Pokorny schüttelt indigniert den Kopf. Sie kann es nicht fassen. Ein Haufen Ignoranten.

»Da kriegt man gleich wieder Lust auf Salami«, feixt Renate. »Apropos: Ist noch was da, Wilma? Die war köstlich.« Sie schnalzt mit der Zunge.

Frau Pokorny erhebt die Stimme: »Das ist mein neuestes Werk! Und ich überreiche es hiermit als Leihgabe. Falls es jemand kaufen möchte, sagst du: dreihundert.«

Jemand pfeift.

»Mindestens«, setzt Hannelore nach.

»Da braucht wohl jemand neue Walking-Stöcke«, flüstert Linde.

Wir kichern. Dafür bestraft uns Hannelore Pokorny mit einem strengen Blick. Nicht schwätzen! Wir sind ja schon still.

»Das«, erklärt Hannelore und deutet auf ihr Bild, »ist eine Metapher für unsere Gesellschaft. Die Natur ist am Abgrund, der Mensch als soziales Wesen gescheitert.«

»Aha.« Das war Irene.

»Reduziert auf das Wesentliche«, sagt Franziska. »Gewissermaßen.«

Irgendwer kichert. Und ein paar halten hörbar die Luft an.

»Und was ist das jetzt?«

»Kunst!«, ruft Hannelore Pokorny. »Kunst braucht kein Warum.«

»Ja, aber was stellt es dar? Nach dem Warum hat eh keiner gefragt.« Linde. Wie immer. Nimmt kein Blatt vor den Mund.

»Das ist Adam. Der erste Mann.«

»Von hinten«, ergänze ich intuitiv.

»Genau, von hinten.«

Es ist also keine Aprikose auf einer Leiter, sondern die Rückansicht eines nackten Mannes. Genauer: der Teil zwischen Hüfte und Kniekehle. Gigantisch groß. Der Hintern eines Riesen. Ich muss zugeben: Das hätte ich der Pokorny nicht zugetraut. Allerdings scheint irgendwas mit den Proportionen nicht zu stimmen. Der Po ist zu klein für die Beine. Dieser Körper wirkt wie falsch zusammengeleimt. Das ist aber wahrscheinlich die Kunst dabei – ich habe ja keine Ahnung davon.

»Ist das aus der Erinnerung gemalt?«, fragt Renate.

»Ich hatte natürlich ein Modell«, erwidert Hannelore entrüstet.

Wahrscheinlich ist es besser, wenn ich jetzt etwas sage, bevor die Sache aus dem Ruder läuft. Ich stehe auf.

»Großartig, Hannelore«, sage ich. »Das ist eine wunderbare Leihgabe, vielen Dank. Aber meinst du nicht, dass es eventuell – äh, ein wenig groß ist? Also das Bild als Gesamtes?« Ich hoffe, dass sie das Stöckchen fängt und ein kleineres Bild anbietet. Das ist aber nicht der Fall.

»Lass es uns hineintragen«, erklärt sie.

Irene hat zufälligerweise eine Wasserwaage in ihrem Auto. Auf geht's. Das Bild passt knapp an die Wand – nicht an die orangefarbene, aber an die Wand gegenüber. Damit fällt es wenigstens nicht sofort ins Auge, wenn man den Kiosk betritt.

»Auffällig ist es ja schon mal«, sagt Linde. »Nicht übel.«

»Glaubst du, dass das einen Skandal gibt? Immerhin sind wir in Klein Ziff und nicht in Los Angeles«, flüstere ich.

»Wegen einem Männerpo? Bist du verrückt? Außerdem hat Hannelore viele Fans hier in der Gegend. Wenn sie eine Ausstellung macht, ist die Bude gerammelt voll. Und: Ist der Ruf erst ruiniert, lebt es sich ganz ungeniert«, sagt Linde und grinst. »Wir lassen es erst mal hier, okay? Wenn ich dir etwas empfehlen darf.«

»Klar, du bist die Insiderin.«

»Wenn sie merkt, dass sie es nicht verkaufen kann, wird sie damit ohnehin wieder abdampfen.«

»Danke«, sage ich. »Danke, Linde, das meine ich ganz ehrlich.«

»Wofür?«

Jetzt bin ich es, die sentimental wird. »Für alles, was du für mich hier getan hast. Und immer noch tust. Diese ganzen lieben Leute da draußen, die kenn ich doch nur durch dich. Ich weiß nicht, was ich ohne dich getan hätte.«

»Was ist denn mit dir los? Zu viel Melancholie-Wein getrunken?« Linde betrachtet mich prüfend.

»Lenk nicht ab! Du hast geschafft, dass ich mich hier wohlfühle. Das hätte ich mir nie vorstellen können. Wenn du nicht schon tausend Ketten hättest – ich würde dir glatt eine Medaille umhängen.«

20

Als ich die Augen aufschlage, ist der Tag schon eine Weile munter. Die Holzdielen sind in Sonne getaucht, doch heute schmerzt ihr Anblick. Ein Presslufthammer bohrt sich in meine Schädeldecke. Ich schiele auf die Armbanduhr. Du meine Güte, halb zehn! Ich habe gestern wohl übertrieben. Zu viel Alkohol, zu viel durcheinandergegessen. Die kleinen Sünden bestraft der liebe Gott sofort, wie es so schön heißt. Schlaftrunken tappe ich ins Bad. Es ist ganz still im Haus. Annette Bier schaut mir entgegen – also Annette Zu-viel-Bier. Verwuschelt, der Mascara verronnen, der Kajal verschmiert. Eine Falte quer übers Gesicht vom Kissen. Katzenwäsche. Für mehr reicht die Kraft nicht. Ich schleiche raus auf den Flur.

»Karl?«

Ich lausche.

»Karl? Bist du da?«

Stille.

Rüber in die Küche. Alles sauber aufgeräumt, da war schon jemand fleißig. Ich stelle die Kaffeemaschine an, dann öffne ich die Tür und gehe raus auf die Terrasse. Licht, Luft, Vogelgezwitscher. Überwältigend. Ich setze mich in einen der Stühle und atme die frische Morgenluft ein.

Unsere Wohnung in der Stadt hat keinen Balkon. Nur

einen französischen Balkon, der keiner ist. Ein bodentiefes Fenster mit Geländer, um zu verhindern, dass man auf die Straße stürzt. Anfangs habe ich noch einen Stuhl zu diesem Fenster geschoben, um mir den Anschein zu geben, als säße ich auf einer Terrasse, irgendwann hab ich's gelassen. Titus hat die mangelnde Freifläche nie gestört. Er kommt meistens ohnehin erst heim, wenn es dunkel ist. Titus ist, wie die ganze Familie übrigens, ein Höhlentier. Hat er einmal seine Höhle gefunden, bleibt er ihr treu und sieht großzügig über etwaige Nachteile hinweg.

Als ich wieder reingehe, um den Kaffee zu holen, trifft mich der Schlag. Am Holztisch sitzt ein mir vollkommen unbekannter Mann und bearbeitet seelenruhig sein Mobiltelefon. Ich möchte den Gürtel meines Morgenmantels enger binden, greife aber ins Leere. Kein Morgenmantel. Nur Karls übergroßer karierter Flanell-Pyjama.

Der Mann sieht kurz auf, nickt und wendet sich wieder seinem Handy zu.

»Sie wünschen?«, frage ich. Ich meine, der Herr sitzt immerhin in meinem Haus an meinem Tisch. Vielleicht ist das ja so üblich in Klein Ziff? Ein Freund von Linde? Oder vielleicht ein Handwerker? Nö, er trägt Jeans und ein rostrotes Shirt.

»Sie wünschen?«, fragt er zurück. Lächelnd. Und vollkommen arglos. Der hat wohl einen Vogel.

»Nein, Sie«, sage ich, zunehmend verstimmt. »Ich frage Sie, wie ich Ihnen helfen kann. Immerhin sitzen Sie hier in meinem Haus.«

Jetzt legt er den Kopf schief, nachdenklich.

»Sind Sie sicher?«, fragt er. »Vielleicht kann ich ja *Ihnen* helfen.«

»Ich brauche keine Hilfe!«

»Ich auch nicht. Warten Sie eine Sekunde«, sagt er. »Ich schreibe nur die Nachricht zu Ende.«

»Das können Sie draußen tun.«

»Ich würde aber lieber hier sitzen bleiben.« Vor ihm steht eine Tasse mit meinem Kaffee! Das ist ja wohl die Höhe. »Soll ich die Polizei rufen?« Ich halte das Handy hoch. »Kann ich gern machen.«

Mach ich natürlich nicht gern. Ich will nur meine Ruhe. Zurück ins Bett. Oder im Garten herumlümmeln. Der Typ soll sich trollen.

Er steht auf. Uff. Er geht. Allerdings nur bis zur Terrasse. Dort bleibt er stehen und ruft: »Papa, kommst du mal?«

Papa.

Okay. Karls Sohn. Ohne Vorwarnung. Und warum sagt mir das keiner?

Schon taucht Karl auf. Ich bleibe einfach in der Mitte der Küche stehen wie bestellt und nicht abgeholt. In Karls übergroßem Pyjama. Ungewaschen und unfrisiert. Auch schon egal. Wenigstens gibt es Kaffee. Endlich komme ich dazu, mir eine Tasse einzuschenken.

»Tut mir leid, ich habe dich nicht vorgewarnt«, sagt Karl. »Aber dieser Besuch ist auch für mich eine Überraschung. Sascha findet es nicht der Rede wert, mich rechtzeitig zu informieren, wenn er mal vorbeischaut.«

Das klingt ja ganz schön grummelig. Sascha, der Sohn, der auf das Pfeifen-Business gepfiffen hat und abgehauen ist, um Zahnarzt zu werden. Meldet sich nicht mal beim Herrn Papa an, wenn Heimaturlaub ansteht. Jeder, wie er will.

»Immerhin hat sie noch nicht die Polizei geholt«, sagt Sascha und grinst. Sie. Redet einfach über mich hinweg, als sei ich nicht vorhanden. Frecher Kerl.

Karl seufzt. »Jetzt setzen wir uns doch erst mal«, sagt er, und an mich gewandt: »Ich hoffe, du bist nicht verstimmt.«

»Ach was«, lüge ich. »Nicht schlimm.«

»Soeben der Verhaftung entgangen, Glück gehabt«, feixt Sascha. Wird das jetzt der Running Gag des Tages?

Er besänftigt mich, indem er anbietet, mir den Kaffee zum Tisch zu bringen. Kurz überlege ich, ob ich mich schnell umziehen soll, beschließe dann aber, keinen Aufwand zu betreiben. Ist ja alles Familie – quasi.

Ich nutze die Gelegenheit, mir den Sohn genauer anzusehen. Schaut er seinem Vater ähnlich? Mein Fazit: kaum. Glatter, wie mit dem Lineal gezogener Scheitel, Grübchen am Kinn statt Furche neben Nase und Mund. Er sieht aus wie ein erwachsen gewordener Tommy, der Freund von Pippi Langstrumpf. Annika und Tommy – die Geschwister waren für mich immer der Inbegriff von Biederkeit. Und dann ist Sascha noch dazu Zahnarzt. Deprimierender geht's kaum. Ein Gebiss-Schlosser, der in fremden Mündern nach Gold gräbt. Oder welches einbaut.

Meine erste Begegnung mit Sascha ist jedenfalls – um es höflich auszudrücken – distanziert. Zwischen Vater und Sohn scheint die Stimmung auch reichlich kühl zu sein.

»Haben Sie schon die Sehenswürdigkeiten besucht?«, fragt Sascha.

»Ich war schon beim Entscheidungsstein.«

»Und hat er Ihnen geholfen?«

»Das hat sich noch nicht entschieden.«

Er lacht. Als ich nachfrage, ob er ein Gästezimmer braucht, berichtet er, er sei in der Pension Grundlinger untergekommen.

»Oh, in Mopshausen«, gebe ich zurück, und er lacht wieder. »Möchten Sie nicht hier in der Villa ...«

»Nicht notwendig.« Karl winkt ab.

»Eine gewisse Distanz ist schon okay«, bestätigt Sascha. »Außerdem«, ergänzt er fidel, »stellt mir Frau Grundlinger am Nachmittag um Punkt fünf immer eine Tasse Tee vors Zimmer. Solide englische Tradition.«

»Diesen Service können wir hier natürlich nicht bieten«, sage ich und hebe die Augenbrauen.

»Aber so allgemein gefällt es Ihnen hier?«, fragt Sascha mit einem gewissen ironischen Unterton. Klar, das kann er sich natürlich nicht vorstellen. Er ist schließlich bei erster Gelegenheit abgehauen.

»Gut«, sage ich. Und das ist die Wahrheit. Ja, es gefällt mir gut.

Das gestehe ich auch Meret, als ich später mit ihr telefoniere. Dass ich wohl in irgendeiner Weise hier angekommen bin.

»In irgendeiner Weise? Was soll das denn sein?«, fragt sie gnadenlos.

»Das weiß ich auch nicht so richtig. Vielleicht so wie bei einem Date, mit dem man interessante und aufregende Abende verbringt. Dennoch muss man sich noch besser kennenlernen, bevor man ein Urteil fällen kann.«

»Ein Vergleich aus der Hölle«, sagt Meret. Sic hat wieder ein schlimmes Rendezvous hinter sich, die Details rauschen allerdings an mir vorbei. Verspätung, Bierfahne, kein Geld dabei, keine Tischmanieren, Desaster. Dann sagt sie: »Ich hoffe, du bleibst nicht dort, wo du jetzt bist. Ich vermisse unsere Treffen im *Liebstöckel.*«

»Natürlich nicht.«

Ich erzähle ihr von der geplanten Kiosk-Eröffnung. »Du kommst doch?«

»Mach dich drauf gefasst. Mit Sack und Pack.«

»Ach ja, ich habe noch jemanden kennengelernt«, sage ich. »Karls Sohn.«

»Und?«

»Nix und. Zahnarzt auf Stippvisite.«

»Interessantes Alter?«

»Du meinst für dich?« Meret kann's nicht lassen.

»Für wen denn sonst? Du bist ja verheiratet.«

»Ich schätze ihn auf Mitte vierzig. Gut erhalten. Noch alle Haare am Kopf und alle Zähne im Mund. Kaum Grau. Sehr solide.«

Wir reden schon über Männer wie über Stiere auf dem Viehmarkt. Du liebe Güte, das muss aufhören.

»Soll ich kommen und mich bekannt machen?«, fragt Meret.

»Lass dich nicht aufhalten.«

Manchmal stelle ich mir vor, wie es wohl wäre, mal einen Tag so zu leben wie Meret. Einfach mal Männer zu daten, wie es mir in den Sinn kommt. Es geht mir dabei gar nicht darum, eine neue Liebe zu finden, sondern einfach darum, neue Bekanntschaften zu machen – und ja: vielleicht auch darum, meinen Marktwert zu überprüfen. Habe ich überhaupt noch einen, oder bin ich schon unsichtbar? Die Männer, die ich täglich treffe, sind jedenfalls keine Kandidaten, um darauf eine Antwort zu finden. Erstens würde ihnen nicht im Traum einfallen, sich mit der Frau ihres Anwalts zu verabreden, und zweitens haben sie tatsächlich andere Probleme. Natürlich habe ich so etwas bisher noch nie gemacht, auch wenn – ich tue mich schwer, es zuzugeben – Merets Abenteuer hin und wieder einen gut versteckten Neid aufblitzen lassen. Ihr Leben ist so aufregend. Und meins?

Ein gutes Thema, das es sich mit Linde zu diskutieren lohnt. Wo bleibt sie eigentlich? Mittlerweile ist es später Nachmittag, Linde wollte nur kurz zum Kiosk runter und dann Karl im Garten helfen.

Ich klopfe an die Wohnzimmertür. Karl hat angekündigt, ein wenig lesen zu wollen.

»Ja?«

Ich stecke den Kopf durch die Tür. »Hast du was von Linde gehört? Sie wollte doch schon zurück sein.«

Er schüttelt den Kopf und entschuldigt sich noch einmal für Saschas unangekündigtes Auftauchen in der Villa. »Nur Probleme mit den Kindern«, sagt er. Es klingt, als sei Sascha fünf Jahre alt.

»Ach, so schlimm war das doch nicht.«

»Ich meine etwas anderes«, grummelt er. »Sascha glaubt, immer alles besser zu wissen und über mich bestimmen zu können. Furchtbar.«

Jetzt bin ich aber neugierig. »Möchtest du mir davon erzählen?«, frage ich ihn.

In diesem Moment läutet mein Telefon. Linde.

»Einen Augenblick«, sage ich zu Karl und nehme den Anruf an. »Linde?«

»Kannst du Karl sagen, dass ich ein bisschen später komme?«

Sie klingt, als sei sie Tausende Kilometer entfernt.

»Warte mal … ich kann dich kaum hören.«

»Ich bin in Sankt Filippen. Im Krankenhaus.«

»Krankenhaus? Wieso? Ist was passiert?«

Und ja, es ist tatsächlich was passiert. In Stichworten: Kiosk – Vitrine – Vitrine falsch gehoben – Stich im unteren Rücken – linkes Bein taub – Krankenhaus – Spritze.

O nein! Sie hat sich verletzt, weil sie mir helfen wollte! Ich bin ganz aufgeregt und weiß nicht, was ich sagen soll. »Oh, Linde, das tut mir so leid. Bleib, wo du bist, ich komm sofort zu dir.«

»Aber nein, ist schon viel besser«, sagt Linde. »Außerdem war's mein Fehler. Die Bandscheiben sind meine Schwachstelle. Immer schon gewesen. Ich hätte es wissen müssen. Also: Keep cool, Darling. Hat nix mit dir oder dem Kiosk zu tun.«

Das sagt sich so leicht! Was mache ich jetzt? Natürlich trotzdem fahren. Karl berichte ich vorerst nichts, um ihn nicht zu beunruhigen.

Ich laufe zurück in mein Zimmer, schlüpfe in die Schuhe und fahre mir ein paarmal mit den Händen durchs Haar. Muss reichen.

Erst als ich vor dem Haus stehe, wird mir klar, dass ich gar kein Auto zur Verfügung habe. Was jetzt? Zug? Bus? Taxi? Autostopp? Fahrrad? Wie weit ist es überhaupt bis Sankt Filippen? Fünf Kilometer? Fünfzig? Egal. Zuerst muss ich sowieso mal runter in den Ort, hier kommt nämlich niemand vorbei.

Die Spitze des Kirchturms ragt aus der Dorflandschaft heraus, als wolle sie daran erinnern, dass jederzeit Schluss sein kann. Aus die Maus.

Ich laufe zum Bahnhof hinunter. Fahrplan checken. Um nach Sankt Filippen zu kommen, muss man in Groß Ziff umsteigen. Die Wartezeit beträgt zwei Stunden. Das scheint mir wenig attraktiv.

Ich gehe wieder raus auf den Bahnhofsvorplatz. Taxi? Fehlanzeige. Fahrrad steht auch keines herum. Also bleibt nur die am wenigsten elegante Lösung übrig: Autostopp.

Wo ist der strategisch beste Platz, um einen Wagen anzuhalten? Ich entscheide mich für den Anfang der Bahnhofstraße, und zwar zwischen Bahnhof und Kiosk. Jeder, der durch den Ort will, muss an mir vorbei.

Ich habe noch nie autogestoppt, habe die charakteristische Geste – Daumen hoch – jedoch in Filmen gesehen. Wer weiterkommen will, muss über seinen Schatten springen. Also strecke ich todesmutig den Arm raus.

Kein Auto weit und breit.

Arm wieder runter.

Ein Auto. Ich kann es schon von Weitem hören.

Arm raus, lächeln! Lächle, Uschi, auch wenn dir nicht danach ist, sonst kommst du nie nach Sankt Filippen.

Das Auto rauscht vorbei und den Hügel hoch, der Fahrer würdigt mich keines Blickes. Herbe Enttäuschung. Ich dachte, es würde sofort jemand anhalten. Ich meine: eine Frau mittleren Alters, die aber immerhin an eine richtige Filmschauspielerin erinnert?

Nächstes Auto! Arm raus. Diesmal eine Familie. Wagen gerammelt voll mit Kindern. Okay, ich verzichte freiwillig. Arm wieder runter.

Stille. Vielleicht mal schnell »Bandscheiben« googeln und Lindas Symptome. Mist. Tasche leer. Das Handy liegt dort, wo ich es nach dem Gespräch mit Linde hingelegt habe: auf dem Küchentisch. Ich könnte mich ohrfeigen. Das bedeutet zugleich, dass ich keine Hilfe holen kann, falls ich entführt werde.

Was jetzt?

Nachdenken, Uschi, setz deine grauen Zellen in Bewegung!

Ein Auto hält am Straßenrand. Typ Klapperkiste, klein und schäbig, mit mindestens dreißig Jahren auf dem Buckel. Ich hatte es nicht kommen sehen.

Die Scheibe wird per Hand runtergekurbelt. Ich bücke mich.

»Wohin wollen Sie?«

Du liebe Güte. Frau Grundlinger. Sie trägt eine üppigbarocke Rüschenbluse in Altrosa und einen Faltenrock. Die Fältchen und Rüschen wachsen beinahe zum Fenster raus. Die Haare hat sie zu einem strengen Dutt zurückfrisiert. Fräulein Rottenmeier lässt grüßen.

»Nach Sankt Filippen«, sage ich. »Ins Kreiskrankenhaus.«

»Sind Sie krank?«

»Nein, nein.« Ich winke ab. »Nicht ich. Nur zu Besuch. Gewissermaßen.«

»Dann steigen Sie ein, ich bringe Sie hin.«

Mit Frau Grundlinger gemeinsam in dieser Schrottkiste? Ob das eine gute Idee ist?

Während ich noch überlege, sagt sie: »Jetzt kommen Sie schon, oder haben Sie Angst vor mir?«

Ja, möchte ich am liebsten antworten, allerdings. Ich habe Angst vor Ihnen und Ihren Fahrkünsten, und vor Ihrer schrottreifen Kiste, die man nur mit viel gutem Willen Auto nennen kann.

Stattdessen öffne ich die Beifahrertür, setze mich und sage auch noch: »Danke, sehr lieb.«

Dumm, dumm, dumm, Uschi, das wirst du bereuen, sagt die Stimme der Vernunft. Aber was ist die Alternative?

Es riecht nach Hund.

»Keine Angst«, sagt Frau Grundlinger und schiebt ihre Brille hoch. »Ich fahre ausgezeichnet. Schließlich habe ich doch meine Hündchen immer zum Tierarzt gefahren.«

Natürlich, wie konnte ich das vergessen! Ich versuche zu lächeln. Es fällt mir schwer.

Frau Grundlinger fährt an. Dabei beugt sie sich weit vor in Richtung Windschutzscheibe.

»Ich sehe zwar nicht mehr so gut«, sagt sie. »Aber gut genug.«

Sie schaltet vom ersten in den zweiten Gang. Wir schleichen mit rund fünfzehn Stundenkilometer über die Landstraße. Ich spüre, wie ich innerlich unrund werde. Da braut sich was zusammen.

»Wie weit ist Sankt Filippen entfernt?«, frage ich und meine damit: Wie lange muss ich hier drin ausharren und um Leib und Leben fürchten?

»Ach, keine fünfzehn Minuten«, sagt sie. »Ist überhaupt nicht weit. Sind Sie angeschnallt?« Sie schaut mich missmutig an. »Jetzt geht's auf die Autobahn.«

»Natürlich«, sage ich und zeige ihr den Gurt. Ich muss schlucken. Ich kann Linde nicht mal anrufen, um ihr zu sagen, dass ich unterwegs bin. Ich kann gar nichts. Wenn wir jetzt in eine Schlucht stürzen, habe ich mich von niemandem verabschiedet. Wobei ich die Gefahr eines Unfalls als gering einschätze – bei diesem Tempo überholen uns noch die Nacktschnecken am Straßenrand.

Wir schleichen die Autobahnauffahrt hinauf, und just in dem Moment, in dem die Reifen die Autobahn berühren, steigt Frau Grundlinger aufs Gas. Und zwar so abrupt, dass es mich in den Sitz drückt. Ich halte die Luft an. Was war das, um Himmels willen?

Frau Grundlinger denkt nicht daran, sich einzubremsen. Im Gegenteil: Bleifuß. Sie schaltet im Sekundentakt. Der Geschwindigkeitsanzeiger klettert von achtzig auf hundert, dann auf hundertzwanzig, schließlich auf hundertfünfzig Stundenkilometer, hundertsechzig, hundertfünfundsechzig.

»Das ist aber sehr schnell«, keuche ich und klammere mich angstvoll am Haltegriff über der Tür fest. Ich schließe die Augen. Was für ein Albtraum.

Der Motor röhrt. Dazu gesellen sich Klappergeräusche, von denen ich nicht wissen will, woher sie stammen.

Frau Grundlinger muss jetzt beinahe schreien. »Ich weiß auch nicht, warum das so einen Lärm macht! In der Werkstatt haben sie mir gesagt, es ist das Alter! So wie bei mir die Gebeine klappern, so klappert eben die Karosserie! Kann man nichts machen!« Sie lacht ein spitzes, unangenehmes Lachen.

Ich versuche, mich mit Atemübungen zu beruhigen. Was habe ich Titus' Klienten immer eingetrichtert? Acht Sekunden ein-, fünf Sekunden ausatmen. Nein, fünf Sekunden ein-, acht Sekunden …

»Ist Ihnen nicht gut?« Forschender Seitenblick. »Wissen Sie, Rocco hatte einen Hodenhochstand.«

Ich öffne das linke Auge, blinzele. War das jetzt einer der Hunde oder ihr verstorbener Gatte? Nur nichts Falsches sagen.

»Rocco«, wiederhole ich.

»Musste operiert werden. Und bei der OP ist was schiefgelaufen, wir haben ihn über Nacht in der Tierklinik lassen müssen …«

Also doch der Hund.

»Und dann sind wir alle paar Stunden zum Krankenhaus gefahren, um nach ihm zu sehen. Ich weiß, wie das ist.«

»Ich muss aber nicht in die Tierklinik.« Lieber noch einmal klarstellen, bevor sie mich zur Sterilisation anmeldet.

»Sie wissen, dass ein Tierarzt länger studieren muss als ein Menschenarzt?«

»Sind ja auch mehr Tiere«, erwidere ich.

»Und den Menschen gibt's nur einmal, halt in zweifacher Ausführung«, bestätigt sie. »Wissen Sie, mir waren die Tiere immer lieber. Rocco war so froh, als er wieder nach Hause durfte, dass er gleich einmal den Wagen markiert hat.«

»Den hier?«

»Natürlich. Der begleitet mich schon seit den frühen Achtzigerjahren.«

Sie klopft auf das Armaturenbrett, was mir den Schweiß auf die Stirn treibt. Wenn sie schon mit diesem Höllentempo über die Autobahn brettert, soll sie sich bitte schön auf die Straße konzentrieren. Ich wage einen Blick auf die Tempoanzeige. Hundertachtzig. Ihre Rüschen flattern lustig, denn obwohl die Fenster geschlossen sind, zieht es entsetzlich.

»Wir sind bald da, oder?« Das kommt etwas gepresst. Draußen rast die Landschaft vorbei. Lärmschutzwände, dahinterliegende kleinere und größere Ortschaften, eine Raststätte mit Lkw-Parkplatz. Ich bin beinahe ohnmächtig vor Angst.

Blink, blink, blink. Autobahnabfahrt.

»So, meine Liebe. Heute hat mich mein Rheuma gezwickt, deswegen konnte ich nicht so schnell fahren. Ich hoffe, dass Sie nicht zu spät sind.«

Ein Laut, den ich nicht genau zuordnen kann, entweicht meiner Kehle. Ein Mittelding zwischen Lachen und Seufzen mit gurgelndem Nachklang.

Frau Grundlinger bremst abrupt ab, fährt im Schneckentempo eine von Bäumen gesäumte Straße entlang und hält schließlich vor einem zweistöckigen Backsteingebäude. Sie würgt den Motor ab.

»Weiter kann ich leider nicht fahren. Sie müssen hier raus und dann dort rein.« Sie deutet irgendwohin. »Soll ich Sie abholen und zurück nach Klein Ziff bringen? Das mache ich gern! Sie brauchen mir nur eine Zeit zu nennen, dann bin ich verlässlich vorm Tor.«

»Oh. O nein! Frau Grundlinger, vielen Dank für die Mühe, wirklich, aber das brauchen Sie nicht.« Das kam alles ein bisschen zu laut aus meiner Kehle und zu bestimmt.

Frau Grundlinger hebt verwundert die Augenbrauen. »Nun gut, wie Sie möchten«, sagt sie pikiert.

Ich schnalle mich ab. Unter den Achseln bin ich schweißnass. Nach zwei vergeblichen Versuchen gelingt es mir endlich, die Beifahrertür zu öffnen, und ich stolpere mit Pudding-Knien auf den Bordstein. Um Haltung bemüht, richte ich mich auf und streiche das Kleid glatt, bevor ich die Tür zuwerfe und die Hand zum Gruß hebe. Nie, nie wieder werde ich zu jemandem ins Auto steigen, ohne mich zuvor von dessen Fahrkünsten überzeugt zu haben.

Eine Taube sitzt vor mir auf dem Asphalt und nickt, als würde sie mir recht geben.

21

Linoleumboden. Desinfektionsmittelgeruch. Kahle Mauern. Plexiglasscheiben. Wartezonen, in denen sich beigefarbene Schalensessel aneinanderreihen. Abgegriffene Magazine auf niedrigen Tischen.

Leichte Übelkeit. Gänsehaut an den Armen. Der Impuls, einfach davonzulaufen. Aber ich bleibe. Ich bin tapfer.

Da vorn, ein Wegweiser: BETTENSTATION. KAPELLE. INTENSIVSTATION. INNERE I, INNERE II. Nichts von alledem suche ich.

Ich haste durch einen langen Gang auf der Suche nach einem Informationsschalter. So was muss es doch geben?

Vor mir verschwindet eine Krankenschwester in einem Zimmer.

»Hallo?«, rufe ich in den leeren Gang hinein.

Keine Reaktion. Keine Tür, die sich öffnet. Ich entdecke den Wegweiser zu den AMBULANZEN. Hier wird es sein. Linde ist bestimmt auf der unfallchirurgischen Ambulanz.

Eine junge Pflegerin hinter Plexiglas. Angestrengt fixiert sie den Bildschirm. Könnte Influencerin sein. Langes, glattes, schwarzes Haar wie aus der Shampoo-Werbung. Ein Gesicht, so frisch wie Morgentau. Ein Telefon läutet, niemand hebt ab. Das Düü-diii-dong, Düü-diii-dong sägt an den Nerven. Die Hälfte der beigefarbenen Stühle ist besetzt. Kritisch-musternde Blicke. Ich streife mein Kleid glatt. Kann man mir meinen Schweißausbruch von der abenteuerlichen Fahrt ansehen? Oder kleben tausend Hundehaare an meinem Hinterteil? Ich habe das Gefühl, angeschlagener zu wirken als die Patienten, die tatsächlich krank sind.

Ich nähere mich der jungen Schwester. Ihrem Schild kann ich entnehmen, dass sie Anita heißt.

»Guten Tag, ich bin auf der Suche nach einer Patientin«, sage ich.

»Name?«

»Linde.«

Sie sieht mich abwartend an. »Und? Der Nachname?«

»Den weiß ich nicht. Linde. Die kennt man doch. Aus Klein Ziff. Linde aus der *Villa Orchidee*. Mit ganz vielen Ketten um den Hals. Woodstock. Also, sie war in Woodstock. Als Kind natürlich.«

Schwester Anita schaut mir tief in die Augen und hebt die Augenbrauen. »Alles okay mit Ihnen?«

Gleich alarmiert sie die psychiatrische Abteilung.

»Hören Sie – ich weiß ihren Nachnamen wirklich nicht. Ich dachte, man kennt sich. Auf dem Land. Hier weiß man doch voneinander.«

»Soso«, sagt Schwester Anita. »Sie sind wahrscheinlich aus der Stadt.«

»Genau«, sage ich erleichtert.

»Da muss ich Sie leider enttäuschen. Wir sind für den ganzen Bezirk zuständig. Da kommt man mit einem Vornamen nicht weiter.« Ihr Blick wird hart und abweisend.

Aber so schnell gebe ich nicht auf. »Können Sie mir

einen Gefallen tun und Franziska anrufen, die Bürgermeisterin von Klein Ziff?«

Natürlich fällt mir auch ihr Nachname gerade nicht ein.

Jetzt ist der Bogen endgültig überspannt. Schwester Anita schenkt mir einen langen, schwarzen Blick, in dem geschrieben steht: Du hast wohl nicht alle Nadeln an der Tanne. »Wir sind hier nicht die Vermittlung. Wenn Sie jemanden anrufen möchten, dann müssen Sie das schon selbst tun.«

»Aber ich habe doch mein Handy nicht dabei!«

Sie macht eine Geste, die so viel bedeutet wie: Und was geht mich das an?

»Wenn Sie jetzt bitte Platz machen«, sagt sie diensteifrig und hat mich bereits gedanklich beiseite geschoben. Hinter mir hat sich eine Schlange gebildet. Ein Mann in den Sechzigern funkelt mich böse an, weil ich den ganzen Betrieb aufhalte.

»Natürlich«, flüstere ich.

Resigniert mache ich kehrt und setze mich in einen der beigefarbenen Schalensessel. Auf dem Bildschirm, der an der Decke montiert ist, läuft ein Zeichentrickfilm. Ich blättere in einer der Zeitschriften, die schon fast auseinanderfallen. Titelstory: *Prinzessin Diana – sind Zwillinge unterwegs?* Ich werfe einen Blick auf das Erscheinungsdatum. 1981. Okay, da kann man nur hoffen, dass sie hier auf aktuellerem Stand sind, was die medizintechnische Ausstattung betrifft.

Gedankenblitz: Wenn ich in der Ambulanz nichts erfahre, könnte ich noch auf der unfallchirurgischen Station nachfragen. Vielleicht gerate ich ja an eine Schwester mit goldenem Herzen.

Ich springe also auf und laufe weiter den Gang hinunter auf der Suche nach Wegweisern. Immer tiefer arbeite ich mich in den Bauch des Krankenhauses vor, labyrinthisch verzweigen sich die Gänge. Da finde ich doch nie wieder alleine zurück.

Kinderstation, Dermatologie, Angiologie. Ich stoße eine Tür auf. Der nächste öde Gang. Suchend schaue ich nach rechts, nach links, wieder nach rechts.

Augenblick.

War ich das gerade? Hing da ein Spiegel an der Wand?

Nein, es ist eine spiegelnde Tür. Ich gehe drei Schritte zurück.

Das bin nicht ich.

Und doch bin ich es.

Ich sehe ein Mädchen.

Es ist noch klein. Vielleicht fünf. In einem weißen Hemdchen. Es drückt einen Teddy an seine Brust. Das Mädchen will raus. Es ist allein. Fürchtet sich. Vor den Stichen in seinen Armen, vor dem Piepsen der Maschinen. Vor den kalten Geräten, mit denen die Ärzte es berühren. Vor den tiefen Stimmen. Vor der keifenden Frau, die schimpft, weil es nicht aufgegessen hat. Aus Angst hat es das Essen, das ihm nicht schmeckt, unter dem Bett versteckt. Dort beginnt es zu stinken, sich zu zersetzen, in seine Albträume hineinzuwandern.

Ich möchte dieses Mädchen trösten. Gehe auf sie zu, strecke die Hand aus, um ihren Kopf zu streicheln – und berühre die kalte Glastür. Sehe mein einundfünfzigjähriges Gesicht darin gespiegelt.

Das Leben hinterlässt sichtbare Spuren. Aber es macht auch gelassener, großzügiger, verständnisvoller. Weil man diese Welt nach und nach dechiffriert. Weil man sich irgendwann zurechtfindet, selbst Wege durch das Dickicht schlägt, anstatt auf den ausgetretenen Pfaden der anderen zu wandern. Weil man irgendwann weiß, dass es keine Gespenster gibt und man nichts aufessen muss, das einem nicht schmeckt.

Das Mädchen, das ich einmal war, ist nicht mehr da. Das Mädchen, das drei Wochen allein im Krankenhaus lag. Ohne Besuch. Das war damals so, hat Mama gesagt, später, viel später, als ich sie darauf ansprach und mich sogar noch blöd dabei fühlte. Ignorant, undankbar.

Das war normal. Das ging nicht anders. Das musst du verstehen.

Nein, das war nicht normal. Und ich muss das auch nicht verstehen. Aber das weiß ich erst heute. Gar nichts war normal.

Deswegen die Gänsehaut, die mich überfällt, sobald ich ein Krankenhaus betrete. Das angstauslösende Gefühl, ausgeliefert zu sein. Ausgeliefert einer geheimnisvollen Maschine, die so viel größer ist als ich. Und immer die Angst, verlassen zu werden. Allein gelassen zu werden.

Seit ich fünfzehn war, hatte ich ununterbrochen einen Freund. Keine zwei Wochen war ich allein. Ich konnte einfach nicht allein sein. Jedes Mal verließ ich die jungen Männer, bevor sie mich verlassen konnten. Das gab mir Macht. Und den Anschein, die Situation unter Kontrolle zu haben. Mein Leben unter Kontrolle zu haben.

Mein wiederkehrender Albtraum: Jemand stößt mich in einen dunklen Schacht, die Tür fällt mit einem lauten Krachen zu, und ich bin allein und weiß, dass ich für immer dort bleiben muss. Keiner kann mich da rausholen. Ich schäme mich dafür, erzähle niemandem davon. Schließlich bin ich eine erwachsene Frau, die mitten im Leben steht. Doch tief in mir drin wohnt immer noch die kleine Uschi, verletzlich und ängstlich, die unendlich viel Bestätigung braucht. Und die weiß, wie es ist, alleine im Krankenhaus zu sein. Deshalb muss ich anderen beistehen, das ist wie ein innerer Zwang. Als versuchte ich gutzumachen, was an mir nicht gut gemacht wurde.

Und mit einem Mal stehe ich vor der Abteilung für Unfallchirurgie. Meine Intuition lässt mich zumindest nicht im Stich. Eine kleine, flinke Schwester kommt mir entgegen. Frohen Mutes stelle ich mich ihr in den Weg.

»Entschuldigen Sie bitte, ich bin auf der Suche nach einer Patientin.«

Sie sieht mich flüchtig an. »Sind Sie eine Verwandte?«

»Nein. Nicht wirklich. Quasi.«

»Sind Sie jetzt verwandt oder nicht?«

»Nicht im Blut. Aber«, – ich muss schlucken –, »im Herzen.«

Mein Gott, wie melodramatisch. Und mit Linde bin ich ja wirklich nicht im Entferntesten verwandt.

Mitleidiger Blick. »Also gut, dann kommen Sie mal mit.«

Uff. Sie marschiert in ein Info-Kabäuschen und setzt sich zum Computer.

»Name?«

»Linde.«

»Wie noch?«

Dasselbe in Grün. Ich beginne zu schwitzen.

»Das habe ich vergessen«, flüstere ich.

»Sie haben vergessen, wie Ihre Verwandte mit Nachnamen heißt?«

Da ertönt von hinten eine bekannte Stimme. »Fox! Gerlinde Fox!«

Ich drehe mich um. Linde! Ganz aufrecht steht sie da, kein bisschen krumm, und schon wieder bestens gelaunt. »Erledigt. Gehen wir?«

Wir sitzen im Schatten einer Platane im Innenhof des Kreiskrankenhauses. Das Café heißt *Schnittmuster*, wahrscheinlich aufgrund seiner Nähe zur Chirurgie. Es ist angenehm hier, ein erfrischender Wind streicht durch den Hof. Ich erzähle Linde von meiner Erfahrung mit Krankenhäusern im Allgemeinen und heute im Speziellen.

Sie lacht. »Ich lache dich nicht aus«, beeilt sie sich zu sagen, »ich lache über dieses absurde Leben.« Sie legt ihre Hand auf meine. »Es tut mir leid, was du als Kind erleben musstest.« Jetzt ist sie es, die mich tröstet. Verkehrte Welt.

»Schon gut«, sage ich. »Ich tappe da immer wieder rein.«

»Das machst du nicht absichtlich, du kannst dem bloß nicht entrinnen.«

»Schicksal«, erkläre ich.

»Chance«, korrigiert Linde. »Heute bist du erwachsen, heute hast du Werkzeuge, um damit umzugehen. Wie ist das Verhältnis zu deiner Mutter jetzt?«

»Kühl«, antworte ich. »Das Krankenhaus war nicht der einzige Ort, an dem sie mich alleine gelassen hat.«

»Ich verstehe.« Linde spricht ganz ruhig, nicht verurteilend. Einfach nur: Ich verstehe. »Und Titus? Kannst du mit ihm darüber sprechen?«

»Titus.« Ich überlege. »Anfangs schon«, sage ich schließlich. »Aber dann wurde unsere Beziehung ... ich weiß nicht, wie ich es nennen soll ... professioneller? Wir sprechen selten über unsere Gefühle. Es ist, als wäre das Thema plötzlich tabu.«

»Wünschst du dir, es wäre anders?«

Wieder überlege ich. Ich habe mich angepasst – das ist die Wahrheit.

»Keine Ahnung«, sage ich leise.

»Okay, ich wage mich jetzt vor, aber könnte es sein, dass du dich damit zufriedengibst, weil es eine Situation wiederholt, die du aus deiner Kindheit bereits gewohnt bist?«

Ich schweige nachdenklich. Gut möglich. Aber ja, das wird es sein. Meine Mutter ist doch genauso. Kühl und distanziert. Und mein Vater – überhaupt abwesend. Das ist es, was ich gelernt habe: Finde dich damit ab, dass Leute kalt sind, und sei froh, wenn sie überhaupt bleiben. Es könnte schlimmer sein, deine Mutter könnte weggehen und nie wieder zurückkommen.

Die Kellnerin nähert sich unserem Tisch. »Alles in Ordnung bei den Damen?«

»Die Damen wollen zahlen«, erklärt Linda.

»Kommt überhaupt nicht infrage«, sage ich, als ich sehe, wie Linde ihre Geldbörse hervorkramt. »Nehmen Sie kein Geld von dieser Frau an, ich zahle!« Immer noch beutelt mich mein schlechtes Gewissen. Linde hat sich den Rücken wegen meines Kiosks beschädigt. Es ist meine Schuld, meine Schuld, nur meine. Mit einem einzigen Kaffee werde ich mein schlechtes Gewissen aber nicht beruhigen können. Ich muss mir noch etwas einfallen lassen.

Linde tut alles, um meine Bedenken zu zerstreuen. »Jetzt lass mal gut sein«, sagt sie. »Eine Spritze an der richtigen Stelle – und schon geht's wieder. Glaubst du, das war das erste Mal? Muss mich jetzt bloß ein wenig schonen.«

»Das heißt aber auch, dass du Karl unmöglich bei der Gartenarbeit helfen kannst.«

»Wer soll das sonst machen? Du?«

Geistesblitz. »Karls Sohn!«, rufe ich aus.

»Sascha ist hier?« Linde schaut überrascht. »Er hat sich gar nicht bei mir gemeldet.«

Sobald sie seinen Namen ausgesprochen hat, erfasst mich ein Kribbeln. Eine kleine Aufregung, durchaus positiv. Zugleich meldet sich eine mahnende Stimme in meinem Kopf: Bilde dir bloß keine Dummheiten ein! Vielleicht ist er ja schon wieder gefahren. Und möglicherweise war er nur freundlich zu dir, weil dir jetzt die Villa gehört ...

Linde holt ihr Telefon aus der Tasche, und Sascha scheint sofort abzuheben. Ich kann seine Stimme hören; er freut sich, fragt nach, was passiert ist, gibt Linde Tipps. Klar, schließlich ist er ja Arzt. Dann ist das Gespräch vorbei, und ich sehe Linde forschend an. Sie sagt: »Klappt. Er kommt um vier.«

»Ich helfe natürlich auch mit, und du sitzt auf der Terrasse und gibst Anweisungen.«

»Klingt nach einem Plan.« Linde lacht und fummelt an ihren Ketten herum.

»Übrigens: Im ersten Moment dachte ich, dieser Sascha ist schrecklich überheblich. Aber eigentlich ist er ganz nett«, sage ich vorsichtig. Mal sehen, was sie zu diesem Thema beizusteuern hat.

»Überheblich? Sascha? Der ist ein ganz ein Lieber. So wie Karl. Die beiden kriegen sich zwar immer wieder in die Wolle, aber wahrscheinlich ist das einfach so bei Vätern und Söhnen.«

Langsam machen wir uns auf den Weg zum Parkplatz. Linde lässt es sich nicht nehmen, Frodo selbst zu fahren. »Na hör mal, ich bin schließlich auch so hergekommen! Sitzen kann ich ohne Probleme.«

Sascha hat offenbar Karl alarmiert, denn als wir vor der Villa parken, schießt er bei der Tür heraus. »Warum sagt mir denn keiner was? Kommt erst mal herein! Und du, Linde, lass dir nur Zeit. Soll ich dich stützen?« Er schwankt zwischen Besorgnis und Verärgerung.

Auf der Terrasse bereiten wir für Linde eine Liege aus zwei aneinandergeschobenen Stühlen, die wir mit Polstern unterfüttern.

»Jetzt übertreibt mal nicht!«, ruft Linde immer wieder aus. Im Grunde aber macht sie einen recht zufriedenen Eindruck und bestellt Tee und was zum Knabbern, sowohl süß als auch salzig.

Punkt vier steht Sascha in der Küche. »Hier gibt's was zu arbeiten, habe ich gehört?« Er schwenkt dunkelgrüne Regenstiefel.

»Bin gleich so weit!«, ruft Karl von der Terrasse.

Ich funke rasch dazwischen. »Kommt überhaupt nicht infrage!«, rufe ich. »Karl, du kümmerst dich bitte um Linde. Ich gehe mit Sascha in den Garten.«

Geschickt eingefädelt. Auf diese Weise habe ich Gelegenheit, ihn ein bisschen besser kennenzulernen.

Wenige Minuten später stapfen wir Richtung Waldesrand. Wegen der Brennnesseln hat Linde mir ihre Regenstiefel geliehen. Wir tragen beide eine Sense. Ich halte meine mit gebührlichem Sicherheitsabstand vom Körper weg. Geschickt, wie ich bin, trenne ich mir noch einen Finger oder Zeh ab, bevor wir überhaupt unser Zielgebiet erreichen.

»Weißt du, wie man die benützt?«, fragt Sascha.

Ich schüttle den Kopf. Dass wir mit so gefährlichem Gerät arbeiten würden, darauf war ich nicht vorbereitet. Ich dachte, es ginge darum, ein wenig Unkraut zu jäten oder die Tomatenstauden zu gießen. Wir sind in ein Teilstück des Gartens gelangt, das mir bis jetzt unbekannt war – ein Streifen Land hinter den Himbeerbüschen, der den Garten vom Wald trennt. Mannshohe Gräser verstellen uns die Sicht.

»Darf ich vorstellen? Japanischer Staudenknöterich«, sagt Sascha und deutet auf die riesigen Stauden.

»Schön.« Die Pflanze gefällt mir. Üppig grün ist sie, mit riesigen Blättern und rispenartigen weißen Blüten.

Aber das war eindeutig nicht die richtige Bemerkung.

»Das ist ein Neophyt«, erklärt Sascha. »Leider nicht schön. Er wurde eingeschleppt, wächst jetzt alles zu und tötet die restliche Vegetation.«

Oh. Eine Mörderpflanze. Das wusste ich nicht. Ich weiß generell nicht viel über Pflanzen. »Und was können wir tun?«

»Wir schneiden die Stauden um«, erklärt er. »Mit der Sense.«

Ojemine. Das klingt nicht nach einer meiner Kernkompetenzen.

Sascha zeigt mir, wie es geht: Beine hüftbreit hinstellen wie beim Golfen und locker den Arm schwingen. So weit unten wie nur möglich abschneiden. »Am besten wäre es, die Wurzeln auszureißen, die Biester entwickeln ein verzweigtes Wurzelsystem, das sie extrem widerstandsfähig macht. Das ist aber richtig harte Arbeit, und ich sehe, du hast keine Handschuhe dabei.«

Er duzt mich jetzt ganz selbstverständlich. Arbeit verbindet. Er trägt übrigens ebenfalls keine Handschuhe. Ich schiele auf seine rechte Hand. Ist er verheiratet? Nicht, dass es mich etwas angehen würde, reine Neugier. Ich sehe nichts, zumindest keinen Ring.

Und dann geht's schon los, und ich bin nach fünf Minuten schweißüberströmt.

»Das ist so was Ähnliches wie Baumfällen für Anfänger«, scherze ich.

Wir plaudern über dies und das. Er sagt, dass er sich um seinen Vater sorge, seit Henriette tot ist. Leider könne er nicht so oft nach Klein Ziff fahren, wie er gern würde. Linde lobt er über den grünen Klee. »Aber am liebsten sähe ich ihn in einer Einrichtung mit medizinischer Betreuung«, sagt er. »Für den Fall, dass mal etwas passiert. Ich bin ja weit weg.«

Ich lasse die Sense sinken. »Ein Heim?«

»Eher so was wie betreutes Wohnen.«

»Henriette wollte, dass er in der Villa bleibt, und er will das auch, wenn mich nicht alles täuscht.«

»Klar«, sagt Sascha. »Aber für den Fall der Fälle muss man vorsorgen. Man weiß ja nie, was die Zukunft bringt.« Er stellt die Sense auf die Erde und dreht sich zu mir um. »Oder?«

Da muss ich ihm recht geben.

Sein Gesicht ist erhitzt, er fährt sich durch die Haare. Sieht jetzt ein bisschen nach frechem Tommy aus. Hellblaue Augen, durchdringender Blick. Gut aussehend? Eindeutig.

»Seit ich fünfzig bin, versuche ich, vermeidbare Probleme früh anzugehen«, erklärt er. »Früher bin ich lieber davor weggelaufen.«

Wie, er ist schon fünfzig? Ich sehe noch mal zu ihm rüber. Schläft er nachts im Tiefkühlfach, dass er noch so unverschämt jung aussieht?

Er scheint meinen Blick bemerkt zu haben, denn er setzt ein schüchternes Lächeln auf. »Bei uns in der Familie altern alle gut.«

»Glückwunsch«, sage ich.

Er scheint das Gefühl zu haben, dass das jetzt ein Kompliment von seiner Seite erfordert, denn er sagt: »Du siehst auch sehr jung aus. Und so wie diese Schauspielerin ... Mir fällt nur grad ihr Name nicht ein. Seid ihr verwandt? War nur Spaß. Ich bin sicher, jeder zieht dich damit auf, stimmt's?«

»Stimmt.«

»Wollen wir weitermachen?«

Wir wollen. Und ich muss zugeben: Es macht Spaß.

Irgendwann dreht sich Sascha zu mir um und sagt: »Du bist eine sehr talentierte Sensenfrau, weißt du das?«

Selten ein schöneres Kompliment gehört.

22

Sascha ist es auch, der schließlich vorschlägt, die zweite Sehenswürdigkeit von Klein Ziff gemeinsam zu besuchen: Das *Privatmuseum Hans Kleinholz*. Der Erfinder, der kein Glück hatte – weder mit seinem Perpetuum mobile noch mit seiner Frau, die seine Erfindung kurzerhand entsorgt hat.

Ich bin sofort Feuer und Flamme. Zum einen möchte ich tatsächlich tiefer in die Geschichte von Klein Ziff eintauchen, zum anderen freut es mich, dass dieser fremde Mann Zeit mit mir verbringen will. Ich fühle mich gesehen – und das ist wunderbar.

Nicht, dass Titus mich nicht mehr sieht. Aber für ihn bin ich zu oft Reibebaum. Es ist schön, wenn man sich vertraut ist, allerdings ist es auch ein Risiko: Man kennt sämtliche wunden Punkte des anderen und kann jederzeit mit dem Finger hineinstippen, um im Handumdrehen eine Lawine an Schmerz und Wut auszulösen.

Titus war übrigens die ersten zwei, drei Jahre unserer Beziehung ebenfalls sehr unternehmungslustig. Alles wollte er gemeinsam erleben, jede schöne Erinnerung sollte eine gemeinsame sein, damit man sich abends bei Rotwein darüber unterhalten, sie noch einmal gemeinsam durchleben konnte. Wir gingen in Ausstellungen, ins Theater, auf Flohmärke, besuchten zum Spaß Auktionen und spielten ein wohnungssuchendes Pärchen, nur um uns freie Immobilien ansehen zu können. Wir waren nicht nur ein Liebespaar, sondern auch beste Freunde und Vertraute. Gegenseitige Stütze und Inspiration. Die ideale Verbindung. Klar, dass etwas, das dem Ideal so nahekommt, auch irgendwann erodiert. Nach drei, vier Jahren fuhr ich öfter mit Freundinnen in den Urlaub als mit ihm, weil er vorgab, keine Zeit zu haben. Ich ging allein in Ausstellungen und mit Liv ins Kino. Ließ mich einsam über Flohmärkte treiben. Ich bat sogar mal allein um eine Wohnungsbesichtigung, doch als ich dann in der Wohnung stand, fragte ich mich, was ich dort eigentlich suchte.

Ich habe mir stets eingeredet, dass es eine ganz natürliche Entwicklung sei. Nach zwei Jahren Honeymoon-Phase trat man eben in ein neues Beziehungs-Zeitalter ein. Aber es gab dennoch Dinge, die ich vermisste. Der Alltag fuhr seine Stacheln aus. Titus unternahm tatsächlich ein paar halbherzige Versuche, unsere Unternehmungen wiederzubeleben. Wir fuhren nach Venedig, wo es in Strömen regnete. Auf dem bis zum Bersten gefüllten Vaporetto verlor ich die Nerven. Titus' Reaktion: Immer hast du was auszusetzen. Diese Reise machen wir nur wegen dir!

Danach verschwand das »Wir« langsam aus unserem Wortschatz.

Sascha holt mich mit einem sportlichen Italiener ab. Definitiv keine Familienkutsche. Das Auto riecht neu und sieht auch so aus. Ich lobe es ausführlich, und Sascha mustert mich amüsiert von der Seite.

»Nicht grad ein Rolls Royce«, sagt er.

»Du hast ja keine Ahnung, welche Erfahrungen ich die letzten Tage machen durfte«, antworte ich. »Frau Grundlinger fährt wie ein gesengter … äh, Mops. Und Lindes Frodo muss man vor jeder Kurve gut zureden.«

Wir biegen in den Genoveva-Hempel-Weg ein, fahren an Frau Grundlingers Frühstückspension vorbei und parken am Ende der Straße. Am Eck erwartet uns ein gedrungenes Gebäude mit gelber Fassade und weiß eingerahmten Fenstern, das schon ein paar Jahrhunderte auf dem Buckel hat, aber herausgeputzt ist wie ein Schmuckkästchen. Ein unaufmerksamer Spaziergänger würde nie auf die Idee kommen, dass es sich dabei um ein Museum handelt. Nur ein dezentes Schild neben dem grünen Tor weist auf die Geschichtsträchtigkeit des Gebäudes hin:

MUSEUM HANS KLEINHOLZ
Erfinder ohne Erfindung

»Irgendwie tragisch«, bemerke ich.

»Erstaunlich, dass er dennoch mit einem Museum geehrt wird«, sagt Sascha. »Wo gibt's das noch?«

»Eigentlich ein schöner Gedanke«, überlege ich. »Ein Museum, das auf Gerüchten beruht. Es heißt ja bloß, er habe das Perpetuum mobile erfunden. Keiner kann das heute beweisen.«

»Aber auch nicht das Gegenteil«, ergänzt Sascha. »Ist etwas nur dann wahr, wenn man Beweise dafür hat?«

»Zumindest ist es dann wahrscheinlich«, sage ich. »Behaupten lässt sich ja so gut wie alles.«

Wir einigen uns darauf, dass die Kleinholz'sche Erfindung sicher schon weit gediehen war, wenn nicht sogar vollendet, so wie es seine Frau nach seinem Tod behauptet hat.

»In Klein Ziff haben offenbar immer schon ganz besondere Menschen gelebt«, sagt Sascha und sieht mich dabei ein wenig seltsam von der Seite an. Ich wende den Blick ab. Werde ich tatsächlich rot? In meinem Alter? Uschi!

Wir betreten das Haus. Gespenstische Stille. Im Halbdunkel sitzt ein Mädchen, vielleicht Anfang zwanzig, das in einem Buch liest und erst aufblickt, als Sascha sich räuspert. Gelangweilt blickt es uns an und kaut demonstrativ Kaugummi.

»Zwei Tickets«, sagt Sascha. Er besteht darauf, mich einzuladen.

Das Mädchen knöpft ihm vier Euro ab.

»Da geht's lang.« Sie zeigt in einen düsteren Gang. Die dunklen Dielen ächzen unter unseren Schritten. Wir sehen uns an und grinsen. Es geht eine gewundene Treppe hinauf in den ersten Stock, den Eingangsbereich der Erfinder-Wohnung. Niedrige Decke, dunkle Balken, kleine Fenster. Sascha muss den Kopf einziehen, als er unter dem Türstock hindurchgeht. Die Luft ist schwer und feucht, es riecht nach Wandfarbe.

Wir erfahren, dass Hans Kleinholz zwischen 1870 und 1892 – also bis zu seinem Tod an Lungenschwäche – in ebendieser Wohnung gelebt hat. Gemeinsam mit seiner Frau Maria und den drei Töchtern Lena, Rina und Trina. Klein Ziff war damals nicht mehr als ein Weiler mit ein paar verstreuten Bauernhöfen. Im Flur hängen alte Fotografien. Fasziniert bleibe ich davor stehen. Zu sehen ist

Klein Ziff Ende des neunzehnten Jahrhunderts. Ich erkenne nur die Kirche wieder.

Leicht hatte es Hans Kleinholz offenbar nicht als Erfinder. Seine Frau wünschte sich, er würde einem »richtigen« Beruf nachgehen, doch sein Erfindergeist blieb von den Zumutungen des Alltags unberührt. Er sei mit einem »starken Willen« ausgestattet gewesen und mit einer »nie versiegenden Neugierde«, auch weit über das fünfzigste Lebensjahr hinaus. Na, das lässt ja noch hoffen.

Ich betrachte Fotos der Familie Kleinholz in allen Stadien der Ehe, mit und ohne Töchter. Dann folgt ein Abriss seines Lebens. Und hier bricht es mir das Herz.

…die Schwester seiner Mutter nimmt den kleinen
Hans auf, und er verlebt in ihrem Haus eine
unbeschwerte Kindheit.

Ich starre auf den Satz. Sascha ist bereits in den nächsten Raum vorgegangen. Er kann nicht sehen, dass ich mir verstohlen eine Träne aus dem Augenwinkel wische. Was ist denn plötzlich los? In meinem Kopf hallen immer wieder diese zwei Worte, schmerzhaft wie Nadelstiche: *unbeschwerte Kindheit, unbeschwerte Kindheit, unbeschwerte Kindheit…* Hans Kleinholz durfte bei seiner Tante aufwachsen, und ich durfte das nicht. Weshalb hatte er so viel mehr Glück als ich? Und dann bricht ein Damm, und ich schlage die Hände vors Gesicht und zerfließe in Tränen. Endlich kann ich weinen. Zum ersten Mal weine ich um Tante Hetti, und um mich und all die Momente, die wir miteinander hatten, und vor allem um die, die wir nicht hatten.

Sascha eilt aus dem Kleinholz'schen Wohnzimmer zurück auf den Flur und fragt verdattert: »Was ist los, bist du verletzt?« Doch ich kann nur schluchzen, und er sagt: »Zeig her, was tut dir weh?« Ich deute auf mein Herz, und dann auf das Foto des kleinen Hans mit seiner Tante, und Sascha versteht nur noch Bahnhof.

Wenig später sitzen wir auf der Holzbank vor dem Museum. Sascha ist einfach nur da. Bei mir. Für mich. Freundschaftlich hat er den Arm um mich gelegt. Ich kann gar nicht ausdrücken, wie viel mir das bedeutet, deshalb sage ich erst gar nichts.

Er ist es, der schließlich zu sprechen beginnt. Über Henriettes letzte Wochen. Sie war nicht krank, wurde einfach nur immer schwächer. Und dann gab ein Organ nach dem anderen auf, wie um zu sagen: Es ist genug.

»Dafür gibt es keine Erklärung«, sagt er. »Es war schwer zu akzeptieren, vor allem weil ihr Geist noch so rege war.« Karl hat ihn angerufen und nach seiner Meinung gefragt. Gemeinsam beschlossen sie, Tante Hetti nicht ins Krankenhaus zu bringen. Da muss ich gleich wieder heulen, weil ich genauso gehandelt hätte. Zugleich bin ich so erleichtert, weil ich so große Angst hatte zu fragen, woran sie gestorben ist. Jetzt weiß ich, dass sie nicht gelitten hat, und mir ist so unendlich viel leichter ums Herz.

»Aber ich sage dir, sie war stur und eigensinnig bis zum Schluss«, sagt Sascha. »Es ist immer schlimmer geworden, und das war nicht leicht für meinen Vater. An allem hatte sie was auszusetzen. Nichts war gut genug. Ich sage dir das nur, damit auch klar ist, dass sie ein Mensch aus Fleisch und Blut war.«

Ich muss lächeln. Nein, Tante Hetti war sicher keine Heilige. Das sind wir doch alle nicht. Ich sehe Sascha an. Auch er ist kein Heiliger. Und ein Tommy ist er auch nicht, genauso wenig wie ich eine Pippi bin. Die Welt ist nicht schwarz und weiß, sondern bunt in allen Schattierungen. Misstrauen wir dem ersten Eindruck, er ist eben nur ein Eindruck. Und die Phrase von der »unbeschwerten Kindheit« ist vielleicht auch nur genau das: eine Phrase.

»Alles okay?« Sascha drückt meinen Oberarm.

Mehr als okay. Ich fühle mich von einer schweren Last befreit.

»Danke«, sage ich.

»Wofür?«

»Fürs Da-Sein.«

»Du bist eine tolle Frau«, sagt er. Einfach so. Ich könnte schon wieder heulen.

»Fangen wir noch einmal von vorn an«, schniefe ich, und als er fragend die Augenbrauen hebt, deute ich auf das Museum in unserem Rücken: »Ich glaube, wir haben noch nicht alles gesehen.«

Jetzt, beim zweiten Mal, lotst er mich rasch durch den Flur durch. »Genug von den Tanten«, sagt er. Und während wir die Küche besichtigen, in der Frau Kleinholz die Mahlzeiten für die Familie zubereitet hat, und in das Schlafgemach lugen, in dem Hans Kleinholz mit Gemahlin genächtigt hat, frage ich mich, wo wohl der Haken bei Sascha ist. Er sieht gut aus, ist sympathisch, höflich, witzig, liebevoll und intelligent. Da muss ein Haken dran sein. Ist doch immer so. Bei Titus dachte ich auch anfangs: kein Haken, wunderbar.

Ehrfurchtsvoll betreten wir das Kleinholz'sche Arbeitszimmer. Ein mächtiger Schreibtisch, auf dem Boden mehrere übereinandergelegte Teppiche, die die Schritte dämpfen und für eine Atmosphäre der Konzentration sorgen. Vitrinen vollgestopft mit Steinen, Statuetten und Büchern. In der Mitte ein Tisch, auf dem mehrere Vorgängermodelle seines Perpetuum mobile ausgestellt sind. Ineinandergreifende Rädchen und Zahnräder, die sich bewegen, kleine Eisenkugeln, die aneinanderstoßen, Eisenstäbe, die auf- und abgleiten – ein Sammelsurium beweglicher Teile, die insgesamt einen Eindruck von Rastlosigkeit und Geschäftigkeit vermitteln. Auf mehreren Schildern steht: *Nicht berühren! Do not touch! Ne pas toucher!*

»Die bewegen sich aber nicht ewig so weiter«, flüstere ich Sascha zu, damit wir das Wunderwerk nicht bei seiner Arbeit stören.

»Sicher nicht, sonst würde es sich ja tatsächlich um ein Perpetuum mobile handeln. Aber das ist ja leider im Müll von Frau Kleinholz gelandet. Ich nehme an, diese Teile hier werden aktiviert und ermüden dann nach ein paar Tagen oder Wochen.« Sein Blick ist spöttisch. »Aufräumen im Hause eines Erfinders kann ganz schön schiefgehen.«

Und während Sascha die Erklärungen an der Wand liest, bleibe ich sinnierend vor dem Tisch mit den Erfindungen stehen. Ist doch ein schönes Bild für das Leben. Es bewegt sich immer was, und sei es noch so klein. Und es geht immer weiter, auch wenn man mal nicht daran glaubt. Ich beuge mich hinunter zu dieser mysteriösen Maschine, zu den Zahnrädchen, die unbeirrt ihre Arbeit verrichten und ein schnurrendes Geräusch produzieren. Wundervolle Welt der Technik, du bist mir so fremd. Und dennoch ziehst du mich magisch an.

Sogar mehr als gewollt. Denn mit einem Mal spüre ich ein schmerzhaftes Ziehen am Kopf. Eine Haarsträhne hat sich in einem Zahnrad verfangen. Ich versuche, meinen Kopf rasch zurückzuziehen, doch zu spät! Die Maschine hat die Haarsträhne schon bis zur Hälfte aufgefressen. Und dann steht sie auch schon still. O nein! Mein Herz trommelt fest gegen meine Brust. Bestimmt werde ich jetzt verhaftet. Ich habe ein physikalisches Relikt zerstört. Eine unwiederbringliche historische Konstruktion.

»Sascha!«, jammere ich. Nicht zu laut, damit das Mädchen an der Kasse nicht aufmerksam wird.

Ich deute auf meinen Kopf. »Ich hänge fest!«

»Warte mal.« Er greift die Haarsträhne mit zwei Fingern und versucht vorsichtig, sie aus dem Rädchenwerk zu ziehen. Vergeblich. Das Blut steigt mir in den Kopf. »Mach doch was, bitte!«

»Wir können nur reißen. Oder hast du eine Schere dabei?«

»Natürlich nicht. Reißen bitte!«

Beherzt packt er die Strähne, mit der anderen hält er das Rädchen fest, dann reißt er.

»Aua!«

Vorsichtig hebe ich den Kopf. Geschafft. Befreit.

In Kleinstarbeit entfernen wir einzelne blonde Haare aus dem Räderwerk.

»Und wie bringen wir das jetzt wieder zum Laufen?«

»Ich fürchte, gar nicht«, sagt er.

Ich schaue zu Hans Kleinholz rüber, dessen Porträt in

Öl über dem Schreibtisch prangt. Im Frack, mit Backenbart und Zigarre. Streng sieht er auf mich herunter. »Ich bitte um Verzeihung«, flüstere ich ihm zu. »War keine Absicht.«

»Und zum zweiten Mal zerstört eine Frau sein Werk.« Sascha grinst. »Wie ist dir das überhaupt gelungen?«

Ich schüttle den Kopf. »Gehen wir«, sage ich. »Bitte. Verschwinden wir.«

Zumindest kann ich jetzt berichten, beide Klein Ziffer Sehenswürdigkeiten ausgiebig gewürdigt zu haben.

23

Drei ruhige Tage in der *Villa Orchidee*. Linde marschiert schon wieder fleißig durch die Gegend, allerdings hat sie von uns die strikte Anweisung bekommen, bloß nichts zu heben. Karl hat ihr angeboten, erst einmal in der Villa zu bleiben und nicht mehr runter ins Dorf zu fahren, wo sie eigentlich eine kleine Wohnung gemietet hat. »Jetzt kümmern wir uns einmal um dich«, sagt er und duldet keinen Widerspruch.

Im Kiosk gehen die Renovierungsarbeiten zügig voran. Heiko Grundlinger hat die Leitungen erneuert und von sich aus angeboten, dass wir ihn erst zu bezahlen bräuchten, wenn der Verkauf wieder angelaufen sei. Die Hilfsbereitschaft der Menschen ist atemberaubend. Franziska ruft an und weiß zu berichten, dass die Gemeinde einen Zuschuss für das Eröffnungsfest in Aussicht stellt. Möglicherweise in Naturalien – aber ich nehme alles.

»Du hast dich in Klein Ziff verknallt, glaube ich«, sagt Meret, als ich ihr Bericht erstatte.

Und genauso fühlt es sich an – wie verliebt zu sein. Mit Kribbeln im Bauch, Vorfreude und liebevollen Blicken. Und wie man in den Wald hineinruft, so schallt's auch wieder heraus. Alle Menschen hier sind einfach entzückend. Bis auf, nun ja, Eva. Sie ist nach wie vor davon überzeugt, dass sie mich kaufen kann.

»Stell dir vor, Meret, jetzt hat sie zweihunderttausend geboten! Dafür, dass ich die Villa räume. Den Kiosk darf ich behalten.«

Wobei Eva sich wohlgemerkt nicht einmal dazu herabließ, persönlich mit mir zu sprechen. Sie hat mir nur eine schnöde Textnachricht geschickt.

€ 200.000 plus Kiosk. Na?

»Hartnäckig ist sie ja«, sagt Meret. »Das muss man ihr lassen. Und was hast du zurückgeschrieben?«

»Nichts natürlich! Die hat nicht einmal eine Antwort verdient.«

»Gibt es eine Summe, bei der du einknicken würdest?«, fragt Meret. »Ich meine, hast du dir schon überlegt, was du sagst, wenn sie fünfhunderttausend bietet?«

»Die bietet sie nicht.«

»Da wäre ich mir nicht so sicher. Mit den *Residenzen Morgenrot* würde sie das x-Fache an Gewinn machen. Überleg mal.«

Es macht mich müde, über Eva zu reden, am liebsten würde ich mich gleich wieder im Bett verkriechen. Ein Reflex, der auch zum Wetter passt, denn am Himmel braut sich was zusammen.

»Und der Zahnarzt?«

Als Meret Zahnarzt sagt, wird mir ganz flau im Magen.

»Ist wahnsinnig nett«, sage ich.

»Nett? Das ist ein Schimpfwort.«

»Ein großartiger Mensch«, korrigiere ich mich. »Trifft man nicht oft.«

»Das klingt ja vielversprechend.«

»Nicht so, wie du meinst.«

»Was meine ich denn?«

»Du weißt schon.«

»Raus mit der Sprache: Was läuft da?«

Typisch Meret. »Wenn eine Frau einen Mann trifft, dann müssen die nicht immer sofort im Bett landen«, erläutere ich. »Es gibt auch eine Welt außerhalb der Datingplattformen.«

»Ach ja?« Sie lacht. »Weiß ich doch, Schätzchen.«

»Er ist ein Freund«, sage ich. »Oder könnte einer werden.«

»Es gibt keine Freundschaft zwischen Mann und Frau.«

»Sagt wer?«

»Sagt Meret.«

Ich seufze.

»Da kommt ein ganz schönes Unwetter«, sagt Karl, den ich in der Küche treffe. »Du brauchst was Ordentliches zum Anziehen.«

»Meinst du, ich kann …« Ich brauche den Satz gar nicht zu beenden.

»Freilich«, sagt er. »Nimm, was du magst. Der Schrank in ihrem Zimmer ist voll. Ich habe nichts angerührt. Wenn du ihre Sachen trägst, dann ehrt es sie. Und mich freut's.« Dann kommt er auf mich zu und umarmt mich, und unter seinem Hemd spüre ich den Schlag seines alten, störrischen Herzens.

Ich entscheide mich für eine beigefarbene Strickjacke mit Hirschhornknöpfen, die mir ausgezeichnet steht, und für eine lange Regenjacke in Mintgrün. Dazu ein bunt gemustertes Tuch und ein Strohhut. Tante Hetti hatte außerdem eine respektable Taschensammlung. Taschen in allen Größen – Clutches, Schultertaschen und Shopper liegen aufeinandergestapelt in einem der unteren Schrankregale. Ich suche mir ein kleines schwarzes Täschchen aus, das ich quer über die Schulter tragen kann, ohne dass es mich belastet, und einen großen Shopper, in den ein halber Hausrat hineinpasst.

Mit immer neuen Kombinationen versehen, drehe ich mich vor dem Spiegel, der in der Innenseite der Schranktür angebracht ist, als mein Handy summt.

UNGLÜCKLICH ERBEN

Ich trage noch Hut und Tasche, so als wollte ich sofort aus dem Haus laufen, während vor dem Fenster ein Regen alttestamentarischen Ausmaßes niedergeht.

»Ja?«

»Ich bin's.« Eine ganz kleine Stimme.

»Hallo? Wer?«

»Ich. Elsbeth.«

»Frau Elsbeth! Entschuldigen Sie, ich höre Sie kaum. Wir haben gerade Gewitter.«

»Hallo? Hallo?« Und dann höre ich nichts mehr. Nur ein weit entferntes Schniefen.

»Was ist los, Frau Elsbeth? Sind Sie krank?«

»Kann man so sagen.«

»Was ist passiert?«

Mein erster Gedanke: Jetzt ist Titus ganz allein im Büro.

»Sind Sie erkältet?«

»Im Herzen.«

»Wie? Sie haben was mit dem Herzen?«

»Nichts Organisches. Aber der Herr Doktor hat mich verletzt.«

»Titus? Was hat er gemacht?«

Die Antwort geht in Schluchzen unter, bis sie schließlich sagt: »Ich habe die Verträge, die er unterschreiben sollte, nicht rechtzeitig ausgedruckt. Da hat er zu mir gesagt, dass ich abbaue.«

»*Das* hat er gesagt?« Ich kann es nicht fassen.

»Nicht wortwörtlich.«

»Sondern?«

»Er hat mich gefragt, ob ich mich eventuell ein paar Tage erholen möchte. Ob ich überlastet sei.«

Das klingt schon eher nach Titus.

»Das war sicher der Stress«, sage ich. »Das dürfen Sie ihm nicht übel nehmen. Sie kennen ihn doch.«

»Gerade weil ich ihn kenne«, sagt sie. »Warten Sie kurz.«

Lautstarkes Tröten – sie putzt sich die Nase. Dann ist sie wieder da.

Unsere sensible Frau Elsbeth. Titus weiß doch, was er an ihr hat. Und dann kommt mir spontan eine Idee: »Haben Sie ein Auto, Frau Elsbeth?«

»Natürlich«, sagt sie.

»Dann kommen Sie rasch her. Nach Klein Ziff.«

Ich erkläre ihr, wie sie fahren muss.

»Das ist nett«, schnieft sie. »Aber was soll ich bei Ihnen tun? Da draußen in Klein Zoff?«

»Ziff«, sage ich. »Und Sie können mir helfen. Ich brauche Sie.«

Sie kann in der Villa schlafen, und ich kann in nächster Zeit jede helfende Hand brauchen. Vor allem, was die Zahlen und die Berechnungen angeht, darin ist Frau Elsbeth richtig gut. Und ich richtig schlecht. Auf der anderen Seite benötigt sie das Gefühl, gebraucht zu werden. Klingt nach Win-win-Situation.

»Also gut«, sagt sie. »Ich überlege es mir.«

»Aber nicht zu lange«, sage ich. »Hier kommen Sie garantiert auf andere Gedanken.«

Wir beenden das Gespräch. Und ich fühle mich gut. Ich lasse Frau Elsbeth nicht im Stich. Ich nicht.

Später rufe ich Titus an. »Was ist passiert, Titus? Ich habe mit Frau Elsbeth gesprochen.«

Er tut so, als wisse er von nichts. »Sie ist krank«, sagt er.

»Dir ist aber schon klar, dass das was mit dir zu tun hat?«

»Ursula. Bitte nichts vermengen: Frau Elsbeth darf durchaus irgendwann ihren wohlverdienten Ruhestand antreten. Das hat auch mit der Umstrukturierung zu tun. Ich werfe sie ja nicht hinaus, sie soll sich nur mal tüchtig ausruhen. Klaus sagt, es wäre gut, wenn wir jünger würden.«

Jünger! Und das aus Titus' Mund!

»Aber du wirst doch auch nicht jünger, Titus. Keiner wird jünger. Und euren Klienten ist es doch egal, wie alt ihr seid. Hauptsache, ihr macht gute Arbeit. Ihr seid doch keine Jeansmarke!«

Ich kann förmlich spüren, wie mein Einwand an ihm abprallt. Offenbar ist es bereits beschlossene Sache. Aber wozu jammern? Ich bin ja jetzt auch Unternehmerin und kann eigene Entscheidungen treffen.

Enttäuschend ist es dennoch. Ich erinnere mich noch gut an den Tag, an dem Titus mich Frau Elsbeth vorgestellt hat. Wie eine Sonnenkönigin thronte sie damals hinter ihrem Schreibtisch. Unverrückbar. Strahlend.

Alles bröckelt. Das ist die Erkenntnis des heutigen Vormittags. Irgendwann bröckelt selbst das, von dem wir dachten, es würde ewig halten.

24

Mein Handy meldet sich. Eine Nachricht von Sascha.

Darf ich den Kiosk sehen? Grüße, S.

Seit unserem Museums-Besuch habe ich nichts mehr von ihm gehört. Jetzt macht mein Herz tschingderassabumbum. Himmel, beruhige dich, Uschi! Klar will er sehen, wie weit die Renovierungsarbeiten gediehen sind. Schließlich kennt er den Kiosk noch aus den aktiven Zeiten von Hetti und seinem Vater. Was antworte ich? Gern, jetzt sofort? Klingt überambitioniert, als ob ich nichts anderes zu tun hätte. Habe ich auch nicht, aber das muss er ja nicht wissen. Ich starre auf das Telefon. Was soll ich schreiben? Gerne, morgen Vormittag? Nachmittag? Übermorgen Abend?

Ping! Eine weitere Nachricht. Gleich mal nachschauen.

Hast du zufällig jetzt gerade Zeit? Bei mir ist ein Termin ausgefallen. Grüße, S.

Er nimmt mir die Entscheidung ab. Umso besser. Ja, zufällig habe ich Zeit. Was hat er denn für Termine in Klein Ziff? Eigentlich dachte ich ja, er wollte sich um seinen Vater kümmern; seit dem ersten Aufeinandertreffen ist er aber nicht mehr in der Villa aufgetaucht. Rätselhaft. Werde mal nachforschen.

Ich werfe einen Blick aus dem Fenster. Es tröpfelt nur noch.

Ich treffe Karl im Flur.

»Du gehst?«, fragt er.

»Zum Kiosk. Nur auf einen Sprung.«

»Soll ich dich hinfahren?«, ruft Linde aus der Küche.

»Kommt nicht infrage, ich laufe!«

Und schon bin ich draußen. Erfreulicherweise hat sich meine Kondition verbessert, seit ich hier bin. So viel laufe ich in der Stadt normalerweise nicht.

Während ich den Hügel hinunterstolpere, tanzen meine Gedanken Tango. Am Samstag ist die Eröffnung. Ich habe Titus noch nicht eingeladen. Und dann fällt es mir ein: Freitag findet doch Livs Event *Sleeping Beauty* im Seepalast statt! Und ich kann nicht dabei sein! Ach du Schande. Was jetzt? Ich wollte doch auch so gern, dass Liv zur Eröffnung des Kiosks kommt! Warum passiert viele Jahre lang so gut wie nichts in meinem Leben, und dann plötzlich alles auf einmal?

Und dann sehe ich in der Ferne einen gelbweißen Blitz, der über den schwarzen Himmel zuckt und für den Bruchteil einer Sekunde die Welt erleuchtet, und ich denke: Vielleicht ist das Tante Hetti. Vielleicht will sie mir sagen, dass ich endlich aufhören soll nachzudenken – so wie ein Kurzschluss, der ein elektrisches Gerät lahmlegt. Wenn man das Gehirn überfordert, schaltet es doch auch irgendwann ab.

Nach ein paar Sekunden grollt der Donner heran – ein lauter werdendes Grummeln, das die Luft erzittern lässt.

Und dann taucht vor mir bereits der Kirchturm von Klein Ziff auf, gefolgt vom Flachdach des Bahnhofsgebäudes. Und die kleine Hütte dazwischen, das ist der Kiosk. Mein Kiosk.

Ich sperre das Schloss auf, öffne die Tür. Und da die Möbel alle an die Wände gerückt sind, sehe ich sofort die Bescherung: Eine große Pfütze begrüßt mich in der Mitte des Raums. Und das Schlimmste: Der Regen hat das Bild von Hannelore Pokorny zerstört. Lange Farbschlieren laufen die Leinwand hinunter. Der Männerakt – nur noch ein Schatten seiner selbst. Du lieber Himmel! Die wird mir den Kopf abreißen. Ich sehe sie bereits zetern und mit ihren Stöcken herumfuchteln. Ihr wertvolles Bild! Der Po ist gar nicht mehr als solcher zu erkennen, die Beine auch nicht – alles ein einziger Farbmatsch.

Vielleicht kann ich ja noch was retten?

Ich greife nach einem Stück Küchenpapier und versuche mit wachsender Verzweiflung, die feuchten Schlieren mit dem Papier aufzutupfen. Ganz vorsichtig. Mit viel Gefühl nähere ich mich dem Akt, berühre die Leinwand nur ganz sachte. Interessante Effekte, die sich durch die Intervention ergeben, direkt impressionistische Farbverläufe. Aber Hannelore Pokorny wird wohl nicht beeindruckt sein. Mit dem Ursprungsbild hat das, was vor mir an der Wand hängt, nun gar nichts mehr zu tun.

Mir ist übel.

Was jetzt? Wenigstens die Pfütze aufwischen. Das wird mir ja wohl noch ohne Unfall gelingen. Kein Mopp zu finden, nur ein altes Handtuch. Also gut. Dann muss eben das herhalten. Ich knie mich auf den Boden und beginne, das Wasser aufzunehmen. Dabei geht mir so viel durch den Kopf. Dachreparatur – wer soll die zahlen? Das Bild – Hannelore wird mir den Kopf abreißen! Und wenn Frau Elsbeth heute schon antanzt? Was ist, wenn sie in der Villa ankommt, bevor ich zurück bin? Ich habe völlig vergessen, Karl und Linde Bescheid zu geben. Bravo, Uschi. Jetzt ist es dir gelungen, hier auf dem Land mehr Stress zu verursachen als im Büro. Das darf ja wohl nicht wahr sein. Und während ich so grüble, spüre ich plötzlich eine Hand auf meiner Schulter und falle vor Schreck fast vornüber in die Pfütze.

»Bitte entschuldige, bin nur ich!«

Sascha steht hinter mir.

»Schon gut.« Ich ächze und richte mich auf. »Schön, dass du gekommen bist!«

Ich freue mich ehrlich. Er trägt ein blendend weißes Shirt und sieht heute besonders tommyhaft aus. Will heißen: ausgeschlafen und abenteuerlustig. Hat er sich extra wegen mir und unserem Treffen im Kiosk Kunterbunt so aufgeputzt? Achtung, Ursula!, meldet sich eine Stimme in meinem Inneren. Bilde dir bloß keinen Unsinn ein.

»Sieh dir das an!« Ich deute auf das Bild. »Der Regen hat kräftig hineingepfuscht. Eine Katastrophe. Die Künstlerin hat uns das Bild unter größten Vorbehalten geliehen. Ich weiß nicht, was passiert, wenn sie das Malheur sieht.«

Er wirft einen langen Blick auf das Bild. »Also, ich find das gar nicht übel, ganz ehrlich. Wirkt ... nun ... ambitioniert. Und provokant. Diese Schlieren geben dem Ganzen etwas Hoffnungsvolles. Die könnten auch Absicht sein.«

Ich lache ein Lachen der Verzweiflung. »Du interessierst dich für Kunst?«

»Sehr«, sagt er. »Meine geheime Leidenschaft.«

»Oh.«

Wieder was gelernt. Er interessiert sich für Kunst. Ist doch was Schönes.

»Dann sag das bitte der Künstlerin. Frau Pokorny freut sich bestimmt über ein positives Feedback aus berufenem Mund.«

»Die Pokorny vom Sportclub?«

»Genau die.«

»Henriette war mit ihr beim Nordic Walken, solange es ihr noch gut ging. Ich wusste nicht, dass sie malt.«

Ich hätte an dieser Stelle eine spöttische Bemerkung erwartet, aber da kommt nichts. Er scheint nachzudenken.

»Es ist gut«, sagt er schließlich. »Richtig gut.«

»Ehrlich?«

Ich kann es kaum glauben.

»Ich kenne sogar jemanden, dem das gefallen könnte. Er sammelt zeitgenössische Kunst und arbeitet auch als Gutachter. Den könnte ich eventuell hierherlocken, damit er sich dieses Bild einmal ansieht.«

»Das würdest du tun? Das wäre fantastisch!« Vielleicht steckt tatsächlich mehr Talent in Frau Pokorny, als wir ahnen.

Sascha lächelt sein Tommy-Lächeln. Grübchen im Kinn. Wo ist dein Haken?, möchte ich ihn fragen. Tu ich natürlich nicht. Oder: Wo ist deine Frau, wo sind deine Kinder? Vielleicht interessiert er sich gar nicht für Frauen, kann ja auch sein. Oder er ist asexuell. Oder im männlichen Wechsel und spielt nur noch mit der Modelleisenbahn. Oder er züchtet Lurche und handtellergroße Spinnen im Schlafzimmer.

Sascha sieht sich um. »Toll renoviert«, sagt er anerkennend. »Hast wohl eine Menge Leute, die dir helfen?«

Ist das ein Angebot, ebenfalls mitzuhelfen? Soll ich

jetzt Ja oder Nein sagen? Ich entscheide mich für den Mittelweg. »Zum Glück arbeiten einige mit, aber wir können immer noch zusätzliche Hilfe gebrauchen. Hast du eigentlich viele Termine hier in der Gegend?«

Elegant vom einen zum anderen Thema gesegelt. Falls er mitarbeiten wollte, könnte er hier einhaken.

Das tut er aber nicht. »Geht so«, sagt er.

Da fällt mir auf: Wir stehen immer noch herum, und ich habe ihm nichts zu trinken angeboten. Was bin ich für eine Gastgeberin? Ich deute auf einen der Barhocker: »Setz dich doch. Was möchtest du trinken?«

Er wehrt ab. »Keine Umstände, bitte. Ich bin gleich wieder fort.«

Ich bin enttäuscht, versuche aber, es nicht zu zeigen.

»Wie lange bleibst du noch?«, frage ich ihn.

»Die Eröffnung lasse ich mir jedenfalls nicht entgehen«, sagt er und lächelt.

»Vom Kiosk?«

»Wovon denn sonst?«

Ich fühle mich geehrt. »Und dann musst du zurück in deine Praxis?«

»Ich weiß nicht«, sagt er leise. Und setzt nun doch hinzu: »Ich habe mir eine Auszeit von meinem Job genommen. Weiß nicht mehr, ob das das Richtige ist. In der Mitte des Lebens überlegt man alles neu.«

Auch die eigene Beziehung, denke ich.

»Auch die eigene Beziehung«, sagt er. Mich trifft der Schlag. Er denkt wie ich. Nun, jetzt sind wir wenigstens beim Thema.

»Hast du Kinder?«, frage ich ihn, um die Frage »Bist du verheiratet?« elegant zu umschiffen.

Er schüttelt den Kopf. »Bin auch nicht verheiratet.«

Ich warte ab.

»Ich hatte eine längere … Geschichte. Ach, wie heißt es so schön auf Facebook? Beziehungsstatus: Es ist kompliziert.«

»Bei mir auch«, sage ich. »Also kompliziert.«

Er sieht mich aufmerksam an. »Und Kinder?«

»Kein eigenes. Ich habe eines gratis zur Ehe dazubekommen«, sage ich und lächle. »Als Beigabe sozusagen.«

Er lacht. »Klingt praktisch.« Und sagt dann ohne Überleitung: »Ich finde es großartig, was du hier machst. Aber nicht nur das.«

Ja? Was kommt jetzt? Meine Ohren sind gespitzt, es kribbelt im Magen.

Er grinst. Ich grinse. Er streicht mit der Hand über meinen Oberarm. Du meine Güte. Bitte mach, dass er mein Zittern nicht bemerkt. Wie peinlich. Das ist alles nur FREUNDSCHAFTLICH, sagt eine Stimme in meinem Kopf. Glaub ja nicht, dass das etwas bedeutet!

Bilde ich mir das ein, oder ist er ein wenig näher gekommen?

Sag was, du musst was sagen! Die Stille ist kaum zu ertragen. Und dann dieser Blick. Uschi, bitte, nicht reinfallen, einfach wegschauen! Schau weg!

»Es ist lange her«, sagt er, »dass ich mich in Gegenwart einer Frau so wohlgefühlt habe.«

Ich schmelze dahin.

»Ich auch«, sage ich. »Ich meine jetzt nicht in Gegenwart einer Frau – du verstehst schon.« Ich kichere wie ein kleines Mädchen. Bin völlig durcheinander. Sascha strahlt. Seine blauen Augen fixieren mich. Ich schwanke. Und dann …

Tja. Dann öffnet sich die Tür. Und herein kommt: Eva.

»Ich störe hoffentlich nicht«, sagt sie spitz.

Doch, tust du. Und wie.

»Was tust du hier?«, frage ich sie.

»Du hast mir nicht geantwortet«, sagt sie.

»Muss ich das denn?«

»Ich bin zufällig vorbeigefahren und habe mir gedacht, ich schaue mal, ob du da bist.«

»Das siehst du ja jetzt.«

Hautenges Schlangenlederkleid, schwarzer Ledermantel, rote Aktentasche. Sie stöckelt auf uns zu. Besser gesagt: auf Sascha.

Gibt ihm tatsächlich Küsschen, eines rechts, eines links. Und er macht mit, verdutzt zwar, aber er wehrt sich nicht. Wie bitte? Was geht hier vor?

»Hast du schon mit dem Herrn Papa gesprochen?«, fragt sie ihn. »Je mehr Interessenten, desto besser.«

Interessenten? Wofür?

»Sascha?«, flüstere ich.

Er sieht zu Boden.

»Was für Interessenten?«

Eva schließt für einen Moment die Augen, so als ob es ihr endlose Mühe bereitete, mir die Welt zu erklären, wo ich doch so schwer von Begriff bin.

»Für die *Residenzen*«, sagt sie. »Wofür denn sonst?«

Moment mal. Wieso sollte sich Karl für die *Residenzen Morgenrot* interessieren? Und hatte es nicht letztes Mal noch geheißen, dass es ein Ferienheim für benachteiligte Kinder wird?

Willkommen am Lügen-Büfett. Was darf's denn diesmal sein?

»Das Kinderferienheim war eine Überlegung. Mittlerweile haben wir einen anderen Plan. Betreutes Wohnen. Dafür gibt's Förderungen vom Land.«

Betreutes Wohnen? Und Sascha zieht tatsächlich Evas *Residenzen* in Betracht? Das kann nicht sein. Er hat mir doch selbst gesagt, dass er total dagegen ist. Und überhaupt – verplant die schon wieder meine Villa? Ich weiß grad gar nicht, wohin mit meiner Empörung.

Jetzt legt Eva ihm sogar die Hand auf die Schulter.

Ich sehe die beiden an und kann's nicht glauben. Verräter. Alle zusammen.

Mir bleibt nur eins: raus hier, und zwar sofort. Ich stürze aus dem Kiosk. Jemand ruft mir nach. Ich kann's nicht verstehen, höre nur dieses laute Rauschen im Kopf.

Sascha steckt mit Eva unter einer Decke.

So ist das also.

Ich habe ihn gefunden, den Haken.

TEIL III

Tante Hetti hatte recht

25

Ich fühle mich leer. Normalerweise fasse ich nicht allzu leicht Vertrauen zu jemandem. Das dauert. Weil ich genau davor Angst habe: wieder einmal enttäuscht zu werden. Dann lieber rechtzeitig zurückziehen. So tun, als sei nichts passiert.

Sascha kennt Eva. Dann muss er doch wissen, dass sie eine notorische Lügnerin ist und nichts Gutes im Schilde führt. Wieso behauptet er, dass er sich um seinen Vater sorgt, wenn er sich andererseits für die *Residenzen Morgenrot* interessiert und Karl sogar davon überzeugen möchte, sich dort eine Wohnung zu reservieren? Das würde zumindest erklären, weshalb Karl in diesen Tagen nicht gut auf seinen Sohn zu sprechen ist. Karl will doch nie und nimmer in die *Residenzen Morgenrot*, selbst wenn sich tausend Pflegerinnen gleichzeitig um ihn kümmerten! Er will seinen Lebensabend in der *Villa Orchidee* verbringen, das ist sonnenklar. Seinen Garten pflegen, mit Linda Späße machen, Besuch empfangen. So lange es geht.

Mein Handy vibriert. Bestimmt ist es Sascha. Ich geh nicht ran. Der Anstieg zur Villa ist diesmal besonders kräftezehrend. Oder ist das der Ärger? Und schon wieder vibriert mein Handy. Jetzt werfe ich doch einen Blick drauf. Liv.

Ich halte das Telefon ans Ohr. »Engelchen, wie geht

es dir?« Versuche, fröhlich zu klingen. Unbeschwert. Sie merkt trotzdem etwas.

»Was ist los?«, fragt sie. »Du klingst so anders.«

»Ich geh grad einen Berg rauf.«

»Einen Berg? Alles in Ordnung?« Sie weiß, dass ich bergsteigen nicht leiden kann.

»Kein richtiger Berg, eine Anhöhe. Ein Hügel, um genau zu sein.«

»Wo bist du?«

»Auf dem Land. Hör mal: Hast du diesen Samstag schon was vor?« Bitte, bitte sag Nein, denke ich.

»Samstag? Wieso? Am Freitag ist *Sleeping Beauty* im Seepalast. Ihr kommt doch, du und Papa?«

Au weh, au weh.

»O Liv, es tut mir so leid! Ich habe hier eine riesige Baustelle, kann dir das alles gar nicht erklären am Telefon. Ich schaffe es beim besten Willen nicht in die Stadt am Freitag, wollte dich aber fragen, ob du am Samstag nicht hierherkommen möchtest. Du bekommst eine Bühne und kannst den Leuten hier ein bisschen was übers Schlafen erzählen. Na, wie klingt das?«

Es beginnt schon wieder zu tröpfeln. Egal.

»Überraschend klingt das«, sagt Liv. »Und ›hierher‹ ist wo genau?«

»Klein Ziff.«

»Klein was?«

»Bei Groß Ziff. In der Nähe von Sankt Filippen.«

Stille. Dann sagt sie: »Was machst du dort?«

»Was Familiäres. Erkläre ich dir alles vor Ort. Ich würde dich wahnsinnig gern sehen.«

Ja, Liv geht mir ab. Sogar Titus geht mir ab. Ich vermisse die Stadt. Mein Leben vor der Erbschaft. Ich vermisse das, was mir davor wichtig war.

Liv verspricht, es sich zu überlegen, und verzeiht mir, dass ich am Freitag nicht bei ihrer Show dabei sein werde. Ein riesiger Felsbrocken fällt mir vom Herzen. Wenigstens ist das erledigt.

Kaum habe ich das Gespräch beendet, ist alles wieder da: Eva, die auf Sascha zugeht und ihn links – schmatz! – und rechts – schmatz! – auf die Wange küsst. Das geht immer so weiter auf meiner inneren Leinwand, und Stopptaste finde ich keine – schmatz, schmatz, schmatz, schmatz. Den Magen dreht es mir um. War das von Beginn an ein abgekartetes Spiel, und Sascha hat den charmanten Begleiter bloß gemimt, um herauszufinden, wie man mir mein Erbe abluchsen kann?

Wäre ich nicht Titus' Frau, ich würde bei ihm anrufen und einen Termin vereinbaren. Ehrenfried, übernehmen Sie. Aber das geht ja nicht.

Meine Enttäuschung treibt mich förmlich den Hügel hinauf. Es gießt mittlerweile in Strömen. Hintergrundmusik: rumpelnder Donnersound. Passt gut zu meiner Stimmung. Ich bin traurig und wütend zugleich, manchmal behält das eine, manchmal das andere Gefühl die Oberhand. Oben angekommen, werde ich mich umgehend in mein Zimmer schleichen; in diesem Zustand möchte ich niemandem begegnen.

Auf dem Parkplatz vor der *Villa Orchidee* steht ein fremdes Auto mit dem Kennzeichen der Stadt. Wer ist das? Bitte keine Besucher im Haus. Ich bin jetzt wirklich nicht in der Verfassung für Small Talk.

Da fällt es mir ein: Die Geister, die ich rief! Das wird der Wagen von Frau Elsbeth sein. Ich habe ihr doch selbst gesagt, sie solle sich sofort auf den Weg machen. Ojemine.

Möglichst leise öffne ich die Eingangstür. Fünf Minuten Ruhe in meinem Zimmer, gebt mir bitte nur diese fünf Minuten!

Doch keine Chance. Linde, Karl und Frau Elsbeth stehen im Flur und unterhalten sich. Als ich eintrete, verstummt das Gespräch. Alle drei starren mich an wie etwas, mit dem ein Hund zu lange gespielt hat.

Linde ist die Erste, die ihre Stimme wiederfindet. »Mensch, Uschi, wie siehst du denn aus?«

»Hast du denn keinen Schirm mitgenommen?«, fragt Karl. »Wir verfügen über eine großzügige Kollektion im Haus!«

»Frau Ursula.« Das ist alles, was Frau Elsbeth rausbringt. Ganz salopp ist sie angezogen – Jeans, bunte Bluse, Anorak. So habe ich sie noch nie gesehen.

»Es – es tut mir so leid«, stottere ich. »Karl, ich wollte dir Frau Elsbeth noch ankündigen. Sie ist die wichtigste Mitarbeiterin in der Kanzlei und wird ein paar Tage bei uns verbringen. Kann sie in einem der Zimmer unterkommen?«

»Selbstverständlich«, erklärt Karl. »Wir haben uns ohnehin schon bekannt gemacht, nicht wahr?«

»O nein, mein Kind, so lange bleibe ich nicht«, erwidert Frau Elsbeth und hebt abwehrend die Hand. »Es ist sowieso furchtbar nett, dass ich Sie hier besuchen darf. Nach allem, was passiert ist«, setzt sie hinzu.

Ich lasse keine Widerrede zu. »Frau Elsbeth, Sie bleiben«, sage ich. »Ich brauche Sie. Dringend.«

Diese Worte bewirken eine Metamorphose. Ihr Gesicht leuchtet augenblicklich auf. »Natürlich unterstütze ich Sie sehr gern, wie Sie wissen.«

»Aber erst mal ab ins Bad mit dir.« Linde schnappt mich am Oberarm und dirigiert mich in Richtung Flur. »Ich zeige ihr das Zimmer, mach dir keine Sorgen.« Sobald wir außer Hörweite sind, zischt sie: »Was ist los mit dir? Was ist passiert? Du siehst drein, als wäre dir der Leibhaftige höchstpersönlich begegnet!«

»So ähnlich«, murmle ich. »In Gestalt von Eva.«

Wir stehen vorm Bad.

»Und?«, fragt Linde.

»Du, ich schaff das jetzt nicht. Bitte lass uns später drüber reden. Ich bin fix und fertig.«

Linde tritt ins Bad und lässt Wasser in die Badewanne laufen. Dann öffnet sie den Spiegelschrank und nimmt zwei Fläschchen heraus. »*Fühl dich wohl* oder *Inspiration für den Neubeginn*?«, fragt sie, und ich muss erst mal lachen. »Was ist daran so lustig?«

»Erklär ich dir später. Zweiteres.«

»Also der Neubeginn.« Sie geht zur Wanne und schüttet den gesamten Inhalt ins Badewasser, das sich sofort grasgrün färbt. »Das sollte reichen«, sagt sie. »Grün ist die Hoffnung. Wenn du was brauchst, dann rufst du, okay?«

Sofort fühle ich mich besser. Linde schließt die Tür hinter sich, und ich schlüpfe aus den nassen Klamotten und lasse mich ins warme Wasser gleiten. Was für eine Wohltat. Dann halte ich mir die Nase zu und tauche unter.

In der Wirtschaft nennt man den Plan, wie man aus

einem Projekt oder einer Firma wieder rauskommt, Exit-Strategie. Meist geht das durch Verkauf. Tod wäre auch eine Möglichkeit, scheidet aber aus. Wie lautet meine Exit-Strategie? Ich sitze auf meinem Bett und rubble mir die Haare mit einem Handtuch trocken. Der Blick fällt durch das Fenster in Richtung Garten. Zaghaft wagt sich die Sonne zwischen den Wolken hervor. Vorsichtiges Tschilpen. Die Vögel trauen dem Frieden noch nicht ganz. Genauso wenig wie ich.

War es ein Fehler, das Erbe anzutreten? Mein erster Impuls war es doch gewesen, es abzulehnen. Jetzt ist mir schleierhaft, warum ich nicht darauf vertraut habe.

Mein Kopf brummt, mein Herz pocht Ver-rat, Ver-rat, Ver-rat. Ich rufe Meret an. Irgendwem muss ich es erzählen, sonst platze ich.

»Hey, Süße.« Ich höre Lärm im Hintergrund.

»Wo bist du?«

»Florentin hat Landhockey. Ich warte mit Cassy vorm Sportplatz. Dann gehen wir mit Roman ein Eis essen. Vanille und Stracciatella.«

»Sehr ungewöhnlich«, murmle ich. Sie hat mir doch immer vorgebetet, dass sie mindestens ein halbes Jahr mit einem Typen zusammen sein will, bevor sie ihn ihren Kindern vorstellt.

»Das Eis?«

»Natürlich nicht«, gebe ich zurück. »Sondern dass ihr gemeinsam etwas unternehmt. Weil du doch immer gesagt hast …«

»Ach, was interessiert mich, was ich gestern geplappert habe! Wir leben jetzt! Sag schnell: Wie läuft's bei dir?«

»Mittelprächtig.«

Meret kennt mich gut genug, um zu wissen, dass das nichts Gutes bedeutet.

»Was ist passiert?«

»Sascha …«

Ein lautes Fiepen in meinem Ohr. Beinahe fällt mir das Telefon aus der Hand. Du lieber Himmel, was war das?

»Flo, lass das, hörst du? Gibt mir sofort die Pfeife. Flo!«

»Weißt du, was, verschieben wir das Gespräch einfach«, sage ich schwach. »Ich muss jetzt sowieso zu den anderen. Sehen wir uns zur Kiosk-Eröffnung?«

»Na klar! Wir kommen! Alle vier!«

Das bedeutet, dass ich Roman kennenlernen werde. Auch gut.

»Schön«, sage ich trocken. Normalerweise würde ich mich wirklich freuen. Aber ich kann nicht. Es geht einfach nicht.

Eine Männerstimme, die sich in die Unterhaltung einklinkt. Wahrscheinlich Roman. Plötzlich fühle ich mich wie ein Eindringling und schrecklich einsam. Ich tippe auf das rote Telefon-Icon. Ich will niemandem zur Last fallen. Meret soll sich freuen dürfen, so viel sie will. Und sie muss mir auch nicht das Händchen halten, wenn es bei mir gerade nicht so gut läuft. Niemand muss das.

Fürs Abendessen hat Frau Elsbeth sich schick gemacht. Sie trägt eine gestreifte Bluse, die ich bereits von der Kanzlei kenne, und einen dunkelblauen Faltenrock. Wir nehmen einen Aperitif auf der Terrasse ein. Nach dem Gewitter schmeckt die Luft wie frisch gewaschen. Frau Elsbeth sitzt nur da und schaut raus in den Garten. Ganz still ist sie.

»Wenn ich gewusst hätte … «, sagt sie nach einer Weile.

»Ja?«

»Dass es hier so schön ist. Ich hätte Sie nicht dauernd … gestört.«

»Kein Problem, Frau Elsbeth. Kommen Sie erst mal in Ruhe an.«

Karl bringt eine neue Runde Drinks. Linde hat sich zur Feier des Tages ein neues Shirt angezogen und die grüne Pluderhose gegen eine lilafarbene getauscht. Um den Hals trägt sie einen riesigen Zahn an einer Kette.

»Tiger?«, frage ich und deute auf den Zahn.

»Löwe«, sagt sie. »Löwenzahn.«

Wir lachen.

»Es ist so friedlich.« Frau Elsbeth seufzt. »Ich bin das gar nicht mehr gewöhnt, nach dreißig Jahren in der Stadt. Immer dieser Autoverkehr und das Klingeln der Straßenbahn. Und das Geschrei. Ich dachte, im Alter würde mir das weniger ausmachen, weil man da ohnehin schlechter hört. Die Wahrheit aber ist: Ich bin noch empfindlicher geworden.«

Karl bietet ihr eine Führung durch den Garten an, während ich Linde in die Küche begleite, um ihr bei den letzten Vorbereitungen fürs Essen zu helfen. Der Gemüseauflauf mit Mozzarellahaube bräunt im Ofen; dazu gibt's gemischten Salat und als Nachtisch Brownies mit Vanilleeis. Ich falte die Servietten.

»Geht's dir besser?«, fragt Linde.

Meine Antwort: ein tiefes Seufzen.

»Also«, – Linde faltet die Hände –, »raus damit.«

»Die Kurzversion: Sascha steckt mit Eva unter einer Decke.«

»Und was für eine Decke soll das sein?«

»*Residenzen Morgenrot.*«

»Ich dachte, die sind längst vom Tisch?«

»Sind sie ja auch! Aber Eva gibt nicht auf.«

»Und Sascha steckt da mit drin? Unmöglich. Das ist ein Missverständnis, ganz sicher.« Linde schüttelt den Kopf.

»Sie hat ihn rechts und links geküsst. Und ihn gefragt, ob er schon mit seinem Herrn Papa gesprochen hat. Wegen der Residenzen.«

»Und du?«

»Ich bin natürlich rausgelaufen!«

»Du bist weggelaufen?«

»Was hätte ich denn machen sollen? Bleiben? Und mir das anhören?«

»Zum Beispiel?«

»Eva hat doch schon alle Register gezogen. Einmal sollte es sich sogar um ein Erholungsheim für Kinder handeln, wahrscheinlich, um den Bürgermeister auf ihre Seite zu ziehen. Heute ist plötzlich betreutes Wohnen für betuchte Senioren geplant. Sascha sollte wohl Karl überreden, sich für eine dieser Wohnungen anzumelden. Wahrscheinlich hofft Eva, dass ich auf die Villa verzichte, wenn Karl sich für das betreute Wohnen entscheidet. Letzter Strohhalm quasi.«

»Kann ich nicht glauben«, sagt Linde. »Der lässt sich doch nicht für so einen billigen Trick benutzen.« Linde sieht mich forschend von der Seite an.

»Hey, kann es sein, dass du …«

»Was.«

»Heimlich ver…«

O nein, denke ich. Sprich's nicht aus, Linde, bitte. Sprich's nicht aus. Mein Herz schlägt so laut, als wollte es sich in der örtlichen Blaskapelle als Trommler bewerben. Ich spüre, wie mir das Blut in den Kopf steigt. Himmel, was ist bloß los mit mir? Was sind das für teenagerhafte Anwandlungen?

»Nein«, sage ich schnell. »Nein, nein, nein. Wirklich nicht. Du bist ja verrückt!«

»Ich meinte: Kann es sein, dass du heimlich verletzt bist? Was hast du denn gedacht?«

»Ach. Ach so.«

Sie lacht. »Du bist so leicht zu durchschauen, Urseluschi. Du bist quasi transparent.«

»Ist das jetzt ein Kompliment oder eine Beleidigung?«

»Such's dir aus.«

»Ich gehe mal ... äh, zu den anderen«, sage ich.

»Dein Gesicht.«

»Was ist damit?«

»Schau in den Spiegel.«

Okay. Ich gehe raus auf den Flur. Oha. Mein Gesicht ist knallrot. Tomaten-Erdbeer-Wassermelonenrot. Ich lege meine Handflächen an die Wangen. Der Körper lügt nicht, heißt es? Mir wäre lieber, er würde es.

Die Losung lautet: ablenken. Und das ist nicht schwer. Ich brauche nur an die Eröffnung des Kiosks zu denken, und schon poppen tausend Aufgaben auf.

Frau Elsbeth ist die Liebenswürdigkeit in Person. In allem will sie mithelfen. Sie möchte sogar das Geschirr per Hand abwaschen. Wir drängen sie aus der Küche zurück auf die Terrasse. Ihre ungenutzten Energien kann sie anderswo einbringen.

Als ich mit der To-do-Liste wiederkomme, sitzt sie kerzengerade ganz vorn auf ihrem Stuhl, bereit, sofort aufzuspringen.

Erste Position: Installateur und Dachdecker. Die kosten Geld. Geld, das nicht vorhanden ist. Aber der Dachdecker muss sich ansehen, wie es hineinregnen konnte, und das ist erst der Anfang.

»Oh, bei der Tafel habe ich gelernt, wie man Spenden sammelt. Ich kann mir vorstellen, dass der eine oder andere meiner Kontakte investieren möchte, wenn ich ihm erzähle, dass es um die nachhaltige Entwicklung der ländlichen Region geht.«

Nachhaltig – Entwicklung – ländliche Region: Frau Elsbeth hat den Bogen raus. Sie bietet mir auch gleich an, etwaige Fördermöglichkeiten des Bundes zu checken.

Zahlreiche Kammerjägerinnen haben angeboten, sich mit Naturalien an der Eröffnungsfeier zu beteiligen. Wir müssen alle noch einmal anrufen und eine Liste anlegen. Auch das übernimmt Frau Elsbeth. Zudem benötigen wir für Liv – falls sie zusagen sollte – ein Mikro und eine gute Tonanlage. Bestimmt möchte auch Franziska als Bürgermeisterin etwas sagen. Alle, die im Kiosk arbeiten werden, brauchen mintgrüne Schürzen. Eine Registrierkasse ist auch vonnöten.

So vergeht der Nachmittag. Linde bringt uns Getränke und einen Kirsch-Strudel – wo hat sie den jetzt hergezaubert, bitte?

Als wir fertig sind, zieht sich Frau Elsbeth beglückt ins Wohnzimmer zurück. Karl stellt ihr seinen Laptop zur Verfügung. Er ist, was elektronisches Gerät betrifft, up to date wie ein YouTuber.

»Der Chef kommt auch?«, fragt Frau Elsbeth.

Titus. Klar.

»Könnten Sie ihm eine Einladung schicken?«, bitte ich sie. »Per Mail.« Ob er einen Brief öffnet, ist fraglich. Die Post habe ja immer ich geöffnet.

»Mit einer Erklärung?«

»Ohne Erklärung.«

»Sonst noch was?«

»Danke, Elsbeth. Das ist schon mehr als genug.«

Das rutscht mir einfach so raus. Elsbeth. Ohne Frau davor.

»Oh«, sagt sie, und ihre Wangen wechseln ins Roséfarbene. »Das freut mich aber! Ich habe mich das ja all die Jahre nicht getraut.«

Und dann fügt sie ein verschämtes »Uschi« hinzu, und das klingt so vertraut und gleichzeitig so neu, dass es mir die Seele wärmt.

26

HABE EINEN GUTACHTER FÜR DAS BILD! MELDE DICH BITTE!!!

Sascha. In Großbuchstaben. Mit drei Rufzeichen. Laut und deutlich, als könnte ich seine Nachricht sonst überhören. Er hat also einen Gutachter. Und damit seine Ankündigung eingelöst. Was erwartet er jetzt? Jubelschreie? Dankesbezeugungen? Eine Torte?

Sascha hat schon ein paarmal versucht, mich zu erreichen, aber ich habe es bevorzugt, nicht mit ihm zu sprechen. Diese Mitteilung werde ich allerdings nicht gänzlich ignorieren können, das bin ich Hannelore Pokorny schuldig. Ich schreibe also zurück, in Kleinbuchstaben und ohne Rufzeichen, ganz unaufgeregt:

Er soll sich direkt mit mir in Verbindung setzen.

Punkt und aus. Senden. Ich bin stolz auf mich. Bravo.

Und dennoch nagt Enttäuschung an mir. Etwas Unvollständiges, das schmerzt. Und nach Aussprache verlangt. Weil ich verstehen will. Ich will seine Motive nachvollziehen können. Was genau ist geschehen? Eva hat ihn offenbar gebeten, mit Karl über die *Residenzen* zu sprechen. Das ist es, was ich mit eigenen Ohren gehört habe. Das bedeutet gleichzeitig, dass sie hinter unserem Rücken auch weiterhin an verschiedenen Schrauben dreht, um ihr Projekt durchzusetzen.

»Hallo? Uschi?«

Ich sehe auf. Elsbeth steht offenbar schon länger auf der Schwelle zwischen Küche und Wohnzimmer.

»Entschuldige, hast du was gesagt?«

Sie wedelt mit einem Zettel. »Wir sollten das hier kurz durchgehen.«

»Oh. Ja, natürlich. Komm, setz dich.«

Die Getränke sind bestellt, das Büfett liefern die Kammerjägerinnen. Jede bringt etwas anderes mit, Elsbeth hat jede einzelne noch mal kontaktiert. Von griechischem Bauernsalat bis zu Wiener Schnitzel ist alles dabei.

»Großartig.« Ich drücke ihre Hand. Elsbeth sieht beschämt zur Seite. Sie hat so viel Lob verdient. Damit ist man in der Kanzlei ja nicht gerade verschwenderisch umgegangen.

»Peter Resei kommt am Freitag um zehn«, sagt sie. »Der Dachdecker.«

»Wunderbar, aber ...« Das »Wie wollen wir den bezahlen?« bleibt mir im Hals stecken.

»Mach dir keine Sorgen«, sagt Elsbeth, die offenbar Gedanken lesen kann, und lächelt verschmitzt. »Ich habe die Kreissparkasse angesprochen, die unterstützen unsere Tafel schon seit Jahren. Sie haben sich bereit erklärt, einen Handwerker-Scheck für anstehende Arbeiten am Kiosk auszustellen. Einer der drei Geschäftsführer ist in Groß Ziff geboren, das hat geholfen. Es liegt ihm viel daran, dass die ländliche Infrastruktur ausgebaut wird. Mehr Unternehmen – das bedeutet auch mehr Kredite, die sie vergeben können. Ich habe natürlich bereits die ganze Belegschaft zur Eröffnung eingeladen.«

»Oh, Elsbeth, das ist ja wunderbar!«

»Habe ich gerade wunderbar gehört?« Karl tritt in die Küche. »Darauf müssen wir anstoßen, oder nicht?«

»Du lieber Himmel«, flüstert Elsbeth, »hier wird man noch zur Alkoholikerin.«

Karl lässt seinen Arm in einem Schrank verschwinden. »Mein Geheimversteck«, sagt er und zwinkert. »Ihr dürft Linde nichts verraten. Dabei ist Zirbenschnaps die reinste Medizin. Klärt den Geist und reinigt den Körper.«

»Was darf ich nicht wissen?« Linde kommt mit zwei Einkaufstüten in die Küche, die sie auf die Arbeitsplatte wuchtet.

»Alles darfst du wissen. Die Kreissparkasse sponsert den Dachdecker und die Elektrik.«

»Wow«, staunt Linde und öffnet den Kühlschrank.

»Du auch?«, fragt Karl und hebt die Schnapsflasche.

Linde winkt ab. »Hier geht's ja lustig zu.«

»Wir haben was zu feiern«, erklärt Elsbeth. »Die Volksschule Groß Ziff schickt den Schulchor zur Eröffnung.«

Wie großartig! Schulchor – das ist so was wie der Jackpot, weil damit automatisch auch die Eltern und Großeltern kommen, um die Kids mental zu unterstützen. Ich erinnere mich an Livs Schulfeste. So viel Liebe und Stolz in einem Raum.

»Ihr Lieben«, sagt Elsbeth. »Da wäre noch etwas. Wenn das Schild für den Kiosk noch vor der Eröffnung geliefert werden soll, müssen wir es heute in Auftrag geben.«

Linde setzt sich zu uns.

Der Name. Das Schild. Mit Schaudern erinnere ich mich an Merets Vorschläge.

»Wer schreibt?«

Linde hebt die Hand. Und schon geht's los.

»*Uschis Kiosk*«, beginnt Elsbeth.

»*Uschis Knabbereien*«, sagt Linde.

»Prost.« Karl hebt sein Gläschen.

»Und wenn wir Uschi einfach weglassen? Ich weiß ja nicht, wie lange ich den Laden wirklich führen werde«, gebe ich zu bedenken.

»Deswegen wollen wir ja, dass dein Name darin vorkommt«, sagt Karl und lächelt. »Damit du uns möglichst lange erhalten bleibst.«

»Das ist lieb von dir«, antworte ich und bin schon wieder gerührt.

Karl seufzt und konzentriert seinen Blick auf einen unsichtbaren Punkt auf dem Tisch. »Wir haben dem Kiosk damals absichtlich keinen Namen gegeben«, erzählt er. »Henriette hat immer gesagt: Wir halten ihn nur warm für unsere Nachfolger. Die können ihn dann nennen, wie sie wollen.« Ein durchdringender Blick, ein zittriges Lächeln. Alle sind stumm. Die Trauer ist noch mit den Händen zu greifen. Manchmal kann Karl sie verschleiern, manchmal jedoch tritt sie offen zutage wie eine pochende Wunde, die sich nicht verbinden lässt, weil sie zu groß ist. Weil sie in die Unendlichkeit hineinreicht.

»*Herz-Kiosk*«, flüstert Elsbeth. »Weil er mit Herzblut geführt wird.«

»Das ist schön«, sage ich. »Vielleicht ein bisschen zu medizinisch.«

»*Hütte mit Herz*«, sagt Karl. »Ich sage euch: Henriette ist bestimmt mit allem einverstanden. Solange das Herz dabei ist.«

Ich drücke seine Hand.

»Hütte gefällt mir gut«, sage ich. Erinnert an Almhütte. Ein Unterschlupf in einer anspruchsvollen Landschaft.

»*Lieber Laden*«, schlägt Elsbeth vor.

»*Snack und weg*«, sagt Linde und spielt mit ihrem Löwenzahn.

»Weg?«, frage ich.

»Wegen des Bahnhofs.«

»Ach so.«

»*Komm und freu dich*«, sagt Linde.

»Ein bisschen lang, findest du nicht?«

»*Hüttenzauber*«, sagt Elsbeth.

»Jetzt hab ich's!«, ruft Linde. »*Zauberhütte!*«

Das gefällt allen auf Anhieb.

»Kolossal«, sagt Karl.

Und es handelt sich ja auch tatsächlich um eine Zauberhütte. Weil sie mich hierhergezaubert hat, in diese Villa. Zu diesen Menschen.

»Gegenstimmen?«

Alle schütteln den Kopf.

ZAUBERHÜTTE

Das Schild materialisiert sich vor meinem inneren Auge. Fühlt sich stimmig an. Einverstanden, Tante Hetti?

Kein Blitz schlägt ein, kein Donner grollt. Ich werte das als Zustimmung.

Karl schenkt gerade Schnaps nach, als mein Telefon vibriert. Meine Mutter. Ich bin überrascht, weil wir erst vor ein paar Tagen telefoniert haben.

»Darf ich kurz?« Ich bitte Elsbeth, mich rauszulassen, und gehe hinaus in den Garten. »Mama! Alles okay?«

Ich höre den Fernseher im Hintergrund. Sie hat ihn immer aufgedreht, damit es sich anfühlt, als hätte sie Besuch.

»Es hat mir keine Ruhe gelassen«, sagt sie.

»Was denn?«

»Die Sache mit Tante Henriette.«

»Ach ja?«

Ich warte ab.

»Es ist nicht leicht, darüber zu reden. Aber vielleicht ist es wichtig, dass du es weißt«, sagt sie.

»Dass ich was weiß?«

»Ich möchte nicht am Telefon darüber reden.«

»Möchtest du herkommen? Ich bin noch in Klein Ziff.«

»O nein, auf keinen Fall«, sagt sie schnell. »Das geht nicht. Zu viel zu tun hier.«

Sie blockt ab. Wie immer.

»Dann komm wenigstens zur Wiedereröffnung des Kiosks. Ich erklär dir alles später.«

»Ich weiß nicht«, sagt sie.

Das macht mich wütend. Sie weiß nie was. Das ist immer die einfachste aller Antworten. Ich weiß nicht, ich kann mich nicht erinnern, es ist nicht einfach …

Ja, und was bedeutet das jetzt? Wenn sie nicht kommt, werden wir ja schon wieder nicht darüber sprechen!

»Mama, warum hast du dann angerufen?«

»Henriette hat mir einen Brief geschrieben.«

»Wie? Was? Wann?« Ich verstehe nicht.

»1982.«

»Und was steht da drin?«

»Ich habe ihn beim Aufräumen gefunden.«

Ach, jetzt geht das wieder los. Ein Schritt vor, zwei zurück.

»UND WAS STEHT DA DRIN?«

»Sie kritisiert mich als deine Mutter. Mich.«

»Und zwar?« Meine Nerven sind schon arg strapaziert.

»Warte mal, wo ist meine Lesebrille?« Kramgeräusche. »So.« Stille. »Wo war das …« Stille. Raschel, raschel. »Ah ja, hier: Ursula war diesmal wieder so blass, ja direkt fahl, als sie zu mir kam. Geht sie denn nie an die Sonne?«

»Ja und? Wo ist die Kritik?«

»Sie behauptet, dass ich nie mit dir an die Sonne gegangen bin.«

»Tut sie das? Ich habe was anderes gehört. Sie hat festgestellt, dass ich sehr blass war. Und dann hat sie eine Frage gestellt.«

Mein Gott, war das schon Majestätsbeleidigung? Empfindlich wie ein Gänseblümchen. In dieser Familie herrscht eine Dynamik, mit der ich definitiv nicht zurande komme.

Als ich auflege, bin ich erschöpft.

In der Küche dagegen herrscht eine joviale Stimmung.

»Elsbeth?«

»Ja?«

»Haben wir *Alles-wird-gut*-Tee?«

»Was ist passiert?« Sie nimmt mich am Arm, und wir spazieren gemeinsam raus auf die Terrasse.

»In meiner Familie ist der Wurm drin.«

»In jeder Familie ist der Wurm drin«, sagt Elsbeth. »Der gehört einfach dazu. Sei froh, wenn's nur einer ist.«

»In jeder? Meinst du?«

»Hundertprozentig.«

Und dann erzählt sie mir von ihren Eltern, die sie nicht oft gesehen hat. Distanz war das vorherrschende Gefühl. »Für meine Erziehung war eine Nanny zuständig«, sagt Elsbeth. »Stell dir vor, in der Schule wurde ich einmal gefragt, wie mein Vater mit Vornamen heißt. Ich wusste es nicht und überlegte, ob er überhaupt einen hatte. Alle sagten doch immer Herr Semrau zu ihm, und meine Mutter nannte ihn Vater. Wenn er im Haus über mich drüberstolperte, sah er mich an, als wüsste er nicht, wer ich bin. Er besaß eine Hemdenfabrik, und alles, was nicht Hemd war, war ein Störfaktor. Also sagte ich vor versammelter Klasse: Mein Vater hat keinen Vornamen. Das spöttische Lachen klingelt bis heute in meinen Ohren.«

»Oh, das tut mir leid. Und deine Mutter?«

»Sie wollte immer Opernsängerin werden. Aber die Heirat mit Herrn Semrau hat ihr einen Strich durch die Rechnung gemacht. Trotzdem ist sie wahnsinnig gern ins Theater oder in die Oper gegangen. Wenn sie zurückkam, war sie danach tagelang nicht ansprechbar und lag mit melancholischem Blick im Wintergarten. Das ist es, was ich damals gelernt habe: dass Frauen von einem anderen Ort träumten und Männer ihre Zeit lieber in der Fabrik verbrachten. Keiner der Erwachsenen war gerne zu Hause. Die Träume meiner Mutter waren tabu. Niemand sprach darüber. Ich hätte auch gerne einen künstlerischen Beruf ergriffen, wusste aber, dass mein Vater das nicht erlauben würde. Deshalb ging ich in die Büroschule.«

»Was Künstlerisches? Wirklich?«

»Singen kann ich bis heute nicht, aber ich habe wahnsinnig gern gemalt. Die Hochschule für Bildende Kunst, das war mein Traum.«

Elsbeths Augen nehmen einen eigentümlichen Glanz an, den ich noch nie an ihr gesehen habe.

»Ich habe das immer entzückend gefunden, dass du beim Telefonieren diese Bilder malst«, sagt sie. »Ich konnte das nie.«

»Oh, meine Kritzeleien?« Das ist mir jetzt peinlich.

»Aber nein! Die hatten immer so eine positive Ausstrahlung. Du bist insgesamt so ein positiver Mensch.«

Für einen Augenblick legt sie ihre Hand auf meine. »Ich schätze dich sehr.«

Ihre Worte rühren mich, und ich weiß gar nicht, was ich antworten soll.

»Du musst jetzt nichts sagen«, sagt sie, und so bleiben wir eine Zeit lang einfach nur stumm.

»Machst du es deinen Eltern zum Vorwurf? Dass du nicht Kunst studieren durftest?«

Sie zuckt mit den Schultern. »Was würde das ändern? Es war auch eine andere Zeit, weißt du. Ich hatte immer gute Arbeitsstellen, das ist auch viel wert.«

»Bist du nicht gleich zum Ehrenfried gekommen?«

»Nein, gar nicht. Nach der Büroschule habe ich eine Zeit lang in der Hemdenfabrik gearbeitet. Bis mein Vater einen Nachfolger gefunden hat. Ich wollte sie ja auf gar keinen Fall, habe mich mit Händen und Füßen gewehrt, weil ich wusste: Wenn ich die Fabrik übernehme, kann ich alle Träume begraben.«

Ich höre das erste Mal von Elsbeths Kindheit. So lange

sind wir Schreibtisch an Schreibtisch gesessen, und so wenig wissen wir voneinander.

Pling!

Eine neue Nachricht.

WÄRE UM ZWEI IN KLEIN Z. GRUSS, DR. BLEI

Und wer ist jetzt Dr. Blei? Ich starre auf die Nachricht. Da fällt es mir ein: Das kann nur der Kunst-Gutachter sein, der sich Frau Pokornys Bild ansehen soll. Interessanterweise schreibt auch der in Großbuchstaben – ist das eine neue Mode?

TREFFPUNKT BAHNHOFSTRASSE 1, KIOSK. GRUSS, EHRENFRIED

Was DR. BLEI kann, das kann ich schon lange.

27

Frodo gibt alles. Um fünf vor zwei flitzen wir die Anhöhe hinunter zum Kiosk. Flitzen bedeutet: heiße dreißig Stundenkilometer statt fünfundzwanzig.

»Hast du den Turbo aktiviert?«

»Wenn du dich lustig machst, knickt er sofort ein«, warnt Linde. »Also Obacht!«

Ich tätschle das Handschuhfach wie den Hals eines nervösen Reitpferds. »Hab nichts gesagt, okay? Bist ein ganz Braver.«

Wieder ein herrlicher Frühlingstag. Ich führe Merets Kleid aus. Linde hat sich für eine gemusterte Pluderhose entschieden. Mutiger Farbmix, aber immerhin geht es um Kunst, da kann man sich schon was trauen. Frodo darf im Schatten auf uns warten.

»Wenn die Pokorny wüsste, dass extra wegen ihr ein Gutachter aus der Stadt kommt …«

»Besser, sie weiß es nicht«, sage ich. »Sonst ist sie nur enttäuscht, falls es ihm nicht gefällt.«

»Und wenn Sascha mitkommt?«, fragt Linde und schließt mit viel Liebe die Fahrertür. »Werden wir ihn verhören?«

Das fehlt mir gerade noch. »Keine Inquisition im Kiosk, Linde, bitte nicht.«

Als wir reingehen wollen, hält sie mich auf. »Ich habe

da so ein eigenartiges Gefühl«, sagt sie und greift nach ihrer Kette. »Ein untrügliches Gefühl im Zahn.«

Ein Auto fährt langsam die Bahnhofstraße entlang. Riesige Karosse, mattschwarz. Edel. »Das ist sicher Dr. Blei. Lass uns reingehen.«

Sie steigen aus. Ja, es sind zwei. Dr. Blei – und Sascha. Er hebt die Hand. Ich setze ein schiefes Lächeln auf. Was jetzt? Meinung geigen oder die Gemälde-Besichtigung wortlos über mich ergehen lassen?

Mit zittriger Hand sperre ich den Kiosk auf. Ich möchte bitte schön hinter dem Tresen stehen, wenn sie reinkommen, mit möglichst vielen Möbeln zwischen uns. Wieso ist Sascha überhaupt mitgekommen?

Dr. Blei trägt einen schnittigen Slim-fit-Anzug und ein arrogantes Lächeln auf den Lippen. Pomadisiertes Haar, buschige Augenbrauen. Um die sechzig. Er hat eine lässige Art zu stehen: die linke Hand halb in der Hosentasche, das rechte Knie nach außen gewinkelt. Sehr mager, direkt dürr. Seine Wangenknochen treten deutlich hervor.

»Das ist Dr. Blei«, stellt Sascha vor und deutet auf seine Begleitung. »Dr. Bernd Blei. Kunstsammler und Sachverständiger.«

Ich gebe dem Sachverständigen die Hand. Sascha kriegt von mir nur einen hochmütigen Seitenblick. Ich gönne es ihm, dass der Herr Kunstsachverständige gleich vor Lachen zusammenbrechen wird, sobald er das Werk unserer Nordic-Walking-Königin sieht, das der Regen nicht unbedingt zu seinem Vorteil überarbeitet hat. In mir lodern Rachegelüste.

»Dürfen wir?«, fragt Dr. Blei überflüssigerweise.

»Bitte schön.« Ich deute auf das Bild, das ohnehin nicht zu übersehen ist.

Der Sachverständige zieht eine Brille aus seinem Jackett und setzt sie sich auf die Nase. Er tritt nah ans Bild heran, dann macht er drei Schritte zurück, um es aus der Ferne zu betrachten. Dabei legt er immer wieder den Kopf schief, erst auf die eine, dann auf die andere Seite. Wäre es nicht so offensichtlich, ich würde mir die Hände reiben vor Freude. Verstohlen zwinkere ich Linde zu. Sie nickt in Zeitlupe, damit es bloß nicht auffällt.

Stille.

Alle starren auf das Bild, auf diese violetten und braunen Schlieren, die sich über die Leinwand ziehen, die verirrten Pinselstriche, die der Regen bis zur Unkenntlichkeit verwaschen hat.

Sascha hustet verlegen. Ich biete ihm nichts an. Nicht einmal einen Schluck Wasser.

»Nun«, sagt Dr. Blei nach einer gefühlten Ewigkeit. »Das ist in der Tat erstaunlich.«

Er macht noch einmal drei Schritte vor, dann wieder zurück. Tänzelt herum wie ein Zirkuspferd. Das macht mich nervös. Er kann ruhig sagen, dass es völlig verkorkst ist. Bloß keine falsche Rücksicht.

Sascha tritt zu ihm, und Blei flüstert ihm was ins Ohr. Geheimniskrämerei auch noch? Schließlich nimmt er die Brille ab, faltet sie umständlich zusammen und steckt sie zurück in die Innentasche seines Jacketts.

»Nun.« Er räuspert sich. »Hier äußert sich die Unwägbarkeit der Gegenwart auf ganz unmittelbare Weise«, sagt er schließlich. »Sehen Sie hier diesen Farbwasserfall, der an den Rändern pointillistisch verblasst? Der Künstler wirft uns gleichermaßen mit ungeheurer Wucht in seine abstrakte Seelenlandschaft.«

Pointillistisch? Seelenlandschaft? Das waren ich und mein Küchenpapier.

»Ohne mich zu weit vorzuwagen, würde ich doch behaupten, dass hier ein frühkindliches Trauma künstlerisch verarbeitet wurde«, fährt Blei fort. »Und zwar auf überaus subtile Weise. Sehr bemerkenswert.«

»Trauma?« Die Interpretation scheint mir doch etwas gewagt.

Blei holt mit dem Arm weit aus und zeigt dann auf eine dunkle Stelle rechts unten. »Hier zum Beispiel«, sagt er. »Hier ballt sich der Schmerz zusammen.«

»Hier ballte sich vor allem das Küchenpapier zusammen«, zische ich Linde zu.

»Ignorantin«, zischt Linde zurück. »Wer ist der Sachverständige? Er oder du?«

»Und hier in der Mitte läuft die Hoffnung als kaum wahrnehmbares Lichtband mit, das Wärme abstrahlt.«

»Heißt das, dass es Ihnen gefällt?« Typisch Linde. Redet nicht lange um den heißen Brei herum.

»Gefallen?« Blei lacht ein kurzes, höhnisches Lachen. »Meine Damen, hier geht es nicht um persönliche Vorlieben. Ich urteile auf der Basis von zweitausend Jahren abendländischer Kunstgeschichte! Und ich muss Ihnen sagen, dass wir vor einem Meisterwerk stehen. Immanente Daseinsreflexion, die trotzdem das Transzendente nicht aus der Pflicht nimmt. Sehen Sie hier? Hier deutet sich der Ausweg aus der Finsternis an, die Bewältigung des Traumas.« Sodann deutet er auf eine andere Stelle. »Und das hier, das ist Gott, wenn ich mich nicht ganz täusche. Der Künstler hat seine Gefühle sehr unmittelbar auf die Leinwand gebannt, ohne Filter. Das sieht man selten.«

Hannelore würde in Ohnmacht fallen, wenn sie das hier hörte. Überhaupt wirkt die ganze Szenerie surreal. Wie *Versteckte Kamera*.

»Ich habe es geahnt«, sagt Sascha, der erleichtert wirkt. »Es freut mich, Bernd, dass du zu derselben Ansicht gelangst. Kannst du uns noch verraten, was dieses Bild ungefähr wert ist?«

»Hm. Schwierig.«

Dr. Blei entfaltet wieder seine Brille und setzt sie auf.

»Nun«, sagt er. »Das Gemälde ist signiert, wie ich sehe. Wie heißt der Künstler?«

»Es ist eine Frau«, erkläre ich. »Pokorny. Hannelore Pokorny.«

»Nie gehört. Erstaunliches Talent!«

»Das wird sie gerne hören«, sagt Linde. »Schade, dass sie das hier nicht miterlebt.«

»Ich habe natürlich keine Glaskugel dabei«, sagt Blei, »schätze aber, bei Sotheby's wäre ein Ausrufungspreis von hundertsiebzigtausend Euro realistisch.«

Ich muss mich beinahe an der Theke festhalten. Linde quiekt.

»Hundertsiebzigtausend?«, entfährt es ihr. »Das ist ein Witz, oder?«

Dr. Blei macht Schnaufgeräusche, wiegt den Kopf hin und her. »Sie haben recht. Möglicherweise auch hundertachtzigtausend. Ab zweihundert wäre ich allerdings vorsichtig.«

Sascha trägt einen triumphierenden Ausdruck zur

Schau. »Was habe ich euch gesagt? Ist das nicht der helle Wahnsinn? Ihr beherbergt ein Meisterwerk in eurem Kiosk und wisst nichts davon!«

Wahnsinn, in der Tat, denke ich. Sollten wir nicht Hannelore Pokorny anrufen, damit sie die gute Nachricht persönlich erfährt? Oder besser noch nicht. Lieber noch ein wenig warten. Das war jetzt eine Einzelmeinung, wenn auch eine fundierte, ganz offenbar.

»Möchte jemand Kaffee?« Linde ist wieder ganz die gute Gastgeberin.

Dr. Blei präferiert Leitungswasser, um seine trockene Gutachterkehle zu benetzen. Sascha lehnt alles ab. Zum Glück.

Der Gutachter reicht uns seine Visitenkarte.

»Falls die Künstlerin vorhat zu verkaufen, bitte mich vorher anrufen«, sagt er. »Und gratulieren Sie ihr herzlich zu diesem Meisterwerk.«

Ich bekomme kaum mehr als ein verlegenes »Richten wir ihr aus« heraus.

Bevor sie gehen, tritt Sascha auf mich zu.

»Bitte«, zischt er. »Wir müssen reden.«

Ich schüttle den Kopf.

Er legt die Handflächen zusammen. »Ursula, das ist ein Missverständnis. Es ist nicht, wie du denkst.«

Missverständnis. Na klar. »Nicht jetzt«, sage ich und schlucke. »Nicht jetzt, okay?«

»Ich habe mit Eva nichts am Hut. Keiner nimmt dir die Villa weg.«

»Es geht hier nicht um mich«, zische ich. »Es geht um Karl und um Tante Hetti. Ich wollte das alles nicht haben. Und was ich jetzt ganz bestimmt nicht brauche, sind

Freunde, die mir Steine in den Weg legen.« Bei »Freunden« male ich Gänsefüßchen in die Luft.

Dr. Blei schaut neugierig zu uns rüber. »Gibt es noch ein weiteres Bild der Künstlerin zu sehen?«

»Oh«, sagt Linde. »Nicht hier. Das ist alles. Wir haben nur eines, nicht wahr, Uschi?«

»Schade«, sagt Dr. Blei. »Sehr schade. Nun, dann werden wir Sie auch nicht länger aufhalten.«

»Ich rufe dich an«, sagt Sascha und reicht mir über den Tresen hinweg die Hand. Ich ergreife sie, zögerlich zwar, aber ich tue es.

Und dann sind sie verschwunden.

»Nicht zu fassen.« Linde dreht sich zu mir um. »Für diesen Wasserschaden zahlt jemand hundertachtzigtausend Euro?«

»Du hast eben keine Ahnung von Kunst«, sage ich. »Regelt ohnehin der Markt, ist nicht unser Problem.«

»Ist es schon, sobald wir es versichern müssen.«

»In dem Fall muss es die Pokorny wieder mitnehmen. Frau Elsbeth hat ausgerechnet, dass wir exakt null Euro in der Kasse haben. Alles, was keine Spende ist, kommt uns zu teuer.«

»Er hat dich die ganze Zeit angestarrt«, sagt Linde.

»Wer? Blei?« Ich bearbeite mit einem Spülschwamm die Theke vor mir. Immer dieselbe Stelle, als hätte soeben jemand einen Liter Bier verschüttet.

»Sag bloß, dir ist sein Dackelblick nicht aufgefallen.«

Jetzt muss ich lachen. »Dackelblick?«

Sie legt den Kopf schief und setzt eine Grimasse auf, Marke Streichle-mich-ich-bin-doch-ganz-brav.

»Jetzt übertreib mal nicht.«

»Er leidet«, sagt Linde. »So sieht ein Mann aus, der leidet.«

Ich schrubbe die Theke noch etwas kräftiger.

Na klar, er leidet. Sorry, aber kein Mitleid. Wer fragt mich eigentlich, wie's mir geht?

Nach dem Abendessen ziehe ich mich in den Garten zurück, um Meret anzurufen und auf den neuesten Stand zu bringen.

»Es ist was passiert, Süße.«

»Raus damit.«

»Ich bin enttäuscht worden«, sage ich. »Von jemandem.«

»Von wem?«

Ich zögere, will es ihr erzählen, aber irgendwie ... »Ach, egal.«

»Nicht egal«, widerspricht sie mir. »Spuck's aus.«

Ich seufze.

»Komm schon.« Meret lässt nicht locker. »Du bist verknallt, oder?«

»Ich bin nicht verknallt, ich bin enttäuscht.«

»Sei doch froh, dass du noch irgendwas spürst. Hast du dich in den Zahnarzt verguckt?«

»Nein, habe ich nicht!«, erwidere ich empört. »Wir waren nur ...«

»Jaja, schon klar. Ihr seid Freunde.«

»Freunde von Eva sind nicht meine Freunde.« Ich skizziere ihr in kurzen Worten, was geschehen ist.

Als ich fertig bin, schweigt Meret nachdenklich. »Sprich mit ihm«, sagt sie schließlich. »Sonst erfährst du nie, was wirklich passiert ist.«

»Hör mal, sie hat ihn gefragt, ob er schon mit dem Herrn Papa gesprochen hat! Das bedeutet, dass er zuvor eingewilligt hat, mit ihm darüber zu reden. Was muss ich da noch wissen?« Sofort steigt die Wut wieder in mir hoch. Genau das wird auch der Grund sein, weshalb ich ihn nicht mehr in der Villa gesehen habe. Bestimmt hat Karl ihm klar und deutlich gesagt, was er von der Idee hält.

Als ich wieder nach unten gehe, sitzen Linde, Elsbeth und Karl im Wohnzimmer, naschen Pralinen und gucken auf den Fernseher. Die Woodstock-Doku. Die habe ich auch noch nicht gesehen. Zeit, eine Bildungslücke zu füllen. Außerdem wird sie mich auf andere Gedanken bringen, und im Moment ist alles gut, was mich von Eva und Sascha ablenkt.

Elsbeth durfte in den Ohrensessel, wo sie als zartes Persönchen beinahe vollständig versinkt. Karl und Linde sitzen auf der Couch mit den rebellischen Sprungfedern, die einem bei unsachgemäßer Bespielung auch schon mal in den Hintern piksen.

»Setz dich zu uns«, sagt Karl und deutet auf den Klavierschemel.

»Erste Reihe fußfrei?«

»Sogar mit Proviant.« Linde hält mir die Pralinenschachtel entgegen. »Die mit Marzipan haben wir schon weggefuttert, sorry.«

Ich lehne dankend ab. Ein verklebter Magen, das fehlt mir gerade noch. »Woher stammen die?« Ich kann mich nicht erinnern, Pralinenschachteln gesehen zu haben. Waren die irgendwo versteckt?

»Von unserem Besuch.« Karl wirft einen liebevollen

Blick auf Elsbeth, die sich in ihrem Ohrensessel aufrichtet.

»Wir haben eine Wette laufen«, erklärt Linde. »Ob Elsbeth mich in dem Film erkennt. Wenn ja, kriegt sie Streuselkuchen.«

»Und wenn ich dich nicht erkenne, was gibt's dann?«, fragt Elsbeth.

Linde denkt nach. »Ich würde sagen: Apfelstrudel.«

Alle lachen.

Linde deutet auf die Bonbonniere auf dem Tisch. »Die mit weißer Schokolade sind himmlisch. Komm schon, Urseluschi, hilf uns. Ich will nicht die Einzige sein, die in die Breite geht.«

Also gut, warum nicht. Ist sowieso egal. Ich setze mich auf den Schemel und stecke mir gleich zwei Pralinen in den Mund, eine in jede Wange. Zuckerschock.

Und dann deute ich auf den Bildschirm, wo ein kleines Mädchen zwischen den Erwachsenen hindurchhuscht, einen aufgeweckten, selbstbewussten Ausdruck im Gesicht. Mit dem Reden habe ich dank der Pralinen meine liebe Not. »Dasch! Dasch bischt du, Linde! Mit den Lumen im Haar. Stimmt'sch?«

28

Als ich am Kiosk ankomme, ist der Dachdecker schon wieder auf dem Weg nach unten. Auf der Straße steht sein Kastenwagen.

RESEI DACHREPARATUR – RUNTER KOMMT ER IMMER!

»Alles erledigt!«, ruft er mir zu. »Jetzt kann die Sintflut kommen.«

»Bitte nicht!«, rufe ich zurück. »Wir brauchen gutes Wetter!«

»Wann ist die Eröffnung?«

Peter Resei trägt Blaumann und einen Helm, den er jetzt abnimmt. Junges, hübsches Kerlchen, um die dreißig. Handwerk hat goldenen Boden, wie wir alle wissen.

»Samstag um zwei«, sage ich. »Sie sind Ehrengast. Ich hoffe, Sie haben Zeit.«

Er grinst. »Kriegt der Ehrengast eine Sonderbehandlung?«

»Ehrensache! Und das erste Bier.«

Er ist angeblich der Haus- und Hofdachdecker der Gemeinde und schon auf sämtlichen Dächern von Klein Ziff herumgeklettert. Im Fall der *Zauberhütte* hat er auf größere Sicherheitsmaßnahmen verzichtet. Man könne ja gefahrlos vom Dach runterspringen, so niedrig sei die Hütte, sagt er.

Kaum ist der Dachdecker gefahren, parkt ein weiteres Auto vor dem Kiosk. Wilma und Linde steigen aus. Wilma trägt Dirndl, weil sie in der Fleischhauerei *Daheim schmeckt's am besten*-Tage haben. Wer in Tracht den Laden betritt, bekommt zehn Prozent Preisnachlass. Sie sieht aus, als würde sie gleich zu jodeln beginnen.

»Huhu, wir bringen das Schild!«

Ich lobe Wilmas traditionelles Styling. Sie überreicht mir ein kleines Päckchen. »Beinschinken, ganz dünn aufgeschnitten. Damit dir die Kraft nicht ausgeht.«

»Ihr seid alle wunderbar!«, sage ich.

Das Schild ist gute eineinhalb Meter lang. Wilma hat es auf dem Rücksitz geparkt. Druck auf Aluplatte – wirkt auf den ersten Blick ganz solide. Die Schrift: dunkelgrün auf Weiß. Wilma lehnt das Schild hochkant an die Kioskwand.

»Jetzt brauchen wir nur noch jemanden für die Montage«, sagt sie.

»Vielleicht warten wir noch ein wenig«, sage ich und seufze.

»Warum denn?«, fragt Linde.

»Habt ihr das Schild gelesen?«

Linde und Wilma wissen offenbar nicht, wovon ich spreche.

»Na, lest es noch einmal!«

»Zauberhütte.«

»Steht das wirklich da?«

»Oh.«

»Ojemine.«

Beide starren auf das Schild wie auf eine Erscheinung.

ZAUDERHÜTTE

»Mist. Großer Mist«, sagt Wilma. »Was jetzt?«

»Aus dem D ein B basteln«, schlägt Linde vor.

»Und zwar wie?«

»Wir kleben den Bogen vom D ab und malen den Doppelbogen vom B darüber.«

»Mit Edding, oder wie?«

Ich fühle mich ein wenig desperat. Ist das eigentlich ein physikalisches Gesetz, dass immer alles schiefgeht, was schiefgehen kann?

»Ist zumindest inhaltlich nicht völlig daneben«, sagt Linde. »Du hast ganz schön gezaudert.«

»Ich bring's zurück«, erklärt Wilma. »Muss sich um ein Missverständnis handeln.«

»Hans braucht drei Tage für ein neues Schild. Die Eröffnung ist übermorgen. Verrätst du mir, wie das gehen soll?«, fragt Linde.

»Dann soll er sich eben beeilen.«

»Mädchen, bitte beruhigt euch«, sage ich. »Das kriegen wir schon hin. Wir lassen es fürs Erste so und tauschen es dann später aus, einverstanden?«

Wilma muss ohnehin zurück in die Fleischerei, die Kundschaft rennt ihr sonst die Türe ein. Linde beschließt, noch ein wenig zu bleiben. Sie hat eine Kiste mit altem Geschirr angeschleppt, charmante Weingläser, kleine Tellerchen, die irgendwo übrig geblieben sind – Einzelstücke, handbemalt oder aus der Fabrik, ein buntes Sammelsurium.

»Kannst du was davon brauchen?«

Wir sortieren die angeschlagenen Teile aus. Die gut erhaltenen sortieren wir in die Kästen ein.

»Hast du was bemerkt zwischen Karl und Elsbeth?«, frage ich sie. »Die beiden scheinen sich ziemlich sympathisch zu sein.«

Linde grinst. »Heute wandern sie gemeinsam auf den Großen Zipf. Er möchte ihr die Schönheiten der Gegend zeigen.«

»Wie entzückend!«

»Es ist schön, Karl so lebendig zu sehen. Er liebt das Leben. Ich gönne es ihm so. Und außerdem …« Sie steht auf und stellt eine größere Schüssel auf die Bar. »Die können wir für Snacks gut gebrauchen. Für Samstag.«

»Und außerdem?«, frage ich.

»Und außerdem werde ich nicht ewig hierbleiben können.«

Ich sehe sie an. »Das ist nicht dein Ernst.«

Sie zuckt mit den Schultern. »Why not? Ich habe das Gefühl, dass meine Zeit in Klein Ziff abgelaufen ist. Zeit für was Neues. Na komm schon!« Sie stößt mich an. »Mach nicht so ein Gesicht.«

»Ich will nicht, dass du gehst.«

»Es werden andere Menschen da sein«, sagt sie und senkt den Kopf. »Du bist nicht allein. Und wir bleiben in Kontakt, okay?«

»Aber wir sind so eine gute Wohngemeinschaft!«

Es ist das erste Mal, dass ich dieses Wort in den Mund nehme. Aber das sind wir doch tatsächlich: eine Wohngemeinschaft.

Ich dachte immer, ich sei nicht der Typ, um mir mit

anderen eine Wohnung oder ein Haus zu teilen. In der *Villa Orchidee* ist das anders. Ich genieße es sehr, nicht allein zu sein. Aufgaben zu teilen, am Abend zusammenzusitzen, spazieren zu gehen, den Morgenkaffee auf der Terrasse zu trinken. Immer ist jemand da, mit dem man quatschen kann. Will man allein sein, ist auch das möglich.

Das kenne ich so nicht. Wenn Titus einmal zu Hause ist, dann verschanzt er sich meistens hinter seinem Schreibtisch, oder er schaut in die Glotze und möchte nicht gestört werden. Hier erlebe ich Gemeinschaft, Zusammenhalt.

Ich bin ganz versunken in meine Gedanken, als Linde sagt: »Ich glaube, du kriegst Besuch.«

Ich schaue auf.

Titus.

Er bleibt fünf Schritte vor uns stehen. »Hey«, sagt er.

»Hey.«

»Ich geh mal rein«, sagt Linde. »Gläser putzen.«

»*Zauderhütte*?«, fragt Titus. »Origineller Name. Deine Idee?«

Er erwartet hoffentlich keine Antwort. Kriegt er auch nicht.

»Was machst du hier, Titus? Hast du was vergessen?«

Er legt den Kopf schief. »Meine Frau?«

Ich atme tief ein und aus. »Was willst du? Spuck's aus. Wir haben Stress hier wegen der Eröffnung.«

»Mit meiner Frau ein Gespräch führen«, antwortet er, als spräche er über eine Dritte.

»Die Frau ist ganz Ohr«, sage ich. »Er kann beginnen.«

»Nummer eins: Frau Elsbeth hat mir eine Einladung

geschickt«, sagt er. »Wenn ich darf, dann komme ich am Samstag zur Eröffnung deines Kiosks.«

Ich zucke mit den Schultern. Sonst fragt er doch auch nicht, ob er was darf. Wenn ich ehrlich bin, wundert es mich ein wenig, dass er sich die Zeit nimmt. »Wie läuft's mit deinem Kompagnon? Umstrukturierung abgeschlossen?«

»Noch nicht fertig, aber weit fortgeschritten«, erklärt er.

»Bravo.«

Er kratzt sich am Kinn. »Uschi, bitte.«

»Was?«

»Lass uns wieder normal miteinander reden.«

»Rede ich nicht normal?«

Er seufzt.

Ich seufze. »Kaffee?«

Er nickt. Wir gehen rein.

Titus sieht sich um. »Da habt ihr ja schon ganz schön viel geschafft, alle Achtung!« Er lässt seinen Blick durch den Raum schweifen. Stutzt, als er das Bild sieht. »Wo habt ihr das denn her?«

»Leihgabe einer ortsansässigen Künstlerin.«

»Ein Original?«

»Natürlich!«

Er bleibt davor stehen, betrachtet es lange. »Erstaunlich«, sagt er. »Muss ich schon sagen. Großartig.«

Jetzt fängt der auch schon damit an! Ich muss zugeben, dass ich seit der Expertise von Dr. Blei das Gemälde neu betrachte. Ich versuche, der darin versteckten Genialität auf die Spur zu kommen, tue mich aber noch schwer damit.

»Wir suchen noch was für die Kanzlei«, sagt Titus. »Für die Wand.«

Ich muss vor Überraschung husten. Titus, der jeden Cent dreimal umdreht, möchte in den vom Regen verwischten Männerpo unserer Nordic-Walking-Queen investieren?

»Das ist richtig teuer«, sagt Linde, um ihm gleich mal den Wind aus den Segeln zu nehmen. »Zweihundert. Also zweihunderttausend.«

Ich sehe verwundert zu ihr rüber. Sie zuckt mit den Achseln. »Galerie-Provision«, erklärt sie. »Damit kommt er noch günstig weg. Die meisten nehmen fünfzig Prozent.«

Titus fällt nicht einmal in Ohnmacht. Er nickt nur stumm, so als hätte er eine Summe in dieser Höhe erwartet. »Hat sie auch kleinere Formate?«

Der erwägt ernsthaft den Ankauf eines echten Pokorny. Unfassbar, welche Strahlkraft dieses Bild auf einige Menschen zu haben scheint. Vielleicht fehlt mir bloß das entsprechende Gen.

»Du wirst sie bei der Eröffnung kennenlernen«, sage ich. »Sie verkauft dir sicher liebend gern jedes Format, das du möchtest.«

Die Kaffeemaschine gurgelt und ächzt. Wir stehen gemeinsam am Tresen. Titus heute ganz sommerlich-sportlich – gestreiftes kurzes Hemd, beige Hosen.

»Und du meinst, dein Kompagnon wäre mit einem Kunstankauf einverstanden?«

»Klaus? Er hat mich dazu ermuntert«, sagt Titus. »Klaus sagt: Kunst ist für alle gut. Für Klienten und Mitarbeiter. Ein Ort, an den sich die Seele in Bedrängnis flüchten kann.«

Dieser Klaus scheint ja ein echter Philosoph zu sein.

»Und wann lerne ich ihn endlich kennen?«

Titus schenkt mir einen tiefen Blick. »Sobald du zurück bist, arrangiere ich ein Essen.«

Ein Essen. Titus arrangiert ein Essen. Ich frage mich, wann er das letzte Mal ein Essen nur für uns beide arrangiert hat.

»Apropos«, sagt Titus. »Wann ist es so weit? Nach der Eröffnung, hoffe ich?«

»Ihr kommt aber gut zurecht in der Kanzlei, oder?« Ich erwarte, dass er jetzt eine Litanei vom Stapel lässt. Immerhin ist sein Vorzimmer verwaist, nachdem er Elsbeth in den Zwangsurlaub geschickt hat und ich mir selbst Urlaub gegeben habe.

»Ich habe eine neue Kraft«, erklärt Titus und nimmt von Linde eine Kaffeetasse entgegen. »Sie arbeitet sich gerade ein.«

Nun, das ging ja schnell. Einmal den Rücken zugedreht, schon sitzt eine Neue im Büro. Und zu Hause? Hat er da auch eine neue Kraft? Die Frage liegt mir bereits auf der Zunge, ich schlucke sie aber runter, um die Situation nicht eskalieren zu lassen.

»Das heißt, wir sitzen dann zu dritt im Büro?«

»Du glaubst, dass Frau Elsbeth zurückkommt?«

Das fragt er allen Ernstes.

»Du weißt doch, wie sehr sie die Arbeit liebt!«

Er kneift die Lippen zusammen. »Irgendwann ist einfach mal Schluss. Wir brauchen mehr Dynamik in der Kanzlei, mehr …« – er fahndet nach dem richtigen Wort – »Esprit.«

»Esprit? Stammt das auch von Klaus?«

Titus zieht es vor, die Frage nicht zu beantworten.

»Und deine neue Kraft, die hat das also? Dynamik und Esprit? Wer ist es? Eine fünfundzwanzigjährige Nobelpreisanwärterin?«

»Du kennst sie«, bemerkt Titus wie nebenbei. »Linde, habt ihr Milch?«

»Wie bitte? Ich kenne sie? Wer ist es?« Mir schwant Böses.

Linde schiebt ihm ein Fläschchen Kondensmilch hin. Titus rührt gedankenverloren in seinem Kaffee.

»Sag schon, Titus!«

»Mach aber jetzt bitte kein Theater deswegen.«

Na, da bereitet einer aber sehr umsichtig eine Enthüllung vor.

Er kratzt sich das Kinn und sagt dann: »Frau Hoffmann wird das ab jetzt übernehmen.«

Frau Hoffmann? Im ersten Moment fällt mir nur Tante Hetti ein. Sie hieß Henriette Hoffmann. Will er mich auf den Arm nehmen? Ich bin empört. Das ist nicht witzig, überhaupt nicht.

»Keine Ahnung, was du mir sagen willst, Titus, aber lustig ist das nicht.«

»Habe ich auch nie behauptet.«

»Ich kenne nur eine Hoffmann. Meine Tante. Und die wirst du ja wohl nicht meinen.«

»Sorry, du kennst zwei«, mischt Linde sich in unser Gespräch ein und stellt ihre Kaffeetasse vorsichtig auf die Untertasse zurück.

Und in diesem Moment schlägt die Erkenntnis ein wie eine Kanonenkugel ins Glashaus. Natürlich kenne ich eine zweite Hoffmann: Eva.

29

Im Film schlagen die Protagonisten, wenn sie so richtig wütend sind, alles kurz und klein. Einmal mit der Hand durch die Regale und über den Tisch, alles runterfegen, bis es ordentlich scheppert. Aber ich bin nicht die Zerstörerin, ich kann das nicht.

Ich bin eher der Typ, der alles in sich hineinfrisst. Meine erste Reaktion? Weglaufen. Und das tue ich – ich laufe raus. Bitte, Leben, mach, dass es ein Scherz war! Dass er mich nur erschrecken wollte!

Damit sie mich nicht gleich finden, verstecke ich mich hinter dem Kiosk. Setze mich einfach auf die Erde. Reiße Gras aus. Konzentriere mich aufs Atmen. Ein und aus. Und wieder: ein und aus. Wie geht noch mal der Spruch? Bevor es besser werden kann, muss es noch einmal schlimmer werden? Der Boden ist erreicht. Die Talsohle. Ich warte auf die Gondel, die mich mitnimmt in hellere Sphären. Wo es keine Eva gibt und keinen Sascha. Keine Lüge, keinen Verrat. Und vor allem: kein Erbe. Gondel, wo bist du?

Natürlich finden sie mich sofort. Linde voraus, ein Glas Wasser in der Hand, das sie mir hinhält: »Da, trink. Trink schon, Urseluschi!« So als ob Wasser all meine Probleme lösen würde.

»Ich bin nicht durstig.«

Sie hockt sich zu mir. »Glaub mir, das löst sich von

allein. Du glaubst doch wohl nicht im Ernst, dass die es länger als drei Tage in der Kanzlei aushält. Mein Vater sagt immer: Stillhalten und das Schicksal arbeiten lassen. Und lass das Gras in Ruhe, das kann nichts dafür.«

Und dann ist auch Titus da und setzt zu seiner Verteidigungsrede an: »Du bist einfach verschwunden. Ohne Info! Was sollte ich denn machen, wie stellst du dir das vor? Eva ist durchsetzungsstark und kann gut mit Menschen umgehen.«

Ich schüttle den Kopf, fassungslos ob seiner Worte. »Eva kann gut mit Menschen umgehen? Weißt du eigentlich, was du da redest?«

Wie sich herausstellt, hat Titus Eva in die Stadt mitgenommen, nachdem sie sich am Kiosk kennengelernt hatten. Im Auto plauderten sie ein wenig, wie Titus ausführt, und dann ergab eines das andere. Überall streut diese Frau ihr Gift aus.

»Du fragst mich, ob ich weiß, was ich sage?«, gibt Titus zurück. »Und ob! Diese Frage müsste ich viel eher dir stellen! Ich lass mir nämlich nicht mehr von dir auf der Nase herumtanzen, das ist vorbei. Übrigens wird dir Eva noch ein allerletztes Angebot für diese Bruchbude hier unterbreiten. Und ich würde es an deiner Stelle auch annehmen.«

Das kann nur ein Albtraum sein. Ich möchte aufwachen, bitte jetzt sofort.

»Kneif mich«, zische ich Linde zu.

»Wohin?«

Ich halte ihr den Oberarm hin. Vielleicht schlafe ich ja. Tief und fest. In Tante Hettis Bett. Gleich wache ich auf. Gleich. Linde kneift mich. Sanft. Zu sanft.

»Fester! Ich spüre nichts!«

Und dann kneift sie mich richtig fest, und ich jaule so laut auf, dass Karl mich noch in der Villa hören muss.

Ausgerechnet Eva! Eva in Titus' Vorzimmer! Nicht zu fassen. Ich sehe sie an meinem Schreibtisch sitzen, blutroter Lippenstift, enge Lederhose, High Heels, mit denen sie Kerben ins Parkett hackt. *Alles-wird-gut*-Tee wird sie bestimmt keinen servieren. Vielleicht einen Grog. Auf Eis. Und den auch nur für sich. Und Titus. Wer weiß, wie nahe die sich schon gekommen sind.

Und ich dachte doch tatsächlich, dass es nicht schlimmer kommen könnte. Wie naiv. Jetzt bist du einundfünfzig, Uschi! Wie alt musst du noch werden, um endlich zu kapieren, dass das Leben kein Ponyhof ist? Hundert?

»Ach, lasst mich doch alle in Ruhe.«

Wieder einmal laufe ich den Hügel zur Villa rauf. Wieder einmal mit einer brodelnden Wut im Bauch. Am liebsten würde ich die Eröffnung abblasen. Alles stornieren. Maschinen stopp, Wagen zurück in die Remise. Ist Titus eigentlich deshalb nach Klein Ziff gefahren? Um mir klarzumachen, dass ich erst gar nicht mehr zurückzukehren brauche, weil Eva jetzt meinen Platz einnimmt und den von Elsbeth noch dazu? Als sei sie so eine Art Wonderwoman, die jede andere Frau im Handumdrehen ersetzen könnte! Ich hatte mir doch vorgenommen, keine Sekunde mehr an Eva zu verschwenden, und jetzt besetzt sie schon wieder meine Gedanken und lässt sich nicht aus meinem Kopf verscheuchen. Es ist, als würde sie sich durch mein Leben beißen und alles vergiften, womit sie in Berührung gerät. Vor wenigen Wochen noch war ich in einer evalosen Welt, und plötzlich springt mir diese Frau aus jeder Truhe, die ich öffne, entgegen. Wie ein Jack in the Box. Was hat das bitte zu bedeuten?

Der Wald hat geheime Superkräfte. Sobald ich ihn betrete, ist es, als hätte ich das Zimmer gewechselt. Der Wald ist immer ausgeglichen. Die Bäume stehen da, als wollten sie sagen, dass es okay ist, einfach dort zu bleiben, wo man sich grad befindet. Woanders ist das Moos auch nicht grüner.

Es riecht nach Kiefernnadeln. Keine Menschenseele außer mir ist unterwegs. Ich trete auf kleine Äste, es macht krchcht, krchcht, krchcht unter meinen Sohlen. Um mich herum ist es schattig und kühl, nur dann und wann schafft es ein Sonnenstrahl durch das Dickicht der Kronen bis auf den Waldboden, den er wie ein himmlischer Scheinwerfer beleuchtet.

Ich setze mich auf eine Bank am Wegesrand, schließe die Augen und konzentriere mich auf das Hier und Jetzt. Versuche, das Wald-Aroma zu inhalieren, die heilenden Düfte der Natur. Aber immer wieder gelingt es Eva, meine allzu dünne Konzentrationsdecke zu durchstoßen und sich vor meinem inneren Auge zu materialisieren. Okay, dann gehe ich eben weiter. Gehen, gehen, atmen, atmen, das Grün rund um mich einsaugen, als wär's ein Heilmittel.

Langsam beruhige ich mich. Vielleicht hat Linde recht, und Evas Karriere in Titus' Vorzimmer dauert nicht länger als einen Wimpernschlag. Vielleicht sollte man sich tatsächlich zurücklehnen und das Schicksal einfach seine Arbeit machen lassen. Und vielleicht lasse ich mich auch allzu schnell dazu hinreißen, meinen Emotionen zu folgen. Ohne die andere Seite anzuhören.

Mit einem Mal stehe ich – Zufall? Ein Gruß vom Unterbewusstsein? – vor der Abzweigung zum Entscheidungsstein. Soll ich noch einen Versuch wagen? Warum eigentlich nicht? Soll der blöde Stein mir doch einfach sagen, ob ich die Kiosk-Eröffnung abblasen soll oder nicht. Wieso muss ich immer alles allein entscheiden?

Zauderhütte. Der gute Schildermaler liegt nicht wirklich daneben.

Manchmal passiert ein Fehler, um dich auf etwas aufmerksam zu machen, das dich weiterbringt. Das habe ich mal auf einem Teebeutel gelesen, als ich auf der Suche nach dem passenden Kraut für einen von Titus' Klienten war. Offenbar steckt mehr Weisheit in diesen Sprüchen, als man gemeinhin annimmt.

Als ich dieses Mal auf die Lichtung trete, fallen mir die Hinweise auf, die in der Umgebung des Entscheidungssteins auf die Besonderheit des Ortes hinweisen.

Bitte leise sein!
Dies ist ein Ort der Kraft und der inneren Sammlung.
Ballspielen sowie lautes Musikhören verboten.
Wenn der Entscheidungsstein besetzt ist, bitte hier warten!

Besetzt. Klingt nach Toilette. Und er ist tatsächlich besetzt. Schon von Weitem kann ich eine Person ausmachen, die sich über den Tisch beugt, als würde sie etwas ganz genau in Augenschein nehmen. Als ich näher komme, sehe ich, dass sie sich nicht nur hinunterbeugt – nein, ihre Stirn ruht geradezu auf dem Stein, die Arme sind nach hinten gebogen wie die Flügel eines Vogels. Bewegungslos verharrt sie in dieser seltsamen Pose. Ist das ein Ritual, das ich nicht kenne, dem Stein aber ganz besondere Erkenntnisse entlockt?

Die Person scheint eine ältere Frau zu sein. Sie trägt einen langen dunklen Rock, schwere Schuhe, eine grüne Regenjacke und einen gemusterten Schal. Ein bisschen warm für diese Jahreszeit.

Das muss ich mir genauer ansehen. Ich will näher ran, trete auf einen Ast, und – krrrraccchchchch! – die Person schreckt auf. Sie sieht sich um und setzt eine Brille auf.

Jetzt erkenne ich sie: Frau Grundlinger! Du lieber Himmel. Habe ich sie bei irgendwas gestört? Meditation? Steinbesprechung? Hundetelepathie?

»Sie sind es!«, ruft sie durch die Zweige hindurch.

Vielleicht hat sie den Stein gefragt, ob sie ihr Auto verkaufen soll. Die Antwort kann ich ihr auch geben: Ja, auf jeden Fall, Frau Grundlinger, machen Sie das. Es wäre das Beste für Ihre Sicherheit und die Ihrer Mitmenschen.

»Warten Sie auf den Stein?«, ruft sie.

Was antwortet man darauf? Nein, ich wollte nur ein bisschen nach dem Rechten sehen, ich bin die neue Waldaufsicht?

»Lassen Sie sich Zeit!«, rufe ich.

Keine Lust, mit Frau Grundlinger zu quatschen, außerdem könnte sie mir anbieten, mich zur Villa zu bringen, was ich kategorisch ablehnen müsste.

»Ich bin ohnehin schon fertig«, sagt sie seufzend und hebt den langen Rock, um in meine Richtung zu stapfen. »Vorsicht«, warnt sie, »da vorne sind Dornen.«

Sie bleibt in einiger Entfernung stehen. »Es ist schön,

dass Sie den Stein für sich entdeckt haben. Ich bin zwei Mal die Woche hier. Ich wüsste gar nicht, was ich ohne den Stein täte.«

»Darf ich Sie fragen, was Sie da vorhin …? Ich meine, mit Ihrer Stirn …?«

»Ach das?« Sie greift sich an den Kopf. »Das macht man, wenn man überhaupt nicht mehr weiterweiß. Dann legt man die Stirn auf den Stein, und die Weisheit des Universums dringt direkt ins Gehirn.«

»Erstaunlich.«

»Sie glauben mir nicht, was? Niemand glaubt mir. Aber es ist so, wie ich es sage.«

»Ich glaube Ihnen jedes Wort«, versichere ich ihr.

»Dann ist es ja gut«, sagt sie. »Wissen Sie, ich überlege, meine Pension zu schließen.« Frau Grundlinger schüttelt den Kopf. »So geht das nicht weiter. Es kommen einfach keine Gäste.«

»Das tut mir leid.«

»Was soll ich machen? Sie sind jung. Aber ich bin alt und putze täglich leere Gästezimmer. Das ist keine Freude.«

»Aber haben Sie nicht zumindest jetzt einen Gast?« Ich denke an Sascha, ohne seinen Namen auszusprechen.

»Sie haben recht. Aber auch der fährt früher als geplant.«

»Ach ja?« Ein Ziehen in der Herzgegend. »Hat er gesagt, warum?«

Sie zuckt mit den Schultern. »Dem ist wohl eine Laus über die Leber gelaufen. Gestern hat er nicht einmal mehr den Fünf-Uhr-Tee angerührt.«

»Aha«, sage ich.

Sie hebt den Kopf, und die schlackernde Haut an ihrem Hals ist plötzlich ganz straff. »Er hat bedrückt gewirkt«, sagt sie. »Die Leute haben halt Launen. Fürs Geschäft ist das katastrophal. Ich muss ja planen können.«

Mein Herz hat auch Launen. Es sehnt sich danach, angenommen zu werden. Nach einem Zuhause.

»Heute ist der Stein besonders klar«, sagt Frau Grundlinger. »Also in seinen Antworten. Er hat mir geraten, die Pension zu schließen.«

»Sind Sie sicher?«

»Klein Ziff ist am Ende. Und ich bin es auch.«

»Sagen Sie das nicht.«

Sie sieht mich aufmerksam und auch ein bisschen mitleidig an.

»Ich wollte doch am Samstag den Kiosk eröffnen! Wenn zugleich alles schließt, dann …«

»Dann?«

»Dann kann ich das doch auch bleiben lassen. Ich will nichts Neues in einem Geisterdorf beginnen«, sage ich. »Außerdem würde ich an Ihrer Stelle noch etwas warten. Vielleicht mieten sich ja doch ein paar Gäste ein. Ich meine, anlässlich der Eröffnung des Kiosks.«

Es ist eine spontane Idee. Ich dachte an meine Mutter, die doch kommen wollte und die ich nicht in der Villa beherbergen möchte. Liv wäre auch eine Kandidatin für die Pension, falls sie mehr Freiraum bräuchte.

»So schnell geht das ohnehin nicht«, sagt Frau Grundlinger. »Falls Sie jemanden für ein paar Tage unterbringen wollen, brauchen Sie mich nur anzurufen. Ach ja, ich warte gerne auf Sie, wenn ich Sie danach zur Villa bringen kann. Ich bin mit dem Auto hier.«

»Oh, vielen Dank, aber das ist nicht notwendig«, beeile ich mich, ihr zu versichern. »Ich brauche ohnehin ein bisschen Bewegung.«

»Gut«, sagt sie. »Dann werde ich jetzt gehen. Und wenn ich Ihnen noch einen Tipp geben darf: Der Stein mag es, wenn man ihm was vorsingt.«

»Wie bitte?«

Das kann ich jetzt nicht glauben.

»Weil er nicht nur gibt, sondern auch gern etwas bekommt, verstehen Sie? Versuchen Sie's einfach. Singen Sie ihm was vor.«

»Und was?«, frage ich Frau Grundlinger. Ich kenne keine Lieder, maximal was von Britney Spears.

»Irgendwas. Das spielt keine Rolle. Es geht um die Schwingungen der Töne, nicht um die Verse.«

Und während Frau Grundlinger im Dickicht des Waldes verschwindet, lege ich meine Stirn auf die Oberfläche des überraschend kalten und glatten Steins, strecke die Arme nach hinten, wie sie es gemacht hat, und intoniere *Der Mond ist aufgegangen*. Es kommt aus der Tiefe, von ganz innen, und plötzlich erinnere ich mich, dass Tante Hetti mir früher das Lied immer vorgesungen hat. Tränen fallen aus meinen Augen direkt auf den Stein.

Seht ihr den Mond dort stehen,
Er ist nur halb zu sehen
Und ist doch rund und schön.
So sind wohl manche Sachen,
Die wir getrost belachen,
Weil unsre Augen sie nicht seh'n.

Und dann löst sich plötzlich etwas in meinem Inneren. Es ist, als würde eine Stimme zu mir sprechen.

Weil unsre Augen sie nicht seh'n.

Genau, das ist es: Wir sehen oft nur die Hälfte, weil die andere Hälfte im Dunkeln liegt. Ich richte mich auf. Und möchte fliegen, so leicht fühle ich mich mit einem Mal.

30

Meine Mutter steht plötzlich vor der Tür. Einen Tag früher als geplant. Ich bin gerade mit der Wäsche beschäftigt, als es an der Tür läutet. Auf Besuch bin ich nicht eingerichtet – ich trage Karls alten Jogginganzug und Lindes Birkenstock-Sandalen. Eigentlich wollte ich mir die Haare waschen, hab's aber dann verschoben und sie stattdessen zu einem struppigen Pferdeschwanz gebunden.

»Du?« Ich kann meine Überraschung nicht verbergen. »Ich dachte ... also, ganz ehrlich ... ich dachte, du kommst erst morgen?«

»Liv wird mich nicht mitnehmen können«, erklärt sie. »Ihr ganzer Wagen ist voll mit Zeug, das sie für ihren Auftritt braucht. Mikrofone und ach, was weiß ich.«

»Ach, Liv kommt? Das ist ja wunderbar!« Interessant, dass meine Mutter mehr weiß als ich. »Wie bist du denn dann hier raufgekommen?«

»Mit dem Bus«, erklärt sie und zuckt mit den Achseln. »Und dann den Hügel rauf. Ich habe mich durchgefragt.«

Sie sieht gut aus, hat sogar ein wenig Make-up aufgetragen. Blauer Lidschatten. Die Haare sind geschnitten und aus dem Gesicht geföhnt. Sie trägt eine Art Hosenanzug in Altrosa mit glitzernden Streifen, überraschend elegant für sie.

»Hallo erst mal«, sage ich und versuche, sie zu umarmen. Das wirkt wie immer linkisch. Unsere Arme verheddern sich, ich spüre eine Art Abwehr von ihrer Seite und lasse sie los. Beziehungsstatus: Es ist kompliziert.

»Was für ein Haus«, sagt sie und schaut sich um. »Henriette hat immer schon Geschmack gehabt. Und das nötige Kleingeld.«

Auf ihre letzte Bemerkung gehe ich nicht ein. »Du bist das erste Mal hier?«

»Natürlich.«

Ihr Blick wandert rastlos umher; sie nimmt alles in Augenschein. »Geht's hier weiter?« Sie zeigt auf die Tür, die ins Wohnzimmer führt. Ich öffne sie, und wir treten ein.

Ihr Blick fällt auf den Teppich, der über dem Sofa hängt. »Der hat deiner Oma gehört.« Amalie, Hettis Schwester, meiner Großmutter. Einen Moment lang bleibt sie reglos davor stehen, als erinnerte sie sich an etwas. Dann murmelt sie: »Die Kamele, die Kamele, das waren Mamas Lieblingstiere.« Ganz weich wird ihre Stimme, wenn sie von ihr spricht. »Sie hat immer dieses Lied gesungen, weißt du noch?« Und dann stimmt sie mit zittriger Stimme eine Melodie an, die ich nie zuvor gehört habe:

Zweihöckrig lebt das Trampeltier
das Dromedar, das merkst du dir
hat einen nur, doch ohn' Geneide,
denn Kamele sind sie beide.

Sie lächelt traurig.

»Je älter man wird«, sagt sie, »umso öfter kommt die Vergangenheit hoch. Viele Jahre denkst du nicht dran. Weil viel zu tun ist und die Kinder klein sind. Geht allen so. Aber irgendwann später lässt es sich nicht mehr auf die Seite drängen, weißt du. Ich vermisse sie.«

Ich frage mich, was oder wen sie vermisst. Oma? Oder die Vergangenheit generell? Aber dann wischt sie sich mit einer entschlossenen Geste die Melancholie aus dem Gesicht, so als wollte sie sagen: Genug von den alten Dingen.

Sie kommt aus ihrer Haut eben nicht raus. Und ich auch nicht.

»Ich habe dir Kuchen mitgebracht«, sagt sie. »Mit Schokoladeglasur. Den magst du doch.«

»Danke, Mama.«

Wir gehen zurück in die Küche, und sie zeigt auf einen kleinen blauen Trolley. »Wo ist mein Zimmer?«

»In der Pension im Dorf«, antworte ich. »Ich fahre dich später runter.«

Ein scharfer Blick, der Stoff durchschneiden könnte. »Du willst mich nicht im Haus haben.«

»Im Gegenteil, Mama. Ich denke dabei an dich. Damit du deine Ruhe hast. Hier wird es viel Stress geben wegen der Eröffnung.«

Sie sagt nichts. Ich fühle mich schwach. Wie funktioniert das? Wie gelingt es ihr immer wieder, mir die Energie zu rauben?

»Kaffee?«

Ein Friedensangebot. Sie nickt. Ich halte immer noch Karls Hemd in der Hand, das ich eigentlich aufhängen wollte.

»Setz dich schon mal.« Ich deute auf die Eckbank. »Bin gleich zurück.«

Auf der Terrasse atme ich tief ein und aus. Ganz ruhig, Uschi, du schaffst das.

Ich hänge die restliche Wäsche auf und schiebe die Spinne in die Sonne. Dann gehe ich in die Küche, wo die Kaffeemaschine ächzt.

Meine Mutter sitzt hinterm Tisch, klein und verloren, aber sehr aufmerksam.

»Eine große Küche hatte sie da, die Henriette. Immer gern gekocht, jaja. Und wie ist das morgen mit der Eröffnung?«

Ich setze mich zu ihr und erzähle ihr von meinen Plänen.

»Du solltest nicht so lange von Titus weg sein. Eine Frau gehört zu ihrem Mann.«

Klar, dass sie auf seiner Seite ist. Der tolle Herr Anwalt, der sich einer Reisekauffrau erbarmt hat. Bis in alle Ewigkeit sei er gelobt!

»Und wie war das bei dir und Papa?«

Das mag sie nicht hören. »Eine ganz andere Geschichte.« Sie macht eine wegwerfende Handbewegung. Natürlich. »Heute habt ihr es ja leicht. Wir hatten es schwer damals.«

»Wir haben es heute auch schwer.«

»Aber du doch nicht! Du hast geerbt!« Sie deutet auf den Raum um uns herum. »Das alles gehört dir!«

»Das ist vor allem Verantwortung, Mama.«

»Papperlapapp, Verantwortung«, grummelt sie. »Du hast ja nicht einmal ein Kind bekommen. Du hast dich vor der Verantwortung gedrückt.«

Nicht diese Platte. Bitte. Ich beschließe, nicht darauf einzugehen. Das ist erfahrungsgemäß das Beste. Für beide.

»Du wolltest doch mit mir sprechen, oder?«, sage ich und gieße Kaffee in ihre Tasse. »Milch? Zucker?«

»Schwarz«, sagt sie. »Immer schon schwarz. Worüber wollte ich sprechen?«

Sie scheint es tatsächlich vergessen zu haben.

»Über Tante Hetti.«

»Jaja«, sagt sie nachdenklich und blickt in ihre Tasse.

Karl kommt herein. Ich stelle ihm meine Mutter vor, und er macht eine kleine Verbeugung, ganz Gentleman. Alle Achtung. Obwohl er weiß, dass dieser Teil der Familie mit jenem Teil, den er geliebt hat, doch erhebliche Probleme hatte.

»Ich mache meine Gartenrunde«, antwortet er auf meine Einladung, sich doch zu uns zu setzen.

Als er gegangen ist, sagt meine Mutter: »Das war also ihr Freund. Sie hat Glück gehabt, deine Großtante. Aber das hatte sie immer.« Sie schnieft und rührt in ihrem Kaffee. »Ungerecht«, murmelt sie. »Die Welt ist ungerecht.«

Ich bin ganz still. Vielleicht spricht sie dann.

Keine Chance, denn schon kommen Linde und Elsbeth laut lachend zur Tür herein.

»Oh«, sagt Linde, als sie uns bemerkt. »Tut mir leid, wir sind gleich wieder weg. Wollte nur fragen, wie viele Quiches ich für morgen einplanen soll. Lachs-Sauerrahm und Brokkoli-Champignon, ist das in Ordnung?«

Ich stelle die beiden vor. Meine Mutter gibt ihnen sichtlich irritiert die Hand und sagt kurz angebunden: »Freut mich.«

Als Linde und Elsbeth mit mehreren Einkaufstüten bewaffnet wieder gegangen sind, fragt meine Mutter: »Wer sind diese Leute? Wohnen die alle hier? Seid ihr eine Kommune?«

»Keine Kommune, Mama, mach dir keine Sorgen. Das hat sich einfach so ergeben. Wir kümmern uns alle ein wenig um Karl. Und um den Kiosk.«

»Die eine Dame«, sagt sie und runzelt die Stirn, »die habe ich doch schon mal gesehen.«

»Elsbeth? Sie arbeitet bei Titus in der Kanzlei.«

Als ich seinen Namen nenne, leuchtet ihr Gesicht auf. »Was sagt er eigentlich dazu? Also zu dieser ganzen ... Situation?«

Ich atme tief ein. Mitten rein in die Wahrheit oder knapp dran vorbeischrammen?

»Er ... also, er wartet ab.« Das ist ja nicht einmal gelogen.

»Und du? Was hat das mit dem Kiosk auf sich? Wirst du jetzt Würstchen verkaufen?« Dabei schwingt »... und den großartigen Job in Titus' Kanzlei aufgeben?« mit.

»Langfristig sicher nicht.«

Ihr Nicken macht klar, dass sie mir kein Wort glaubt. Ihre Mundwinkel zeigen dauerhaft nach unten. Kleine, ziselierte Fältchen um ihre Lippen. »Darf man hier rauchen?«, fragt sie.

»Komm, lass uns rausgehen.«

Wir setzen uns auf die Terrasse.

»Schöne Blumen«, sagt Mama. »Hier draußen sieht man wenigstens den Frühling. In der Stadt ist alles nur grau in grau.«

Sie zündet sich eine Zigarette an und atmet tief ein

und aus. Wie gut ich ihre Gesten kenne. Wie sie die Zigarette zwischen den Fingern hält, die Art und Weise, wie sie das Feuerzeug auf den Tisch zurücklegt – eine vorsichtige Geste, als fürchte sie, den Tisch zu beschädigen.

Karl, der ein Rankgerüst an der Scheunenwand befestigt, winkt uns zu. Ich hebe die Hand. Meine Mutter blickt ihm nach.

»Eigenartig«, sagt sie nach einer Pause.

»Was?«

»Das alles hier.« Sie ascht in die Wiese. »Ich hoffe, das ist okay?«

Ich nicke.

Sie fährt sich mit den Fingern durchs Haar, saugt an der Zigarette und lässt den Rauch dann in Zeitlupe aus ihrem Mund entweichen. »Du hast mich gefragt, warum du nicht mehr zu Tante Henriette durftest.«

Ich horche auf. Mein Herz schlägt schneller.

»Du kannst dich vielleicht nicht mehr erinnern, aber du warst furchtbar in sie verschossen. Ich weiß nicht, wie ich es sonst ausdrücken soll. Du wolltest immer nur zu ihr. Jedes Wochenende, in den Ferien.«

»Und das war schlecht?«

»Kränkend.« Meine Mutter schließt die Augen, so als ob es sie schmerzte, sich daran zu erinnern. »Es hat mich verletzt. Ich hatte das Gefühl, dass du lieber bei ihr warst.«

Eifersucht.

»Und das ist der Grund? Wirklich?«

Sie schüttelt den Kopf.

»Jetzt kommt dir natürlich alles toll vor. Die großzügige Großtante, großartig! Und vererbt dir auch noch

Haus und Hof! Aber eines solltest du wissen: Sie wollte dich mir wegnehmen.«

»Bitte, Mama, nicht das schon wieder.«

»Das war nicht nur Gerede. Sie hat dich schon in einem Gymnasium in der Nähe ihres Feinkostladens in der Stadt angemeldet. Natürlich habe ich das nicht zugelassen.«

»Mama, das ist doch Unfug.«

»Unfug, ja?«

Sie zieht einen vergilbten Zettel aus ihrer Handtasche. »Den Unfug habe ich mit, schwarz auf weiß. Hier: Stiftsgymnasium Webgasse. Hier steht dein Name.«

Ich nehme ihr das Blatt aus der Hand.

»Ich hätte dich da nicht anmelden können, das war eine Privatschule.«

»Sie wollte meine Ausbildung übernehmen, was ist daran so schlimm?« Tränen treten mir in die Augen. »Dir war meine Ausbildung egal, Hauptsache, sie hat nichts gekostet, und Hetti hatte ihre Finger nicht im Spiel. Ist es das?«

»Ursula!« Die Augen meiner Mutter funkeln erbost. »Du hast ja keine Ahnung. Dein Vater war schon gegangen, und dann solltest du mir auch noch weggenommen werden!«

»Ihr habt mich nicht einmal gefragt«, sage ich leise.

»Wie ich dich kenne, hättest du auch noch Ja gesagt! Und du weißt ja noch nicht das Schlimmste.«

Was kommt jetzt? Was um Himmels willen kommt jetzt? Ich möchte mir die Ohren zuhalten, so fest die Handfläche draufdrücken, dass nicht ein Laut zu mir dringt. Aber es ist zu spät, Mutter hat schon angefangen zu sprechen. Die Worte purzeln nur so aus ihrem Mund, eins nach dem anderen, und verätzen die Luft.

»Henriette hat deine Großmutter bis aufs Blut gereizt. Die beiden konnten sich nicht leiden, schon als Kinder hatten sie immer Streit, weil Henriette die Altkluge war und immer so vornehm tat. Auch später haben sie sich immer wieder in die Haare gekriegt, oft ging's dabei um deine Erziehung. Irgendwann stritten sie so heftig, dass Mama einen Herzinfarkt hatte.«

»Du willst damit sagen, dass ... dass Tante Hetti an Omas Herzinfarkt schuld war? Ernsthaft?«

»Mama lag danach über einen Monat lang im Krankenhaus!«, fährt meine Mutter mich empört an.

Was für eine böse Unterstellung. Ich stehe auf und stoße mir dabei das Knie am Tischbein, spüre aber keinen Schmerz.

Wütend laufe ich hinaus in den Gang und ins Bad, schließe die Tür, sperre ab. Lehne mich an die Tür. Rutsche mit geschlossenen Augen ganz langsam am Türblatt runter, bis ich auf dem kalten Fliesenboden sitze. Mir ist übel. Was hast du dir da nur eingebrockt, Uschi? Was zum Teufel hast du dir dabei gedacht?

»Urseluschi, bist du da drin?«

Linde klopft vorsichtig an die Tür. »Hey, komm schon. Mach auf.«

»Geht nicht.«

»Ich muss aber rein«, sagt sie.

»Nein.«

Badezimmer gibt es genügend in diesem Haus, da muss sie nicht justament in dieses.

»Was ist los mit dir?«, fragt sie. »Bist du okay?«

»Ich möchte ganz weit weg«, flüstere ich. »Ich halte mein Leben gerade nicht mehr aus.«

»Was? Ich kann dich nicht verstehen«, sagt Linde durch die Tür hindurch. »Kann ich irgendwie helfen?«

»Du kannst meine Mutter zum Bahnhof bringen. Ich krieg noch einen Nervenzusammenbruch.«

»Komm, jetzt mach schon auf.«

Ich rapple mich hoch und sperre die Tür auf. Linde hört aufmerksam zu, während ich ihr eine Kurzfassung unserer Auseinandersetzung gebe.

»Ja, und?«, sagt sie am Ende.

»Wie meinst du das: Ja, und?«

»Deine Mutter hat sich in was verrannt, das ist ja wohl sonnenklar. Oder sagen wir's anders: Sie hat sich ihre Version eingeredet, damit sie die Geschichte von der zweigeteilten Familie aufrechterhalten kann. Du weißt ja: Nichts ist so felsenfest wie eine Überzeugung, die man sich selbst eintrichtert. Mit der Wahrheit muss das gar nichts zu tun haben.«

»Das mit dem Herzinfarkt ist eine glatte Lüge! Oma hatte immer schon ein schwaches Herz.«

»In meinen Ohren klingt das eher nach einer Rechtfertigung für einen alten Familienstreit. Herausfinden wird es niemand. Ich würde mich deshalb darauf konzentrieren, was ich jetzt und hier ändern kann. Komm, gehen wir wieder in die Küche.«

Sie redet mit mir wie mit einer Dreijährigen.

»Ich dachte, du musst aufs Klo«, sage ich.

»Notlüge«, erwidert Linde. »Sonst hättest du nicht geöffnet.«

Als wir in die Küche kommen, schaut Mama auf.

Irgendwas ist mit ihrem Gesicht passiert. Hat sie etwa geweint?

»Wir fahren«, erkläre ich zu niemand Bestimmtem und damit zu beiden zugleich. »Linde fährt uns runter, nicht wahr, Linde?«

Linde wirkt überrascht. »Äh, wohin?«

»Pension Grundlinger.«

Ich schnappe mir den blauen Trolley. »Kommst du?«

Meine Mutter erhebt sich stumm.

Wir verstauen das Gepäck in Frodos Kofferraum.

»Du darfst vorn sitzen«, sage ich zu meiner Mutter. »Du bist der Ehrengast.«

Dann habe ich auf dem Rücksitz wenigstens meine Ruhe.

31

Einundfünfzig, und dann das. Aber kein Wunder: Solange du mit deiner Kindheitsgeschichte nicht abgeschlossen hast, läuft sie dir ein Leben lang hinterher wie ein herrenloser Hund.

Frodo ächzt und keucht mit heißen zwanzig Stundenkilometern den Hügel hinunter. Meine Mutter unterhält sich prächtig mit Linde und hält dabei den Gurt von ihrem Körper weg – eine Marotte, an die ich mich jetzt wieder erinnere. Sie mag es nicht, »gequetscht« zu werden, wobei ich mir stets die Anmerkung verbissen habe, dass es im Falle eines Unfalls zu einem weit unangenehmeren »Quetschen« kommen könne und der Gurt im Vergleich dazu wohl das kleinere Übel sei.

Während die Landschaft in Zeitlupe an uns vorbeikriecht, habe ich Gelegenheit, über mein Leben nachzudenken. Das anders verlaufen wäre, hätte ich mehr Zeit bei Tante Hetti verbracht. Von diesem Stiftsgymnasium höre ich das erste Mal. Was wäre aus mir geworden, hätte meine Mutter anders entschieden? Ich sehe mich mit einer dunkelblauen Schuluniform eine Steintreppe hinaufgehen. Gab's dort überhaupt Uniformen? Hätte ich einen anderen Beruf gewählt? Wäre ich Juristin oder Ärztin geworden? So wie…

Sascha.

Plötzliche Erkenntnis: Wir sind unterwegs zu jenem Haus, in dem auch er untergebracht ist. Oder war. Seit dem Besuch von Dr. Blei habe ich nichts mehr von ihm gehört.

Frau Grundlinger erwartet uns bereits. Als Linde einparkt, öffnet sie die Tür und lächelt breit. Über ihrem Wollrock trägt sie einen Morgenmantel, an den Füßen Fellpuschen. Ich sehe mich um, ob ich Saschas Auto entdecke. Nichts. Okay. Das war's dann. Er ist abgereist, ohne sich zu verabschieden. Der Gedanke zieht mich runter. Aber was hatte ich denn erwartet?

Ich schaue in Frodos Seitenspiegel. Annette Frost sieht mir entgegen, guten Tag auch. Kaltes Herz, kalter Kopf. Ich erinnere mich wieder an den Tag, als wir auf der Bank vor dem Kleinholz-Museum saßen. Als er den Arm um mich legte. Und ich mich – für die Dauer eines Lidschlags – an ihn lehnte. Er hat's bestimmt nicht bemerkt, aber es hat sich so gut angefühlt. Fremd, aber gut. Ich verscheuche den Gedanken wie eine lästige Fliege. Schluss jetzt, Uschi. Aus und vorbei.

»Ich warte hier auf dich«, sagt Linde zu mir.

Mutters blauer Trolley holpert über die gepflasterte Einfahrt.

Frau Grundlinger begrüßt uns, als wären wir die Thronfolgerinnen eines fernen Inselstaats. »Immer herein in die gute Stube!«, flötet sie und redet meine Mutter penetrant mit Frau Mama an. »Ist die Frau Mama müde? Möchte die Frau Mama einen Tee mit Milch?«

Zu mir sagt sie: »Und, hat unser Entscheidungsstein weise gesprochen?«

Meine Mutter sieht mich an: »Was für ein Stein?«

Ich winke ab. Das führt jetzt zu weit.

Wir dürfen auf einem durchgesessenen Sofa unter der Mops-Ahnengalerie Platz nehmen. Auf dem Nierentischchen verstauben ein paar Seidenblumen in einem bauchigen Gefäß nebst einer praktischen Taschentücherbox.

Frau Grundlinger ist in die Küche gegangen, um den Tee zuzubereiten. Business as usual in der Frühstückspension. Ich fühle mich unwohl und weiß nicht, wie ich sitzen soll. Am besten so weit von meiner Mutter entfernt wie möglich. Zwischen uns liegt ein tonnenschweres Schweigen.

»Vielleicht habe ich es nicht so gemeint vorhin«, sagt meine Mutter und wendet sich dabei an niemand Bestimmten, am ehesten noch an die Pendeluhr.

»Vielleicht? Du machst es dir so leicht. Gibst Henriette einfach die Schuld an allem Unglück. Das ist sehr praktisch. Und entlastet ungemein.«

»Oma hat der Streit sehr mitgenommen, das ist die Wahrheit.«

»Trotzdem kannst du doch nicht sagen, dass Tante Hetti sie ins Krankenhaus gebracht hat, das ist einfach nur grässlich.«

Meine Mutter knetet ein Taschentuch zwischen ihren Fingern. Irgendwie ist alles aus dem Ruder gelaufen.

»Du hast keine Ahnung, was in dieser Familie vorgefallen ist«, sagt sie.

»Wie solltest ich denn, wenn du mir nie was erzählt hast!«

»Henriette und Amalie waren wie Katz und Hund, von Anfang an. Und meine Großmutter – also deine Uroma – hat Henriette immer bevorzugt. Das war furchtbar ungerecht. Unfrieden von Anfang an! Amalie hat sehr darunter gelitten. Und ich auch.«

»Und ich offensichtlich auch noch«, sage ich. »Und wir tragen alle schön die Ungerechtigkeit der Urgroßmutter weiter? Ist das wirklich unsere Aufgabe?«

»Ich kann Ungerechtigkeit nicht ausstehen.«

»Da bist du nicht die Einzige«, sage ich. »Aber die Frage ist doch, wie wir da rauskommen. Sicher nicht, indem wir selbst ungerecht sind.«

»Du mit deinem Psychologengequatsche«, sagt sie und schnaubt. »Hast immer schon alles besser gewusst.«

Na klar. Immer raus mit der Munition, nur ja nichts zurückhalten.

»Mama.« Jetzt setze ich mich ganz vorne auf die Sofakante, um frei atmen zu können. »Vielleicht sollten wir einfach einmal aufhören mit den gegenseitigen Beschuldigungen. Was zwischen Amalie und Henriette vorgefallen ist, können wir nicht ändern. Ich habe jetzt dieses Haus und den Kiosk von Tante Hetti geerbt – und die Frage ist doch: Was heißt das für unsere Familie? Muss das ganze Gezanke ewig weitergehen, ich auf der Hetti-Seite, du auf der Amalie-Seite?«

Zu einer Antwort kommt es nicht mehr, weil Frau Grundlinger wieder hereinkommt. »Ich hoffe, Sie mögen Melissentee«, sagt sie. »Aus dem Garten. Selbst gepflückt.«

Sie schenkt pipifarbenen Tee in die vorbereiteten Tassen. Als niemand spricht, betrachtet uns Frau Grundlinger genauer. »Oh, meine lieben Damen«, sagt sie schließlich, »geht es Ihnen nicht gut?« Offenbar ist die Spannung, die in der Luft liegt, mit den Händen zu fassen.

»Ursula und ich, wir sehen uns nicht so häufig«, sagt meine Mutter. »Da gibt es immer eine Menge zu diskutieren. Jeden Unfrieden aus dem Weg zu räumen.«

»Ah ja«, sagt Frau Grundlinger. »Dann hoffe ich, dass Sie genügend Zeit finden, sich auszusprechen.«

Aussprechen. Das klingt so, als wäre dann ein für alle Mal alles gesagt. Als ob man danach nie wieder sprechen müsste.

Meine Mutter beschließt, in den Small-Talk-Modus zu schalten. Sie deutet auf die Mops-Galerie an der Wand: »Alles Ihre?«

Frau Grundlinger nickt und seufzt traurig. »Leider sind sie schon über die Regenbogenbrücke gegangen.«

»Worüber?« Meine Mutter stutzt. Den Ausdruck kennt sie nicht.

»Sie sind von mir gegangen«, erklärt Frau Grundlinger.

»Weggelaufen?«

»Verstorben.«

»Ach so.«

Meine Mutter führt die Tasse zum Mund, dann sagt sie: »Ich wollte ja immer einen Hund haben, aber das war leider nicht möglich.«

Wie bitte? Ich traue meinen Ohren nicht. Sie war doch immer diejenige, die gepredigt hat: Ein Haustier, das geht nicht.

»Warum hatten wir dann keinen?«, frage ich.

»Man will so viel im Leben«, sinniert sie ohne ersichtlichen Zusammenhang.

Was war das jetzt für eine Antwort? Ich spüre schon wieder die Wut in mir hochkochen. »Und nur weil du nicht alles gekriegt hast, was du wolltest, durfte ich auch nichts bekommen?«

Mutter betrachtet eingehend ihre Knie.

Frau Grundlinger beginnt, einen Vortrag über die Vorzüge des Mopses zu halten, vermutlich um die schlechte Stimmung ein wenig zu lockern. »Er ist der würdevollste Hund, den es gibt. Ich empfehle keine andere Rasse! Außerdem besitzt ein Mops einen vorzüglichen Charakter. Und das Wichtigste: Er hat keinen Jagdtrieb.«

»Ich habe mir gesagt: Verwöhnen bereitet nicht auf das Leben vor«, sagt meine Mutter und meint damit sich und mich.

Frau Grundlinger bezieht das auf ihre Hunde. »Oh«, sagt sie. »Verwöhnen ist doch auch ein Ausdruck der Liebe! Wer liebt, der will verwöhnen! Mein Rocco hat immer Schweinsohren bekommen.«

»Schweinsohren?« Meine Mutter blickt auf.

»Der Hund«, zische ich. »Rocco ist ein Hund.«

»Jedenfalls ist es traurig zu erfahren, dass man immer alles falsch gemacht hat«, sagt meine Mutter in anklagendem Ton. Nicht schon wieder diese Platte.

»Mama, bitte.«

Frau Grundlinger versucht einzugreifen. »Ich hoffe, es gefällt Ihnen bei mir«, sagt sie an meine Mutter gerichtet und streicht ihren Rock glatt. »Ich bemühe mich, das Haus für meine Gäste gemütlich zu gestalten.«

»Es ist wunderbar«, sagt meine Mutter. »Und Ihre Hunde sehen sehr intelligent aus.«

Das war der richtige Kommentar. Volle Punktzahl. Frau Grundlinger ist hingerissen und weiß gar nicht, wohin mit ihrer Begeisterung. Sie stellt meiner Mutter jeden einzelnen der verblichenen Hunde mit allen seinen Eigenschaften und Eigenheiten vor.

Unauffällig ziehe ich mein Handy aus der Tasche. Eine Nachricht von Karl.

Bitte sei in einer Stunde in der Villa.

»Entschuldigt mich, ich muss kurz ...«, murmle ich und entfliehe den Storys von Flöhen und Atemproblemen. »Heiko von der großen Au hatte einen sehr hartnäckigen Hautpilz«, ist das Letzte, was ich höre.

Was ist los?, schreibe ich im Flur zurück. *Alles okay?*

Wir müssen mit dir sprechen.

Mein Herz macht einen Sprung. *Wir*. Und *müssen*. Eine Ankündigung, die an schlimme Nachrichten denken lässt. Besser früher als später rauffahren. Nur schnell noch von den Damen verabschieden. Ich wollte mit Elsbeth ohnehin noch die To-do-Liste für die Eröffnung durchgehen.

Als ich wieder reingehe, stehen meine Mutter und Frau Grundlinger im Flur vor der offenen Tür des Gästezimmers Nummer drei.

»Wir haben uns schon gefragt, wo du bleibst«, sagt Mama und fährt, ohne auf eine Erklärung zu warten, fort: »Das ist mein Zimmer.« Ich fürchte mich schon vor einer saftigen Unmutsbekundung, aber meine Mutter ist ganz zahm, so als hätte sie ihr Pulver verschossen. »Es ist sehr schön«, sagt sie mit fester Stimme. »Komm und sieh es dir an.«

Ich werfe einen Blick hinein.

Ein Kleinmädchentraum in Rosarot. Rosa Bettdecke, Vorhänge, bestickte Kissen auf dem mit einer rosa Tagesdecke geschmückten Fauteuil. Bild einer rosa Blume hinter Glas. An der Wand das Bildnis eines Mopses mit rosa Halstuch. Meine Augen schmerzen.

»Ein Damenzimmer«, sage ich. »Das sieht man.«

»Frau Grundlinger hat Geschmack«, erklärt meine Mutter und rollt ihren Trolley hinein.

»Hier habe ich immer die unbegleiteten Fräuleins untergebracht«, sagt Frau Grundlinger und verpasst einem Kissen einen gezielten Handkantenschlag.

Ich habe mich immer gefragt, wie diese perfekten Dellen in die Kissen kommen – jetzt weiß ich es. Auf dem Bett, das sichtbar vor der Boxspring-Ära angeschafft wurde, rekelt sich ein Handtuch-Schwan. Diese Handtuch-Tiere fand ich immer schon deprimierend. Weshalb tut man das? Vielleicht trägt die Pension die Bezeichnung »garni«, weil sie mit Handtuch-Tieren garniert ist. Ich zeige auf den Schwan, weil ich weiß, dass meiner Mutter so was gefällt.

»Famos«, sagt sie. »So gehört sich das.«

Na, da haben sich ja zwei gefunden.

Frau Grundlinger berichtet, dass sie extra einen Handtuch-Tier-Kurs im fernen Herzogenaurach absolviert hat, um ihren Gästen den größtmöglichen Komfort zu bieten.

»Wir haben auch gelernt, Krabben und Fische zu falten, aber das ist eher was für die Hotels am Meer«, sagt sie.

»Das müssen Sie mir zeigen«, bittet meine Mutter.

Draußen vor der Tür unterhält sich Linde mit – o nein: Hannelore Pokorny, die sich auf ihre Nordic-Walking-Stöcke stützt. Linde ist sichtlich erleichtert, als ich auftauche.

»Äh«, sagt sie, »Hannelore will uns das Bild wieder wegnehmen, sie hat einen Käufer gefunden.«

Hannelore ist sehr stolz. »Vierhundert will er bezahlen, vierhundert!«

»Vierhunderttausend?«

Sie sieht mich an, als wäre ich nicht bei Sinnen. Dann lacht sie los. »Hahahaha! Du bist lustig«, sagt sie. »Ich finde vierhundert Euro einen fairen Preis. Mehr, als ich mir vorgestellt habe.«

»Ich ... also ich würde an deiner Stelle noch nicht verkaufen«, sage ich. Offenbar hat sich der Besuch des Sachverständigen noch nicht rumgesprochen.

»Warum nicht?«

»Weil du ... äh, weil du vermutlich mehr bekommen könntest«, sagt Linde vorsichtig.

»Fünfhundert?«

»Mehr«, sage ich. Wie viel dürfen wir verraten? Ich wechsle einen Blick mit Linde. Wir wissen beide nicht, wie wir reagieren sollen.

Hannelore ist sofort Feuer und Flamme. »Gibt es einen Interessenten?«

»Sozusagen. Obwohl ... um ehrlich zu sein, es ist noch nicht fix. Also nicht völlig.« Du lieber Himmel, was rede ich da? Zum Glück erinnere ich mich daran, dass doch Titus auch ein Bild von ihr für die Kanzlei kaufen wollte. Ich muss unbedingt verhindern, dass sie in den Kiosk marschiert und die Bescherung sieht, die der Regen und ich angerichtet haben. Auch wenn es eine Bescherung ist, die viel Geld einbringen könnte, solange der Deal nicht abgeschlossen ist, gilt er nicht.

»Ich schreibe dir mal die Telefonnummer meines

Mannes auf«, sage ich. »Melde dich doch bitte bei ihm, er möchte unbedingt ein Bild von dir kaufen. Für seine Kanzlei. Das wird eine Überraschung sein. Für ihn.« Und für dich. Das sage ich aber nicht. »Ach ja, ein Tipp: Nenn keinen Preis. Er soll was vorschlagen, okay? Wir müssen jetzt fahren, so leid es uns tut. Grüß ihn von mir. Also meinen Mann.«

Linde zieht mich zu Frodo rüber, und ich winke Hannelore, die eindeutig nicht weiß, wie ihr geschieht.

32

Karl will mich sprechen. Aber nicht nur unter vier Augen, sonst hätte er nicht »wir« geschrieben. Wer ist wir? Er und Linde? Aber die sitzt mit mir im Auto. Er und Elsbeth? Ich spüre, dass ich aufgeregter werde, je näher wir der Villa kommen. Frodo gibt alles. Trotzdem zwingt ihn der Hügel beinahe in die Knie.

»Soll ich anschieben? Wir könnten auch einen Esel vorspannen.«

Linde schickt mir einen vernichtenden Blick. »Pass nur auf«, sagt sie. »Frodo merkt sich alles.«

»Da ist er wie meine Mutter. Nein, ich korrigiere: Meine Mutter merkt sich ihre Version der Realität. Aber die dafür in allen Details.«

»Das genügt ja«, sagt Linde. »Sie hat's nicht leicht mit sich, das kann man ihr ansehen.«

»Woran machst du das fest?«

»Sie ist ein bisschen wie Frodo. Wenn man was von ihm will, verweigert er völlig. Er spult sein Programm ab, und mehr gibt's nicht. Versetz dich doch mal in ihre Lage.«

»Nein danke.«

»Siehst du?« Sie schlägt auf das Lenkrad. »Du blockst sofort ab. Dann kannst du das aber auch nicht von ihr verlangen. Sie ist eben, wie sie ist.«

Ich überlege. Wahrscheinlich hat Linde recht. Meine Mutter hat sich die letzten Jahrzehnte auf die Ungerechtigkeit konzentriert, die sich wie ein flammendes Band durch die Familie zog. Meine Urgroßmutter hat meine Oma und meine Großtante ungleich behandelt – davon muss ich ausgehen, wenn ich niemanden mehr aus der Zeit befragen kann. Dadurch hatten Neid und Missgunst Gelegenheit, sich einzunisten.

»Und was dich betrifft«, – Linde wirft mir einen prüfenden Blick zu –, »gäbe es auch was, wo du noch mal genauer hinsehen könntest.«

»Wie meinst du das?« Jetzt bin ich aber neugierig.

»Konfrontation und Diskussion ist nicht so deins, stimmt's? Du läufst lieber weg, wenn es stressig wird, hm? Bei der Sache mit Titus im Kiosk war ich dabei. Dass du bei der Szene mit Sascha und Eva rausgelaufen bist, das hast du mir erzählt. Ist das deine Art, auf Streit zu reagieren?«

WIE? ICH UND WEGLAUFEN?

Ich will diese Unterstellung schon weit von mir weisen, da fällt mir die Szene ein, in der ich aus Titus' Auto geflohen bin. Nach dem Essen bei den Schwiegereltern, in Neukönigsdorf. Und mindestens drei Konflikte mit meiner Mutter, bei der ich im Affekt aus ihrer Wohnung gelaufen bin und die Tür hinter mir zugeschlagen habe.

Linde hat recht: Ich bin eine chronische Wegläuferin. Bei fast jedem Streit bin ich diejenige, die sich davonstiehlt. Die fortgeht, Türen schlägt, wie blind durch die Straßen läuft. Als meine Mutter mir sagte, dass Papa nicht zurückkommen würde, fragte ich, ob er tot sei, und sie antwortete: Er ist weg, und das ist schlimmer als tot. Auch da bin ich weggelaufen und habe mich gefragt, ob ich jetzt an denselben Ort gelangen würde wie Papa. Einen Ort, der schlimmer war als der Tod.

»Stimmt«, flüstere ich.

Linde sagt nichts. Ich schließe die Augen und sehe ein kleines Mädchen, das zu seiner Tante will, sehe den Mund der Mutter, der sich öffnet. Ein NEIN fällt heraus, ein NEIN mit Ecken und Kanten, so scharf, dass man sich daran schneidet. Es ist Winter, eisig kalt. Ich laufe aus der Wohnung, stolpere durch das Treppenhaus, öffne die schwere Eingangstüre mit beiden Händen, ich laufe und laufe, will bis zu Tante Hetti laufen, ohne Jacke, in meiner dünnen Jogginghose und dem Micky-Maus-Pullover. Bibbernd. Der Schnee fällt in dicken Flocken wie ein Vorhang, ich kann nichts mehr sehen außer den schwarzen, vor Nässe glänzenden Gehsteig und das aufflackernde Scheinwerferlicht der Autos. Und plötzlich ist da eine Hand, die mich greift und zurückzieht, ein fester, schmerzhafter Ruck. Ich verliere den Boden unter den Füßen, und dann ein schreckliches Quietschen und die Stimme eines Mannes: »Hoppla, das war aber knapp, Mädchen.«

»Uschi? Alles okay?«

Ich öffne die Augen. Linde beugt sich über den Schaltknüppel. Frodo steht. Wir sind bei der Villa angelangt.

»Bist du eingeschlafen?«

Ich schüttle den Kopf. Ich bin so wach und klar wie selten zuvor.

»Bin gleich so weit«, sage ich. »Geh ruhig vor, ich brauche noch einen Augenblick allein.«

Als ich in die Küche komme, sitzen alle um den Holztisch: Karl, Linde, Elsbeth – und natürlich Sascha. Sie verstummen, als sie mich sehen. Was ist denn hier los? Verschwörung in der *Villa Orchidee*?

»Komm, wir gehen rüber«, sagt Linde zu Elsbeth, und mit »rüber« meint sie offensichtlich das Wohnzimmer.

»Und wir«, sagt Sascha zu mir. »Wir gehen raus.«

»Raus?«

»Komm mit.«

Karl bleibt sitzen und lächelt mich an. »Alles gut, mein Mädchen?«, fragt er.

Ich bringe nichts als ein unsicheres Lächeln hervor.

Und folge Sascha in den Garten. Ein wenig aufgeregt bin ich schon. Zwei Sensen lehnen an der Hauswand. Was wollen die uns sagen?

»Alles vorbereitet«, sagt Sascha. »Schau, hier hast du Handschuhe, zieh sie schon mal an.« Ich bin so überrumpelt, dass ich einfach tue, was er mir sagt. »Was ist es diesmal? Chinesischer Rübenknöterich?«

Sascha lacht. »Wenigstens sprichst du noch mit mir.«

»Es bleibt mir ja nichts anderes übrig.«

Ich kann es selbst kaum fassen, aber ich bin richtig froh, dass er noch nicht weggefahren ist. Der Groll köchelt immer noch, aber auf Sparflamme. Ein Gröllchen. Und auch die Enttäuschung ist ein wenig zusammengeschrumpft. Er hat sich was überlegt. Immerhin.

Sascha ist heute wieder ganz Tommy – rotwangig, seitengescheitelt, im Freizeitlook mit gestreiftem Poloshirt und Jeans. Strotzend vor Lebenskraft.

Ich folge ihm in die Untiefen des Gartens. Diesmal gehen wir an den Tomaten vorbei und runter zu den

Obstbäumen, wo das Gras hoch ist und die Bienen summen.

»Und jetzt?«

»Gib mir mal deine Sense.« Er lehnt beide Sensen an einen Baum. Was hat er vor? »Setz dich.«

»Ähm …«

»Nicht lange fragen, einfach tun.« Sascha sitzt schon im Gras und zieht eine Pfeife aus seiner Hosentasche.

»Was wird das?«

»Gestopft ist sie schon. Die rauchen wir jetzt.«

»Wie bitte?«

»Eine Friedenspfeife.«

»Ich rauche aber nicht.«

»Dann tust du halt so, als ob.«

»Ich weiß aber gar nicht, ob ich das will.«

»Okay.« Er kreist mit dem Feuerzeug über dem Tabak und zieht ein paarmal vorsichtig an der Pfeife. Es dampft ein bisschen.

Ich trage immer noch meine Handschuhe. »Und wozu war das ganze Theater jetzt nötig?«

»Es sollte echt wirken. Ich dachte mir, dass du Karl keine Bitte abschlagen würdest – schließlich ist es sein Garten. Oder war es zumindest.«

»Er ist es immer noch.«

»Schön«, sagt Sascha und lächelt.

»Und die Pfeife? Ist auch eine von seinen, oder?«

»Klar.« Er hält sie hoch, damit ich sie besser sehen kann. »Schön, was?«

Das Holz ist farbig bemalt und kunstvoll mit Steinchen besetzt.

»Ich dachte, du magst seine Pfeifen nicht?«

»Wer sagt denn so was?«

»Also zumindest die Pfeifenschnitzerei.«

»Auch die mochte ich. Aber ich wollte sie nicht übernehmen. Das sind zwei grundverschiedene Dinge.«

»Okay.« Ich wollte mein Erbe ja ursprünglich auch nicht annehmen. Es ist halt so eine Sache bei Geschenken: Du weißt vorher nicht, ob sie sich als Segen herausstellen oder als Fluch.

»Es hat doch jeder seinen Traum, oder?« Er sieht mich an. »Erinnere dich an Hans Kleinholz. Der hatte sogar einen großen Traum. Dass nicht jeder seinen Traum leben wird, steht auf einem anderen Blatt. Aber es nicht einmal versucht zu haben, das hätte ich mir nie verziehen.«

»Niemand würde dir deswegen einen Vorwurf machen«, sage ich.

»Sorry, aber ich muss dich enttäuschen. Das wurde mir sehr wohl vorgeworfen.«

»Okay, dann genauer: Was deine Berufswahl betrifft, würde ICH dir nie einen Vorwurf machen.«

»Aber?«

Ich hole tief Luft. »Aber ich kann mir beim besten Willen nicht vorstellen, dass du nicht weißt, was Eva im Schilde führt.«

»Eva.« Er pafft seelenruhig. »Hab ich's mir doch gedacht.«

Ja was denn sonst?

»Und dieses Gespräch, das wir im Kiosk hatten, das hat dich so auf die Palme gebracht?«

»Ich sehe keine Palme«, sage ich. »Maximal Apfelbäume. Aber grundsätzlich: Ja. Hat es.«

»Vielleicht ist es möglich, dass du etwas anderes gehört hast, als ich gesagt habe?«

Was soll das denn jetzt? Die Wut, meine treue Begleiterin der letzten Wochen, macht sich wieder bemerkbar.

»Ich darf dich daran erinnern, dass du gar nichts gesagt hast. Sondern Eva. Sie wollte wissen, ob du schon mit Karl gesprochen hast. Wegen der *Residenzen*.«

»Gute Zusammenfassung. Aber meine Antwort hast du nicht mehr mitbekommen.«

»Ich brauche keine Antwort! Es reicht doch, dass du dich von ihr hast einspannen lassen. Du hast offenbar zugesagt, mit Karl über einen Platz in den *Residenzen* zu sprechen. Obwohl du doch sicher weißt, dass er nichts lieber will, als in der Villa zu bleiben. Er hat ein lebenslanges Wohnrecht in der *Orchidee*. Und du weißt, wie viel mir daran liegt, die Wünsche von Tante Hetti zu respektieren.«

So. Das war jetzt eine lange Rede.

Er hält mir noch einmal die Pfeife entgegen. »Vielleicht magst du jetzt?«

Auf keinen Fall! Ich schüttle resolut den Kopf. Der träumt ja wohl.

»Wenn du Eva ein bisschen kennst«, sagt er, »dann weißt du sicher auch, dass sie sehr ehrgeizig ist und sich nicht aus dem Konzept bringen lässt. Etwas funktioniert nicht? Dann wird so lange daran gedreht, bis es geht. Und wenn nicht, na – auch egal, dann gibt's eben eine andere Lösung.« Er beugt sich vor und zeichnet mit der Pfeife einen Kreis in die Luft. »Du hast recht: Ich sollte mit Karl über die *Residenzen* sprechen. Aber – und hier kommt das große Aber: Es handelt sich nicht um die *Residenzen Morgenrot*.«

»Aber ich hab's doch mit meinen eigenen Ohren gehört!« Will der mich auf den Arm nehmen? Da hat er sich mit der Falschen angelegt. »Residenzen hat sie gesagt. RESIDENZEN!«

»Ja, aber nicht Morgenrot. Sondern Abendrot.«

»Wie bitte?«

»Eva hat Frau Grundlingers Pension gekauft. Die wird bald zu den *Residenzen Abendrot* umgebaut. Du glaubst doch nicht im Ernst, dass Eva nur auf ein einziges Pferd setzt.«

»Frau Grundlinger hat an Eva verkauft?«

»Das kannst du ihr ja wohl nicht übel nehmen.«

»Nein, natürlich nicht.«

»Es ging auch nicht darum, dass Karl eine Wohnung in den *Residenzen* mieten soll.«

»Sondern?«

»Ein Geschäftslokal im Erdgeschoss.«

»Wozu das denn?«

»Für eine Neuauflage des *Pfeifenkönigs*. Eva kennt jemanden, der die Pfeifenschnitzerei eventuell übernehmen würde, wenn Karl ihn einschult. Und keine Sorge: Karl wird auch weiterhin in der *Orchidee* residieren, wenn dich das beruhigt.«

Oh. Ich nicke. Das Ganze ist mir mehr als unangenehm.

»Ich hätte es dir gern erklärt. Aber du warst schon weg.«

Ich strecke die Hand aus.

Sascha schaut auf.

»Die Pfeife«, sage ich.

»Ja?«

»Reich sie mir mal.«

Er grinst.

Über uns der blaueste Frühlingshimmel, den Klein Ziff je gesehen hat. Und ich bin für diesen Moment Annette Froh: So froh und erleichtert wie lange nicht.

33

Der Tag der Eröffnung ist gekommen. Ich bin voller Vorfreude und zugleich furchtbar nervös. Wird die Übung gelingen? Oder wird der Kiosk vom ersten Tag an boykottiert werden? Werde ich dem Vergleich mit Tante Hetti in puncto Gastgeberin standhalten können? So viele Unsicherheiten. Und wie wird es danach weitergehen? Werde ich Sascha heute zum letzten Mal sehen? Er hat mir versprochen, zur Eröffnung zu kommen. Das heißt, zuvor hat er mir verziehen. Eigentlich war's ein Missverständnis, aber ich bin nicht ganz unschuldig. Hätte ja auch warten können, bis er mir alles erklärt. Das sehe ich jetzt ein. Was ich aber immer noch nicht verstehe: Warum um alles in der Welt heuert Eva bei Titus an, wo sie doch offenbar eine Immobilien-Magnatin ist? Was hat sie vor? Betriebsspionage? Oder sucht sie meinen wunden Punkt? Vielleicht will sie sich auch an Titus heranmachen?

»Hey, was ist los?«, fragt Linde.

Wir schleichen mit Frodo den Hügel hinunter.

»Ich kann mir einfach keinen Reim darauf machen.«

»Worauf?«

»Dass Eva bei Titus arbeitet. Ich meine: Stell dir das doch nur vor! Sitzt im Vorzimmer eines Anwalts für Erbschaftsrecht! Was hat sie dort verloren?«

»Vielleicht hat sie's auf Titus abgesehen?«

Ich seufze tief. »Was soll ich tun, Linde?«

»Was sagt dein Bauch?«

»Der sagt: Beißreflex.«

»Und der Kopf?«

»Abwarten und mit Titus reden. Er will heute ja vorbeikommen. Ich hoffe, sie taucht nicht auf.«

»Wenn, dann kann sie sich auf was gefasst machen«, sagt Linde. »Wir stehen alle hinter dir.«

Jetzt muss ich schon wieder fast heulen. »Danke«, presse ich hervor und würde sie am liebsten umarmen. Das geht aber schwer im rollenden Frodo. »Danke für alles.«

»Du hast einen Sprachfehler«, sagt Linde.

»Und zwar?«

»Du sagst zu oft danke. Auch wenn es überhaupt nicht notwendig ist.«

»Behauptest du.«

Wir kichern.

»Übrigens«, sagt Linde und schaltet vom zweiten in den ersten Gang zurück. »In einer Woche bin ich weg, Urseluschi.«

»Was?« Mir bleibt beinahe das Herz stehen. »Jetzt schon? Nerven wir dich so?«

Sie schüttelt den Kopf. »Keine Sorge. Eine alte Freundin ist krank. Ich habe versprochen, ihr zu helfen. Sie lebt allein, weißt du. Und Karl hat ja jetzt euch.«

»Kommst du zurück?«

Pause.

»Irgendwann bestimmt.«

»Irgendwann? Linde, mach mich nicht schwach.«

»Ich habe einfach das Gefühl, dass meine Aufgabe hier erledigt ist.«

Sie sieht zu mir rüber und setzt ein schiefes Lächeln auf. »Und Hettis Erbe hätten wir ja auch unter Dach und Fach gebracht. Aber die kommende Woche koche ich noch für dich. Also für den Kiosk. Danach kann vielleicht Elsbeth helfen?«

Elsbeth? Aber sie wollte doch auch zurück in die Stadt. Oder? Wenn ich ehrlich bin, habe ich ein Gespräch mit ihr darüber bisher ausgespart, weil ich Angst vor der Antwort habe.

Wir parken auf dem Bahnhofsparkplatz, um den Platz vor dem Kiosk nicht zu verstopfen. Als wir aussteigen, bin ich noch ratloser als zuvor.

Wilmas Ehemann, ein Heimwerker, wie er im Buche steht, hat das Schild am Vorabend montiert. Steht zwar immer noch *ZAUDERHÜTTE* drauf, aber zumindest hängt es gerade.

»Na ja«, sagt Linde. »Fällt bestimmt kaum jemandem auf.«

Ich betrachte das Schild schweigend. »Weißt du, was«, sage ich dann, »vielleicht sollte ich's lassen. Zauberhütten gibt's viele auf der Welt. Aber nur eine *Zauderhütte*.«

»Weise Entscheidung.« Linde hält ihre Handfläche hoch. »Schlag ein!«

Um Punkt zehn ist die Riege der Kammerjägerinnen vollständig gestellt. Alle festlich gekleidet, zwei sogar im regionalen Dirndl mit Schürze, links gebunden bei Singles, rechts bei Vergebenen. Im Nu errichten sie aus fünf Biertischen und einem halben Dutzend weißer Tischtücher eine lange Tafel, auf der die mitgebrachten

Köstlichkeiten Platz finden – von Salaten über Quiches bis zu Brötchen mit Wilmas berühmter Pfeffersalami und Obstkuchen in unterschiedlichen Variationen ist alles dabei. Es sieht köstlich aus. Renate und Ruth stehen hinter der Bar. Sie tragen bereits eine mintgrüne Schürze und legen die Sektflaschen kalt. Es herrscht ein fröhliches Treiben, alle quatschen durcheinander. Hannelore Pokorny ist noch nicht da – zum Glück. Linde zufolge hat sie jedoch mittlerweile das beschädigte Kunstwerk gesehen und erstaunlich gelassen reagiert. Offenbar weil ein Anwalt sehr an ihren Arbeiten interessiert ist. Na klar, Titus.

»Was kann ich tun? Servietten falten? Oliven aufspießen?«, frage ich Elsbeth, die mit ihrer To-do-Liste hinter der Bude steht und wie eine Brigadekommandantin Aufträge vergibt.

»Tut mir leid«, sagt Elsbeth, nachdem sie ihre Liste konsultiert hat. »Es gibt nichts zu tun für dich. Vorerst zumindest.«

Wie, ich soll die Einzige sein, die nichts zu tun hat?

»Warte«, sagt sie, als ich mich zum Gehen anschicke. »Bist du schon fertig angezogen?« Sie mustert mich mit einem kritischen Blick über ihre Lesebrille hinweg.

Bin ich natürlich nicht. Ich trage noch Jeans und Shirt, habe allerdings für den festlichen Anlass ein karmesinrotes Kleid aus Tante Hettis Schrank herausgesucht – ein durchgeknöpftes Hemdkleid, das sie auch auf einem Foto mit mir trägt. Es ist mir ein Bedürfnis, sie damit zu ehren.

Ich ziehe mich hinter den Kiosk zurück, um die Kleidung zu wechseln. Spiegel gibt's keinen, aber was ich sehe, als ich an mir runterschaue, beruhigt mich. Das Kleid passt wie angegossen. Schnell schließe ich noch die letzten Knöpfe, als ein ausgelassenes »Heyyyyy, sexy Hexi!« hinter mir ertönt. Ich drehe mich um. Liv! Liv ist da!

Jeanskleid, die langen blonden Haare glatt und glänzend, ein herzliches, charismatisches Lachen. So eine schöne junge Frau. Nichts mehr da von dem schüchternen Mädchen, das sich im Kleiderschrank versteckt hat, als ich das erste Mal zu Titus zu Besuch kam. Ich war so darauf erpicht gewesen, einen möglichst guten Eindruck bei der Kleinen zu hinterlassen, dass diese erste Begegnung damals gründlich in die Hose ging. Mein Geschenk wollte sie nicht, und unsere einzige Kommunikation bestand aus vorsichtigen Fragen (ich), die mit einem resoluten, stummen Kopfschütteln (Liv) beantwortet wurden.

»Der Auftritt gestern war sensationell!« Sie berichtet mit roten Wangen und glänzenden Augen von den begeisterten Reaktionen, die sie nach ihrem Vortrag geerntet hat. Eine halbe Stunde ihres Auftritts hat sie der spontanen Traumdeutung auf Zuruf aus dem Publikum gewidmet. »Das ist so gut angekommen!«, schwärmt sie. »Das wird jetzt fixer Bestandteil meiner Auftritte. Aber jetzt zu dir: Was ist das für ein Kiosk? Was weiß ich alles nicht?«

Während wir zu den anderen zurückschlendern, liefere ich ihr eine kappe Zusammenfassung der letzten Wochen, und da fällt mir erst so richtig auf, was alles in der kurzen Zeit geschehen ist …

»Toll«, sagt Liv. »Ich dachte …« Sie stockt.

»Ja?«

»Na ja, ich dachte immer, wenn man ein bisschen älter ist …«

Ein bisschen älter. Das Mädchen ist ja so charmant!

»Ja? Was ist dann?«

»Dann ist nichts mehr los.«

»Soso. Hast du das geglaubt.«

»Tut mir leid.«

»Ach was, Liv! Das habe ich doch selbst geglaubt! Was denkst du, wer am meisten überrascht ist von alldem? Apropos: War Titus auch im Seepalast?«

Das lasse ich so nebenbei fallen, und Liv sagt ja, er sei da gewesen, und nein, er habe niemanden dabeigehabt. »Warum fragst du?«

»Nun, hätte ja sein können, dass er seinen neuen Kompagnon mitbringt – wie heißt er noch mal? Klaus?«

»Klaus? Der ist so eine Nervensäge«, stöhnt Liv. »Wenn du mich fragst: Das geht nicht lange gut. Zwei Platzhirsche in einem Büro, das gibt über kurz oder lang Krach.«

»Und hast du …« Ich zögere ein wenig. »Hast du auch schon die neue Mitarbeiterin kennengelernt?«

»Neue Mitarbeiterin?« Sie scheint ehrlich überrascht. Offenbar weiß sie von nichts. »Wo soll die denn sitzen?«

»Auf meinem Platz, nehme ich an.«

»Nö, nicht, dass ich wüsste.« Sie überlegt. »Ach so, da war ganz kurz mal eine. Aber Papa sagt, die ist zum Vergessen, und dass er sich wünscht, dass du bald zurückkommst.«

Ooooh. Balsam auf meiner geschundenen Seele. Andererseits: Geschieht ihm ganz recht. Wer mit dem Teufel tanzt, darf sich nicht wundern, wenn das Parkett raucht.

Liv bekommt einen Sekt in die Hand gedrückt. Stolz stelle ich allen mein Bonuskind vor und mache ihnen lange Zähne. »Liv wird eure Nächte verändern«, sage ich, ohne mehr zu verraten. Sie kichert.

Elsbeth gesellt sich zu uns, in den Händen einen Mohnkuchen nach Tante Hettis Rezept. Der beste Mohnkuchen unter der Sonne. Sie trägt einen eleganten, olivfarbenen Trainingsanzug und goldene Sneakers. Makellose Föhnfrisur.

»Liv!«, ruft sie aus. »Wie wunderbar, dich zu sehen!«

Herzliche Umarmung. Liv ist sichtlich überrascht. »Ihr alle – hier draußen?«

»Ich hoffe, dein Vater kommt auch noch«, sagt Elsbeth streng. »Sonst kriegt er es mit mir zu tun.«

Wir stoßen alle miteinander an.

»Papa vermisst dich«, sagt Liv.

»Da weißt du mehr als ich.«

Linde pirscht sich an. »Du, ich glaube, dein Typ ist gefragt.«

Hannelore Pokorny spaziert in ihrem edelsten Sport-Outfit in unsere Richtung und zeigt mit der Spitze ihres Nordic-Walking-Stocks auf mich: »Dich suche ich!«

Meine gerechte Strafe, jetzt ist sie da.

»Linde, bleib bei mir«, flehe ich sie an.

»Wer ist denn das?«, fragt Liv.

»Eine internationale Künstlerin«, zischt Linde. »Absoluter Geheimtipp.«

Schon pflanzt Hannelore Pokorny sich vor mir auf. »Das Bild«, sagt sie.

»Das Bild«, wiederhole ich.

»Was ist damit passiert?«

»Ein Wasserschaden«, grätscht Linde hinein. »Das habe ich dir doch schon erzählt.«

»Ich muss GENAU wissen, wie das passiert ist!«, ruft Hannelore Pokorny. »In allen Details!«

»Der Regen ist durchs Dach gekommen«, erkläre ich beschwichtigend.

»Nein, ich meine mit dem Schwamm. Du hast doch versucht, das Bild zu trocknen, oder?«

Ich nicke.

»Ich muss unbedingt wissen, was du da gemacht hast«, zischt sie. »Damit ich das wiederholen kann, verstehst du? Das mit dem Schwamm.«

Ach, daher weht der Wind! »Wir können das gerne ... äh, nachstellen, nicht wahr, Linde? Linde kann zum Beispiel den Regen nachmachen mit einem ... äh ...«

»Wasserschlauch«, sagt Linde. »Genau.«

»Gut.« Hannelore Pokorny scheint zufrieden zu sein. »Dein freundlicher Mann hat mir übrigens ein Bild abgekauft. Ein kleines. Für zwanzigtausend.« Die Zahl zergeht ihr auf der Zunge, butterweich. Man kann sehen, wie sie es genießt.

»Wow«, sagt Linde. »Alle Achtung.«

»Ich bin jedenfalls jetzt die klare Nummer eins«, erklärt Hannelore Pokorny. »Wenn das die Kollegen von der Kunstakademie in Sankt Filippen erfahren – du meine Güte!« Sie legt den Handrücken an die Stirn und verdreht die Augen. »Die drehen mir den Hals um vor Neid.«

»Na, so schlimm wird's hoffentlich nicht«, sagt Linde.

»Oh, da kommt ja Papa!«, ruft Liv.

Na bravo. Meine Knie werden weich. Wieso ist der

schon da? Die Eröffnung geht doch gerade erst los, was tun die schon alle hier?

»Hier ist der neue Besitzer meines Werks«, sagt Hannelore so laut, dass es alle im Umkreis von zwei Kilometern klar und deutlich hören können. »Er kann sich glücklich schätzen!«

Titus. Verschwitzt. Im weißen Hemd. Die Hose sitzt ein wenig stramm. Ich laufe ihm entgegen, damit die Pokorny ihn nicht abfängt. »Komm mal zur Seite.«

»Was für eine freundliche Begrüßung«, sagt er. Dann tritt er einen Schritt zurück. »Tolles Kleid.«

»Von Tante Hetti.«

»Steht dir.«

»Danke.«

Er wirft einen Blick auf den Kiosk und die Besucher, die stetig herbeitröpfeln; es dürften schon an die vierzig sein.

»Schön was los bei dir«, sagt er. »Toll, was du auf die Beine gestellt hast.« Er reibt sich unsicher das Kinn. Dieser Satz muss ihn Überwindung gekostet haben. Aber immerhin – er hat ihn ausgesprochen.

»Wo ist denn deine neue Mitarbeiterin? Hast du sie nicht mitgebracht?« Die Frage bekommt er serviert, bevor er die Chance hat, nach einem Glas Sekt zur greifen.

»Warum fragst du?«

»Man möchte doch wissen, ob die Frau, die einem das Erbe abluchsen möchte, eventuell dasselbe mit dem Mann vorhat.«

»Du meinst …« Er sieht mich mit großen Augen an. »Ich und diese … Also nein, wirklich, Uschi, jetzt wird's albern.«

Wäre ich schadenfroh, würde ich laut loslachen. Aber ich bin dezent und höflich und schenke Titus nur ein laues Lächeln.

»Liv hat erzählt, dass sie sich gut eingelebt hat? Ich meine, in die Kanzlei.« Ist natürlich eine glatte Lüge, Liv hat das genaue Gegenteil gesagt, aber mal sehen, wie er reagiert.

»Das kann man so nicht behaupten«, sagt er vorsichtig.

»Deine neue Mitarbeiterin ist ja gleichzeitig auf dem Weg zur Immobilienmagnatin, hat sie dir das auch erzählt?«

»Was meinst du?«

»*Residenzen Morgenrot, Residenzen Abendrot*. Wahrscheinlich gibt's auch bald *Residenzen Mittagssonne* und *Residenzen Abendbrot*.«

»Keine Ahnung, wovon du sprichst.«

»Ich möchte nur andeuten, dass sie vielleicht schon bald nicht mehr so viel Zeit wird erübrigen können, um in deinem Vorzimmer zu sitzen.«

Er räuspert sich. »Das tut sie schon jetzt nicht mehr.«

Na, das ist ja eine Überraschung. »Und wer erledigt dann den Papierkram?«

»Mutti hat ein bisschen ausgeholfen. Es macht ihr Spaß. Erinnert sie an früher.«

Mutti! Einmalig.

»Natürlich nur, bis du zurückkommst«, sagt er schnell, und als ich nichts erwidere, fügt er hinzu: »Falls du zurückkommst. Was ich sehr hoffe.«

Ich ziehe es vor, das Thema zu wechseln. »Übrigens: Gratuliere zum Bild«, sage ich. »Das ist ja ein großartiger Fang. Du hast dir einen richtigen Shootingstar eingekauft.«

»Papa hat mir das Geld dafür vorgestreckt.«

Ach, das auch noch! Zumindest beantwortet er damit die Frage, wie er sich das Bild leisten kann bei all den Umstrukturierungsmaßnahmen. Aber ich will nicht streiten. Heute nicht. Die Party möge friedlich verlaufen, das haben sich alle verdient.

»Da ist jemand, den du kennst, wenn ich mich nicht täusche«, sage ich und winke Frau Pokorny zu uns.

Sie eilt herbei, ein seliges Lächeln im Gesicht.

»Oh. Die Künstlerin ist auch hier!« Titus ist sichtlich erfreut.

»Herr Doktor, Herr Doktor!«, ruft sie schon von Weitem. Eine perfekte Gelegenheit, um zu flüchten.

Vor dem Kiosk drückt mir Wilma eine Sektflöte in die Hand. »Jetzt mal alle anstoßen!«

Ich halte mein Sektglas hoch. Die anderen tun es mir gleich. »Hiermit erkläre ich den Kiosk für eröffnet!«, rufe ich.

Gejohle und Geklatsche.

Der Schulchor nimmt Aufstellung und singt mehrstimmig *Der Mai ist gekommen* und dann *Der Mond ist aufgegangen*. Beinahe muss ich heulen. So wunderbar. Ich werfe einen Blick in den Himmel. Hörst du das, Tante Hetti?

»Wunderschön«, sagt eine Stimme hinter mir, ganz nah an meinem Ohr. Ich drehe mich um.

Sascha. Er ist tatsächlich gekommen. Voller Freude umarme ich ihn, der Sekt hilft auch dabei. In meinem Magen flattert eine Schmetterlingskolonie.

»Ich habe schon alles im Auto«, sagt er. »Muss leider fahren. Begleitest du mich ein paar Schritte?«

So viel zum Thema Schmetterlinge. Er kann nicht bleiben. Als hätte ich's gewusst. Ich bin enttäuscht, versuche aber, es vor ihm zu verbergen.

»Schickes Kleid«, sagt er. »Das habe ich schon mal an Henriette gesehen, kann das sein?«

Ich lächle. »Du hast ein gutes Gedächtnis.«

»Die wichtigen Sachen«, sagt er, »die merke ich mir.«

Er hat seinen Wagen vor dem Bahnhof geparkt. Wir gehen gemeinsam über die Straße.

»Hättest du dir das gedacht?«, fragt er.

»Was?«

Er dreht sich um. »Das hier. Der schöne Kiosk, die vielen Leute, die dich unterstützen.«

Ich kann nur den Kopf schütteln. Das alles hier überfordert mich. So viele Leute aus meinem alten Leben sind zur Feier gekommen – und so viele aus meinem neuen. Ich bin gerührt und weiß gar nicht, was ich sagen soll. In mir arbeitet es. Soll ich ein Wiedersehen ins Spiel bringen? Oder klingt das albern? Was sind wir überhaupt? Kumpel? Bekannte? Freunde? Oder …

»Mein Vater ist so froh, dass du … dass ihr alle bei ihm seid«, sagt Sascha. »Das ist wunderbar. Es bedeutet ihm sehr viel. Und mir auch.«

Wir bleiben vor seinem Wagen stehen. Und jetzt? Ich schaue zum Kiosk hinüber. Wir sind unbeobachtet. Wenn, dann müsste es jetzt passieren. Bin ich verknallt? Oder bilde ich mir das nur ein, weil ich mich nach einem Neuanfang, nach Lebendigkeit sehne?

»Komm, lass dich drücken«, sagt er.

Das braucht er mir nicht zweimal zu sagen.

Wir halten uns lange. Stehen einfach so da. Ich schließe die Augen.

Als ich zum Kiosk zurückkehre, drehe ich mich nicht um.

34

»Hey, wo warst du? Wir haben dich überall gesucht!« Linde fängt mich vor dem Kiosk ab.

»Sorry, ich ...«

»Deine Freundin ist da, schau mal dahinten!« Sie deutet auf das Büfett. »Ich habe ihr schon mal gesagt, sie soll sich bedienen.«

»Bestens, Linde, danke.«

Das kann nur Meret sein. Florentin und Kassandra kommen mir entgegen, zwei Riesenstücke Mohnkuchen auf ihren Papptellern. Sie klatschen mit ihrer freien Hand gegen meine.

»Cool hier«, sagt Florentin. Wahrscheinlich meint er das Büfett.

»Na, da sind wir aber froh. Wo ist Mama?«

Er nickt in Richtung Büfett. Und da sehe ich sie bereits. Weißes Sommerkleid, riesige Statement-Kette, die aussieht wie geschmiedet, High Heels.

»Süße!« Sie winkt. »Endlich!«

Auf ihrem Teller eine wilde Mischung aus Lachsbrötchen, Nudelsalat und Schokotorte. »Ich habe heute noch nichts gegessen, nicht einen Krümel, einfach keine Zeit, weißt du. Ich hatte die Hoffnung, es würde hier was geben.« Sie lacht laut und schrill.

Ein Mann nähert sich uns mit zwei Sektflöten und

drückt Meret eine davon in die Hand. Ist das Robert – äh, Roman? Ich sehe Meret erwartungsvoll an.

Er sieht so anders aus als Merets frühere Liebhaber. Eher klein und gedrungen. Bäuchlein, grauer Bart. Freundliche Augen. Sie hat sich offenbar von ihrem Beuteschema verabschiedet.

»Darf ich vorstellen? Martin. Martin, das ist Uschi, die Freundin, von der ich dir schon so viel erzählt habe.«

Martin. Wer ist das nun wieder? Wir schütteln uns die Hand. Kräftiger Händedruck. Der Mann weiß, was er will. Wie sie ihn ansieht! Wunderschön, das alles. Aber auch rätselhaft. Und dann geht er, um einen Sekt für mich zu holen, und Meret zieht mich beiseite.

»Na? Was sagst du? Er ist Regisseur.«

»Ich dachte ... also, ehrlich gesagt dachte ich, du kommst mit Roman?«

Sie schüttelt den Kopf. »Längst vorbei.«

»Aber mit ihm ...?«

»Martin.«

»Also mit Martin passt es?«

»Genau. Krieg ich deinen Segen?«

»Ich versteh dich zwar nicht, Meret, aber ...«

»Bitte. Sag ja.«

»Du brauchst meinen Segen doch gar nicht. Du machst doch ohnehin, was du willst.«

»Aber dann geht's mir besser. Dann fühle ich mich sicherer.«

Das ist süß. Ach, Meret. Man muss dich nicht verstehen, um dich zu lieben.

»Ich freue mich für dich«, sage ich. »Und was heißt Regisseur? Habe ich schon Filme von ihm gesehen?«

»Er dreht Werbespots«, sagt sie. »Den für *Ziggi-Käse* zum Beispiel. Und er mag die Kinder. Flo und Cassy sind auch ganz vernarrt in ihn.«

»Also ist es was Ernstes.«

»Ich versteh nicht, warum man das so ausdrückt. Es ist heiter zwischen uns. Nicht ernst. Das ist ja gerade das Schöne.«

Ihre Lippen: Sommer-Orange. Sie hat Farbe bekommen. Vom Radfahren mit ihren Kindern, sagt sie. Ich habe sie lange nicht mehr so glücklich gesehen.

»Und das hier?« Sie zeigt auf den Kiosk. »War doch die richtige Entscheidung, oder?«

»Wir bekommen eine Förderung. Ich kann Elsbeth einstellen, kannst du dir das vorstellen? Das erste Jahr ist gesichert. Danach sehen wir weiter.«

Die gute Nachricht hat mir Franziska gerade vorhin übermittelt, Elsbeth weiß noch gar nichts davon.

»Und die Stadt?«

»Mal sehen. Nächste Woche komme ich auf Besuch. Treffen wir uns im *Liebstöckel*?«

Meret trinkt ihren Sekt aus. »Klar. Aber jetzt sag schon: Wo ist er?« Sie klopft mit dem Zeigefinger auf ihre Schneidezähne. »Ich möchte ihn kennenlernen!«

Oh. Sie meint Sascha. »Er ist schon fort«, sage ich.

»Fort? Das gibt's ja nicht.« Enttäuschung in ihrer Stimme. »Und ich hätte ihn so gern gesehen, den Mann, der meiner Freundin den Kopf verdreht.« Sie lacht.

»Ach was«, sage ich. »Dafür ist Titus hier.« Ich deute raus auf die Wiese, wo er sich immer noch mit Hannelore Pokorny unterhält.

»Abenteuer, Abenteuer!«, ruft Meret.

»So wie bei dir, meinst du?«

Darauf antwortet sie nicht.

Frau Grundlinger gesellt sich zu uns. »Haben Sie den Entscheidungsstein befragt?«, flüstert sie.

»Was meinen Sie?«

»Ich meine den Kiosk – haben Sie den Stein befragt, was er dazu sagt?«

Ich nicke.

»Und was hat er geantwortet?«

Ist doch sonnenklar, was er geantwortet hat. Ja, ja und nochmals ja! Und während Franziska unsere Sektgläser nachfüllt und Meret den Rest von Flos Kuchen isst, kommt mir ein Gedanke: Ich bin tatsächlich in meinem Traum gelandet. In meinem Traum vom kleinen Lokal am Strand. Gut, Lokal ist der Kiosk direkt keines, und auch den Strand kann man sich maximal dazudenken, aber wozu hat der Mensch Fantasie?

Alles fügt sich.

Und dann hat der Chor sein letztes Lied gesungen, und ich klatsche gemeinsam mit den anderen, bis meine Handflächen brennen. Die Kinder bekommen jetzt Kuchen und Saft, für die Großen gibt's Kaffee und Sekt.

»Hier bist du ja!«, sagt Karl, der auf mich zueilt. »Hast du einen Moment? Komm, gehen wir ein paar Schritte.«

»Ist was mit Mama? Sie wollte doch mit dir runterfahren, oder?«

Mein Herz macht einen Satz. Ich weiß, dass sie mit Linde am Vormittag in die Villa hochgefahren ist, um beim Transport der Quiches zu helfen.

»Deine Mutter wird wahrscheinlich nicht mehr auftauchen, sie fühlt sich nicht wohl.«

»Was ist los, Karl?« Ich bleibe stehen. »Sag schon!«

»Nichts, Ursula, beruhige dich. Mit deiner Mutter ist alles in Ordnung, sie ist in der Villa und ruht sich aus.«

Unter einem Baum an der Straße bleiben wir stehen. Das Stimmengewirr vom Kiosk ist nur noch als Hintergrundgeräusch wahrnehmbar.

»Ich habe dich wegen etwas anderem gesucht.« Er zieht ein Kuvert aus seiner Hose, zweimal gefaltet.

»Für dich«, sagt er.

»Was ist das?«

»Lies es, ich möchte nichts verraten. Aber setz dich vielleicht vorher.«

»Ist es was Schlechtes? Eine schlechte Nachricht?«

»Nein, aber«, – er mustert mich aufmerksam –, »es könnte dich überraschen. Ich korrigiere: Es wird dich überraschen. Und vielleicht gehst du ein bisschen weiter weg. Es könnte sein, dass du allein sein möchtest.«

»Karl, bitte sag mir, was das ist.«

Er schüttelt den Kopf. Aber dann lächelt er. »Fürchte dich nicht. Es ist ... nennen wir's so: kolossal.«

Ich spaziere wieder rüber zum Bahnhof, den Brief so fest in der Hand, als könnte er jederzeit davonfliegen. Am Bahnhof habe ich mich heute schon von einem lieben Menschen verabschiedet. Diesmal aber bleibe ich nicht auf dem Parkplatz, sondern gehe vor bis zum Bahnsteig. Da habe ich meine Ruhe. Keine Menschenseele weit und breit. Zwischen den Gleisen sprießen gelbe Grasbüschel. Ich setze mich auf die Holzbank unter dem Schild KLEIN ZIFF.

Was man sich wohl denkt, wenn man das erste Mal hier aussteigt? Was für ein Kaff, dieses Ziff? Gut, das habe ich mir auch gedacht. Und kurze Zeit später fühle ich mich schon fast wie zu Hause.

Ich wische mir eine Träne aus dem Augenwinkel. Du sentimentale Ziege! Einundfünfzig, aber so nah am Wasser gebaut wie eine Fünfzehnjährige!

Ich öffne das Kuvert. Darin steckt ein handgeschriebener Brief. Vier dicht beschriebene Seiten. Eine steil nach rechts aufragende Schrift. Verschnörkelte Initialen. Wo habe ich diese Schrift schon mal gesehen? Im Fotoalbum, genau! In Tante Hettis Fotoalbum. Rasch wende ich das letzte Blatt. Ganz am Ende steht:

In Liebe
deine Großtante Henriette

Ein Brief von Tante Hetti. An mich.

Das Herz klopft mir bis in den Hals, als ich zu lesen beginne.

Meine liebe Ursel,
ich schreibe dir aus der Vergangenheit. Wenn du diese Zeilen liest, bin ich nicht mehr hier. Und das tut mir leid, denn ich würde zu gern dein Gesicht sehen, wenn du erfährst, was ich dir zu sagen habe.
Mittlerweile bist du erwachsen und hast selbst Kinder – oder auch nicht. Vielleicht bist du verheiratet oder geschieden oder ledig, das spielt überhaupt keine Rolle. Denn du bist immer noch meine Ursel. Ich spüre, dass ich nicht mehr lange hier sein werde. So ist das eben. Ich halte

es mit Epikur, der gesagt hat: Der Tod hat keine Bedeutung, denn solange wir da sind, ist der Tod nicht da. Wenn aber der Tod da ist, dann sind wir nicht da.
Und so ist es doch, Ursel. Trotzdem glaube ich, dass etwas bleibt vom eigenen Leben auf Erden. Nämlich das, was wir für andere getan haben. Manchmal sogar, ohne es zu ahnen.
Geld war mir nie wichtig, weißt du. Es ist ein Mittel zum Zweck. Angenehm, aber nicht mehr. In den letzten Jahren habe ich das einfache Leben kennengelernt. Zu spät, wenn du mich fragst. Klein Ziff ist nicht der Nabel der Welt, aber muss man wirklich im Nabel leben? Kann es nicht auf einem Haar oder hinterm Ohr genauso schön sein? Karl hat von mir den Auftrag bekommen, dir diesen Brief auszuhändigen. Aber erst an dem Tag, an dem du den Kiosk übernimmst. Ich bin sicher, die vergangenen Tage waren ziemlich turbulent. Aber für alles bezahlt man einen Preis. Gerade auch für das, was man geschenkt bekommt.
Wir haben uns in den letzten Jahren nicht mehr gesehen, Ursel. Trotzdem scheint mir, als ob seit dem letzten Mal kein Tag vergangen wäre. Ich sehe alles noch genau vor mir: Wie ich die Tür der Wohnung in der Mondscheingasse geöffnet habe und du davorstandst, mit deinem kleinen Köfferchen und den roten Wangen. Du warst so gern bei mir. Und ich hatte dich so gern da. Du Sonnenschein. Ich weiß, dass Eva eifersüchtig

war. Das war nie notwendig, denn Liebe ist das Einzige auf Erden, das mehr wird, wenn man es teilt. Ich hatte genug Liebe für alle Kinder in meinem Leben. Meine Schwester, deine Oma, hat das leider nicht so gesehen. Weißt du, was »unschuldig schuldig« bedeutet? Wenn man sich schuldig fühlt, obwohl man nichts Unrechtes getan hat. Genau das ist mir passiert. Unsere Mutter hat den Stachel der Rivalität gepflanzt, und von Anfang an konnten wir Schwestern gar nicht anders, als Rivalinnen zu sein. Das war unser Schicksal. Obwohl ich das am wenigsten wollte. Als Amalie und deine Mutter dir nicht mehr erlaubten, zu mir zu fahren, habe ich klein beigegeben. Vielleicht war es ein Fehler, aber ich wollte nicht, dass Neid und Missgunst weitergetragen werden in dieser Familie. So wurde eine Mauer zwischen uns errichtet, Ursula, aber ich hoffe, dass sie hiermit wieder abgerissen wird.
Jetzt bist du also Besitzerin eines Kiosks und einer Villa. Beides vermache ich dir aus freien Stücken und mit frohem Herzen. Du sollst es haben, weil ich glaube, dass du etwas damit anfangen kannst, auch wenn es zu Beginn unmöglich scheinen mochte. Lass dich nicht aufhalten, Ursel, geh unbeirrt deinen Weg.
Und nun möchte ich dir gerne eine Geschichte erzählen, die sich aus deiner heutigen Sicht vor über vierzig Jahren zugetragen hat:
Ein kleines Mädchen war bei seiner Tante zu Besuch. Das Mädchen war vielleicht acht. Es

konnte schon ein paar Wörter schreiben und allein mit der Straßenbahn fahren, auch wenn es sich davor fürchtete. Am liebsten mochte es den Rummel. Es traute sich nicht, mit den Bahnen zu fahren, aber es sah so gerne zu. Deshalb bat es seine Tante, sie mögen doch gemeinsam den Rummel besuchen, um Zuckerwatte und kandierte Äpfel zu essen. Der Tante war der Rummel ein wenig unheimlich, aber sie wollte dem Mädchen eine Freude bereiten.

Also gingen sie hin. Es war furchtbar laut dort, und es roch nach Zuckerwatte und heißem Fett. Sie aßen Langos und tranken Limonade, und irgendwann schlug das Mädchen vor, zur Geisterbahn zu gehen, um die Leute zu beobachten, die dort herauskamen. Wie erleichtert sie waren und wie sie lachten! Selbst wollte das Mädchen aber nicht fahren, o nein!

Zuerst hielt es noch die Hand der Tante. Plötzlich aber war es fort; die Tante war einen Moment lang abgelenkt gewesen. Das Mädchen war spurlos verschwunden. Die Tante rief seinen Namen und lief rund um die Geisterbahn, aus der Drachenköpfe und Skelette ragten – ein schauriges Gebäude. Immer wieder ertönte ein grausames Gelächter aus dem Lautsprecher, und die Tante wurde zunehmend ängstlicher. Wohin war das Mädchen bloß gelaufen? Sie fragte die Menschen, die wie sie um die Geisterbahn herumstanden, sie fragte den dicken Mann, der in seinem Glashäuschen die Karten verkaufte.

Sie fragte die Burschen, die gegenüber mit dem Autodrom fuhren, aber keiner hatte das Mädchen gesehen.
Die Tante war völlig verzagt und setzte sich in ein Café gegenüber der Geisterbahn, um die gesamte Szenerie im Auge zu behalten. Was sollte sie tun? Die Polizei alarmieren? Hier warten, damit sie da war, wenn das Mädchen zurückkam? Ihre Gedanken rasten.
Nach kurzer Zeit kam das Mädchen wieder. Ganz fröhlich. An der Hand eines schlanken, groß gewachsenen Mannes. Das Mädchen hielt eine Zuckerwatte in der Hand, von der es immer wieder naschte.
Der Tante fiel ein Stein vom Herzen.
Wo warst du nur?, rief sie. Der Mann beruhigte sie und lud alle auf ein großes Eis ein. Nach und nach erfuhr sie, was geschehen war: Das Mädchen hatte erkunden wollen, was sich hinter der Geisterbahn verbarg, ob dort wirkliche Geister ein und aus gingen. Es vergaß, seine Tante darüber zu unterrichten, und lief fort. Dort hinter der Geisterbahn standen nur Mülltonnen, keine Geister weit und breit. Da sah sie einen Steinwurf entfernt einen Zuckerwattestand, und weiter weg noch einen zweiten. Sie hatte von der Tante ein bisschen Kleingeld bekommen, das wollte sie ausgeben. Also ging sie von Stand zu Stand auf der Suche nach einer vielleicht noch besseren Zuckerwatte. Und irgendwann fand sie nicht mehr zurück. Sie weinte.

Und der Mann las sie auf und brachte sie zurück. Liebe Ursel, es ist nicht schwer zu erraten, wer diese Menschen waren. Es handelt sich um dich, um mich – und um Karl. Ja, der Mann, der dich an meinen Tisch brachte, war Karl. Ich war zu diesem Zeitpunkt verheiratet, wie du weißt. Er war es auch. Wir haben aber Kontakt gehalten und hatten das Glück, die letzten Jahre miteinander verbringen zu dürfen.

Karl ist mein großes Glück. Er sitzt mir gerade gegenüber und sieht mir beim Schreiben zu.

Er weiß, dass der Brief an dich gerichtet ist.

Und doch habe ich ihm aufgetragen, darüber Stillschweigen zu wahren, bis der rechte Augenblick gekommen ist.

Und heute ist es so weit, liebe Ursel. Heute sollst du es erfahren: Du hast mich, ohne es zu ahnen, zu meinem Glück geführt. Deshalb möchte ich heute ein wenig zu deinem Glück beitragen.

Vielleicht wirst du sagen: Aber das war doch Schicksal, Tante Hetti! Du brauchst mich doch nicht für das Schicksal zu belohnen!

Ich belohne dich auch nicht dafür, Ursel. Ich folge nur meinem Herzen. Und wünsche mir, dass es auch dir möglich sein wird, deinem Herzen zu folgen. Verzeih deiner Großmutter und verzeih deiner Mutter – sie konnten nicht anders. Du aber hast die Wahl. Merke dir, meine liebe Ursel: Es ist nie zu spät für das Glück.

In Liebe,

deine Großtante Henriette

Ich lasse den Brief sinken und sehe auf. Eine Taube hat sich auf dem gegenüberliegenden Bahnsteig niedergelassen. Der Wind fegt ein Blatt über die Gleise. Am Himmel zieht eine Kolonie kleiner Wolken vorbei wie eine Schafsherde. Aus dem Augenwinkel sehe ich, dass jemand auf den Bahnsteig tritt.

Es ist Karl.

Ich stehe auf, laufe ihm entgegen. In seine offenen Arme.

EPILOG

»Weiter rechts!«

»So?«

»Nein, das andere Rechts!«

»So?«

»Und jetzt noch ein bisschen runter!«

Ich schirme die Augen mit meiner Hand vor der Sonne ab. Es ist Mitte Juli und mindestens fünfundzwanzig Grad im Schatten. Linde hat mir eine ihrer pinkfarbenen Pluderhosen geschenkt, und ich mag sie gar nicht mehr ausziehen. Irene und Wilma stehen jeweils auf einer Leiter und halten das Schild hoch, das frisch aus der Schildermanufaktur angeliefert wurde.

AUSZEIT-PENSION
VILLA HENRIETTE

Ach ja: Linde ist wieder zurück. Sie hat's doch nicht ohne uns ausgehalten. Karl hat sich so gefreut, dass er einen uralten Wein geköpft hat, der angeblich ein Vermögen wert ist.

In einer Woche erwarten wir die ersten Gäste. Pardon: Gästinnen. Die ehemalige *Villa Orchidee* ist ab sofort eine Pension für alleinreisende Frauen. Hier können sie sich ein paar Tage erholen und zur Ruhe kommen. Inklusive Besuch beim Entscheidungsstein und im Kleinholz-Museum. Wenn sie dort reinmöchten, dann leihen wir ihnen Haargummis – für alle Fälle. Ein Spaziergang zur *Zauderhütte* steht natürlich auch auf dem Programm.

Und es gibt Catering by Linde. Dank einer Bundesförderung für Frauen über fünfzig war ich in der Lage, auch sie Vollzeit anzustellen. Jetzt beliefert sie den Kiosk und kocht abends für unsere künftigen Pensionsgäste.

Das war übrigens Franziskas Idee: Sie hatte in Schottland eine Pension besucht, die ausschließlich Damen vorbehalten war, und fand das sehr erfrischend und stressfrei. Abends aßen alle gemeinsam an einem langen Tisch und diskutierten oft bis spät in die Nacht.

Die Werbung läuft bereits auf vollen Touren. Kammerjägerin und Werbefachfrau Renate hat uns eine Website mit vielen Fotos gebastelt. Den Text habe ich selbst verfasst:

Du bist alleine unterwegs, wünschst dir aber Zeit mit anderen Frauen – und das ohne Verpflichtungen oder Stundenplan? Willkommen in der AUSZEIT-PENSION VILLA HENRIETTE! Bei uns kannst du deinen Tag gestalten, wie du es gerne möchtest. Lust auf einen Power-Walk mit unserer Trainerin Hannelore? Möchtest du dich im Aquarellmalen versuchen (ebenfalls mit Hannelore)? Oder steht dir eher der Sinn nach einem Quiche-Backkurs mit unserer Vollwertköchin Linde?
Was auch immer du brauchst, um deine perfekte Auszeit zu leben: Wir unterstützen dich dabei!

Die Zimmer benannten wir um. Statt einer schnöden Zahl tragen sie jetzt die Bezeichnung der Zutaten, die man braucht, um Tante Hettis berühmten Mohnkuchen zu backen: Es gibt das GERM-Zimmer, das EI-Zimmer, das STAUBZUCKER-Zimmer, das MOHN-Zimmer (Hettis ehemaliges Schlafgemach, Karl wollte es so), das ZIMT-Zimmer und so weiter. Damit möchten wir ausdrücken, dass erst alle zusammen, also in Gemeinschaft, einen richtig schmackhaften Kuchen ergeben.

Die Buchungslage ist erfreulich. Zwei Frauenzeitschriften brachten bereits größere Berichte, morgen ist ein Fernsehteam zu Besuch. Karl freut sich über die plötzliche Betriebsamkeit in der Villa. Er und Elsbeth haben das hintere Wohnzimmer zu »ihrem« gemeinsamen Raum umfunktioniert. Ja – es hat tatsächlich gefunkt zwischen den beiden, und Elsbeth hat bereits ihre Wohnung in der Stadt gekündigt.

Jeden Morgen um zehn geht Karl in seine Gartenhütte, die zugleich Atelier ist. Dort schnitzt er die Pfeifen, die im Kiosk und bald auch im neuen *Pfeifenkönig* in den *Residenzen Abendrot* verkauft werden.

Vor zwei Tagen habe ich mich mittags mit Titus bei *Renatos* getroffen, dem Italiener neben seiner Kanzlei. Er hat abgenommen, wirkt fit und schlank.

»Midlife-Crisis oder junge Freundin?«, habe ich ihn scherzhaft gefragt.

Er ignorierte meine kleine Stichelei und erzählte von der Vernissage – samt Fingerfood und Champagner –, mit der er feierlich das Aufhängen von Hannelore Pokornys Bild in der Kanzlei zelebriert hat. Auch dieses Bild scheint anzukommen. Jeder, der in die Kanzlei kommt, muss sich seitdem erst einmal die Geschichte der Nordic-Walking-Künstlerin anhören.

Ich lächelte und nickte beeindruckt.

»Und sonst?«, fragte Titus schließlich.

Ich wusste, dass er auf Sascha anspielte.

»Was möchtest du wissen?«

Er zierte sich. Kaute endlos an einem einzigen Bissen.

»Ursula, wie lange soll unsere Nachdenkphase noch dauern?«

»Bis wir fertig sind damit. Ich eröffne übrigens kommende Woche die *Villa Henriette*. Die Kanzlei ist als Investorin hochwillkommen. Wir brauchen neue Sitzmöbel für die Terrasse.«

Er schenkte mir ein saures Lächeln.

»Du fehlst, Uschi. An allen Ecken und Enden. Du fehlst in der Kanzlei. Aber vor allem fehlst du mir.«

Das Telefon läutet ohne Unterlass. Der Malermeister, der Dachdecker, die Möbelfirma. Elsbeth bereitet zwei Liter *Alles-wird-gut*-Eistee zu. Am Nachmittag fahre ich mit Linde in den Aktionsmöbelmarkt, um ein paar bunte Kissen für die Zimmer zu besorgen.

Als wir zurückkommen, steht meine Mutter in der Küche und unterhält sich mit Elsbeth.

Ich habe sie seit Wochen nicht mehr gesehen, und sie hat auch nichts von sich hören lassen. Ist zur Eröffnung des Kiosks nicht aufgetaucht und hat sich danach still und heimlich aus dem Staub gemacht.

»Mama«, sage ich.

Linde nimmt mir die Kissen ab und verschwindet eilig mit Elsbeth im Garten.

»Gut siehst du aus«, sagt meine Mutter, als die beiden gegangen sind. Sie trägt ein weites, gelbes Sommerkleid und goldene Sandalen.

»Du auch, Mama.«

»Wollen wir uns setzen?«

Meine Mutter stellt die Kaffeekanne auf den Tisch. »Frisch aufgebrüht«, sagt sie.

»Du warst plötzlich verschwunden«, sage ich.

»Der ganze Trubel, das war mir alles zu viel. Aber ich möchte dir jetzt gern helfen, wenn ich darf. Ich habe ein paarmal mit Elsbeth telefoniert, wusste also immer Bescheid.«

»Mit Elsbeth telefoniert? Sie hat mir gar nichts gesagt!«

»Ich habe sie darum gebeten.«

»Aber warum?«

»Ich …« Sie stockt. »Ich habe Zeit gebraucht zum Nachdenken.«

»Und jetzt?«

»Keine Ahnung, ob du's weißt, aber es gibt da jemanden in meinem Leben. Hartmut.«

Da klingelt was. Hatte ich nicht mal was von einem Herrn gehört, der sie verehrt?

»Das ist schön, Mama.«

»Und mit ihm habe ich viel gesprochen. Nun ja. Er hat gemeint, dass es nicht gut ist – so wie es im Moment zwischen uns ist. Also zwischen dir und mir. Er hat mir dazu geraten, dir die Wahrheit zu sagen.«

Die Wahrheit. Ich warte ab, was da jetzt noch kommt.

»Die Wahrheit ist, dass ich bald von Henriettes Tod erfahren habe. Recht bald sogar.«

»Und du hast mir absichtlich nichts gesagt.«

Ich verspüre den starken Drang, aufzustehen und rauszugehen.

»Ich habe dir nichts gesagt, weil ich zuerst hören wollte, wie es ausgeht.«

»Wie was ausgeht? Die Erbschaft?«

Ich fasse es nicht.

»Bitte beruhige dich«, sagt sie. »Ich dachte daran, dass sie mir vielleicht einen Brief hinterlassen hat, in dem sie erklärt, dass es ihr leidtut – was damals mit meiner Mutter passiert ist nach dem Streit. Hätte ja sein können. Und dann höre ich: Es gibt tatsächlich einen Brief. Aber der ist für dich.«

»Und?«

»Nun, ich habe versucht zu erfahren, ob ich einen Blick hineinwerfen darf.«

Das ist ja wohl die Höhe! Nun ist der Drang wegzulaufen fast unbezwingbar. Ich brauche Luft, Luft! Nein, Uschi, nein, nein, auf keinen Fall. Du bleibst gefälligst, wo du bist. Du bist nämlich keine Davonläuferin mehr – schon vergessen?

»Du brauchst gar nicht so entsetzt zu schauen«, sagt meine Mutter. »Man hat es mir ohnehin nicht erlaubt. Ich war ... wie soll ich sagen? Verblendet. Hartmut hat mir die Augen geöffnet.«

»Hartmut.«

»Ja! Er meint, ich würde mich da in was verrennen. Er sagt, dass diese ganze Familiengeschichte doch längst passé ist und ich dich da raushalten soll.«

»Das bedeutet?«

»Ich bin hier, um mich zu entschuldigen. Und dir meine Hilfe anzubieten.«

»Hilfe.« Ich kann nur noch Brocken aus ihren Sätzen wiederholen. Aber ich atme zum ersten Mal seit gefühlten zehn Minuten aus.

»Brauchst du vielleicht jemanden an der Rezeption? Oder ein Zimmermädchen? Oder jemanden für das Frühstück? Mach ich alles.«

Was macht man in so einem Fall? Entscheidungsstein befragen? Oder gleich Ja sagen?

Mein Handy vibriert. Ich schiele auf das Display. Eine Nachricht von Sascha.

Komme nächstes Wochenende nach Klein Ziff. Sehen wir uns?

»Einen Moment, Mama, muss nur schnell jemandem antworten.«

Ich schreibe: *Klar!* Und klicke auf »Senden«.

Zu meiner Mutter sage ich ebenfalls: »Klar. Ich brauche tatsächlich wen für die Rezeption. Am besten, du bleibst gleich hier. Zimmer STAUBZUCKER, erster Stock. Kannst es schon in Beschlag nehmen, es ist alles hergerichtet.« Ich reiche ihr ein rosarotes Kissen, frisch aus dem Möbelhaus. »Damit du dich wohlfühlst. Leider kann ich keine Schwäne falten. Aber vielleicht kann das Hartmut. Falls er mal zu Besuch kommt.«

»Heißt das, du verzeihst mir?«

»Was bleibt mir denn anderes übrig?« Ich sage es in einem ironischen Ton, aber sie nimmt es mir nicht übel. »Ach, Ursula«, sagt sie. »Man macht so vieles falsch im Leben, auch wenn man alles richtig machen will.«

»Wahrscheinlich gerade dann«, sage ich.

Eine Stunde später sitze ich immer noch am Küchentisch. Allein. Meine Mutter ist mit ihrem Trolley hinaufgegangen, um sich im STAUBZUCKER einzurichten. Der Kaffee ist mittlerweile kalt. Ich höre Linde, Elsbeth und Karl, die sich im Garten unterhalten. Dazwischen Vogelgezwitscher. Ganz leise schleicht sich so etwas wie Vorfreude in mein Herz. Vorfreude auf alles, was noch vor mir liegt.

Ich rufe die Kontaktliste meines Handys auf.

UNGLÜCKLICH ERBEN

Ist der Name der Kanzlei noch aktuell? Kurzerhand lösche ich das U und das N, und nun heißt die Kanzlei auch bei mir wieder GLÜCKLICH ERBEN. Man soll das Schicksal nicht herausfordern.

Und endlich stehe ich auf, gehe raus zu den anderen, strecke mich in der rötlichen Abendsonne und lasse den Blick über das Gartenparadies schweifen, während unten in Klein Ziff die Glocken läuten. Tante Hetti, du hattest recht: Für das Glück ist es nie zu spät.